文学鲁军新锐文丛

张锐强卷

十字绣

山东省作家协会 编

山东文艺出版社

总　序

孙守刚

　　文学事业是文化建设的重要组成部分，是各种艺术创作和发展的重要基础，担负着满足人民精神文化需求、推动文化大发展大繁荣的光荣使命。山东作为文化大省，具有源远流长的文学根脉，齐风鲁韵影响深远，众多文学大家名作构成了齐鲁文化的壮丽画卷，为山东文化建设提供了丰厚的滋养。在近现代文学史上，山东作家写下了浓墨重彩的篇章，山东文学在中国文坛居有重要地位。特别是新时期以来，山东省委省政府高度重视发展文学事业，把繁荣文学创作作为加快文化强省建设的重要任务，采取一系列政策措施加以推进。山东文学创作呈现出繁荣发展的良好局面，涌现出一大批优秀青年作家，推出了一大批优秀文学作品，在丰富群众精神文化生活、推进经济社会发展方面发挥了不可替代的重要作用。

　　山东作家队伍人才济济，新人佳作层出不穷，一批作品荣获全国重要文学奖项，在全国产生重要影响，引起广泛关注，"文学鲁军"成为新时期中国文学界的一支重要力量。为发现文学新人、扶持青年作家，山东省作家协会于2001年组织编选出版了《文学鲁军新锐文丛》第一辑，整体展示了10位山东青年作家的创作成就，有力促进了青年作家队伍的成长壮大。近年来，山东一批又一批文学新人脱颖而出，一批中青年作家崭露头角，以勤奋的创造性劳动和出色的创作成果，为文学事业发展注入了勃勃生机，山东作家群展现出薪火相传的兴旺景象和持续发展的巨大潜力。

　　为集中展示山东青年作家的新气象和新阵容，促进山东文学事业繁荣发展，省作家协会组织了《文学鲁军新锐文丛》第二辑的编辑出版，在面向全省征集的基础上，遴选了10位青年作家的精品力作。他们都是近年我省最为活跃的文学新人的优秀代表，是山东创作队伍的生力军，他们的作品代表了山东青年作家的创作水准，为山东文学事业增添了青春力量。

　　"文章合为时而著，歌诗合为事而作。"一切优秀的文化创造，一切传世的精品力作，都是时代的产物。我国正处在中国特色社会主义事业蓬勃发展阶段，山东正处在由大到强战略性转变的关键时期，我省文艺事业发展面临着难得的历史机遇。党的十七届六中全会提出了推动社会主义文化大发展大繁荣、建设社会主义文化强国的战略任务，省委九届十三次全体会议对加快建设文化强省作出新的部署，这为我省文学发展创造了更加有利的环境，为作家施展才华提供了更为广阔的舞台。真诚希望青年作家们继承发扬齐鲁文学的优良传统，以繁荣文学创作为己任，始终坚持正确方向，坚持以人为本，坚持锐意创新，坚持德艺双馨，自觉贴近实际、贴近生活、贴近群众，积极投身到讴歌时代和人民的文学创作活动之中，以充沛的激情、生动的笔触、优美的旋律、感人的形象，创作出更多思想性艺术性俱佳的优秀文学作品。牢固树立精品意识，发扬十年磨一剑的精神，甘于寂寞，心无旁骛，潜心创作，精益求精，不断挖掘作品的深刻主题，不断丰富作品的表现形式，不断提升作品的艺术境界，努力打造叫得响、传得开、留得住，富有齐鲁风格、山东气派的精品力作。

　　人才辈出是文学繁荣的基本条件和重要标志。近年来，省作协充分发挥桥梁和纽带作用，积极履行"联络、协调、服务"职能，创新文学人才选拔、培养、激励和服务机制，以培养文学新人为重点，切实加强文学人才队伍建设，为文学新人脱颖而出创造了良好环境条件。希望省作家协会认真总结经验，把"文丛"编选工作制度化、常态化，作为培养推介文学新人的重要措施，充分发挥丛书的影响力和带动力，努力打造成一个响亮的文化品牌，让一批批"鲁军新锐"从这里出发，走向全国，走向世界，再创"文学鲁军"新辉煌。

"等闲识得东风面，万紫千红总是春。"在加快建设经济文化强省、谱写山东人民美好生活新篇章的伟大进程中，山东文学的百花园一定会更加枝繁叶茂、硕果累累，山东文学事业一定会有更加美好的明天。

目 录

十字绣　　　　　001

面点师　　　　　042

马赛曲　　　　　090

声声慢　　　　　130

写书　　　　　　172

风沙太大　　　　207

乡关何处　　　　231

后记　　　　　　265

附录一　　　　　269

附录二　　　　　270

十 字 绣

一

那几树桃花，让董德光半天没上来话。他不知道应该如何评价。细密？精致？灵巧？总之绣得很像很像。开放的花瓣灿烂地伸展开来，未开的骨朵富有质感，简直能嗅出阳光的气息。那必定是暮春的早晨吧，阳光洒满花瓣，隔夜的露水闪闪发光。手指轻轻地从花朵上滑过时，董德光下意识地眨了眨眼。他仿佛回到了童年。摇摇桃树，露珠便扑棱扑棱地掉到小伙伴头上，凉丝丝的，然后大家笑闹着逃开，背上驮着厚厚的阳光。

董德光的反应让蒋莉莉很是受用。她得意地抿住嘴角的笑容，说不错吧？凡事我只要干，就肯定行！董德光没有抬头，眼睛还被那树灿烂的桃花勾引着，嘴上应道确实不错。让我眼前一亮！蒋莉莉说眼前一黑吧？你们男人，也会欣赏十字绣？！董德光抬头看着蒋莉莉的眼睛，说我没开玩笑，确实好看。多少年了，再没看到女人绣花，不管好坏。对了，你绣的怎么都是樱花梨花桃花杏花，就没有梅花呢？你看别人绣的画的挂的，都是梅花多！

这个问题似乎问倒了蒋莉莉。她没有立即开口。略一沉吟后说，怎么，你不喜欢樱花桃花，只喜欢梅花？董德光说才不呢。我就欢喜樱花桃花。花瓣大，花朵多，密密麻麻一枝丫，看着心里就欢喜！蒋莉莉不觉松了一口气。欢喜这个词让她心里一动。她说我从来不绣梅花。我只绣春天的花！

董德光随口道也有春梅呀。想想又补充说，为什么一定要绣春天的花，就不能绣秋天冬天的呢？十字绣还有这规矩？这话风一般吹落蒋莉莉的情绪。如同傍晚的巨伞，一点点地遮住光明。她略一迟钝，慢慢收起绣品，说个人爱好，无可奉告。咱们说点别的吧。

事实上，这个问题也一直困扰着蒋莉莉。她无比清楚地记得当初在集训队，蓝红梅向副队长贺国红提问时的情景。贺国红笑眯眯地反问道，你是问为什么只能绣春天的花吗？蓝红梅答道对呀。贺国红忽然就抹下脸来，一字一顿地说，因为这是命令！

贺国红抹去微笑的过程极其短暂，因此越发显得掷地有声。那几个字如同从八八式狙击步枪射出的子弹，将同样满怀疑问的蒋莉莉击中。也不，当初大家只是随便一问，略微有些好奇，是贺国红的反应将疑惑成百上千倍地强化。她的脾气大家都知道，从那以后再没人敢碰钉子，疑问因而一直是疑问，直到今天。算是全队的共同悬念吧。

两人的情绪都因此而感冒。确切地说，是蒋莉莉传染了董德光。一次开局气氛良好的约会，就此不欢而散。回到闺房坐下，蒋莉莉右手托腮，巴掌捂在嘴上，老半天没动弹。仿佛政治家在为某个场合下一句不期然的失口而懊悔。将从来秘不示人的十字绣带去供他瞻仰，确实有奇兵之效，可惜有些虎头蛇尾。

洗洗手，依次摆开绣品。樱花，桃花，杏花，杜鹃，等等。全是大幅的，针数都接近十万，一共七块。七，对于她而言，是个充满意义的数字。几年来，她绣过的当然不止这些。但那些习作都没有保留。收藏在身边的这七块，都有特定意义。即便队里的战友，也基本没见过。当然，他们也未必会有兴趣。其实董德光小伙子的发现还是浅层次的，他没有注意到另外一个特点。那就是所有的这些花，都没用红色。大红，正红，或曰深红。顶多带点粉色，或淡淡的一抹残红。跟日常生活中真实的花朵相比，色彩有不小的区别。此刻，在夜晚的灯光照射下，那些花朵的颜色显得越发凝重。蒋莉莉的手指依次滑过绣布，感受着绵密针脚的同时，脑海里又泛起一些极其特殊的场面，冷汗不觉刺出后背。

二

按照惯常的理解，他们俩并不般配。蒋莉莉是严重的贸易逆差。怎么说呢，董德光小伙子相貌比较谦虚，最突出的特点是瘦。这本是当下难得的美德，只是瘦得过于绝对，难免污蔑社会。另外呢，职业也一般。说好听点，是菜饼店老板，实际就是摆摊小贩。他那个店倒真有门脸，是祖上的厚赐，虽然小；可惜从老板到大堂经理到收银员，都是他自己，一专多能。一个小徒弟跑堂，也只能是多面手。而蒋莉莉从相貌职业到社会地位，都占上风。当然，那时他对蒋莉莉的具体背景，并不完全了解。但这不应该成为问题。人家肩膀上可明摆着含金量的。警衔嘛。

再苛刻一点，董德光这名字也不中听。德光得光，得到的再多，最终还落个光。等于竹篮打水，多不吉利。蒋莉莉曾经就此开过玩笑，建议他改名。她也就是随便一说，没想到董德光却闻言变色。横冲直撞地应道你不懂就别瞎说。是道德上光洁无瑕疵的意思！一副上房抽梯的架势，弄得蒋莉莉简直下不来台。

两人的相识有点意思。蒋莉莉网上购物中了奖，手机话费五百元。她操作不慎，输错了手机号。抱着试试的心理，她给那个号码发短信，要求返还。董德光开始没搭理，不耐烦了才奚落道这招骗术倒是有点新鲜。你找别人试试，兴许能行。退不退还，蒋莉莉并没真抱希望，但被人当成骗子，岂能心甘。几番短信交锋，两人竟然碰出了些火星，有点不打不成交的意思。董德光小伙子发现确有其事之后，痛快地答应退还。

到了约定地点，习惯地快速搜索一通，却没发现目标，只觉得地标建筑很是醒目。是座旧教堂。有点年头，可并不破败，看得出来还有人保养。等候片刻仍无下文，蒋莉莉不觉有些心焦。可掏出手机拨通对方的电话，还是无人接听；她把手机从耳边挪开一点，转头眼观四路，就见教堂门外的廊下露出一张笑脸。笑脸越来越近，手机铃声也越来越清晰，是电脑合成的狗叫，新奇而又不至于惊心动魄。蒋莉莉本来有些生气，但狗叫和董德光的笑脸足以尽释前嫌。他忙不迭地说我可比你到得早啊。我早来了！蒋莉莉说那干吗不快点现身？董德光说我得看看到底是不是那回事啊。说完又飞快地补充道，不，我是想给你一个，惊喜！

蒋莉莉要请董德光吃饭。因他曾经说过，不习惯一下子充值这么多，最多一百。董德光略一沉吟，说好啊，那咱们吃菜饼去！蒋莉莉说干吗吃菜饼呢，你需要的可是保重，而非减肥！还是巴西烤肉吧。男人都喜欢！董德光说算了吧，我不太吃肉。跟你说实话，我吃什么都不长膘，吃肉也是浪费。

随即打车去了一家菜饼店。价格不贵，口味不错。吃到中间得知董德光的职业背景，蒋莉莉感觉非常奇怪。这完全超出她的理解能力。简直就是自费给自己做负面广告嘛。费而不惠。蒋莉莉说你准备偷艺？董德光摇头否认。说我确实从这里得到过灵感。但现在我们的口味差别，外人已经很难品尝出来。这不是虚夸。后来蒋莉莉的味蕾可以作证。而这越发增加了她对董德光的兴趣。

董德光说没什么，我就是欢喜收摊之后打车过来吃点菜饼，喝两杯啤酒。多好啊。那种感觉你可能体会不到。但我就是欢喜！他这么说时，蒋莉莉一直盯着他的脸。他肯定无法理解，这两句再简单不过的话，竟然就打动了这样一个职业背景极其特殊的女警察。

三

上次约会收官阶段的恶手，并未影响大局。几天之后，董德光再度发出邀请，见面时还带了礼物。一套绣线，一包进口绣针。

两人从上心到上床，时间距离估计高于社会平均值，但也差不了许多。董德光的要求很古怪。希望蒋莉莉穿着警服。蒋莉莉半真半假地给了他一巴掌。说亏你想得出！董德光抓住她的巴掌，在自己脸上摩挲来摩挲去，说我没开玩笑。真的，我特别想！否则我不敢相信，你是警察！

事后大约总是男人先入睡？反正蒋莉莉老半天没睡着。董德光发出轻微的鼾声，睡得像婴儿一般沉稳踏实。这景象给了她前所未有的，难以言说的触动。过去她按照要求，一直抱枪而眠，枕戈待旦。多少个夜晚，冰凉的枪身被她用体温一点一点地焐热，今天才体味到身边有活人的感觉。彼此互相取暖，滋味竟是如此的不同。

目力逐渐适应黑暗。就像过去的潜伏训练。微明之中，董德光的面部轮廓一点点地浮现，然后连成线连成片，绣出一张完整的人脸。蒋莉莉俯下身，轻轻地吻吻他的额头，再给他抻抻被子，然后倒身而睡。

虽然接近剩女的段位，但蒋莉莉的实际年龄并不大。有此称谓，是现代人共同的焦虑。或曰进步吧。大家都有时光紧迫感，都明白只有此生。所以。她的相貌其实不乏俊俏，甚至可以说漂亮。只是细部线条——也不是，大约是眉眼间的神情吧——有些怪异。怎么说呢？有点像当红的余派坤生王佩瑜，挺漂亮的姑娘，神情举止衣着打扮却都是中性的，多了点阳刚气。对于这样的女人，肯定有人不喜欢。但这不重要。只要董德光喜欢，不，欢喜就行。

除此之外，还有一点美中不足。那就是她的手。比较粗糙，明显走在时间前列。像是干过长期的家务活，比如洗衣服刷碗什么的。

好在董德光并不在乎。她那独特的眼神足以令他忘却一切。怎么说呢？除了寻找现成的书面用语，无法形容。刚毅似铁？意志坚定？坚忍不拔？都是，也都不是。因为这些东西都有，但最终却落在完全不同的一组词语上。沉静似水。两人曾经就此交流过。蒋莉莉微笑道职业素养谁都会有点，但没那么玄乎吧？董德光说我就欢喜你这职业素养。给人安全感，也让人心静！蒋莉莉笑而未答。半晌后说我的工作可没有你想象中的浪漫！董德光说我知道我知道。警察叔叔辛苦，劳累，压力大！蒋莉莉说不是这个意思。不光是你说的这些。最重要的一点你可能忘了。残酷！董德光的手本来在蒋莉莉身上不断探索前进，这时忽然停顿下来。他略一迟钝，说那正常，跟坏蛋打交道，怎么讲仁义？蒋莉莉似乎还有话说，但欲言又止。当然，也许是董德光的手打乱了她的思考。在那种状态下，要求人保持冷静显然有失公平，无论她是平民还是警察。

但就在那一刻，董德光忽然从蒋莉莉眼神里看到了一些迥异于常的东西。那也是钢铁一般的，可给人的感觉不再是安全持重，而是冷。好在它持续时间很短很短，如同蜻蜓点水惊动的波纹。

董德光嚷嚷着要去蒋莉莉的单位看看。蒋莉莉想到他在床上的古怪要求，不肯答应。说你别把我们想得太神秘。都是肉体凡胎，只不过穿了一身警服而已。警服是什么？也是一块布。董德光说你不知道，我们开店的，怕警察呀。什么都管，动不动就罚款！蒋莉莉说少破坏警民关系！坏蛋才怕警察呢。我们是保密单位，不是动物园，谁都可以去看光景！董德光说那正好啊，保密单位的找对象，不都要经过审查吗？顺便也让他们审查审查我！蒋莉莉说得了吧，我们单位对你没兴趣！董德光说可是我对你们单位有兴趣啊。噢，你把我单位看得底儿掉，你们单位却对我保密，这公平吗？蒋莉莉扑哧一笑，说就你那小店，也好意思单位！董德光说我小店怎么啦，合法纳税人！告诉你，今天小，明天就会大的！那时候啊，你得来当老板娘！

这话蒋莉莉爱听。其中有股子难以言说的精神。充满了市井里最真实的生活气息，热气腾腾。也许粗鲁点鄙俗点，但却带着贴皮贴肉的亲近。你可以赤脚，也能蓬头垢面，想怎么放肆都可以，不必客气。反正明天都会在阳光中重新开始。这种气息让蒋莉莉莫名地迷恋。包括董德光身上的油烟味。一个身着围裙的男人，咧嘴大笑时露出一口白牙，身上满是油烟味，这应该是典型的底层社会图景，但她就是莫名其妙地迷恋。

对于这种屈尊俯就，董德光一直没弄明白，甚至有点不自信。说你怎么会欢喜我呢？人民警察爱人民？蒋莉莉给他一记粉拳，说滚吧你。还记得你的特殊爱好吗？打车去别人店里吃菜饼？我就喜欢，不，欢喜你这一点！董德光闻听更加奇怪。说怎么会呢，别人都说这是毛病啊！蒋莉莉没有马上回答。事实上，她自己也没完全弄明白原因。迟疑片刻，她喃喃道那可能咱们俩都有毛病。

四

董德光确实很欢喜蒋莉莉的那几幅绣品。可惜不能随时看到。她保存得很小心。或者叫小气。看之前虽不至于沐浴焚香，但必须洗手。这个小小的仪式并不让董德光厌烦，反而强化了他的兴致。那天洗好澡，他躺在女朋友大腿上看刺绣，越看越怀念童年。母亲是地道的城里人，动针线的时候少。类似的印象，都是奶奶给的。她盘腿坐在炕上，总是不停地缝补针织，天知道哪来的这么多针线活。以缝衣被纳鞋底为主，偶尔也绣点什么。一旦碰上那样的活计，总能短暂地引起他的注意。那些彩色的花，终究好看些。但是奶奶总躲着他。绣花可是细致活，错不起。他很希望彩线能短点再短点，他好多替奶奶穿几回针，可惜线都很长很长。

　　每次穿好针，奶奶都会夸奖地拍拍他的小屁股，然后让他带着那条名叫刀龙的瘦狗出去玩。那是漫长童年里少有的亮色记忆。如果没有王老二，他在乡下奶奶家的童年，基本算得上完美。可惜。

　　董德光翻看着绣品，身上慢慢又有了反应。书面用语叫心潮澎湃，直白地说就是皮肤上起了鸡皮疙瘩。它从屁股开始，潮水一般漫入内心，然后溢满每一寸表皮。这种感觉他无法与人分享，包括每天亲热的女朋友。这只能是他自己的永恒秘密。说出来，别人也无法体会。

　　董德光随口说你绣得确实好。干吗不多绣几幅？没想到这个简单的问题也引起了蒋莉莉的过度反应。她说你胡说什么，这能随便绣吗？话一出口，她似乎感觉到了自己的过激，又补充道你以为我们整天拿着军饷只混日子？我们平常忙着呢！

　　蒋莉莉确实从来不曾在他跟前动过针线。这些绣品，她说都可以换算成漫长无聊的值班时间。因此她的过激反应也有一定的合理性。然而这并不足以完全消除董德光的疑虑。他总觉得这里面有点什么文章。可是已来不及琢磨。有更加要紧更加有趣的事情等着。上回他不情愿地穿着雨衣洗了回澡，今天不必，轮到蒋莉莉尽吃药补救的义务。在安全期以外，他们也是轮流值班。

　　董德光很是尽兴。他把蒋莉莉的上衣将到肩膀后面看看，然后再拽上来看看，心里不觉一动。警察难道就那么简单，只是一身挂着肩章的制服？按照道理不应该。可除了警服，他无法断定女朋友的职业属性。或者说，那种职业属性似乎就没了任何的神秘。

　　董德光大约是在下面不用出力，所以才有精力琢磨这些古怪念头吧。他使劲盯着蒋莉莉的眼睛。此刻，那里面的光线柔和了许多，但依然可以隐约看到坚硬的背景。如同警衔上的金属标志。

五

　　对面是个学校，每天都有人练习舞蹈。其中有一对特别刻苦，常常练到夜里八九点钟。他们的舞蹈不知道叫什么，总之比较抒情。以前身边没有蒋莉莉时，董德光晚上没事，经常遥遥地作壁上观。灯光把他们俩姣好的身影描摹到窗帘上，别有一番滋味。

那天吃完饭，董德光去厨房洗碗。洗着洗着，一抬头又看到了熟悉的风景。那女孩儿的身材确实迷人。当然小伙子也不错。包括相貌。董德光白天看到过的。如此美景肯定要与爱人分享。他匆匆拾掇完毕，钻进客厅刚要喊蒋莉莉，却见她已经站在窗户边上，抬着两手，闭着左眼，呈瞄准姿势，目标正是那道窗帘之后的风景。

董德光心里一惊。说你干吗呢？蒋莉莉早已收起动作，说不干吗，玩呗。董德光说这好玩吗？蒋莉莉和解地笑笑，说怎么，你不是看上人家那姑娘了吧？看上也正常，身材确实不错！董德光说你少胡扯。那是风景！你……蒋莉莉说你就当我职业病呗。其实这是好事，该叫敬业精神！我看他们是移动目标！

那天晚上董德光一直心神不宁。他无法忘记当时的情景。如此美丽的风景，她怎么就能当成目标呢？这事值得琢磨。可是越琢磨心里越没谱。风景，瞄准，十字绣，这里面似乎有点文章。

几天之后，蒋莉莉说是临时换班，董德光只好独守空房。收摊回来，安顿好坐下，总觉得四壁冷清。极度无聊中，他突然想起那天的情形，立即起身打开抽屉。刚要朝外拿绣品，又是一阵犹豫；低头看看自己的手掌，在身上胡乱蹭蹭，这才动手。

这活儿确实得点真功夫。天知道她哪儿来的耐心。要是挂到墙上，绝对能令蓬荜生辉。他下意识地扭头看看墙壁，不觉飞快地一笑。这些绣品，逐渐冲淡了那天的阴影。它表明，蒋莉莉不仅仅是社会地位占优势的冷冰冰的警察，也是活生生的带着烟火气的女人。甚至比一般女人更女人。

董德光小心翼翼地准备原样放回去。但是一低头，却发现下面有个奇怪的东西。是个精致的小盒子，隐约露出一角。拿出来打开，里面有枚奖章，镶着金边，上面刻着狙击英雄字样。落款是省公安厅。估计是荣誉证书之类的东西。董德光刚开始并没在意，信手连同十字绣一起放回原处。合上抽屉的那个瞬间，狙击，这两个字忽然如同火柴一般擦亮他的脑海。报纸上影视上的某些神奇传说，顿时清晰亮堂起来。他突然明白了事情的原委。

那天夜里，董德光独自躺在床上，眼前没有别的，只有高速旋转的惨白色块，夹杂着暗黑的红。它们越转越快，越转越重，沉甸甸地拽着他的心肺。

六

次日下午，董德光很早便把店面交给了小徒弟。可是那家店的菜饼和啤酒，消磨的只是钱和时间，没能消磨掉任何疑问。回家的路上，他眼前不断闪现着刺绣的斑斓色彩。他这才明白自己对那些画面印象深刻的原因。诡异。没错。蒋莉莉绣的那些花朵，色彩只能用诡异形容。它因此而充满生机，无孔不入地冲击着他的所有感官。

等了老半天，蒋莉莉才回来。进门一边换鞋脱外衣一边随口打声招呼，然后径自走进卫生间洗手。和往常一样，她把水龙头开得很大，水哗哗地激射出来，溅出无数的泡沫，仿佛水资源不值得珍惜。董德光走到门前，看见她正在使劲搓洗。手指，手掌，手背，指缝。仿佛其中某一只不是手，而是搓衣板。

董德光心里一颤，试探着说你的手很脏？蒋莉莉先是随口啊一声，动作忽然又僵住，反问道你什么意思？

蒋莉莉的身体依然保持着刚才的姿势，没有转头看董德光。董德光略一迟钝，说，没，没什么意思。太浪费水！蒋莉莉立即关小龙头，两手凑到下面冲冲，说绣花前当然要把手洗干净。否则还没绣出样子，绣布已经花了！

蒋莉莉旁若无人地在屋里走来走去。安排座椅，拾掇水果，然后再取绣针和绣箍。打开抽屉的功夫，董德光见她的动作有个短暂的停顿，可最终并无特别反应。取出东西坐好，拉开架势就要开始。

这是她头一次当着自己的面动针线。要从头绣新的。是幅海棠。但董德光丝毫没有类似激动惊喜或者新奇的感觉。他坐在沙发上，双腿并拢，两手抱住膝盖，最大限度地缩小表面积。关系没挑明之前，他基本都保持着这个姿势。现在等于又回到了解放前。他就那么坐着，耳边回荡着蒋莉莉飞针走线的声音，带着悠长的余响。跟那时唯一不同的，只是外面没有间或的鸟叫。

董德光清清嗓子，蒋莉莉没有反应；等等再清清嗓子，还是没有；他刚要开口，空中忽然刺来蒋莉莉的声音。

愣着干吗？帮我削个苹果呀。

董德光吓了一跳。眼前又是高速旋转的惨白色块。他定定心神，答应一声，呆呆地削好苹果递过去，蒋莉莉却不接。说怎么回事，喂我呀。口气多少有点撒娇。这都是熟悉的套路，但今天听来，却有些反胃。他没吭声，用水果刀削好一块，扎着递了过去。

蒋莉莉转头过来咬。这个无比熟悉配合万分默契丝毫没有难度的动作，今天却出现了重大失误。蒋莉莉没转过头来的瞬间，董德光脑海里闪现了无数的画面。那些画面的结果全都殊途同归。如同无数的小溪汇入大海。那结局本身令他激动，更让他恐惧。蒋莉莉转头过来，目光对接时，他不觉手里一松，刀和苹果随即哐当一声跌落于地。

蒋莉莉吃了一惊。刀子好险伤到她的脸，或者手与腿。她腾地一下弹射起来，说你怎么啦？

董德光忙不迭地拾掇后事。伴随着一顿正确无比的废话。各自安顿下来，他再继续喂食。还好，没再出现失误。

沉默像浪花一般在四壁激荡。董德光感觉喉咙发痒。他必须说点什么。可是说点什么好呢？他听见自己说的是莉莉，什么叫狙击手？蒋莉莉略一停顿，然后继续手上的动作，平淡地说你没看过电影吗？狙击手就是神枪手，关键时刻弹无虚发，一枪毙命。董德光半天后才鼓足勇气。说你就直说吧，你手下有过几条人命？蒋莉莉没有抬头，但手上的动作彻底打断。她扎了自己的手。血洇上绣布，那朵花的颜色因此更加诡异。

蒋莉莉徒劳地收拾着绣布上的血印，表情慢慢平静下来，继续手中的活计。看得出来，动作非常熟练。她一边绣一边说你去数数一共有多少幅十字绣。董德光说你什么意思？你是说……蒋莉莉抬眼盯着董德光，轻描淡写地说没错。每击毙一个罪犯解救一个人质，我都会绣一幅春天的花。

花，春天的花，颜色诡异的花。董德光不觉眼前一黑。半晌之后问道为什么，为什么非要在那之后绣花？这个问题终于把蒋莉莉难住。她老半天没有开口。为什么要这样呢？她还真是说不好。这事已经有年头了。

蒋莉莉说没什么，习惯而已。董德光说你，你怎么能杀人呢？那是刽子手啊！蒋莉莉说你别说得那么难听好不好？我这是正常工作！董德光啪的一下捶在茶几上，水果刀随即震落于地。他说一枪要了人家的命，也是正常工作？！蒋莉莉停下针线，抬头盯着男朋友的眼睛没吭气。交往这么长时间以来，这几乎是他语气最强烈态度最鲜明的一句话。他的声音也从来不曾这样尖厉过。蒋莉莉把脑袋略微一偏，下巴微微前伸，右手轻松地搁在沙发上，低沉地说第一，谁处在我这位置都得这样，这是命令；第二，我打死的不是人，而是罪犯。

怪不得。怪不得你会看上我。

蒋莉莉不觉一阵锥心的痛。看来剩女生涯依然无涯。她就不理解，这社会为什么如此缺乏血性。她说你这话什么意思？告诉你，我的工作没有任何见不得人的地方。你不是看到了吗，社会给了我很多的荣誉。他们都是肯定我的。

正当，肯定！人家可都是活生生的一条命！你扣扳机时，心里就不犹豫，夜里就能睡得着？不管怎么说，你没有权利剥夺别人的生命！

日本鬼子进中国以后，南京大屠杀以后，中国军队要不要还击？

你别扯那么远。那是特殊情况！

那是特殊情况，我这就不是特殊情况？不说别的就说昨天，罪犯身上绑着炸药，我若不及时开枪，整整一栋楼都要报废！里面有多少居民，多少妇女儿童老人你知道不知道？这种事情要不要制止，谁来制止？

董德光再度提高音调，说谁来制止我不管。只要不是我女朋友！蒋莉莉讥讽地一笑，说对，我很理解你。你们都是这样的，戴着雪白的手套出入有中央空调的办公场所，嘲笑环卫女工的个人卫生不好，手脸身上沾满污泥。至于社会的清洁靠谁来维持，那不在他的考虑范围，对不对？

董德光终于无语。半天后说你一个姑娘家，什么不能干，好端端的，怎么就干了这个呢？蒋莉莉说你一个男子汉，怎么就如此心慈面软，连正常的必须要有人干的社会清洁工作都不能接受？董德光说你想知道吗？那我告诉你原因。蒋莉莉说好啊。我也告诉你原因。

七

成为狙击手，完全是个偶然，甚至意外事件。当时她根本没报名，结果却进了入选名单。后来才知道，是贺国红拍的板。当时她还不是副队长，只是集训队的教员，正式命令是支队司令部的作训参谋。她枪法很好，并不在队长李卫国之下，也是集训队的核心战斗力，因此说话同样有分量。

所有的行业都是这样，要想人前显贵，就得人后受罪。入队之初，很长时间都没打实弹，整天没完没了地据枪训练。趴在地上，呈瞄准姿势，一动不动地持续一小时。稍事休息，再一小时。随着训练的深入，据枪时间越来越长，极限是连续四小时。晴天一身土，雨天一身泥。天冷时浑身冰凉，简直找不到四肢何在；天热时背上几乎要发裂。蒋莉莉有点扛不住，要打退堂鼓。贺国红慢悠悠地说，战场上决定胜败的关键是最后五分钟。谁能顶住谁就是最后的赢家。这道理不用我啰唆，你们都懂。你现在退回原单位，会是什么身份，你想过吗？

还能是什么身份，逃兵呗。对军人而言，这再简单不过的两个字却重如泰山，无人能够承担。蒋莉莉低着头不吭声。贺国红看着她，接着说这话我可以告诉你，但你千万别往外传。这批学员，你的天赋最好。如果只能出来一个，那肯定是你，不可能是别人。说心里话，我当初的条件都未必赶得上你！这时候退出，多亏呀。

就此留下。一个月后，队员分成男女两班，男的李卫国带，女的归贺国红。贺国红随即安排女兵，把据枪训练的三分之一时间改为绣花，春天的花。这事曾经饱受争议，因为听起来比据枪训练轻松，至少干净点舒服点，不时可以活动活动腰身胳膊腿，但其实并非如此。因为据枪没有具体成果，你只需对自己负责，而绣花不行，成绩贺国红都看得清清楚楚。她特意请了个绣娘做大家的师傅，见习一段时间，就组织验收。几堂课一幅绣品，都是有数的。验收通不过，一律返工。

疑问就是在这种情境下提出来的。蓝红梅绣的梅花贺国红看都不看，结论脱口而出。返工。这让蓝红梅很是意外。她已经按照要求，绣过桃花梨花，这回想换个花样，多少也找点乐趣。没想到。她心里极不情愿，就半带撒娇地问道，贺参，绣花就绣花，干吗一定要绣春天的花呢？梅花还不一样？！贺国红丝毫没有客气，硬邦邦地甩出不是答案的答案。

这是命令！

此话一出，四座皆静，连那些女兵惯常的撒娇式的哎呀，也只能免掉。

据枪之后开始打实弹。四百米距离，小十环的靶子。类似运动会上射击比赛的九点七环九点八环九点九环。目标主要有三个。一是以眉心为中心的五公分圆，二是太阳穴，三是脖子。李卫国要求大家以前面两个目标为主。因为脖子不好把握。稍微偏一点就麻烦。但贺国红不，她的首选目标是脖子。说除了截断神经传输，尽可能快地阻止犯罪行为，还有另外的原因。我先不说，你们自己体会。优秀的狙击手应该能体会到。

男兵女兵分班对抗，女兵并无明显差距。但一改用仿真人型靶，女兵们便集体滑坡。这种靶子跟真人上半身相差无几，击中之后会模拟出惨叫声，以及鲜血四溅的景象。面对它，蒋莉莉的手心直冒汗。以往射击，她的节奏从来不会被打乱，但是今天，情况突变。队友的枪声都像发令枪，让她总想抢跑，总担心落后。她眼前不光是被瞄准镜放大锁定的靶标，还有贺国红带领他们参观的那一只只被解剖过的人体。浓重的福尔马林味像密密麻麻的蚊子，在周围乱飞。大脑，小脑，左脑，右脑，脑干，脊椎，心脏，动脉。她仿佛从来没想过，人体原来跟机器一样，可以拆分成无数的零件。外表无比光鲜的帅哥靓妹，随便哪个零件稍微出点毛病，他或者她就会彻底停电。就像那次搭宝马车的经历。上回休假，她去找闺密玩。闺密的男友在一家垄断央企开车，最高档的宝马，一定要带她们出去兜风。虽然不是自己的，也可以短暂地模拟一下主人般的掌握快感。但是很不巧，出城没多久，就出了毛病。那人无奈地揭开前盖，东抓抓西挠挠，到底也没弄好。

闺密很是丧气。蒋莉莉却没有那样的感觉。她仿佛悟到了点什么。比如流行刊物上经常倡导的所谓人生真谛之类。但具体是什么，她也说不清楚。她的兴趣，都被前盖下面密密麻麻的机器零件和线路吸引。外形漂亮而又性感的名车，揭开盖子，里面竟然是如此的丑陋。跟她们参观过的解剖人体，一个德性。

这世界从来不缺乏丑陋。缺乏的只是揭开盖子的时机与角度，或者勇气。

那天是本阶段的最后一次对抗。蒋莉莉调整来调整去，到底也没找到节奏。好几发子弹都是催命鬼扣的扳机。至于成绩，可想而知。

八

从城里突然到乡下的奶奶家，最先接纳董德光的小伙伴是那条瘦狗。奶奶叫它刀龙，就是螳螂的意思。因为它瘦得确实像只螳螂。

刚开始孩子们都不和董德光玩。说他南腔北调。只有刀龙，一天到晚跟在屁股后头。混得久了，奶奶有时都不肯让他进屋，一定要好好扑打扑打才行。因为他身上满是狗味，还有狗毛。

关于狗，董德光有个伟大的发现。那就是狗并非简单的狗，有时简直威风得如同国王，至少也是个大将军。当然，是在夜里。那是个秋天，他带着刀龙在打谷场。一群孩子在里面疯，他孤零零地靠在旁边的草垛上当看客。看着看着，不觉沉沉入睡。迷迷糊糊地醒来，已是夜深人静，月亮都快落了。那是真正的静，宁静。现在的城市人无法体会也无法想象的。董德光不禁有点害怕。但转头一看，刀龙双耳直竖，挺胸抬头，蹲坐于地，两只眼睛瞪得溜圆。仿佛周围都是它的领土，虽然光明暂时将它们抛弃，但它可没有。它从来不曾忘记自己的职责，也永远不会。

刀龙的状态跟白天真是黑白分明。这是他从来没有过的印象。他这才明白，真正的狗都是夜里的狗。而白天对于狗而言，不过是生活的假象。

被黑暗鲸吞的少年董德光不觉放下心来。起身搂了搂刀龙的脖子。正在这时，刀龙忽然几声狂叫，然后发出低沉而急促的嗯嗯，催促小主人赶紧逃离。董德光当然不逃。他不怕。整天醉醺醺的王老二，有什么好怕的。虽然总是不清醒，但并不发酒疯，更不打孩子。看到董德光，王老二似乎来了兴致。拐个弯过来，扑通一声将自己撂倒在地。说小侉子，这么晚了还不回家，不怕老巴子吃了你？！

在他们口中，狼不是狼，是老巴子。

整个村里的孩子，都怕王老二。都说他身上带着刀，好多好多的刀。长的短的，圆的尖的，快的钝的，轻的重的。谁敢惹他，掏出来就是一攮子。不光孩子，就连刀龙，出了名的烈狗，真正下嘴咬人的烈狗，见了他都得夹着尾巴跑。偏偏董德光还就是不。

董德光说老蛮子，你怎么不回去？老巴子来了也先吃醉汉！

王老二哈哈一笑。说好小子，有种！你怎么就不怕我呢？

董德光说你有什么好怕的？你又不是公安局的！

王老二闻听又是哈哈一笑，从兜里掏出一样东西递过来，说到底是城里的孩子。给你，吃吧。

黑乎乎的一团，看不清什么东西。但不用看那么清楚，肯定是好东西。香着呢。尝尝，原来是块猪肝。

舍不得一口吃完，董德光要细细品味。一边品一边问，都说你有好多快刀，当真的？王老二说真的假的，你自己摸摸呗。说着话撩开衣衫。董德光伸手到他腰后边摸摸，兜子里确实有几把刀，冰凉的，散发着淡淡的油腥味。

从那天，不，确切地说是从次日开始，村里的孩子们接纳了少年董德光。王老二的小攮子他都敢摸，谁还能不服气？

酒气越来越浓。王老二忽然揉揉董德光的脑袋，说你爸妈真是笨蛋！董德光干脆地说你爸妈才是笨蛋呢！王老二说傻小子，我是说他们狠心，这样的孩子都舍得撇下！

董德光顿时无言以对。这是他的软肋。正在这时，王老二忽然带出了哭腔。说我爸妈当真是笨蛋。不叫我学别的，偏偏叫我杀猪！

没被刀子吓退的董德光，终于被哭声吓退。他带着早已跑到一边的刀龙，匆匆离开了打谷场。淡淡的云彩铺在路上，似乎绊了他一下。不，绊脚的不是云彩，而是王老二断断续续地哭。那哭声，秋水一般凄凉。

九

针对女兵成绩的突然下降，贺国红安排了一次实战，让大家去执行死刑。

同在一个系统，争取这样的机会，不过是跟对面的邻居借点盐应急、敲门开门的事情，并不违反规定。李卫国也调来案犯的相关案卷，给大家做战前动员，或者叫思想工作。奸污过多少妇女，杀害了多少人命；抢劫霸占了多少财物，收买了多少官员。死者的惨烈照片，伤者的累累伤痕，起获的枪支弹药等等，罪证如山。李卫国说他们不是人，是魔鬼，是恶棍，是社会的垃圾。你们的任务，就是清除社会垃圾。这跟环卫工人一样，身上肮脏，内心高尚！

李卫国说得口沫飞溅，不亦乐乎。那些逻辑是如此的熟悉，他因此万分自信。但贺国红冷不防插了一句话，仿佛在鼓胀的气球上扎了一针。

贺国红轻声说道，他们什么都不是。既不是人，也不是魔鬼。他们就是靶子，普普通通的小十环靶，跟你们平常瞄准的一样。

下面一阵轻微的骚动。李卫国不满地瞪了贺国红一眼，张张嘴想说点什么，终究还是没有。

刑场是个小山坡。他们趴在五十米开外，枪膛里只有一发子弹。这样的距离，再加上带瞄准镜的狙击步枪，精确性跟法警在脑后开枪没有任何不同。正是暮春时分，空气中漂浮着浓烈的气息，那是茂盛的树叶，热烈的杜鹃，不知名的花草，天上的太阳，以及潮湿地面上的腐朽松针落叶，所散发的气味混合体。它们是那样尖锐，勃勃生机触手可及，迷香一般熏得大家有些犯困。

一干人犯依次押来。背后阻挡在警戒线外的围观群众嗡嗡嘤嘤，前面的人犯有的表情僵硬，有的面带干笑，有的已经无法挪步，死狗一样被人拖着走。带到地点，背对他们跪下。一个戴墨镜白手套的警察过来，跟贺国红说了几句话。看得出来他们是熟人，大家脸上都有笑容闪过。

午时三刻，开刀问斩。蒋莉莉慢慢闭上左眼，瞄准镜里一排排平行的十字掠过目标。是个女人，看不见相貌年龄，但那头黑发确实漂亮。披到肩膀的位置，梳得整整齐齐，乌黑油亮。在他们前面不远处，有一簇野杜鹃。花瓣最大限度地伸展开来，鲜艳的红色在空中熊熊燃烧，仿佛能听得见哗哗剥剥的喧闹。

蒋莉莉眨眨眼，左手使劲捏捏枪身。超强尼龙注塑的枪身，既不反光又有良好的手感。一个十字，又一个十字。最中间的那个，将要刻画出那陌生女人的生命终点。蒋莉莉按照教程，将扣扳机的过程分解成三个动作。握紧，轻扣，猛扣。她感觉肩膀被人推了一下，那头秀发随即在空中一荡，然后甩开再落下。

罪犯们早已仆倒下去，但枪声依旧在蒋莉莉耳旁回荡。持续不断地，充满了节奏感。不，不是枪声，应该是汽油瓶清脆的爆炸。太阳在燃烧，杜鹃在燃烧，松针也在燃烧。火焰中传来奇怪的香味，无比的浓烈，酒一般醉人。她使劲晃晃脑袋眨眨眼睛，依旧听不见，什么都听不见。有个家伙的胳膊竖在空中，连手掌都不曾下垂，如同墓碑一般醒目。贺国红和白手套赶紧过去实地检查。白手套用什么东西戳了墓碑好几下，然后信手将它打倒，如同农夫随手拔掉一丛并不碍事的杂草。他挨个戳戳那一堆堆有机物，戳到披肩发时，突然掏出手枪，又补了一发子弹。蒋莉莉感觉自己清清楚楚地看见了当时的情形。披肩发又是一个轻微的震动。

蒋莉莉可能打得不够准，但再不准致命也毫无疑问。补上那一枪，完全是以防万一，免得引起什么法律后果与纠纷。她以为自己会挨批评，贺国红至少要讲评一下当天的训练或者说实战情况，但是没有，她什么都没说。自始至终。蒋莉莉实在撑不过，有天晚上主动找上门去。贺国红说这有没什么好说的？一次普通的射击，一次微小的偏差！这样吧，明天我再给你上个有针对性的训练课。

十

王老二很喜欢董德光，路上碰见，经常顺手给他点下货解馋。他的名字颇有意味。表面上看因为行为二，其实远不是那么简单。因为在当地的乡音中，老二还有个涵义，借指男性生殖器。

也许刚开始没有这个意思吧。但后来，至少在孩子们心里，涵义已经悄然改变。所以他们从来不敢当面这么称呼。你想想，谁不怕自己的老二被王老二一刀割掉？

董德光一直忘不了这个人物。仿佛他并非自己生命中的过客。他不穷，日子至少是中等，油腥首先不缺，这在农村的重要性可以想见；他也不丑，相貌至少比他哥哥强。但是很奇怪，他哥哥早早地成家立业，生了一大堆女儿，他却迟迟找不到老婆。后来捡了个女人，精神有点毛病，也一直没下崽。

那天上午，董德光感觉鼻子里满是鞭炮炸响之后的气味，整个村子都骚动起来。因为要在附近枪毙坏人。这可是比过年都难得的光景，自然要看。

大人孩子男男女女，去了无数。董德光带着小伙伴和刀龙，风一般朝那里刮。那时他早已不是他自己，而是公安局的。腰别小手枪，斜扎武装带，头戴大盖帽，威风凛凛。他盼望快点到达，再快点到达。到达之后面对周围的人山人海，不慌不忙地说，我代表人民判处你死刑！说完看都不看坏蛋一眼，拔枪就把他毙掉。然后学着电影上的人物，吹吹枪口上的硝烟，转身大摇大摆地离开，脊背被人群的目光熨烫。

那里早已是人山人海。小伙伴们很快就被人群挤散，董德光眼前只是无数的人腿，外面裹着粗布衣裳，下面是会走路的肮脏鞋子。人腿潮水一般险些将他冲垮。正在这时，一只手将他抓住。抬头一看，是王老二，脸上依旧带着红晕。他拖着董德光，挤了进去。

人腿逐渐稀疏。从那些不断变换的空间里，可以看见前面不远处跪着一个人。一个戴口罩的警察——遗憾的是，他没戴大盖帽，戴的是日本鬼子那样的钢盔，也没扎武装带，手枪不是挎在腰间，就那么提着，垂在下边一摇一摆——慢慢来到那人身后，举起手枪顶在他后脑勺上，那人随即仆倒在地。

公安局的没影了。人群随即喧闹起来。王老二拖着董德光，挤到尸体跟前。董德光看到的并不是电影上的特务，流氓，或者日本鬼子，而是个普通的农民。那双破旧的解放鞋，还有侧转过来的半张脸上泥土一般昏暗的黑色，都在明确指向他的真实身份。那样的脸，那样的鞋，村里到处都是。

乌黑的血从那张脸上淌过，流满一地。源头处漂浮着一坨一坨不规则的惨白。腥味毛毛雨一般从天而降，将董德光包裹得严严实实。他的腿向前伸，身朝后仰，使劲抵抗后面的力量，但还是好险扑倒在那张脸上。他听到太阳在噼里啪啦地爆炸，眼前随即一片白花花的乌黑。色块高速旋转，由红而白，再由白而红。它们都会说话，用董德光无法听懂的语言，音调几乎能震破耳膜。他啊的一下好险吐出来。

董德光没有吐。东西是从下面挤出来的，淋湿了他的两条裤腿。

十一

贺国红的特殊训练课类似冒险。她要亲自给蒋莉莉监靶。不蹲到靶标下面的壕沟里，而是直接站在射手和靶标之间，靠近靶标的位置，三者呈锐角三角形，直接指示弹着点。理论而言，射手经过这么长时间的训练，又是特制的八八式狙击步枪，这点准头应该有。但理论终究是理论。小概率部分对应的是一条命，风险太大。所以听了她的安排，大家心里都有点含糊。

说得严重点，贺国红是把自己的性命托付给了蒋莉莉。她说打吧，没事，就像平常训练那样。蒋莉莉迟迟疑疑地说贺参，你还是别了吧，或者下到壕沟里去！贺国红说你到底是不相信自己，还是不相信手中的枪？蒋莉莉期期艾艾地还是下不了决心。贺国红脸一沉，命令道你可以不相信你，但我不能怀疑我！少啰唆，五分钟准备，马上开始！注意动作要领！

动作要领哪里还需要注意。蒋莉莉按照本能都能做出来，毫不走样。但是今天不同，瞄准镜里多了个障碍物。不是野杜鹃，是贺国红的身体。蒋莉莉下意识地看了看她的脸，那脸依然像刀刻出来的，线条笔直尖利，缺乏圆润的转折与衔接。蒋莉莉忽发奇想，突然用瞄准镜里的十字将贺国红罩住。最中间的那个十字交叉点里，先后闪过她的三个要害部位。眉心，太阳穴，与脖子。她侧向蒋莉莉的射击方位，正好都可以看到。

蒋莉莉发现，十字交叉点上，满是细密的皱纹。

如果一枪过去，会怎么样呢？这个出色的狙击手，冷酷的队领导，不是女人的女人，揭开盖子之后，会呈现出什么样的零件？

这个念头吓坏了蒋莉莉。她垂下了右手。好像忘记了保险并未打开。

最终打了个十环右上，九点八环的样子，方位正好偏向贺国红。蒋莉莉关上保险，又用瞄准镜观察贺国红，感觉她的脸对光线的反射能力发生了细微的变化。她想，贺参的额头湿了。一定的。

十二

董德光回去之后生了怪病，烧得稀里糊涂。晕晕乎乎中，他感觉家里很热闹，似乎来了客。刀龙的叫声焦急而又紧迫。睁眼一看，是王老二。奶奶在烧水，烧了一大锅，热气腾腾的，跟过年一样。刀龙缩在墙角里，脖子上拴着绳子。

醒来时家里香气缭绕。奶奶端来一碗肉汤，他吃得热汗淋漓。奶奶宽慰地叹口气，给孙子擦擦汗，然后扶他躺下，说哎，亏了老二的偏方！

再度醒来，董德光的精神状态明显好转，爬起来就要找刀龙出去玩。

奶奶顿时没了话。还能怎么说呢?刀龙已经不会再有威武的夜晚。它的白天和夜晚都焖在锅或者罐子里。还有一部分,已经进了董德光的肚子。

董德光眼前又是一片惨白。人们说那是脑浆,跟豆腐脑一样。他啊的一声,吐了个山呼海啸。一边吐一边哭。一边哭一边骂。蹦着跳着,将装狗肉没装狗肉的锅碗瓢盆全部掀了个底儿朝天。

奶奶赶紧阻拦,但哪里阻拦得住。情急之下,她狠狠地给了不懂事的孙子一巴掌。肉对于农村人有多金贵,这么大的孩子,怎么就不懂得呢?

借着这一巴掌的劲,董德光又沉沉睡去。

一阵又一阵的冰凉将他惊醒。睁开眼睛,是在奶奶怀里。她用眼泪召唤着孙子。见他醒来,立即将他紧紧搂住,使劲贴住他的脸,说乖孩子,都怪奶奶,都怪奶奶!你要是有个三长两短,我怎么跟你爸妈交代呀!哎,你也是的,杀都杀了,你又何必呢?!

董德光的反应非常冷静。他依然清晰地记得当时的情形。他轻轻推开奶奶,说奶奶,我会不会死?奶奶呆呆地看了孙子一眼,旋即捶胸顿足,放声大哭。说哎呀呀,孩子傻了呀。我没法活了呀。早知道这样,我何必呀。王老二你个天杀的,你可害苦了我呀!

董德光还是非常冷静。他一字一顿地说,奶奶你别哭,我跟你说真的。每个人都会死的。有一天我死了,你就把我和刀龙的骨头埋在一起。我吃的肉,都还给它!

烧到底是退了,小家伙也不再稀里糊涂,只是好长时间都没精神,病怏怏地不想起床。那些日子里,他看着奶奶绣了无数的花。奶奶经常故意创造机会,让孙子帮忙穿线,好逗他说说话,活动活动身子,顺便也开开心。

但董德光并不无聊。事实上他过得可以说有滋有味。他脑海里整天涌动着仇恨,酝酿着报复。他设计了无数的方法。比如拿条蛇放进王老二的被窝,剜坨屎糊住王老二的大门,朝王老二水缸里撒泡尿,点着王老二的柴火垛,赶牛去啃王老二的麦地和菜园,或者干脆,拿他自己的小攮子给他一下。他幻想着王老二吓得浑身哆嗦,跪在自己跟前苦苦哀告求饶,直到自己内心狂跳满脸通红。

董德光以为自己对王老二只有仇恨,理直气壮的仇恨,但实际上根本不是这么回事。他对他只有恐惧,无边无际的恐惧。那天晚上,王老二杀猪归来,带着特殊的礼物,顺道探望。那礼物确实足够特殊。热乎乎的下货之外，竟然还有一条小花狗。

王老二兴奋的音调几乎照亮了乡村夜晚的黑暗。他夸张地吆喝道小侉子，我照样赔你一条狗！瞧它多漂亮，刀龙根本赶不上！

小东西总是更加可爱。那条小花狗确实比刀龙讨人喜欢。但这没用。王老二还没进门，董德光就哇哇大哭。他拼命朝奶奶的方向爬过去，但此刻那里是空的，只有一只枕头，奶奶在院子里开门；董德光徒劳地抱住那只枕头，如同抓着最后一根稻草，蜷缩在床角靠墙的位置，大声哭喊。

董德光的反应似乎吓住了王老二。小花狗和下货哗啦一下掉到了地上。他惶惑地看看董德光再看看奶奶，嘴半张着，但却说不出话来；昏暗的灯光下，他的眼神里充满了无助。仿佛背上不是一包刀，而是一包书。他像偶然犯了错误的孩子，或者干脆就是一个无辜的学生，因为同学的诬陷或者老师的误解，要受到严厉但是不当的惩罚。

奶奶并没有给王老二面子。她飞快地挥舞胳膊，像是在赶饭菜上的苍蝇。她说你走吧走吧，以后再也别来了！别吓坏了孩子！

王老二通红的脸突然变得一片苍茫，惨白如纸。他眼睛里一闪光，晃晃悠悠地转身离去。脚步如同深秋里干透的落叶，在风中飘摆。

奶奶伸手去抓小花狗，那是个活物，没抓着；拣起下货要朝外扔，但动作刚刚开始，便收了手。

十三

那次不算成功的实战之后，队友们发现，蒋莉莉比过去沉静了许多。过去就不闹，现在更无声息。跟大家的交流方式基本上全部改成了表情。微笑，抿嘴，皱眉，等等。当然，她的训练依旧刻苦，成绩也稳步提高。

没有人知道蒋莉莉的内心活动。她脑海里经常会闪现那天的情形。不同的是，她打得很准，没有任何纰漏。她一枪又一枪地打，陌生女人一次又一次地倒。她打得干脆，陌生女人倒得利落。她恨不得再有一次机会。如果有，她一定会好好把握，绝不浪费。

机会当然不会再有。死刑越来越慎重。在那之后不久，蒋莉莉偶然接触了十字绣。十字，乍一听，名字本身就让她心里一动。找来看看，确实很有意思。主要是针法简单，只要按照设计图稿，在面料网格上将线通过十字交叉的方式连接起来就行。虽然针法简单，主要只有全针半针四分之一针和勾边这几种，但绣成后的图案可以高贵典雅，也能精致大方，完全在于你自己的功力。她一上手便上了心，越来越迷。

又是一天艰苦的训练。下课吃完晚饭，队友们受邀出去玩的出去玩，打扑克的打扑克——集训队里，女兵是稀缺资源，很受欢迎——只有蒋莉莉独对四壁。那是个满月之夜，月亮清清亮亮地悬在空中，将下界照得水一般白，传达着海洋一般的诱惑。蒋莉莉情不自禁地跑出宿舍，来到月光之下。伸出手，手掌合并，手指交叉，不停地互相揉搓，然后仰头向上，如同站在淋浴的莲蓬头下面。不，不能那么奢侈。如此清亮的月光，只要一瓢便已足够，便能濯清身体，并且给她无尽的灵感。那灵感只有简简单单的三个字。

十字绣。

蒋莉莉赶紧转身回去，操刀上阵。

她绣的第一幅十字绣，是杜鹃。刚开始并不顺利。过去作为辅助训练手段的刺绣，跟十字绣技法上还是有差别，她得慢慢适应。针法虽然简单，但却需要耐心。随便错一针，弄不好就要从头再来。她绣了半夜，等队友们回来洗漱准备休息时，才刚刚找到感觉。她顾不上别的，依旧飞针走线。针入面料，发出轻微的噗噗声。尽管周围有牙刷碰撞瓷缸，拖鞋敲击地面，以及蓝红梅她们的嬉笑，她依旧能清楚地听见针的脚步。她一针针地绣下去，如同农夫密密麻麻地种植平静，也像蜜蜂忙忙碌碌地酿造安宁。那努力是成功的。她脑子里的问号不断缩小再缩小，最终完全风平浪静。她心里眼里再没有别的，只有暮春时分的浓烈空气，以及熊熊燃烧的野杜鹃。虽然才刚刚开头，根本看不出雏形，但在她心里，一枝杜鹃已经呼之欲出。老枝上骨节粗粝，如同人体衰老的关节。

那一夜，蒋莉莉睡得格外安稳。那是个全新的开始，她逐渐淡忘了噩梦。

经过三次淘汰，最终只有两成队员成为狙击手。蒋莉莉和蓝红梅都在其列。简单的仪式过后，集训队组织会餐庆祝。男兵们称为滚蛋酒。很少喝酒的蒋莉莉，那天放了量。来挑战的都从容应对，外带着不时的主动出击。

碰到最后，屋里再没有狙击手，只有酒鬼。勾肩搭背流泪的，握手不放交心的，脑袋靠在椅背上养神的，趴在桌上打呼噜的，应有尽有。一句话，现场只有你想不到的，没有你看不到的。

蒋莉莉就在那个关口找到了贺国红。挑衅地跟她碰了两杯，说贺参你知不知道，那天你给我监靶，我瞄准过你！

蒋莉莉此时才意识到先前喝的所有的酒，都是这句话的铺垫。然而贺国红的回答，又在瞬间掏空了全部的根基。

所以我才说，你一定能作个优秀的狙击手！贺国红不假思索地脱口而出道。

蒋莉莉顿时哑口无言。

她彻底醒了。

平时枪口不能对人，无论何时何地，无论实弹还是空枪。这是铁律。因此那天的举动，不啻天大的秘密。而从贺国红的反应看，她似乎早已知晓，但却压根没提。这怎么解释？

贺国红略微一顿，接着说你知不知道我为什么要让你们绣春天的花？这话刷拉一下点亮蒋莉莉的眼睛。她使劲摇摇头，两只灯泡直直地射向贺国红。贺国红说你自己慢慢体会吧。连同这个问题，为什么要尽量射击脖子。体会出来答案，你将独步天下！

后面这一点，不光蒋莉莉，其实谁都不认为算个问题。脖子作为目标倒不在颈动脉，而在于脊椎。她说这难道还有什么讲究，训练时，你不是已经说过了吗？贺国红摇头笑笑，刚要开口，却被人打断。蓝红梅过来就紧紧搂住蒋莉莉，醉话连篇，倾诉革命友谊。蒋莉莉应付几句，用手拍拍蓝红梅的后背，示意她放开，但蓝红梅显然读错了信号，或者借着酒劲故意不理会，反而搂得更紧。好容易打发走她，再看贺国红，也早已陷入包围。

也难怪，今天这样的场合，她注定不得安宁。

十四

各自讲述完毕，屋内一派沉寂。蒋莉莉看着董德光，内心早已柔软如月。她情不自禁地向他伸出手，试图抚摸那些无边的疼痛。但董德光却不由自主地朝后一躲。仿佛那不是手，而是一块烙铁。哦，不，他只是清楚地感觉了了那只手的粗糙。可是他已经没了解释的机会。那个动作本身便足以摧毁蒋莉莉所有的自尊。

董德光安慰似地问道，你干吗一定要干这个呢？就不能换个工作？蒋莉莉没有马上回答。这问题有点难度。她一下子想起那次跟蓝红梅争着出征的事情。不，作为狙击手，她不能没有枪。换句话说，离开那只编号C004591的八八式狙击步枪，她不知道自己是什么。

没错，只要需要，她随时愿意扣动扳机。

蒋莉莉说这是我自己能够决定的么？我们都有纪律的。董德光涵义复杂地摇摇头。蒋莉莉赶紧接着说你问这个是什么意思？如果我能换工作……？

下半句话先悬在空中然后跌落于地。董德光一直没接茬。

两人先上车后买票的同居生活就此结束。

确认怀孕，是那以后不久的事情。蒋莉莉立即通知了董德光。当时她一副漫不经心的表情，甚至看都没看对方。但是视觉转移到听觉上，她能清楚地听见自己的心跳。

董德光说啊？真的？蒋莉莉说你要不要看看化验报告？董德光脸上的惊喜持续时间很短很短，就皱起了眉头。蒋莉莉的心情随即阴沉下来。只听董德光又说我倒是很想要个孩子。儿子最好。夏天我可以带他洗澡，平常还可以带他吃菜饼喝啤酒。我很欢喜那种感觉。真好！

又是欢喜。这个词对于蒋莉莉而言，总像石头击中飞鸟。她一把抓住董德光的手，说你要是真喜欢，就给我一句话！

蒋莉莉的手几乎在董德光胳膊上刻出印来。那动作越发显得突兀。因为董德光的手并没有覆盖上去。他神情黯淡地说可是那对你太不公平。要是能有其他选择就好了。

蒋莉莉不觉怒从心起。愤怒搅动起沉积在下的残酷的快感。她对自己的工作谈不上喜欢，但是已经习惯。也许算不上什么好事，但总得有人做。她希望击中董德光一次，让他好好感受感受痛苦的滋味。她仿佛看到，墓碑后面躺的不是别人，而是他董德光。白手套掏出手枪，又给了一颗七点六二毫米口径的子弹。

蒋莉莉的眼睛使劲盯住董德光。她得确认，墓碑之后并不是他。她慢悠悠地说什么其他选择，我把孩子生出来留给你，然后走人，对么？董德光说都是你说的，我可什么都没说。蒋莉莉说当然，你从来不自己说。你们这些人都很聪明，智商够用！

　　相对无言，菜饼也失去往日的滋味。董德光就着啤酒，一支接一支地抽烟，但都抽不完。到剩余三分之一或者四分之一的地方便狠狠掐掉，没过多久再点上一支，仿佛那是店家的赠送。

　　他们还坐在靠窗的位置上。蒋莉莉很喜欢看窗外的光景。仿佛目光此时才离开瞄准镜，从另外的角度看世界。窗外车水马龙，大家行色匆匆，脸上带着各自不同的表情，掩盖着不一样的心事。那些人，那些过客，他们会知道自己正在被观察，被揣测么？或者，他们对于自己的心事，是否有点感觉，有点兴趣？不，不会的。他们不是目标，虽然看不到，但却知道某个方向，某个角度，隐藏着危险；他们也不是狙击手，心怀明确的目的，寻找巧妙的角度，窥伺目标。他们可以什么都不管，沉醉乃至沉溺于自己的心事里，体味着巨大的痛苦，或者简单的快乐。

　　其他选择。这个说法精确击中蒋莉莉内心残存的一点点希望。在子弹跟前，靶子总是不堪一击。完了。这种带着油烟味的生活，确实到了终点。她必须回归从前，用闪闪发光的铝合金托盘，按照炊事班制订的每天不同的菜谱，选好精致的菜肴，到光洁的压塑座椅前坐下，微翘兰花指，一日三餐。饭后起身便走，杯盘狼藉，都有专人收拾。战时用八八式狙击步枪画十字，平时用进口绣花针画十字。这就是她的生活，整洁有序，精致典雅，永远不会被油烟熏染，永远都在玻璃花房之内。

　　原来她不仅仅需要无比熟悉的枪，还向往带着油烟味的生活。这个突然的发现改变了她的生活轨迹，也改变了她的精神状态。

　　蒋莉莉深深地看着董德光，一言未发。那目光似乎在做一种虚妄的努力。它要一点点地把董德光收集起来，然后随身带走。但董德光一直没抬头。似乎手中的烟卷有什么奇特之处。良久之后，他使劲掐灭手中的烟头——在不到一半的位置，说算了吧，算我没说。好在还有时间，咱们都好好想想。

十五

　　哪还有什么好想的，答案摆在跟前，即便瞎子都能看见。那些日子，蒋莉莉的心仿佛被整个掏空。她能清楚地看到，支撑心房的柱子不断地倾斜，然后发生大面积塌方。她坐卧不宁。总觉得有点什么事。这在过去是从来没有过的。

枪如同柱子，支撑起她生活的空间；密密麻麻的针线，沙子一般填满那些无聊的缝隙。因为它们，她少言寡语的生活并不空虚。可是现在，枪还在，针也在，她自己却突然改变，仅仅因为某个男人，身上满是油烟味微笑时露出满口洁白牙齿的男人。

蒋莉莉经常抄起手机，然后再放下。那部刚换不久的新款三星，因此被地面亲吻出一道细细的唇痕。终于有一天，她决定不再难为手机，出门到了绣品店。

绣是肯定要绣的。问题是绣什么。花早已排除，剩下的无非山水风景或者吉祥纹饰。题材其实相当广泛，所有你想到的，基本上都能找到相应的图案。

老板早已是熟人。她向突然变得犹豫不决的老客户推荐了许多图案，但都未获首肯，于是不再说话，静候一旁，等待客户选择。

翻到一幅吉祥图画。年画的风格。一对童男童女。一个捧着一条鱼，一个提着一只鸡，取多子多福吉祥有余的意思吧。这倒没什么特别的，关键那两个孩子实在是漂亮。不对，是可爱。即便你内心残忍如同荒漠，看了也不禁会生出怜爱之泉。泉水冲击心房，让你忍不住要摸摸男孩儿的脑袋，或者亲亲女孩儿的脸蛋。

尤其是那清澈的眼神，委实令人年轻，能刷拉一下让你缩小退回到自己的童年。

蒋莉莉就此拿定主意。不能为那个男人保留真正的儿子，就送他一个虚拟的安慰吧。也算是纪念一段特殊的时光。决心下定，她脑子里灵光一闪，忽然就对董德光有了全新的发现。她这才感觉到，平常的他像什么呢，花骨朵。不是时令未到，而是被什么东西硬生生地禁锢着，因而不能开放。只有到了那家菜饼店，喝下两杯啤酒，才能舒展开来。不，并不是如此简单，即便在那样的情境下，也必须有自己陪着，花瓣才能彻底打开。

那一刻，蒋莉莉心里不觉隐隐一痛。

这幅画比较难绣。针数多还好说，关键过去没绣过人物。这彻底解放了那款三星手机。眼睛一动不动地盯住一个物件，焦距长时间不调整，会导致眼睛疲劳，甚至损伤视力。尽管受过严格的训练，终究还是凡人。蒋莉莉不时停下来，将眼睛转到房间的角落。就在那个瞬间，那两个孩子经常从画布下来，蹦蹦跳跳地过去，调皮地冲她一阵傻乐。

微笑飞快地浮上蒋莉莉的嘴角，然后如浪花般自然消逝。她使劲眨眨眼睛，男孩儿女孩儿都不见了，角落里只有鞋架。她转过身子，目光重新回到绣布之上，全针半针，四分之一针加勾边。

男孩儿先有雏形。头发有了，眉毛有了，正在绣眼睛。从左眼到右眼，从眼皮睫毛再到眼球。绣好眼球，蒋莉莉有些花眼，就仰天抬头，眨眨眼，然后再闭上。片刻之后，低头继续。但是就在眼睛与绣布交接的那个瞬间，她心里忽然猛地一闪，仿佛有重物滑过。一件灵异的事情发生了。她清清楚楚地看到，那只闪着清澈光芒的孩子的眼睛，给了她一朵微笑。

蒋莉莉飞快地眨眼，然后定睛观看。这次那眼睛倒没有传递笑意，但却洋溢着另外的信息。都有什么呢，信任？亲切？顽皮？可爱？是，也都不是；然而是与不是又有什么关系，她已经彻底忘却语言。

那个尚未成型只有双眼的孩子，深深地牵动了蒋莉莉的心。等绣出口鼻绣好整张脸，他一点点地完整，那种感觉也随之越来越强烈。她突然就有了前所未有的成就感。仿佛那孩子是她一手孕育的。如同亲手栽培浇水的小树长大。或者儿童在沙滩上盖起的城堡。她似乎感觉到了腹内的胎动。当然，那种感觉应该不是真的。时间还早，远远不到时候。迄今为止，除了最显著也是最初的特征以外，她还没有任何反应。

杀人动作要快。蒋莉莉这才明白自己为何一拖再拖，迟迟不去医院。其实，她早有答案。只是那答案隐藏在角落，被什么东西遮盖着，如同彼时董德光身边熟睡的刀龙。此刻它被某种声响惊醒，或者干脆就是自觉，冲着夜空，响亮而突兀地喊一嗓子，宣告自己的存在。

十六

对于蒋莉莉的决定，董德光感觉非常突然。这是可以想象的。

蒋莉莉说你不必紧张。这是我自己的事情。跟你没有任何关系。我不会赖着你的。要不，咱们先签个协议？

董德光尴尬地摇摇头，说在你心中，我就这形象？我不是那个意思。

蒋莉莉说那你是什么意思？这点方便都不肯给？别忘了，他是你的孩子!

两人悄悄领了结婚证。没有结婚证，孩子就是黑户。董德光一直心神不定，回答办事员的例行提问都有口误。办完手续，他长出一口气，表情这才放松下来。蒋莉莉发现，他额角对光线的反射能力也有细微的变化。如同那天实弹射击，瞄准镜里的贺国红。

从民政局出来，董德光转身就准备告辞离开。蒋莉莉说这也太对不起咱们自己了吧？好歹的，也算结过一次婚! 董德光迟迟疑疑地说也是。那我请你吃菜饼吧。蒋莉莉说我可不想被菜饼打发掉。这样吧，以前都是你请，今天我来。我知道个好地方。

饭桌上气氛沉闷。蒋莉莉不停地抚弄自己的头发。其实她刚刚洗过头，头发干净而整齐，散发着高档洗发水的淡淡香味。草草吃完，董德光眼里便生去意。他陌生地看着昔日亲密的女友，内心依然回荡着淡淡的恐惧。自从知道蒋莉莉的职业秘密，他经常梦见自己身边躺的是王老二，然后又变成那具露着半张脸的尸体。那天他迷迷糊糊地信手一摸，还真是，怎么推都推不走。醒来一看，自己怀里抱着枕头，下面的拉锁扣住了内衣。童年时期，他就曾无数次地从类似的噩梦中惊醒。还好，醒来一看，奶奶总在身边。绣花，或者缝衣被，纳鞋底。见孙子睁眼，就抚慰地摸摸他的脑袋，给他掖掖被子擦擦汗，自言自语地说两句闲话。

董德光没有发现，自己已经迷迷糊糊地站起身来，在蒋莉莉跟前愣怔了半天。一条腿支着身体，另外一条腿斜荡在外边，呈扶壁站姿。斜荡在外的那只脚，正对着门的方向。蒋莉莉看看他短促地一笑，说有事你先走吧，我想再待会儿。

听了这话，董德光动动嘴唇，似乎想说点什么，但最终却没有开口。

蒋莉莉看着窗外。远处就是那座旧教堂，他们头一次见面的地方。高大的十字架挂在屋顶前面，格外醒目。似乎有悠扬的钟声远远传来。她扫描着教堂和十字架，同时用余光观察董德光。但是她什么都没等到。片刻之后，她扭头看看昔日的男友，如今法律意义上的丈夫，说还有事？董德光短促地说没有。我以为你还有事。蒋莉莉说那你就先走呗，还愣着干吗？

蒋莉莉没看董德光的背影。她从玻璃上看见他整了整后面的衣服。这稍微给了她些许安慰。事到如今，他依然不自主地在意自己对他的印象。

两周之后，两人又去民政局，拿红本换了绿本。本来说好一周之后就去的，但蒋莉莉耽搁了。

办事员是个中妇。她看看结婚证上的日期，下意识地扭扭头，似乎隔壁办公室办理结婚登记的同事就在旁边。片刻之后抬头挨个审视审视他们俩，说你们真想好了？不用再考虑考虑？或者调解什么的？

中妇脸上的表情非常复杂。简直有点痛心疾首的意思。外带着不可思议。蒋莉莉看看董德光，没吭气。董德光赶紧说我们并没有矛盾，调解什么？中妇说没有矛盾，好端端的干吗要离婚呢？这可不是儿戏！董德光说我们想离就离，双方自愿，你问那么多干吗？中妇刚要开口，却没有，只把警惕的目光转向蒋莉莉。董德光也随之转过视线，眼神很是紧张。蒋莉莉愣怔片刻，忽然长出一口气，笑道办吧。这确实不是儿戏。

领结婚证需要政治处开证明，但离婚无此麻烦，因此单位毫不知情。蓝红梅她们过来询问具体婚期，蒋莉莉也总是王顾左右，笑而不答。

董德光并没有忘记自己的责任。营养什么的，应有尽有。当然，亲热除外。不但他，他母亲也经常过来，给蒋莉莉煲点汤，甲鱼乌鸡等等。对于他们的闪电结婚和闪电离婚，这老妇的反应跟那中妇雷同。她对蒋莉莉很好，标准的婆婆伺候月子的架势，多少有点挽狂澜于既倒的意思。

十七

尽量以脖子或者说颈椎为首选目标，蒋莉莉并不认为是个问题，但贺国红的表情告诉她，这其中确有玄机，并非仅仅她在课堂上说过的，以最快的速度制止犯罪行为。她想来想去，一直没想明白。直到第五次实战结束，才悟出答案。那以后不久，她就和蓝红梅一起以武警上尉的身份退出现役，转业进入省公安厅。

那是个惊动全国的大案，公安部发了 A 级通缉令。刚得到消息，命令还没下来，蒋莉莉已经做开了准备。她熟练地将枪装好，然后认真擦拭一遍。枪其实很干净，因为平常一直在保养。但她依然要擦。一丝不苟地擦。结果并不重要，重要的是过程本身。这早已不是擦枪，而是某种仪式。仿佛晚辈棋手与上手决胜，他必然要早到片刻，然后掏出手绢，擦擦其实光洁如新一尘不染的棋盘。

刚刚做好准备，队里便下了命令。蓝红梅主攻，蒋莉莉配合。这消息好险闪了蒋莉莉的腰。

狙击步枪里从来只有一发子弹。所谓配合，基本都是作壁上观。作战参谋推门进来时，蒋莉莉刚擦好枪。见人进来，随即转身扶枪站起来。听完命令，她不觉身子一晃，重心本能地转移到了枪上。靠了枪的支撑，她才没有闪腰或者跌倒。

原来枪并不仅仅是枪，还是精神或者惯性生活的拐杖。

蒋莉莉没跟作战参谋啰唆，直接找到参谋长，主动请缨，要打主攻。作为狙击手，她投闲置散已经很久。换句话说，自从上次搁下绣花针，她已经很久没绣过春天的花。她不喜欢就那么无所事事。她如此年轻，应该做点什么。

参谋长肯定了蒋莉莉的积极性，但否定了她的请求。军令如山，无可更改。

只得怏怏不乐地上阵。初步选好射击位置，摸过去一看，却不合适。她们虽然在罪犯的视界之外，但前面的房子有窗户，玻璃可能会反射出她的影子。没办法，只得另外再找。找来找去，勉强找到替代位置，地方又太小，前后进深不够，蓝红梅用自己的枪瞄准，辗转不开。

蒋莉莉不失时机地再次请缨。说自己可以不用狙击步枪，改用普通的微型冲锋枪。参谋长有点不放心，扫了蓝红梅一眼，然后转头问她有无把握。蒋莉莉飞快地眯眯右眼，说没问题。用微冲更有把握。

于是找来常用的微冲。没有光学瞄准镜，只有普通的十字形准星。彼此距离很近，蒋莉莉清楚地看见，那是一张清纯的脸，貌相远比实际年轻，恨不得就是十七八的小伙子。即便此刻，他面带紧张和焦虑，眉眼间依然有异样的东西流露。无法相信他就是通缉令上的那张黑白照片。那个穷凶极恶的坏蛋。小时候，不，包括现在，他的家人，比如父母妻子，一定对他寄予厚望吧。也许，他们根本不知道他的所作所为？

在这样的距离上击发，将会留下一个很大的贯穿伤口。由于弹头和弹药采取了特殊的工艺，狙击步枪五点八毫米子弹的侵彻杀伤力远远超过冲锋枪的七点六二毫米子弹，近距离上差别尤其明显。尽管如此，此时如果用微冲打在眉心或者太阳穴，他家人收尸，或有亲友送别时，印象肯定会格外深刻。那张脸，很难说还是不是脸。活着他是坏蛋，死了他就是儿子或者父亲。

最后瞄准镜里的十字中心，锁定了那人的颈椎位置。

这种围歼战的最后一幕，都是论功行赏。作为第一狙击手，蒋莉莉应该有个三等功，但她没要，名额让给了蓝红梅。争战让功，这让政治处主任既意外又感动。说蓝红梅面临调职，有这个功可以提前，所以当初我们安排她上。你放心，明年该你调职，我们会想着的！蒋莉莉沉稳地一笑。她其实并没有想到这些。她说我让功可是有条件的啊。是个交易！主任闻听一怔，赶紧问道什么条件？你说来听听！蒋莉莉说我要一套十字绣的绣针绣架，还有绣线，进口的！

那以后不久，蒋莉莉绣成了一幅迎春。

十八

蒋莉莉的警衔相当于少校。当然这并非她之所以剩女的根本原因。相对于年龄，她的警衔偏高。至于原因么，当然是因为战功。或者说，她绣出来的春天的花比较多。可尽管如此，她依然保持着过去的习惯。抱枪而眠。只要在单位宿舍，就永远如此。当然，枪是空的，没有子弹，也去掉了光学瞄准具和支架。

这些年下来，C004591注塑的枪身似乎已经被她慢慢焐熟，与人体的温度同步。温度当然是没有的，可是却有了某种灵性。这枪在结构上最突出的特点是无托、无提把和无腮垫，根据我军战士的身材合理安排人机操作尺寸和位置，人机功效值较高，操作很是方便。机匣与枪托合二为一，小握把设置在弹匣之前，简化了枪体结构，也有利于抵肩射击时减小动力矩，抑制枪管跳动，提高射击精度。这些特点，她闭着眼睛都能倒背如流。抱到现在，她甚至抱出了手足的感觉。仿佛它不是枪，而是自己身上的某种器官，彼此完全融合。她早已习惯了枪的存在。

那幅吉祥童子足足有三万多针，蒋莉莉绣得很慢，或者说艰苦。她还从来没有如此上心过。疲劳时看看孩子们的眼神，摸摸他们的脸蛋，很快就来了精神。那天晚上她绣到深夜才罢手。洗刷完毕，然后熄灯休息。抱着枪侧卧在床上，枪托夹在两腿之间，枪管贴着脸。刚开始有点凉意，但很快就没了金属的感觉。如同冻僵的手指逐渐暖和过来。她紧紧搂住自己的 C004591，仿佛搂着一个玩具娃娃，或者小宠物。

枪管突然湿润。如水的心事溢出心房滴到上面，然后顺流直下。黑暗中，她能清楚地看到泪水的运动轨迹，真切地听到它敲击枪管的清脆声音。仿佛夏天的清晨，露珠抚摸修长的竹竿。

蒋莉莉知道自己流了泪，但却找不到原因。她感觉自己心情很平静，没有半点悲伤。咂摸来咂摸去，似乎还是高兴，或者说幸福，浴火重生一般的幸福。这个词也许夸张了一些，那就换个说法，她突然从一个全新的角度，发现了生活的真相。所有的东西都是原封不动的，没有任何变化，只是过去被她忽略了而已。类似一笔遗忘的存款，或者一个童年的老友，等等等等。

这种感觉过去曾经有过，那是在刚刚迷上十字绣，从中找到足够的乐趣之后。在此之前，每见到一个生人，她总是不由自主地观察对方的面部特征，在心里画一个又一个的五公分圆。额角上有皱纹，鼻梁上方的痣，喉结粗大或者不够明显，这些特征都是辅助的定位手段。那是什么感觉呢？她仿佛挑剔的顾客，面对新上市的西瓜。左拍拍右听听，挑肥拣瘦。

为此还闹过笑话。有一天，有人到她们单位办事。那小伙子模样有些与众不同，不是外形，而是解剖结构或者骨架比例，蒋莉莉一直没找好点，不由自主地多看了两眼。正面，侧面，左右端详。小伙子刚开始有些害羞，但很快就活跃起来，如同吃了兴奋剂。这不过是漫长生活里的一朵平庸浪花，过去也就过去了，蒋莉莉根本没放在心上，但第三天，她忽然接到一个陌生的电话，是那小伙子打来的，要请她吃饭。

蒋莉莉立即明白了小伙子的意思。可她早已忘记对方的具体相貌。头发是否有形，脸庞是否漂亮，眼神是否性感，皮肤是否细腻，鼻梁是否挺拔，这些细节她毫无印象，有的仅仅是那几个点。以及造成那几个点的内在解剖结构。她清楚地记得，小伙子的笑纹有些特别，最上面那一道微微上翘，其延长线跟两道眉毛连线的交点，应该是五公分圆的圆心。

那一刻，蒋莉莉忽然感觉到了从未有过恐惧。

迷上十字绣，确切地说，是绣好第五幅春花之后，有一天，她突然对陌生人产生了另外的兴趣。她不再执着于画圆，注意力完全转到了勾线之上。大面积的全针不必细说，哪里需要半针，哪里应该是四分之一针或者四分之三针，哪里勾边，如何打个法兰西结，她暗自揣度筹划。这给了她完全不同的感受。

然而揣度筹划终归不过是揣度筹划。到了今天，真正身体力行有了成果之后，她才明白其中的强烈感受。不直接动手，你永远也无法体味。见过猪跑的人对猪会有印象，但不可能知道猪肉的滋味。

十九

兴许是身体素质的原因？从怀孕到生产，蒋莉莉一直没有多么强烈的感觉。除了特别爱吃酸，饭量明显增加以外。恶心，呕吐，喘不动气，这些毛病，都离她远远的，不敢过来。

身材一天天地臃肿，慢慢达到一步一个脚印的境界。蒋莉莉不敢再照镜子。她无法接受自己的形象。她有些后悔。这个决定也许是错的。或者说目的正确，但成本太高。这样的付出，何必呢。她对董德光日渐冷淡，甚至有些恨。若无特别需要，就不再叫他过来。过来也是匆匆过客，干完该干的，然后土豆下山。

枪一直挂在床头，但蒋莉莉已经不再拥它入眠。现在她处于休假状态。尽管还寄住单位宿舍。但是那天夜里，她感觉忽然被枪托或者枪身碰了一下。或者是尖锐的支架，凸出的光学瞄准镜。不，肯定不会是它们。因为支架和瞄准镜平常都是卸掉的，即便枪，也一直挂在墙上，上面兴许落满灰尘了吧。

很快又是一下。蒋莉莉这才明白，这就是所谓的胎动。她非常兴奋，很想告诉谁，但是旁边没有人，只有 C004591。另外就是那幅即将完工的吉祥童子，斜绷在绣架上。主意是灵光一现而来的。她对着那两个孩子，大声说喂，你们的小弟弟或者小妹妹在叫你们呢！寂静的夜空里这声音有些突兀，吓了她自己一跳。她想想不定，给董德光发了一条短信。你儿子会动了。董德光很快就有了回复。是吗？那太好了，辛苦！蒋莉莉又发了一条。刚才他打了我一拳。你得补偿我！董德光回复道，一定！蒋莉莉对这简单的两个字略有不满。还要再发申讨，想想书上说的，手机辐射对胎儿不利，就断了此念，顺手关机。

那天夜里，蒋莉莉睡得分外安稳。对董德光，她心里不再有恨。

从那以后，小家伙越来越活跃。他或者她也许要翻身，也许要伸展伸展胳膊腿，也许要挠挠痒。不管干吗，总归会触动母亲。蒋莉莉感觉肚子里面的小东西，无时无刻不在跟自己交流。他或者她就像一条根，让她跟这个世界有了密切的血肉一般的联系。

然而生产的痛苦超乎想象。那种撕裂般的感觉简直令她痛不欲生。是个男孩儿。听到头一声啼哭，想想刚才的地狱历程，她不由得一阵痛恨。当护士照习惯性地把他抱过来，让母亲看一眼时，那种感觉更加强烈。没想到他这么丑。跟绣像上的那对童子相比，简直就是个夜叉。脑袋是尖的，皮肤表面满是皱纹，连手指上都有。不像孩子，倒像个老头。更可气的是，他竟然闭着右眼，打了一个长长的呵欠，好像历经艰辛的不是母亲而是他自己。他刚刚立下汗马功劳，班师凯旋，从安定门进京。

蒋莉莉知道这种感觉有违常理，始终没敢表达出来。直到那一天。

变化总是突然的，如同春天融冰的第一声坼裂。孩子的脑袋浑圆起来，皮肤上也不再沟壑纵横。她这才跟蓝红梅说了当初的感觉。蓝红梅一听哈哈大笑，说孩子从产道里硬生生地挤出来，脑袋能不变形？他在羊水里泡了八九个月，都是泡的！告诉你，今后还会有更多的变化，既有烦恼也有惊喜。你就等着吧！

蓝红梅说得不差。蒋莉莉经常会体味到小小的惊喜。四十多天后，孩子跟她笑，嘎嘎地笑；四个半月时，两颗牙齿同时扎出；这些琐碎的细节，都能给她充满油烟味的家常的惊喜。孩子睡着以后，蒋莉莉经常端详着那张粉嫩的脸蛋。她无法相信，这个孩子，刚开始见风长的孩子，是自己孕育的。一粒幸运的精子遇到一粒卵子，就有了摇床上的他，这是科学道理，她都懂得，只是无法相信。这未免太过神奇。受精卵多大，自己的肚子多大，孩子又有多大？他是如何从一粒受精卵，变成眼前能跟自己交流的孩子的？他的眼睛怎么样就有了神气，胳膊腿怎么样就有了活力，脸蛋上怎么样就有了表情？生命的秘密，到底在哪里？

其实绣布上的那两个孩子，才是她真正孕育制造出来的。她熟知每一个细节。眉毛多少针，嘴唇多少针，都有据可查。可是，这个以疼痛宣告自己到来的小坏蛋，她却丝毫说不出所以然来。

疑问丝毫不影响成就感。虽然小，甚至不足为外人道，但却是实实在在的。她长时间盯着孩子，直到眼神恍惚。她仿佛看到自己正在蜕皮。没错，就是蜕皮。她从蛹，慢慢化成蝴蝶。与之相比，刚绣出吉祥童子时的感觉，实在是不值一提。也不，过去的一切，都有递进关系，前边都是后边的基础。仿佛年龄，你不可能直接从一岁到百岁。

董德光的反应更有意思。那天他抱孩子，正赶上小家伙随地小便，结结实实地给他施了回洗礼。但他一点都不嫌弃。高声嚷嚷道，嘿，他尿了我一身！这家伙，你看他这一泡大尿！似乎那不是尿，而是一枚勋章，或者头等奖的彩票。他不敢自专，一定要说出来，跟大家同喜同乐。

想想小伙子平时的讲究，蒋莉莉心头不觉泛起一丝夹杂着酸楚的怜惜。这个孩子，这个可怜的孩子，这个可怜又可爱的孩子，险些在生命历程刚刚开始时就被随意扼杀，如同鸟儿不经意地啄起某粒种子。所幸，农夫，猎人，或者干脆就是稻草人吓走了它。如果没有，如果她当初真的做出相反的决定，今天他会以何种形式存在于哪里，他们会有这样的快乐吗？她不敢想象。她不寒而栗。那个瞬间，她产生了强烈的上前拥抱他们父子俩的冲动。

二十

休完晚婚增加的产假，孩子的奶奶过来照看孙子。刚上班没多久，队里就来了任务，但领导派的是蓝红梅。

蒋莉莉刚开始有些莫名的失落。看看墙上的枪，轻轻叹了口气。但那种奇怪的感觉持续时间很短。她已经没了上次那样的冲动。这种感觉令她惶恐。但是一回到孩子身边，她立即忘得一干二净。除了孩子，就是十字绣。兜兜，鞋面，帽子，枕头，她都会缀上一块绣品。福字，小娃娃，小动物，各种各样的图案。回针，长针，平式花瓣针，链绣，缎绣，扣眼绣，她的技法日臻纯熟，渐入佳境。

孩子最先会叫的不是妈妈，而是爸爸，这让蒋莉莉很有些嫉妒。好在很快，他就会叫妈妈了。也许董德光正好赶在点子上了吧。只要孩子没睡，他有机会就一个劲地在他跟前念叨爸爸爸爸，爸爸爸爸。

蒋莉莉注意到了一个细节。董德光小伙子悄悄擦了擦眼睛。她赶紧低下头忙活自己的针线，只装没看见。但在心里，这个动作令她前嫌尽释。先叫爸爸还是先叫妈妈，还有什么关系呢。当然她并不知道，在那个瞬间，自己和儿子的人生轨迹已经注定要发生某种意想不到的转折。

这之后不久，上级就给蒋莉莉分派了任务。不，不是上级，其实是罪犯。他逼迫她，必须出警。她要带着新分配给她的徒弟，上阵立功。

徒弟刚分来不久，蒋莉莉又整天带孩子，两人并不熟。她身上的特殊气味，令徒弟微皱眉头。那不是别的，是母亲的味道。奶香夹杂着童子尿。外人反应强烈，母亲浑然不觉，都是这样的。

徒弟在旁边看着这个家庭妇女，很难相信她能一招制敌。但是当蒋莉莉提起C004591，他的印象立即在瞬间改变。他感觉，师傅的身材突然就高大了许多。不，不是身材，而是眼神。里面闪现着许许多多的东西。她不再是奶孩子的母亲，而是带徒弟的师傅。

蒋莉莉没闭眼睛。在徒弟跟前，用不着。她抬头看着旁边的窗户，顺手咔咔几下就装上了光学瞄准镜和支架。这种熟练让她产生了对观众的渴望。可是没有别人，只有徒弟。她只好看了看落地镜。

不用说，落地镜里没别的，只有英姿飒爽的女狙击手。她恋恋不舍地准备收起目光，突然却有了新发现。于是赶紧放下枪，凑到镜子跟前，用手拨开头发，很快就捕捉到了目标。一根白发，长长的白发，从发根一直白到发梢。

毫不犹豫地斩草除根。然后继续寻找。一二三四，五六七八。没错，共有八根。

八。这个数字烟花一般在她眼前闪亮，然后迅速熄灭。

徒弟越看越糊涂。都什么时候了，还有这样的心情？他忍不住催促了一声。蒋莉莉没吭气，盯了徒弟一眼，随即提枪出发。

卧倒时枪与自己的身体接触。凸起的瞄准镜在乳房上蹭了一下，枪托碰到了肚子。她忽然感觉心里一动。重量散至地面，衣服与身体的紧密接触带来一丝凉意，也没能驱散刚才的奇怪感觉。那种感觉是那样的熟悉。似乎昨天刚刚一起吃饭，但你没能记住他的名字。是谁呢？哦，记忆终于浮出水面。那不是别的，正是第一次感觉胎动。没错，不知道儿子是在里面打拳还是踢腿，反正他提醒了自己的存在。还有乳房，小家伙留在上面的触觉记忆，实在太多，她无法一一区分，那种区分也毫无意义。

以往临战，蒋莉莉都有强烈的兴奋感，上场之前的运动员一般。但是今天，那种感觉无论如何都找寻不到。如同突然之间逝去的青春。枪，那只编号 C004591 的八八式狙击步枪，不再有温度，不再有血脉连通彼此，它只是一堆废铜烂铁。

这个发现让蒋莉莉既恓惶又失落。踌躇片刻，突然就有了主意。悄悄修改支队的命令，让徒弟出击。徒弟既惊喜又紧张，迟迟不敢奉命。蒋莉莉说我带你还是你带我？放心打，打好了是你的成绩，打坏了是我的责任！徒弟依然有些犹豫。蒋莉莉说记住，目标与人质都是和我们一样的人。大家都是一条性命。所以你一定要好好打。必须一枪命中！

情况紧急，师傅有令，只能当机立断。虽然是徒弟，但功夫并不差，缺乏的只是实战经验。他一扣扳机，随即大功告成。

然而这事却在特勤队内部引起轩然大波。

二十一

不是不能更换狙击手，问题是不该私自调换。人命关天，未经请示擅自更改命令，万一出了问题，谁能承担责任。

立即组织调查。蒋莉莉的解释只有一个，那就是自己不在状态。将在外，不由帅。情况紧急，来不及请示，只有如此。

这理由本身足够充分。狙击手如同和平时期的飞行员，如果他自觉状态不能升空，对完成任务没有把握，那一定不会起飞。除非他起飞与否，最终的结局都是机毁人亡。或者不起飞的代价更大。上级与队友，只能信任他的感觉。既然她表示贸然出击难以保证一枪毙命，可能伤及人质，那么只有走马换将。

但这并不能减轻她私自更改命令的过失。最终的处理意见是，师傅严重警告记过一次，徒弟功过相抵，不批评也不记功。

政治处主任思维开阔，是个好领导。该处分要处分，该爱护也要爱护。决定宣布以后，立即找蒋莉莉谈话。他真诚地说小蒋，感情上遭遇挫折，组织上又给了处分，情绪难免受打击。但你可不能因此一蹶不振啊。你是队里最优秀的狙击手，将来整个特勤队可能都是你的，我可不能看着你沦为家庭主妇!

听了这话，蒋莉莉心里忽然好一阵难过。误解越是善意越是亲近，越令人难过。不会有人理解自己的选择的。肯定。大家仿佛隔着薄薄的透明玻璃在交流。彼此脸上都带着真诚的微笑，你也能认出对方的口型，但就是不能正确理解人家的意思。或者说，你的意思永远不能准确地传递到对方心中。套用一个熟知但真实意义已被常识遮蔽的词语，就是误解。

蒋莉莉心里空落落的。仿佛是枪抛弃了她，而不是她抛弃了枪。她离开办公室，溜达着上了街。率性而行，漫无目的朝前走。走着走着忽然听到一阵奇怪，哦，不，是有点陌生的声音。仔细一听，原来是钟声。悠扬还是深沉她已来不及辨别。她产生了奇怪的下坠感。仿佛钟声是张床，她疲惫地到家，顺势朝上面一倒。温软的床罩与被褥，亲切地毫无保留地将她接纳。

抬头一看，是教堂，她曾经隔着玻璃看过无数次的教堂。褐色的墙体散发着神秘，椭圆的外形和高低错落的构件使之充满动感。教堂不大，与之相比，高悬顶端的十字架显得分外高大，透露着特殊的威慑。

记不清曾经有过多少次的路过。以往它和别的建筑一样，并无特殊之处，蒋莉莉甚至没感觉到它是教堂。但是今天不同。她忽然产生了进去看看的欲望。

那就去吧。跟着自己的脚步。

门开着。蒋莉莉试探着进去，仿佛有磁石吸引。此前她从未接触过宗教，更谈不上受洗皈依，因此心里有些不确定，还有些恐惧。仿佛前面有什么陷阱机关，或者布鲁诺的火刑。但是很好，没有人阻止，面对的都是微笑，这给了她信心。大厅的采光不够好，有些暗，她悄悄坐在后边，看前面的信徒做礼拜，听布道，唱赞美诗。

这才想起街上许许多多的巨幅广告。今天原来是圣诞节。

蒋莉莉一声不吭。目力慢慢适应过来，黑暗由此而逐渐光明。她端坐在长凳上，却清楚地看见自己跪倒在地，匍匐在十字架前。这个印象让她大为惊恐。原来危险就在这里。但是不，什么都没有。只有那群以中老年人为主的信徒在唱赞美诗。他们衣着凌乱，相貌苍老，远不如电视上曾经看到过的童声合唱好看，但其中却有一种难以言说的动人气质。大家眉眼间的神色宁静，间或有恬淡的微笑。歌声波浪一般涌过来，如同银器表面的闪光。在那种光亮的透视之下，蒋莉莉看到了自己的卑微，肮脏，与罪过。许多过去理直气壮的东西，原来都是那么的可疑。她确实越权了，严重地越权。每次扣下扳机，都是她擅自做主，从来都没有来自真正权威的命令。

蒋莉莉终于低下了头。同时又因为愿意低头而挺起了胸膛。她在教堂坐了很久，直到他们的活动结束。她清楚地看见，时间如同夜幕中的少女，放慢了自己的脚步。时针分针和秒针都变得越来越粗越来越长，移动的速度也越来越慢，直到你完全感觉不出来。

离开时，蒋莉莉心静如水。仿佛疲惫的旅人，在此休息打尖，然后恢复了精神和体力，继续赶路。

二十二

儿子那声并不真切的爸爸，董德光听起来简直是惊心动魄。这丝毫不夸张。

这个称谓对于他而言，实在是陌生。那次大病之后不久，母亲将他接回城里，但他再也没能见到父亲。爸爸这个字眼，在他跟前如同美丽然而遥远的传说。父亲给他留下的唯一遗产，便是董德光这三个字。

董德光来到卫生间洗洗脸，顺带着放放水。他用毛巾仔细将脸擦干，然后不断地使劲眨眼，活动脸上的皮肤，希望消除掉一切痕迹。这些努力都很有效，但他总觉得有些不放心。他在心里悄悄念叨着那个既温暖又心酸的字眼，一遍又一遍地，如同父亲亲吻儿子，也像儿子拥抱父亲。卫生间里的镜子很干净，他突然就从那上边看到了刀龙，还有王老二。

镜子里王老二的形象越来越模糊，声音却逐渐浮现出来。不是惯常的吆喝，或者跟妇女的调笑，而是哭。秋天的打谷场上，秋水一般凄凉的哭。大人没有当回事的，左右不过是耍酒疯而已。但是不，今天，董德光耳朵辨别出了弦外之音。他突然发现，自己对于他，已经没了仇恨或者厌恶。王老二根本不是屠夫或者杀猪匠，就是一个可怜的孩子。跟自己或者刀龙同样可怜。

如果注定无法惩罚，何不选择宽恕。宽恕别人，便是对自己的仁慈。

从卫生间出来，董德光浑身轻松。他跑到儿子身边，摸摸他的小肚皮，拍拍他的小屁股，逗得他呵呵直笑。他一遍遍地抚摸着婴儿细腻嫩滑的皮肤，内心的感情难以名状。他慢慢打定了主意。只是还得跟母亲商量。她肯定同意，但这形式上的请示会给她额外的高兴。

二十三

儿子一天天地长本事。从坐到爬。蒋莉莉跟所有的母亲一样，恨不得拔苗助长。她弯着腰身，两手卡着儿子的腋窝，提溜着他，练习走路。小家伙显然很喜欢这种新奇的游戏，四面八方地使劲，到处都要去。

低着头，正好看到儿子开裆裤里的小鸡鸡。那里还没有发育好，又没有憋尿，那杆将来的枪因此缩成平面，周围是包皮组成的许多同心圆。蒋莉莉扶着儿子走来走去，忽然产生了奇怪的感觉。仿佛不是她扶着儿子，而是儿子在支撑自己。

离开 C004591 之后，这是她头一次找到替代品，脊柱一般的替代品。是的，十字架只能背负，无法支撑。这个发现令她震撼，也让她狂喜。她恨不得登高一呼，仰天长啸，向全世界宣告自己的伟大发现。

她的世界，无声但是密密麻麻的世界并没有因为支柱的倾倒而消失。它依然完好无缺地立在那里。

蒋莉莉立即打了请调报告。政治处主任当然舍不得放。说不行我们请示总队，撤销对你的处分！蒋莉莉说你误会了。我不是这个意思。跟处分没关系！主任长出一口气，说那你离开特勤队，准备干吗去呢？蒋莉莉说随便什么都行。我年龄不小了，又要带孩子，找个轻松点的工作吧。内勤什么的。

那一刻，蒋莉莉眼前闪现出一幅图景。她带着儿子，开爿十字绣的小店。卖绣针绣布图案，自己的绣品也可以摆出来，等待有缘人。从现在开始，她绣的花要改变一下颜色。她要绣大红大红的花朵。

也许，这就是欢喜的生活？

贺国红闻讯也找到了蒋莉莉。现在她是总队的作训处长。她没有劝阻，只是询问原因。蒋莉莉说原因都跟组织上说过了的啊。年龄大，孩子小！

贺国红涵义丰富地抿了抿嘴。可能想笑，但没笑出来。她说我当初提的那两个问题，你找到答案了吗？蒋莉莉点点头。贺国红说你肯定早就悟出来了吧？蒋莉莉又点点头。这多少有点撒谎的嫌疑。第二个问题，也就是为何一定要绣春花，她刚刚才弄明白。

贺国红说还记得当初你要退出集训队，我挽留你时说的那些话吗？蒋莉莉说当然记得。没有你那番话，我现在还不知道在干什么呢。贺国红说其实我当时没说实话。几乎每个队员都有退出的打算，我对每个人都有类似的表示。善意的鼓励，算是战术吧。蒋莉莉说啊？哦。这还重要么？贺国红说重要，当然重要。没过多久，我就发现自己还是说了一次实话。对你说的，应该可以算作实话。你确实是我带出来的最优秀的狙击手！蒋莉莉说可是我已经决意退出。贺国红说退出也不能改变这一点。优秀的狙击手未必真正持枪上阵。

蒋莉莉心里刷拉一下，豁然开朗。

正是年终岁尾，天空中雪花盛开。它们成群结队地从蒋莉莉眼前掠过。睫毛上的雪花凝结成小小的水珠，改变了眼睛的视觉成像过程，让她在瞬间产生错觉。她清楚地看到，雪花突然披上色彩缤纷的外衣，将茫茫天宇打扮成一个巨大的春天的花园。

蒋莉莉宁愿相信，那是事实，而非幻觉。

正在这时，手机响了。屏幕上闪烁着菜饼二字。翻开盖凑到耳边，随即听到董德光有些迫不及待的声音。

你在哪里？你等着，我马上打车过去接你。咱们一起去吃菜饼。顺便商量个事。大事！孩子？孩子你不用担心！有他奶奶呢。

蒋莉莉心里立即燃起大片绿油油的预感。但是她的惊喜与兴奋，不过是电光石火。见面之后，董德光果然提出了复合的要求。她当然没有答应。

董德光大为惊奇，询问原因。蒋莉莉说我的生活里有一个男人，已经足够。

董德光迟疑片刻，说生活很长很长，孩子很快就会长大，然后像鸟一般飞走。你可得想好！

蒋莉莉干脆地说不必。我已经找到了想要的生活。

（原载《中国作家》2010 年第 6 期，《北京文学·中篇小说月报》2010 年第 7 期转载）

面　点　师

一

我老家信阳南部多山——大别山与桐柏山接壤；山间有河有溪，至少有泉——长江水系与淮河水系交汇；故而以水田为主，小麦种得少，面粉便被当做细粮。比如年夜饭，就得吃饺子，再往南可就不是这习惯，至少不是家家户户必须吃，人家多数吃汤圆；再比如赶上亲戚邻居添丁，你登门贺喜，那就不叫送礼，而叫送挂面筐子。竹编的筐子内装上几斤面条若干鸡蛋，关系如果深点呢，就再加点油条红糖。两样礼品的讲究，是两全其美；四种东西的说法，叫四季平安。无论四种还是两样，挂面都是主打。要不咋叫送挂面筐子呢？

这当然有语病。因为挂面送给人家，筐子是要带回去的（有来有往，主人家也会略微回点东西压筐底儿，一般是几枚煮熟的红皮鸡蛋，或者数根油条，用先前的红布盖着）。可是，有语病的吃食多了。比如西安小吃肉夹馍。哪里是肉夹馍？明明是馍夹肉么。再比如老婆饼。里面有老婆吗？当然没有；跟老婆有关吗？还是没有。

挂面筐子里的面条是油面条。一般家里现擀的面条，则是灰面条。灰面条出锅时是浑汤，油面条哪怕煮烂，汤也清清亮亮，口感特别好（当然不能真煮烂）。油面条就是油面条，咋又叫挂面呢？你去面点作坊看看就知道了。作坊门前有好多木架子，称为枋子。枋子的排数便是这间作坊实力的象征。枋子呈长方形，用几根柱子撑起两道横梁，横梁上插着密密麻麻筷子一般的细竹竿。不挂挂面时，远远看去就像是一条条粗大的蜈蚣，细腿扎煞在两边；挂上挂面后，则像一排排的纺线拐子。如果赶上机会，正好碰见面点师挂挂面，那可真能大饱眼福。因为不亲眼见，你绝对无法想象他们的双手之巧。那时揉好的面已经拉成细条，一圈圈地盘在盆内（这道工序叫做盘条。如今建筑工地上也称圆钢为盘条，道理与之类似），面点师端到枋子跟前，先搁进上面的竹竿，然后飞快地一拉，再套进下面的竹竿。这个动作无比单调，但却很有讲究：速度不疾不徐，力量不大不小，全得拿捏精准，否则挂面要么拉断，要么粗细不匀。

　　然而请放心，这些事情都不会发生，不信请你挨个测量面条的直径。

　　面点师的规矩，是上午起来挂挂面。小半天功夫挂面就能晾好，头午就得收起来，太干的话最后那个对折没法打，挂面会断。晌午小睡片刻，下午做点心或者休息，黑饭后饮酒闲聊讲古，偶尔也唱戏，以京戏和豫剧为主，但都不多。至于拉挂面的时间，这可有讲究。夜深人静时，面点师出门抬头看看星月再回到屋里，要么说声："干！"随即开始浇水和面；要么摇摇头，嘟囔道："明天有雨！"然后众人散去睡觉。挂面挂上枋子，一是要拉细，二是要晾干，一挂上便不能随便取下，万一碰上下雨可就坏了菜，自然得避开。

　　故而太平年景农闲时分，面点作坊的夜晚往往热闹非凡。面点师不能先睡上一觉，夜里再起床看天，那个时段自然而然就得找点乐子。撑住自己，也撑住徒弟。不仅如此，那时没有口罩，但做面点还得避免唾沫星子。咋办？讲究的面点师，干活期间从不说话。骂人用眼神，顶多嗯啊一声，纯用鼻音，不开口；徒弟实在笨得过分，面点师就抬起膝盖，使劲捣他屁股一下，薄施惩戒，干完活再仔细理论。

　　这么说吧。动面就是默片时代，不动面才是有声电影。默片时代预计要积压的无数话语，都得集中到黑饭后至干活前那一个时辰内，预先排空。所以信阳南部的面点师不多，但个顶个的都是故事大王笑料大王，特别能说。前三皇后五帝，上天文下地理，从东洋到西洋，没有他说不了的话题。有的还能唱两嗓子，不拘豫剧还是京戏。

　　李续寿就是这么个面点师。家住在信阳南部的鸡公山。过了山前岳飞与牛皋曾经驻扎过的武胜关，便是湖北地界。

面点师是手艺人。按照过去的排行榜，一官二吏三僧四道五医六工七匠八娼九儒十丐，反正有读书人垫底，面点师排名并不算后。生活中也是这样。面点师有地，但自己不种。他只做面点拉挂面。面点没有个人选择口味的余地，但挂面不中。挂面里头要打鸡蛋，还要加油盐。油盐的轻重，依据主顾的口味跟家常。那阵子日子紧巴，老张将油瓶搁在面粉旁边，也不看李续寿的眼睛，仿佛说闲话一般轻声道："六爷（李续寿行六），油不多，就二两吧！"李续寿微微点头，二两就二两；赶上手头宽裕，老王将油瓶冲李续寿跟前雄壮地一推："六爷，半斤油，都给我加上！"李续寿不接油瓶也不看老王，半斤就半斤。二两也罢，半斤也罢，挂面都得粗细均匀，口感筋道，这就全靠面点师那双手。

油和鸡蛋主顾自备，盐可不是，盐得面点师提供。一般炒菜的粉盐不中，拿不住味，得放大粒盐，也就是粗盐（海盐）。加盐的比例当然有，二十斤面，需要几瓢水几把盐，大致有谱，但绝非可口可乐或者云南白药的精细配方。钱家口味多重，赵家吃菜的咸淡，徒弟们可不掌握，只有李续寿清楚。他也不看盐坛子，左手搅着温水，右手抓起盐，一边搅和一边洒。最终主顾拿回去，尝鲜后女人都是点头："不咸不淡，适谱儿！"男人则要剜老婆一眼："废话！李老六的挂面，差过火色么？"

因为这个缘故，周围的百姓，谁都离不开他，故而个个高看他一眼，对他挺客气。这情形1949年那样的大变革都未能撼动。包产到户以前，各个大队的面点师还是不种地，但是每年要向大队交点钱，年底也照例分得口粮。于是面点师的家常，也就比一般抡锄头把的农民，要宽裕很多。

不过这宽裕与否对李续寿而言，毫无意义。因为他压根儿就没有钱的概念。

二

这话说起来就早了，还是闹小日本的年代。

1938年的夏天，避暑胜地鸡公山上的气候反常地沉闷。8月下旬，正当酷暑，山前的武胜关突然人喊马嘶，开来了大队人马。当然不再是岳家军，而是国军，身着灰蓝布的军服。有天响午时分，十几个国军上了鸡公山，直奔南街的面点铺而来。领头的是位白马将军。李续寿偶一抬头，不觉眼花：好一片雪白！只见那匹战马浑身光洁，通体油亮，无一根杂毛，就像评书中的照夜玉狮子。高大健硕，随着脚步，前胸不断鼓起丰满的肌肉，像力士握紧的拳头，令人一看便起塞北秋风之思，只恨不能就此扬鞭入云。再看那位将军，体形修长，留着贴皮短发，团脸浓眉，双眼皮，二目放光，嘴唇闭紧，唇线如同刀锋，显得坚决而精干。

李续寿看得眼都忘了眨。

走到作坊跟前，将军看看幌子，跳下战马，问道："老乡，生意还好吧？"李续寿赶紧抱拳施礼："托将军的福，日子还能过！您这战马，可真是匹宝马！"将军微微一笑："跟我出生入死，的确是匹好马！"说着话左右看看，接着说道："十几年前，我还是个学兵连长，跟着冯老总在山上驻扎过，如今可都是大变样啊。"李续寿说："哟，冯玉祥冯将军的部队吧？那我可是知道！那一年你们驻扎在这里，不少百姓过年贴对子，上面都写着冯军万岁呢。"将军笑笑说："你做挂面？能不能给我来碗尝尝？快有二十年没尝过信阳挂面的滋味了！不瞒你说，那时在信阳，部队穷困，以盐水煮黄豆当饭，吃碗挂面可不容易呢。我记着，好吃得要命！"

虽然做挂面，但却不下挂面。那是饭铺的生意么。因此这个要求，不免令李续寿一愣。旁边有个副官模样的赶紧说道："放心吧，少不了你的钱。你知道这是谁吗？这是我们军团长，扬名台儿庄的抗日将军张自忠！"

别人不知道，张自忠这三个字，当时但凡中国人，还有个不知道的？李续寿本能地惊道："哟！张将军！怪不得您有这样的上等战马！我瞧您这精气神，就是岳武穆杨六郎啊！"副官闻听咧嘴一笑。张自忠微笑道："过誉了。你看，我也不是三头六臂！只要有胆量，鬼子咱都能打！烦劳你给我煮碗挂面吧，我照价付钱。"李续寿连连点头："这没说的。我请客！"

老婆赶紧进厨屋下挂面。她下了满满一锅，同时摆碟子切腌菜咸蛋。李续寿在铺子里陪同张自忠聊天。将军右腮下有颗黑痣，上面长着几根长须。他捻着长须，面带微笑，只是询问信阳的风土人情，就像多年未归的游子返乡，只字不提长城抗战与临沂烽火，仿佛那根本未曾发生。聊着聊着，一个兵突然上来掏他的口袋："军团长，我老母亲生了病，你赏我两个钱吧。"李续寿见状大吃一惊。可是将军跟随行的两个军官，都没当回事。将军笑着拍一下士兵的屁股："韩小年，你个坏小子，瞧着我高兴，也来搜我的腰包！"韩小年笑道："谁让军团长生就菩萨心肠，爱兵如子呢。我娘确实病了。"

可韩小年没能摸出钱来。张自忠说："嗯？又花光了吗？你也知道，军团长我是个穷将军。这样吧，真是母亲有病，念你是个孝子，我批个条，你回头去找军需处。"说完掏出一个小本子，翻开一页，画上几个圆圈，然后撕下递过去。韩小年双手接着，欢天喜地地退下。

挂面出锅，开饭。官兵们围在面案上，呼呼噜噜吃得甚欢。李续寿问道："士兵随便掏口袋，岂不冒犯将军虎威？"张自忠咬口蒜瓣，一边嚼一边说："当个兵不容易，营长连长排长都要管。尤其是班长，无时无刻不管。他们都很严厉，我是军团长，能宽就宽点吧。不掏百姓口袋就好。"

饭后副官会钞。李续寿不肯收，但将军坚持要付："老乡，我行军至此，上山查看地势，也顺道重游故地，看看风景。后勤部队没跟上，我又馋老家的面条，所以打扰了你。你要是不收钱，岂不坏我声誉？"李续寿说："挂面是您开口要的，这钱我收。但将军远来为客，照信阳规矩，我奉赠几样点心，聊表心意！"

六包点心张自忠令韩小年收下，但还是要付钱。李续寿很不过意："将军劳苦功高，小店本想尽尽心意。既然如此，那就谢将军赏。祝您旗开得胜，一路凯歌，早日赶走小鬼子！"张自忠跨上战马一勒缰绳："我好好打鬼子，你好好做挂面。再见！"李续寿赶紧抱拳施礼，目送他们离去。

不几日，武胜关前重归沉寂。原来那里驻的，就是张自忠的部队。后来才知道，他向东开往潢川一带去了。而得知这个消息时，鬼子已经打进信阳。

日本鬼子打进信阳，是当年10月12日的事情，当时的国庆节后两天。鬼子是从安徽一路向西打来的。目标并非平汉线上的节点信阳，而是终点武汉。国军在豫皖交界抵抗顽强，因死守台儿庄而一战成名的钢头将军孙连仲，指挥中央军宋希濂、西北军张自忠、冯安邦、田镇南等部，在商城、固始、潢川、新县（当时叫经扶县，是刘峙从红军手里拿下的，故而以其字命名纪功）一带，拼死抵抗。宋希濂的七十一军以主力三十六师扼守富金山左翼山腰以及800高地，这是个德械装备的精锐师，宋希濂任师长时，根据蒋介石的命令，在福建枪杀过革命志士瞿秋白，也在淞沪战场打过鬼子。如今在豫皖交界，他们激战九昼夜，全师仅剩八百五十多名战士，其余的非死即伤。一个齐装满员的甲种师编制有多少人？北洋时期是一万两千五，当时至少也有九千。

宋希濂在富金山打得精彩，张自忠在潢川也守得漂亮。因为台儿庄战役中的卓越表现，张将军已从五十九军军长升任二十七军团军团长。不过手下虽然增加了一个骑兵旅，但部队连续作战，缺员甚多，未及整补，实力大损。他以这等疲惫之师，抵御日军优势炮火外加化学武器的残酷进攻，牢牢钉在潢川一线十个昼夜。期间他的司令部一度被包围。为不影响前线局势，他没有抽调队伍回援，而是自行突围，到达新位置后再与部队取得联系。最终完成五战区司令长官部部署的任务之后，才遵命有序撤退。

罗山、信阳一带的防务，分配在胡宗南头上。不过他的表现，跟黄埔系将领比，不如宋希濂；跟杂牌军将领比，更不如张自忠：斗志全无，各部稍事抵抗，便不请示代司令长官白崇禧，擅自率领七个师撤退，而且还不是朝预订集结方向，径自退到了西北方向的南阳。具体担任信阳城防任务的，是胡部团长马载文。他自然乐得执行胡宗南的命令，兵不血刃，不战而退。

这些资料，在相关县志上都能查到（当然得是新修订的，老版本上保准没有）。查不到的是，张自忠死守潢川时还染有嗜好，也就是抽大烟。这是他从北平逃到南京闲居期间，长时间精神苦闷的结果。舆论都说他是汉奸，国人皆曰可杀。后来副总长白崇禧委婉劝谏，半年之内若不戒烟，恐有不便：得离职整训。张将军痛快地点头答应，最终不到半年便戒断毒瘾。

自古以来，我印象中戒毒成功的只有两位，都姓张，都是名将，也都是汉子：张学良，张自忠。

县志上查不到的，不仅仅是张自忠当时抽大烟，还有面点师李续寿的故事。这很自然，古往今来，被史书遗忘的人多了去了。历史的网眼，实在太大。有些人曾经上去过，后来又被拿下；有些则被一遍遍地修改润色，就像年老色衰的女人化妆。

巧遇张自忠那年，李续寿正好三十八岁，在面点作坊已经混过二十二个年头，包括三年学徒。前面说过，他行六，别人都称他六爷，这就有点费解：面点师在乡民眼中地位再高，分量再重，终究只是个手艺人。李续寿为何被尊称为"爷"？很简单，他是名门子弟，出自信阳南部大名鼎鼎的老李家。老李家的实力雄厚到何种程度？就这么说吧，鸡公山周围这一带，延续到山下的柳林跟李家寨镇，能耕种的土地和茶山，多半都姓李；另外他们在信阳城内还有很多生意：茶楼、当铺、饭馆、布店。家产的具体数目李续寿根本搞不清楚，当然也懒得搞清楚。否则他也不会成为手艺人。

或许也该叫"沦为"？难说。

三

老李家的儿子，本来以"龙凤呈祥、福禄寿喜"八字为名排序，后来只生了七个，老五中途夭折，李续寿就成了老六。俗话说，富不过三代。兴盛之后的老李家传到他们这辈儿，已经是第五代，虽未败亡，但已腐朽。至少从李续寿的爷爷开始，鸦片便在他们家的大宅院里生根发芽。人无论男女，年不分老少，几乎人手一杆烟枪。抽鸦片逛窑子票戏捧角，斗蛐蛐杠子宝麻将牌九，八旗子弟那一套，在他们家都不新鲜。若论真实情况，他们兄弟的名号，实在应该这样排列：吃喝嫖赌，斗鸡走马。

当然，这不可能。

人丁兴旺本为喜事，但人多心不齐，各有各的心眼，那就要坏菜。田产宅院生意进项，大家都看在眼里，彼此惦记，你争我夺。偏偏李续寿对此从无兴趣。他念过几年书，粗通文墨，却不求上进，每日里只是钻天入地般穷折腾。十七岁那年，中国南方正在上演护法战争，他刚刚从信阳学堂毕业，换算成现代的学历，算是高中。他不抽鸦片，当然也没有逛过窑子，虽然够不上仁义礼智信，但在老李家已经算是出淤泥而未染。最终染不染，只看将来。他有两大讲究，一是好吃，不是胃口大，而是口味刁；二是饮酒。虽未成年，但已有两年酒龄。熟悉他的人都说，六少爷是接了老爷的代，打娘胎里就带着呢。李老爷听了呵呵一笑，不但不见怪，反倒有点得意。

那时街上有个夏记面点铺，常年给老李家供应各式面点。店主老夏有个闺女，又出生于夏天，便被随口命名为荷花。信阳水多，藕是常见作物，荷花虽名"花"，其实稀烂贱。老夏好热闹，几乎每天夜里都要讲古，他讲，别人也跟。他那个铺子差不多就是说书场，只是无人供应茶点，也不收一个大子儿。李家离面点铺不远，晚上李续寿的众位仁兄，要么喷云吐雾，要么依红偎翠，要么忙于竹戏（麻将），都没工夫搭理这位贤弟。李续寿跟他们也向来说不到一块儿。夜晚无聊，经常过来消磨时间。

李续寿很少吃主食，以面点为主。哪天的烤炉没有封严，面点里稍微带点烟火气；哪天的炭火不匀和，着色浓淡受了影响，他一口就能吃出来。那回铺子里新招了个学徒看烤炉，李续寿立即察觉到了。老夏闻听很是惊奇。知音难觅、惺惺相惜的感觉，油然而生。

这等主顾，的确难找。

从吃面点开始，李续寿慢慢对老夏的手艺产生了兴趣。尤其是做挂面。老夏铺子里最大的一只铜盆，能盛六十斤面，李续寿曾经亲眼看见过这六十斤面粉全部变成挂面的过程。恁多面该加多少水？六少爷随口询问，夏师傅笑而不答。他顺手舀几瓢温水倒进小盆，化好盐，再打进鸡蛋，搅匀化开，然后就开始和面。加盐的动作很有意思，就像农民种小麦，信手抓一把，然后一点一点，鸡啄米一般扔下去。扔进水里像自由落体，味道会有某种奇异的区别。

面恁多，首先得把水拌匀和。只见老夏右手持平底木勺搅面，左手不断舀水浇下；刚开始动作很慢，随着水量的增加，不断加快；面不能胡搅，左一圈右一圈；自始至终得朝同一个方向，不断地画圆圈。搅好之后的面上带着无数圆形的纹路，就像军用地图上的等高线。

和面要技巧，更是个力气活。中间有个重要工序，就是摔面。一把抄起来，再猛地砸进盆里。六十斤面再加上水，分量可是不轻。最关键的是，摔面可不是一下两下就能完成的。要想把面揉熟揉顺，得不间断地摔上大约半袋烟的工夫。看来不光人要成人，面要成面也少不了摔打。

揉熟后的面团一派光洁，就像小月孩儿的皮肤，微微发亮。此时不但盆底，甚至面点师手上也是干干净净的，一丁点儿面都不沾，比洗过的都干净。活儿干到这个程度，面点师有点累，面也得醒一醒。于是用油布封严实，再压上厚被，醒面。约莫抽过两袋烟，喝上一泡茶，便从盆里取出面，搁在面案上，分成小团，压成巴掌厚，开始盘条：一边揉一边拉，拉到拇指粗细，再一圈圈地盘回盆内。茶油就在这期间刷上。恁多面，主顾提供的油是有数的，不能多也不能少，要想抹匀和，那也得真功夫。抹油不但是调味，更要防止挂面粘连。因为拉成的面在铜盆内，不但要一圈一圈、整整齐齐地排着，还得一层一层、实实落落地压着。油要是抹得不匀和，非成面团不可。面点师是咋法排整齐的呢？可不是小心翼翼地摆，轻手轻脚地码，而是像女人纺纱那样迅速。只见空中不断飞出淡黄色的弧线，落到盆底便已经排成规规整整的圆圈。一层盘满，徒弟和助手赶紧刷油。

　　盘条之后还得醒面，而且时间更长，得再醒上两三个时辰。此时面点师便洗洗睡下，早晨起来再上架。上架的同时，还要最后张拉一回。这跟先前小有不同，拉得更快，唰啦一下，一弯腰一抬头，挂面便交叉着上了架。晾上小半天，面点师伸手试试干湿，随即开始收面。此时挂面尚未完全干透，还有一定的柔性，上下一对折，便成了能上桌的挂面；若干束扎成一把，用纸从中间扎好。不像如今这样全包起来吗？当然不；尚未干透的挂面，不会彼此粘连？肯定不会。仔细看看，挂面粗细均匀，长短一致，一尺二寸左右，绝对一般齐。因为整齐均匀，每把的重量也都是整半斤，误差很少。

　　说不清从哪天起，李续寿对此着了迷。他第一次提出要拜师学艺时，老夏还有点不高兴，以为是要寻他的开心。老李家的几个贵公子，个顶个的荒唐，整个信阳谁不知道。李续寿拿他一个面点师逗逗乐，再正常不过。等搞清楚对方不是开玩笑，老夏不觉哈哈大笑："我的六少爷，这可是个力气活，你摔得了六十斤面吗？"李续寿说："我要是能摔动，你就肯收下？"老夏想想还是摇头："那也不中。没有老爷的话，我可不敢。我这个铺子，还指望你们府上照应呢。"

　　李续寿回去便跟父亲软磨硬泡。李老爷当然不同意。在他眼里，抽大烟嫖妓女捧戏子打麻将推牌九，样样不丢人，唯独学做面点，丢人。咋说呢，那终究是力气活，离了老李家的六少爷，就像鸡公山下的平汉线，跟鸡公山顶的报晓峰，差得可不是一星半点儿。

　　问题是李续寿认了真。中也得中，不中也得中。皇帝的长子，百姓的幺儿。实在不中，老小还能耍泼么。李老爷无奈，只得松口：可以学做面点，但不能正式拜师。他算计着老幺早晚会厌弃。他就不信，有谁能放着清福不享，偏偏要去下力。反正他还小，全当是个玩儿。又不糟践钱呗。

　　老夏知道李老爷的心思。因此刚开始处处刁难李续寿。其实也不叫刁难，也就是对他比对刚入门的学徒稍微严厉点。李续寿头一回和面，随口问道："师傅，这些水够不？"老夏在旁边看着，没上手，此时更不答话，啪地就是一面杖；李续寿本能地一声惊叫，老夏还是不吭气，啪地又是一面杖；李续寿伸手抚慰痛处，老夏随即又来了第三面杖。

　　这三板斧虽然已把李续寿砍得够呛，但却并未结束。他回头盯住老夏，老夏也死死盯住他："还学不学？"李续寿恶狠狠地一仰头："学！"老夏啪的又是第四面杖："那就先学规矩！没嘱咐过你吗，和面时候不许说话，哪怕火上了房梁！喷出唾沫星子给谁吃？和面的手到处乱摸，就得剁掉！你当还是和尿泥？"

四

李续寿在夏记面点铺混了年把子，热情非但没退，反倒渐入佳境。有一回，他在山上跟人打赌，穿过一条除了几个老猎人谁都不敢钻的山洞，爬上鸡公山的标志性景点鸡公头，也就是报晓峰，对方在信阳请了一天客。那天晚上他住在信阳大旅社，没回鸡公山，也就没去做面点。这算是少有的例外。

次日一早，他从信阳回来，走到南街，远远看见一个姑娘，身穿蜡染的蓝布褂子，头顶麦秸编就的黄色草帽，挑着两筐莲蓬，左手握支荷花，从对面而来。天热，又担着挑子，姑娘脸色绯红，恰似荷花的淡色。那张夏日的脸蛋并不特别出众，甚至还有明显的瑕疵：嘴唇略微上翘，下巴有些前突，拿信阳话说得直白点，就是有点瘪嘴。但奇异的是，她非但没有因此而变得可厌，反倒增添了几分妩媚。咋说呢？这让她满脸都是机灵的俏皮。似乎那是她特意做出来的，她生来就愿意那样：不是为了劝慰说服别人，就是要给自己逗乐开心，总之都是情绪的自然流露。

那不是别人，正是老夏的闺女夏荷花。随着微微喘动的气息，类似小荷包那样的胸脯，也有节奏地起伏着，煞是打眼。李续寿本来跟她熟得不能再熟，几乎天天见面么，可是那天的惊鸿一瞥，竟然像是初见，至少有久别重逢的感觉。仿佛昨晚不是一晚，而是千年。他越看越愣，说得玄一点，简直就像禅悟。

荷花看清来人，本能地把原本垂在下边的左手，挪到扁担上，同时换个肩，跟李续寿打声招呼："六少爷，回家呢？昨晚咋没去？"李续寿嗯嗯啊啊的，半天没说顺溜，而荷花已经走远。人家担着挑子，当然没工夫闲磨牙。

荷花映着西式别墅的红顶石墙，中式建筑的粉墙黛瓦，以及沿街无数道随风飘摆的幌子和酒招，踏在青石板铺就的街道上，远远看去就像小鸟那样蹦蹦跳跳。莲蓬不实落，若是稻谷面粉，那她蹦蹦跳跳的节奏会更加明显。担过挑子的都知道，那样更省力气。

此前几乎天天见面的夏荷花，咋仿佛从来就没注意过？似乎身边压根儿就没有这么个人。或者说，她真的只是一朵普普通通的荷花。美则美矣，但俯拾皆是，无人留心。于是那天，就像春日里竹笋破土而出，她一下子冒进李续寿的视野。

李续寿旧事重提，又要拜师。

此时李续寿的父亲，已经死于烟榻。就他而言，可谓死得其所。只是帅旗一倒，军卒们难免四散奔逃，老李家立即忙着闹分家，打得不可开交。众仁兄乐得有这么个小贤弟，好减少一个对手，自然无人管他的闲事。

问题老夏还不肯点头。这样的门户，谁惹得起。

有天下午，李续寿悄悄喊来荷花，递给她一样东西，刚刚用面揉好的点心，外形就是一朵荷花，花瓣边缘卷曲部分的线条，都是用刀刻出来的，活灵活现。

荷花小心翼翼地接过来，用手掌托着。面团还是软乎的，不能碰。她左看看右看看，睁大眼睛像看西洋景一般。末了问道："六爷（父亲已死，李续寿随即升格），这是个啥？"

"跟你说过多少次，别叫我六爷，叫我六哥！这是专门给你做的，你先别声张！"

"六爷，那它究竟叫个啥？"

"咳，不是不让你叫六爷么！你看看我像个爷样吗？"

李续寿的头发上沾着面粉，白不溜丢的，就像冬天行路的旅人头顶落雪。围腰子上也是斑斑点点，完全就是个学徒样。荷花扑哧一笑："我不敢。爸爸不让！"

"要不你给它取个名儿？"

"我哪儿会！人家又没念过书！"

"告诉你吧，名字我早想好了。荷花酥。好不好？"

"不好！你戏弄人！"荷花脸红了。

"不是不是！真叫这个名儿！瞧你爸爸，一辈子就是那些东西，弄点新的卖，不好？"

荷花大大的眼珠子咕噜两下，转嗔为喜。

"那你明天早晨早点起来，我来喊你，咱们去接荷花荷叶上的露水。"

"接露水？干啥用？"

"和面呀，做荷花酥！这个不中！"李续寿说着话，一把将模型捏成团。

"嘿，你！别呀！"荷花伸手欲拦。

"咋不喊六爷啦？咱们围着它说了恁多话，哪还能要？"李续寿顺势抓住荷花的手，荷花先没发觉，意识到后，立即红着脸挣开。

五

那天夜里，荷花没睡实落，李续寿也没睡实落。荷花早早地起来，换身新衣裳，准备到后院梳洗。穿褂子时伸展胳膊，几上顿时嘣咚一声。插荷花的瓶子倒了。还好，瓶子没有落地，口小，水也不曾溅湿床铺。她飞快地扶起瓶子，屏息静气，听对面父母的房屋内没有动静，才伸头闻闻荷花，笑着轻轻说声："你呀！"好像这事儿该怪它不长眼。

荷花轻手轻脚地来到后院。可不能惊动父母，尤其是父亲。昨晚拉了挂面，这会儿睡得正香呢。太阳不照到窗棂中间那朵五子登科的雕花，即便醒了他也不会起来。反正盘着的挂面还焐在盆里，没有醒好。

脸盆架在大枣树底下。打来大半盆水，荷花用皂角洗头。

天刚蒙蒙亮，慢慢飘动的雾气笼罩着鸡公山。其实雾气还看不真切，她是用耳朵和胳膊感觉到的。是那种凉丝丝的湿润，她分外熟悉，哪里还用得着目光的辨别。就像雨天你也同样知道太阳。荷花低头闭眼抹皂角。正对着她的，是脸盆架上的雕花，一对鸳鸯在荷花间戏水。这是母亲的陪嫁，很旧了。本来用桐油油得金黄，如今早已发黑，四只脚的边缘处慢慢在腐烂。

还没洗好，就听到了脚步声。在清晨的宁静中，那声音是那么的真切，仿佛直接敲在心头，让人心跳。

"荷花！荷花！"李续寿背后有个黑乎乎的东西。

"别喊！我爸还睡着呢。我洗头，停会儿就好！"

荷花一边扎头发一边朝外走。过去一看，李续寿身后是条小船，信阳人叫小筒子，只能坐两个人。他说："快点！得赶到太阳前面。大清早的，洗啥头呢。"荷花说："你管！怕晚你早来呀，懒虫！你肯定还没我起得早呢。"

李续寿背着小筒子前面走，荷花提着小盆在后面跟着，直到湖边。此时目力早已适应凌晨时分幽暗的光线，水面上白白的雾气凝结成团，明显比岸边的高，也比岸边飘得更快。像云彩，亦如棉絮。仿佛下面有张巨大的蒲扇，在不断地扇风。雾气中那种凛冽的带着苦尾儿的清香，给人针尖的感觉。李续寿放下船，荷花先上，坐在头里，船立即翘了起来。李续寿灵巧地跨进左腿，同时右腿一蹬，双手划动小桨，船便荡入荷叶丛中。

小筒子都是这样短短的小桨，绑在船身两边。李续寿划着它，在荷叶中穿行。细小的露珠凝结在荷叶上，并不明显。把叶子的四边小心提起，中间便会有个水银球一般的东西，滚来滚去。荷花把小盆搁在水面上，接着叶子，听见露珠吧嗒一声砸在盆底，便放手再去找下一片荷叶。荷花总是不如叶子多。高高的花茎挺立起来，走到近前，那种由白到红的过程，才能看清楚。花瓣上的露水没法凝结成水银球，只能轻轻摇落，用盆承接。

荷花的手脚很轻。仿佛那朵荷花也在梦中，她不想惊醒。

李续寿眼前只有荷花的后背，不时闪过的半边脸，以及肥嘟嘟的耳垂。两人朝夕相处，但恁长时间，恁近距离的独处，还是头一遭。即便在夏日清晨的荷花丛中，他还是能清晰地察觉到她带点热气的体香。

像槐花，有点甜。

荷花歪着身子去够一棵荷花："拐个弯儿！"李续寿的动作稍微慢了点，荷花好险扑空。她本能地转回身子，正好碰到李续寿的手背。李续寿浑身一麻："瞧你！慢点嘛！你想喂鱼？"

此时东边的山顶上已经现出一颗硕大的红球，向四面八方撒下密密麻麻的热刺。他们采集好露水，摘下几片荷叶当阳伞打着，转头回家。铺子已经开门，但老夏还没起来。李续寿悄悄和好面，做成八个荷花酥，混在别的点心里一起烤好，出炉之后再蒙上荷叶。茎上新鲜的毛刺，还有点扎手。湿润的断处有点涩，也有点粘。这都是李续寿想象中的新鲜。就连袁子才的书中都没有写到过。

呈给老夏时，老夏傻呆呆地盯了半天，如同母鸡狐疑地端详一枚三角形或者四方形的鸡蛋。他此前的面点，都是父亲传下来的，也都很简单。最多就是鱼点心、桂花糕和寿桃。鱼点心是用模子刻出来的，鱼的外形，取年年有余的吉庆寓意；寿桃是用手捏的，点着颜色；桂花糕就是带馅儿的饼干，用掺了碎桂花片的绿豆粉作馅儿。

可李续寿弄的荷花酥，完全不同。

荷花酥的主料除了面粉，还有白糖、红糖、糖浆和莲子。巧妙之处有三：和面的水，是童女清晨采集于荷花荷叶上的滚滚露珠，当然不全是荷露；外形完全像朵荷花，不像寿桃恁简单；出炉之后用荷叶覆盖，直到完全凉透，让那种略微带点苦尾的荷香入味。

闻起来清香，吃起来甘甜，的确不一般。

荷花荷花，和合么，也是吉庆话。有说头，更有实惠。老夏尝尝，既点头又摇头。点头是说这孩子的确有心；摇头是说自己到底老了，且未念过书。讲古可以，鼓捣点新东西就不中。自打从父亲手中接过这个摊子，他可曾鼓捣出新玩意儿？没有嘛。

赶巧镇上的周老爷喜得贵子——孙子。四面八方都来送挂面筐子，周家得待客。老夏让李续寿放开手脚，做了两炉荷花酥，用红纸包着，送了过去，只说是特意为周家大喜赶制的。周老爷满意得不行，当场就封了十块大洋的赏。

十块大洋，能买多少面粉！老夏立即决定，收下这个徒弟。

李续寿却有点不痛快。咋是特意为周家赶制的呢？明明是为了荷花嘛。可师傅终究是师傅。

最终老夏收了八样拜师礼——普通是四样；也喝了拜师酒，但没让李续寿磕头。大家也都没改口。一边是师傅，另外一边还是六爷。

其实老夏跟老婆内心都很清楚，他们收的不是徒弟，至少不仅仅是徒弟，主要还是女婿。也巧，他还就是缺个儿子，少个继承人。

洞房里的荷花似乎还不敢相信："六爷，老李家高门大院，不好么？"

李续寿鼻孔里哼了一声："啥意思呢！你是不明白呀。"

六

七七事变之前，鸡公山早已被美籍挪威教士李立生发现，经过二三十年的开发，逐渐跻身全国四大避暑胜地行列。山上各式风格的别墅鳞次栉比，号称万国建筑博览会。其中也包括日式建筑。日本驻汉口总领事水野在山上建有别墅，另外还有石田洋行等好几家日商。不过随着信阳固始人金振中营长在卢沟桥畔的那声枪响，外国人纷纷撤离。到梅花上将张自忠故地重游时，各个别墅相继人去楼空，只剩下走不了的本地农民与猎户，山上一时冷清了许多。否则，他也不必非要到李续寿的面点铺里吃挂面。在那之前，山上的饭铺多着呢。

外国人的离去，对李续寿的生意本来影响不大。洋人自己烤面包烤饼干，也吃不来挂面。问题是战事一起山河破碎，转瞬间就沦为亡国奴，李续寿也好险丢掉性命。那是1938年10月底的事情，山上气温低，已有森森秋意。在绿色的大背景下，树叶有的深红，如将士流淌的热血；有的焦黄，如伤员垂死的脸。气韵沉雄，令人感慨万千。那天下午，日光偏西时，鬼子犯山。零落的枪声伴随着他们那身恐怖的黄皮，一点点地沿着山路攀援而上，时隐时现。

没说的，跑吧。从南街到北街，十室十空。反正身后就是山岭森林，随处可藏身。

但是李续寿没跑。确切地说，是想跑，可没跑了。当时他正在做荷花酥，还没来得及收摊子。听到枪声，他用手指指点点地示意荷花，赶紧领着孩子避开。面案跟前不能随便说话，这规矩荷花当然懂。然而她终究是女人，一着急也就顾不得许多，攀住丈夫的胳膊问道："当家的，那你呢？"李续寿没有开口回应。他既点头又摇头，意思是你们赶紧走，我收拾好摊子，就跟着去会合。可急切之间，荷花哪能懂得这等暗语。她几乎是吊在李续寿的胳膊上，一个劲地催他逃命。

炉里的荷花酥就要到火候。刚刚取出下边成块的火炭，用火星的余温焖上半袋烟的工夫，就该出炉。早一点晚一点都不中。李续寿心想，山路不比平路，高低不平，崎岖难行，鬼子远道而来不熟悉，应该跑不了恁快。自己有足够的时间，料理好手头的活计，取出荷花酥，盖上荷叶，然后再锁好门，从容脱身。他从面案跟前转过身子，拍拍手上的白面，先咽口唾沫，再冲荷花低声喝道："不懂规矩？你们先走，我马上就去！"

徒弟识相，赶紧上前拉过师娘，领着孩子匆匆奔向后山。

李续寿心里怦怦直跳。这是当年的最后一批荷花酥，因为荷叶已经用光。连同寿桃、桂花糕、大小鱼点心、梅花饼，都是周老爷订下庆寿用的。多年的主顾，此时可不能砸了牌子。他一边约摸时间一边频频出门瞭望，好歹地等荷花酥出了炉，赶紧用荷叶盖好。从盛夏时分至今，荷叶有些焦干，得小心压住，才不致碎裂。

刚刚盖好荷叶再压住，李续寿的围腰子顾不得摘下，手上的面粉也顾不得扑打，赶紧上门板。可还没来得及把沉甸甸的铜锁套进门鼻子，那帮黄皮畜生已经呜哩哇啦地出现在街南头。鬼子的速度实在是快。你如果去过鸡公山就明白，从山下爬上去，没有四十分钟恐怕不中。

可是想想也对。不过一年工夫，他们便从卢沟桥打到中原腹地的信阳，能不快么？

李续寿本能地跑了两步，后面立即呼呼平两枪；他赶紧举起双手抱住脑袋，依靠着墙蹲下，静等末日降临。鬼子走到近前，将他逼进屋内，一通乱翻，没啥收获，转头又来逼问。惊恐之中的李续寿哪能听懂，徒劳地辩解几句，指挥官的军刀已经架上脖子。冰凉的刀锋让他头皮发麻。他本能地后退，后退，结果一屁股坐进面簸箩里，簸箩翻过来，面粉扣了满头满身。他爬起来使劲眨眨眼，这才看清眼前的景物。此时那帮黄皮畜生全都换了脸谱，凶光不再，哈哈大笑。指挥官挂着军刀，几乎笑弯腰。

李续寿老半天才反应过来咋回事。他本能地觉得应该加入进去，便跟着他们一起傻笑，当然那竭力挤出来的只能是干笑。

无论如何，这事儿救了他的命。鬼子们笑得越发厉害，一边笑一边对他指指点点。最后他们把做好的荷花酥吃的吃扔的扔，没再难为他，便扬长而去。当时李续寿很想告诉他们，点心还没做好，还缺最后一道工序，荷花酥不是还热乎么。这就说明尚未完全入味儿。

当然，这话没有出口。

良久之后出门再看，确认鬼子已经走远，这才进屋插上门，甚至还落下了木老鼠——防止用刀片拨开门闩的小机关。信阳南部山区防土匪的装置。做完这一切，顺势靠墙蹲下，后背的冷汗一贴皮，立即让他回过神儿来。他起身照照镜子，只见满脸的面粉，头发睫毛和胡子都是乱糟糟的白，脸上只有五官处，留着五个黑洞。另外还有些黑道道，是他抹脸时留下来的。他艰难地笑笑，结果镜子里的那张脸，显得越发滑稽。嘴角上已有面粉粘结成浆糊，嘴巴开合时明显有撕扯的感觉，还有点甜。低头再看浑身上下，面粉像霜一般挂在衣服表面，浓淡不匀；一巴掌下去，纷纷飘落如雪粉。

七

鬼子打进信阳之前，鸡公山其实已经闻到了抗战的血腥气息。白马将军还没上山时，1938年1月，弃守山东的长腿将军韩复榘，在武汉被处决，尸身暂厝于长春观，最终移至鸡公山安葬。韩跟张自忠、孙连仲一同源出冯玉祥的第十六混成旅，都曾跟随冯，在信阳驻马。西北军将领几乎人人都有绰号，张自忠绰号张扒皮，说他治军严酷；韩复榘绰号韩结巴，因为他说话不太利索。韩结巴之所以魂托此地，原因是他当过河南省主席，喜欢鸡公山的美景。这的确有点讽刺意义。

此等千古罪人，陵墓自然不可能排场。厝于长春观时，灵牌上还带着头衔：故鲁省主席韩公向方之位。他多年的同僚谷良民与孙连仲以家属的名义送了花圈。等到下葬，墓碑上只有简单的几个字：韩复榘之墓。当时东北中学也流亡于鸡公山，校址就在直系悍将靳云鹗的颐庐别墅。他刚刚下葬，东北中学的学生，就用石头在坟墓跟前垒出"汉奸"二字。这两个字在那里摆了很久很久。

因为平汉铁路从脚下经过，故而抗战期间，信阳烽火不断。此地划归第五战区驻防，主要由孙连仲将军的第二集团军负责：刘汝明的六十八军驻扎信北，池峰城的三十军防守信西；除了众所周知的李先念麾下的新四军第五师，国军方面也有游击队，比如鲍刚所部。他们既打鬼子，也跟新四军在四望山一带摩擦。如果翻开布防图，你会发现，信阳恰如汪洋大海中的一个孤岛，上面悬着丑陋的膏药旗。

有部队，自然会有战事。刘汝明一度收复过信阳县城，炸毁鬼子的机场。鬼子也经常制造血案。不过这一切，对于鸡公山上的李续寿而言，似乎都很遥远。鸡公山周围很少有枪声响起。因为这里也是鬼子控制的核心区——当然是核心区中的边缘地带——并非游击区。新四军也好，五战区也罢，都打不到这里来。对他们而言，比鸡公山重要的节点多着呢。

李续寿一家的生活，一直比较平静。山上驻有鬼子，炮楼和营房离他的作坊不远，直线距离不到两里路。鬼子兵力不多，撑死也就十个。他们很少出来活动，打着旗扛着枪招摇过市的场景，并不多见。而鸡公山又是峰峦叠嶂山高林密，那无边无际的绿色，足以淹没这几个黄皮畜生。你如果愿意平心静气，忘掉他们并不困难。

变化当然还是有的。山上的学校要教日语，好在儿子李庚存不大不小，不必为此烦恼：太大必然有学龄的孙子；太小儿子就在学龄；照旧完粮纳税，但是税负更重。信阳跟河南中部平原风物迥异，有山有水，历来都是鱼米之乡，但那两年灾害频仍。除去天灾，更兼人祸：即便丰年，百姓能吃进口中的大米白面也很可怜。粮食都到哪儿去了呢？很简单，被鬼子抢去，作为战争资源。要下山进城买点东西走走亲戚，得经过无数的哨卡，每过一道都得弯腰鞠躬。

说一千道一万，终究还是亡国奴么。

当了亡国奴的李绩寿，一如既往地做面点，用刀精雕细刻荷花酥。儿子李庚存中学还差半年毕业，但嘀咕着要退学。汉字他都懒得念，何况鸟语？小时候父亲教他唱的童谣，便不是《三字经》、《百家姓》，也不是"天子重英豪，文章教尔曹；万般皆下品，唯有读书高"，而是《杨家将》里的鼓词：

"大郎替了宋王死，二郎替了赵德芳；三郎马踩淤泥河，四郎流落在北国……"

那时在夏天的月夜下，小庚存瞪着两眼："爸爸，恁些儿子都死了，谁打仗呢？"李绩寿轻轻摸摸儿子的脑袋："还有个英雄杨六郎啊。他守三关！"

"杨六郎守三关？哪三关？就是咱们的信阳三关，武胜关、平靖关、九里关？"

"傻孩子，当然不是。信阳是中原。杨六郎守的三关在边疆，离这儿远着呢。在武胜关打过仗的，是岳大哥和牛贤弟，岳飞跟牛皋！"

大约受此影响，庚存打小就像父亲，对书本不感冒。在他之前，李绩寿跟荷花生了一男一女，长女出生那年，正好冯玉祥的第十六混成旅驻扎信阳，张自忠在其中当学兵连长，就是那时候。长女出痘子时，病势危急，还请十六混成旅的医官瞧过。当时虽然转危为安，但这个闺女和她后来的弟弟，最终依旧未能成人。李庚存其实是李绩寿的第三个孩子。

前面两个孩子相继夭折，这才给庚存取了这么个名字。自然也少不了娇惯。退学就退学吧。李绩寿略一思忖，并不反对："不学也罢。接这个铺子，你的学问足够了。"不想庚存脑袋一昂："我可不接你的摊子。我长大了要去打鬼子！"李续寿本能地看看门口，再回头看看儿子。多年来晚上听他讲古，这孩子看来没有全部忘记呢。

李续寿未置可否。半天后徐徐道："那也得长大了再说。"

庚存反问道："多大是个大？你不是说过嘛，岳云十二岁当兵，十四岁立功！"

李续寿说："你能抡动八十斤的大锤？还是先掂掂咱家六十斤重的面吧。"

几年亡国奴的生活至今，庚存逐渐长大成人，嘴唇边露出微黑的髭须，就像春天地面上的小草。他看不惯父亲，话里话外，讽喻他淡忘国耻，表示想去投军。李续寿说："敢！去我打断你的腿！恁多人，咋就能显出你来？安安心心地学手艺，谁当世咱都得靠手艺吃饭！"李庚存一跺脚："亡国饭呢？也吃？"李续寿并不生气。他叹口气道："儿啊，张自忠是岳武穆杨六郎那样的人物，都战死在襄阳南瓜店，离咱信阳不多远。你上去能顶啥用呢？"庚存硬朗地答道："正是因为他战死了，我们才要上！要不还能看着全国灭亡？"

梅花上将张自忠战死的消息，鸡公山上知道得很早。并非因为离襄阳不远，而是因为鬼子当做捷报，广为宣传，甚至下令每甲每保，都要燃放鞭炮，庆祝击毙支那上将。不消说，这个任务面点铺有份儿。

荷花很苦恼："当家的，炮到底放不放呢？"

李续寿朗声道："放！当然要放！你去买挂大的，再买点纸钱！"

就这样，徒弟在铺子门前用竹竿吊着放爆仗，李续寿一家三口在后院烧纸祭拜。那天将军过来，庚存正好在学校，没能亲眼见到，回来听说是岳飞杨六郎一般的人物，遗憾得不行。于是祭拜完毕，他再度提起从军一事。

但李续寿并未点头。

八

要说李续寿心里没有烦忧愤懑，那肯定是假话。谁也不会喜欢整日屈身于半人高的洞窟里。那或可生存，但无法生活。然而李续寿最大的麻烦并非这个。因为睡在火山口边的紧张，会随着时间的推移逐渐淡化。最困扰他的，还是生意。在大米白面日渐减少的情况下，还有多少人会找他做面点做挂面呢？再往前一步说，他担忧的也并非生意本身。他如果看重钱财，当初又何必学这门手艺。

不能拉挂面做面点，这让李续寿很不舒服。他真是喜欢这门手艺，喜欢这门手艺本身。他喜欢摔面，喜欢一圈一圈飞快地盘条，喜欢在混合着茶油味的挂面气息中，安安静静地抿两口酒，喝一泡茶（他不抽烟，醒面期间的歇神，都以茶酒代替）；喜欢拿刀在揉好的面团上划线，看着面皮像苹果皮样一点点地被削掉，造型一点点清晰，如同水落石出；喜欢无声地盯着这些刻好的面团，偶一抬头发现日已晌午，荷花坐在门前的竹椅上做针线，耳垂还像十几年前那样，在日光中肥嘟嘟地垂着。

没办法，花钱难买乐意。他就是乐意。

终于有一天，李续寿不再为不能享受动手的乐趣而着急了。因为有更加急迫的感觉压在心头：恐惧。李庚存赶早到洋河走亲戚，给表姐送挂面筐子，当天晚上没见回家，直到第三天还不见影儿。荷花过去问问，表姐满脸的愕然，说他根本就没来。这样的喜事儿少一只娘家亲戚的挂面筐子，她还纳闷儿呢。

李庚存就这样神秘失踪，活不见人死不见尸。生逢战乱，早已见惯生离死别，亲戚朋友邻居们没有明说，但心里都认为李庚存恐已不在人世——小日本刀枪下的冤死鬼难道还少？荷花茶饭不思，只是抹泪。李续寿安慰说："别哭！他保准没事儿。你还不知道他？整天逞能要去打鬼子，肯定投军去了。这当口老哭，不吉利！等赶走小日本，他就会回来的。白天狗再能游荡，到晚上还不得乖乖回家？"荷花说："不可能！恁大的事儿，他咋一点没给我露过口风？单夹皮棉四季衣服，任啥都不带？"李续寿说："你真傻。透了口风做了准备，我能放他走吗？"荷花说："你是你，我是我！我的儿子，他跟我亲！"

话是这么说，除了接受现实，还能咋办？冤死也好，投军也罢，这个账反正都得记到鬼子头上。

情绪慢慢平复，伤口逐渐结痂。将近一年之后，两人再度碰上险要事。那天他们无聊地守着作坊，暗自期望儿子能像突然消失那样，突然地从天而降，同时也等待着几乎不可能光顾的顾客，结果还真有人前来，不过却是不速之客。一个鬼子兵。

鬼子兵身着军服，但没带武器。他大模大样地进得门来，二话不说，撩开盖布，抓起点心便朝嘴里塞。尝尝这个试试那个，稍不顺意，便呸地一口吐掉，比传说中的熊瞎子掰苞米都不如。近两年来，这种现象并不多见。确切地说，还是头一回。鬼子几乎不直接跟山民打交道。比这更恶劣的事也时有耳闻，不过都不在身边。

李续寿跟荷花惊惶地起身立于旁边，不知所措。如果只是解馋，那他的点心必有一种或几种可以满足。他有此自信。但问题在于，鬼子的目的，看来根本不是口腹之欲。他一边糟蹋东西，一边盯着荷花，不时笑笑，挤挤眼睛，带着十足的邪淫。荷花本来就比丈夫年轻，更兼中间似乎还有几年，她的时针跟丈夫不同，是倒转的。时间不断地从她手掌出发，朝脸上爬，但都没能爬上去，爬到中间便摔下来，结果只在手掌上砸出一层老趼，脸庞毫发无损。三十几岁的她，恰如自己的名字，处于怒放一般的成熟中，正是迷人的时节。

见势不好，李续寿立即上前用身子挡住老婆，示意她进里屋躲避。他抓起一枚桂花糕，递到鬼子跟前："太君，这是桂花糕，刚刚做好的，很好吃，请你尝尝看！"

鬼子一把打掉桂花糕，顺手推开李续寿，上前抓住荷花的手，就朝里屋拖。李续寿待要阻拦，鬼子回身劈脸就是一个大嘴巴子。荷花知道不好，一只手攀住门缝，鬼哭狼嚎般哀告，但鬼子哪肯罢休。李续寿抓住鬼子的胳膊，但又不敢使劲。否则就他的力气，掀翻鬼子并不困难。

李续寿说："太君，太君，请不要这样！别，别！有事好商量！"

鬼子没用口，而是用脚跟他商量的。那硬邦邦的厚底军鞋，可真是够人受的。与此同时，荷花一声惨叫：鬼子掰不开她的手，竟然顺手关门。门轴刚刚上过油，因为关门声响太大。这下可好，成了鬼子的刑具。

那一刻，面点师李续寿怒从心起。那可是他的荷花，荷花酥的荷花；这可在武胜关前，岳大哥牛贤弟驻兵的武胜关前。起身正要本能地反击，但就在爬起来的那个瞬间，隐约瞧见外面又来了一个鬼子。

完了。这下完了。李续寿不觉浑身冰凉。

后面进来的，是个军官，肩膀上有两颗星星。他疾步冲到先前那个鬼子跟前，不过没当帮凶，却顺手给了他一巴掌："八嘎！"

巴掌清脆，声音洪亮。

鬼子回头看清来人，立即放掉荷花，转身对军官鞠个躬，低头离去。军官愤恨地看看荷花，又看看李续寿，仿佛这一切都是他们的过错；片刻之后，他的表情和缓下来，以几乎不被人注意的动作，冲李续寿略微点头，也出门而去。

当天晚上，夫妻俩关门闭户，对月而坐。荷花的手请医生瞧过，已经裹上药。无论如何，这两天肯定没法拉挂面，因为盘条时再无人打下手刷油。

两人许久没有说话，沉默像夜色一般宽广。良久，李续寿突然没头没脑地说了一句："恁好的一匹战马，咋叫长虫呢？叫丢了！"

那话不像询问，更像自言自语。李续寿说完，兀自叹气。

荷花也未接腔。黑暗中，她眼前也是一片雪白。那天告别，将军一勒马缰，低声喝道："长虫，走！"那匹白马随即扬起前蹄在空中猛刨几下，嘶鸣两声，便撒开四蹄，白云一般随风飘去。

在信阳话里，长虫是蛇的指代。这跟战马，判若云泥。明明是匹宝马良驹，咋就取了这么个不三不四的名字？正如那样英武逼人像传说一般的白马将军，却有那么个凶恶的绰号。个中原因，可惜他们已无缘移樽就教。

九

手上的伤容易好，心头的痛难痊愈。疗好荷花心头的惊惧的，是一个口信：他们的儿子李庚存不但活得好好的，还成了黄埔军校十八期的学员，毕了业就是国军军官。

咋回事呢？原来那天送挂面筐子途中，李庚存远远看见一支迎亲队伍，接新娘子的。遥遥地听着他们吹吹打打，声音倒比场面还要真切。他赶紧加快脚步，追了过去。拐过前面的河湾，就能跟他们会合，可是那道陡坡遮住他们的身影不久，忽然也把声音给遮住了。响器班子似乎哑了火。这可真是怪事。迎亲的讲究很多，新娘不下轿进洞房，这套响器班子迎亲的活儿就不算完。除了短暂的换气歇息，吹吹打打须臾不停，否则不但拿不到工钱，还会坏掉名声，将来再有喜事，不会有人来请。

这是咋回事？

转过去赶到近前才明白，前面的岔道上突然杀出个醉酒的小日本滋事，欺辱新娘子。他拦住花轿，一定要掀开盖头，看看花姑娘。

普天之下，可曾有过这样的道理？

除了新郎和四个轿夫，响器班子连老带小还有四个人。对方其实已不是小日本，而是个老鬼子，看样子至少有四十多岁，又醉了酒，九对一，可那些个大男人，还是无人敢于出头。新郎只是哀告，不敢阻拦；老鬼子掀开盖头，狂笑着横看竖看还不算完，非要新娘子出来，陪他喝一口。

老鬼子左手提着酒瓶，右手抓住盖头，张牙舞爪，像个小丑。信阳北部都是丘陵平原，没有山也少见树，一派土黄。红色的盖头飞舞在空中，显得分外刺眼。那漫天的红一点点洇染扩大，像血流满地。李庚存已经说好亲事，下秋就要迎娶。姑娘他偷偷相看过，很是俊俏。也不知道哪里来的勇气，这个准新郎突然扔下挂面筐子，飞脚上前，先冲老鬼子的下档来一脚，然后劈面一拳：

"哒！畜生，爷爷教你点做人的规矩！"

一着急，讲古里听到的评书味道都出来了。

老鬼子懵了。他摇摇脑袋，半天后回过神来，勃然大怒。呜哩哇啦地骂着，扔掉盖头，右手转到屁股后头去摸枪，同时摇摇晃晃地朝庚存扑去。新郎本能地伸腿一绊，老鬼子踉跄仆倒，盒子枪也脱手落地，被新郎一脚踢开；李庚存纵身一跃，骑上去抢过酒瓶，冲他的脑袋便狂风暴雨地抡将起来。

轿夫傻了，响器班子也傻了。新娘一个劲地跺脚埋怨新郎："还搞吧？你惹了大祸，看你咋法收场！"新郎语无伦次地喊道："打，狠狠地打！哎哟别打了吧，兄弟，不能打呀！"

扯碎龙袍也是死，打死太子也是死。面点铺夜晚的讲古，有无数类似的故事。当然，彼时的李庚存没工夫联想那些。周围的劝解提醒或者威胁，他根本听不见。他只是凭着本能，一个劲地砸，砸。鬼子到底是凶，脑袋竟然比酒瓶还结实，因为先碎的是酒瓶；李庚存握着剩下的半截瓶茬儿，没命地捅，捅，直到迸出的污血中出现白色的脑浆。

这可真是塌天大祸。轿夫和响器班子啥都顾不得讲究，赏钱也不要了，撇下还在途中的新郎新娘，抬着空花轿，收起响器，就地散伙；新郎正欲开口制止，但低头一看，先前明明被他一脚踢开的盒子枪，竟然鬼差神使地捏在手中，不觉大惊。

新郎手一松，枪落地。

李庚存咋办呢？既无勇气再去洋河，也不敢就地回头。这两个方向遍地哨卡，而他身上沾有血污。没有别的出路，只能掉头向东，到固始投奔二姨。早就听说中央陆军军官学校在潢川固始一带招生，实在不中就去投军。

李庚存转身要走，但新郎不让："杀人杀死，救人救活。你不能撇下我。要走咱们一块儿走！我家就在前面一点儿，顺路；咱们把新娘子送到家再走！"李庚存说："这个当口你走？你能撇下新娘子？"新郎说："撇不下也得撇！"新娘子带着哭腔埋怨李庚存："都是你多管闲事，害了我的终身！"转头又要拖新郎的后腿："你敢走，我也不活了！"李庚存叹口气："到处都是亡国奴！真有寻死的气性，刚才咋不跟鬼子拼命？"新娘子看看李庚存，哇的一声大哭："兄弟，你是好人，可我咋办！"李庚存赶紧告饶："大姐你别着急，等打完鬼子，你男人就会回来的！今天啥日子，你可不能哭！"

有人做伴，自是好事。先到新郎家，还能换身干净衣服。两人就此商定。那一带的平原，遍布流水冲击的深沟。两人把老鬼子拖进沟里，草草盖上一层浮土。能让鬼子晚点发现就好。越晚越好。手枪他们没敢带，再说也不会使，用盖头裹起来，埋在一个标志明显的石头缝里。鸡蛋虽然破了几个，但挂面筐子还在，新娘提在手中。匆匆拾掇停当，李庚存接过挂面筐子——那点东西不在乎，但是过哨卡用得着。再说路上还得吃东西——好歹的先把新娘送到家，新郎连堂也顾不得拜，随手给李庚存找身干净的旧衣裳，二人便逃往固始。

刚走到潢川，果然碰上军校招生。两人一合计，决定投考。结果李庚存上了榜，新郎却没有被录取。他是平板足，识字也不多，人家没要。为啥不录取他，李庚存很快就明白了：他们那批几百个学员，从潢川折向西北，越过平汉线，靠双脚一直走到洛阳，这才搭上火车，进入潼关，开到西安。等到了地方，一路上起泡流血结痂再起泡流血结痂的脚板，简直就成了烤炉上的铁板。

平板足能走到么？恐怕够呛。

到了西安又复试。还好，李庚存依旧没被刷下。论起历史渊源，中央陆军军官学校西安分校的这批学员，算是黄埔十八期。

十

那时国统区跟沦陷区不通邮。信是经香港转到信阳，李庚存同学的家人辗转传递来的。李续寿兴奋地以拳击掌："嘿，好小子，有种！天天晚上讲古说英雄，想不到铺子里也出了英雄。荷花，有酒么？"荷花说："还酒呢，茶油都快没了！上回那瓶酒，早就让你喝光了，哪里还有？"李续寿一拳捶在面案上："赶紧打去呀！这喜事不就着酒，能行吗？"

真是大白天见活鬼。荷花乐颠颠地刚要出去，鬼子军官却再度上门。

鬼子军官身后还跟着两个兵。他们都没带武器。那是个清亮亮的午后，日光从他后背射过来，将他的肩章映照得一派金黄，上面的星星一闪一闪地耀眼。李续寿满心满眼的茫然。他本能地感觉到了风险，心想他们一定是来找麻烦的，因为儿子庚存。他赶紧摆摆手，让荷花避入里屋，自己也装作没看见他们的样子，目光微微下视，抢到作坊门前，打算关门，躲避灾祸。

然而鬼子没给他机会。军官在几步之外阻止了他关门的动作："老板，给我们借点粮食！"

很难相信，他的汉语如此流利。若不是那身鬼子皮，说是中国人，没人会怀疑。

借？李续寿的意识似乎也像林间的树叶一般，被太阳照乱，不成片段。他微微张着嘴巴，半天没吭气；鬼子军官重复一遍，他才机械地点点头："太君，小店存粮不多，统共就这面面粉。"

满打满算，面粉不到四百斤。对于面点师而言，几乎等于没有。家底当然还是不薄，但除了少量的金条，其余的银行存款如今基本等于废纸。谁知道中央啥时候能打回来，回来后还认不认这壶酒钱？这几年战乱加灾害，鬼子套在脖子上的税负又重，土地田亩虽然还在，但进项委实可怜。稍微积点粮食，荷花便张罗着悄悄变卖掉，换成黄金埋进地下。碰上这等年景，还能有啥办法？她总得给儿子娶亲接媳妇。

军官示意士兵提过两口袋面，让李续寿过秤。李续寿闻听一愣，赶紧摆摆手，表示不必，但鬼子军官坚持，他也乐得顺水推舟。

两口袋面粉过完秤，李续寿朗声唱道："一百六十七斤八两半，高高的！"

鬼子扛着面粉回了炮楼。惊魂甫定的荷花擦擦额头："怪事，鬼子借粮，还要过秤！难道他们真是有借有还？"李续寿呸了一口："娘们儿见识！有借有还，大半个中国都被他们借去，多少年来，你见他们还过吗？"荷花连连摇头："奇怪！还过秤！"李续寿说："过不过秤不要紧，只要不是来找庚存麻烦的就好！"

鬼子一打这个岔，倒帮荷花省了酒钱。李续寿饮酒致庆的心思，飞了。

更加奇怪的事情还在后头。

大约半月之后，两个鬼子再度上门，一人背着一袋面，其中一个手里还提溜个布包。进得门来，他们放下东西，呜哩哇啦比划几下，也不等李续寿回应，便转身离去。

这可真是意外。北平占了，南京占了，重庆也好险占了，都没见归还，这两袋面粉难道还在话下？荷花不住地嘀咕，怀疑有诈。比如，面粉里是不是有毒？再把面粉过过秤，更加意外：一百七十斤，秤杆有点低头。

李续寿讲了半辈子古，跟着师傅兼岳父也听了无数的故事，从战国到民国，从故事到事故，这事只是没听说。他一跺脚："不管他！反正本来就是咱们的。即便饶上二斤半，那也是中国的土地长的。再说借细粮给他，这点利息还嫌薄呢。"

此时才想起旁边还有个布包。打开一看，里边是两瓶酒。虽然标签都是歪歪扭扭的日本字，但李续寿还是马上就认出那是酒，日本酒。酒可是他再喜欢不过的东西。记不清楚有多少个夜晚，他几两小酒下肚，微醺之中信口开河，间或还唱两句京戏，让徒弟和邻居听得不知更深几许，直到他醒过神来，出门看看星月方位闻闻风的气息，然后回身系上围腰子，来句京白："好天！和面啦！"

多久没有饮酒讲古了？他已记不清楚。从前几乎天天如此，如今小日本犯上，恰似雨天与晴天的比例倒反。没人请他做挂面，他也就没了饮酒的机缘跟兴致。今天可好。

那天夜里，李续寿就着一碟腌萝卜，饮了半瓶日本酒。信阳人每年冬天都要腌菜。萝卜，箭杆白，大白菜，腊菜头。不过吃到现在，腌菜缸基本见底，很快就该腌新的了。也就是说，一年又将过去。虽然只是腌萝卜，但还是仔细洗过，切成丝，倒了几滴麻油拌拌，搁在白底蓝花的碟子里。那酒比自家酿的红薯干酒淡，一瓶他也能饮尽，只是舍不得。并且，多少还有点后怕。

似乎此时才想起荷花的提醒："敢喝？不怕小鬼子下毒？"

那时他酒兴初起，一仰脖倒进一杯："管他呢。就是药，我也得来两杯！你也尝尝吧，全当为了儿子！"

喝到一半，李续寿先是下决心般拧紧瓶盖，然后端起小盅，仰头慢慢倒进嘴里，一点点地咽下。这期间他两眼微闭，直到口舌间的酒意全部淡化褪下，才夹起一根咸菜丝，像品猴头燕窝那样，嚼了半天："宁愿疮冒脓，不愿嘴受穷。你还别说，这酒味道还真是不错！小鬼子到底是中国种，多少的还明点事理！"

十一

这等稀奇事，很快就传遍鸡公山。那已经是1944年，全国局势依旧沉闷，不但见不到光复的希望，甚至还在走下坡路。就拿河南来说吧，国军节节败退，河南几乎全境沦陷。信阳再往北，是一战区副司令长官汤恩伯的防区。他们的纪律比鬼子都坏，被百姓视为四大祸害之一，号称水旱黄汤。宁愿鬼子来烧杀，不愿国军来驻扎。逃难到鸡公山的灾民，甚至还带来有如此极端的说法：不时有百姓自愿引导日军，攻打汤恩伯的国军。因为他们实在太坏太坏。头上长疮脚底冒脓，这样评书上的说法，都嫌不够。汤恩伯的主力十三军，在百姓跟前从来不敢自报家门，每每以"八五军"打掩护。一来呢，八五一十三，也算没忘本；二来呢，八十五军驻地不远，跟十三军是半斤八两，难兄难弟，正好鱼目混珠。

于是鬼子军官的这种表现，便被大家无端寄予美好的想象：如果不是即将败亡，这些欺师灭祖的东西，咋会讲究起礼节来了呢。

谁也没想到，这事才刚刚开始。几天之后，鬼子军官再度不请自到。在他身后，一个兵又扛来了一袋面。

鬼子军官上身是白色的军衬衣，下着军裤，没戴军帽，短发理得很整齐。

进得门来，他对兵扬扬手，那兵随即放下口袋离去。

口袋重重地落在面案上，激起一阵目力难以察觉的白灰，李续寿立即闻出这面不错，是新鲜小麦打的新面，并非陈粮。

军官说："老板，请给我们做点挂面！"

李续寿本能地点点头，但没有吭气。他还没转过圈来。军官接着说："报酬按照你的规矩，到时候给你。"说完这些，他似乎还没有要走的意思，在铺子里东张西望，一边张望一边微微点头，似乎在清点计数。李续寿这才反应过来，赶紧提醒道："那你还差两样东西。茶油跟鸡蛋。"军官没有转头，张望着反问道："几斤茶油？多少鸡蛋？"李续寿说："那得看你们的口味。配这些面，鸡蛋最少得七八个，茶油一斤半斤都中。"军官闻听转过头来："一斤半斤都可以？"李续寿说："只看你们的口味。"军官点点头，出门要走，李续寿又说："太君，最好还能给点煤油。做挂面得熬夜。我买。"

当时煤油是战备物资，市面上买不到，老百姓也不敢随便用。一旦被发现，就有说不尽的麻烦。军官盯了李续寿一眼。李续寿赶紧说："很久没做挂面，铺子里桐油不多，怕不够。"军官点点头："那好，回头我叫人送来。"

鬼子军官个子不高，四方脸，没留胡子，模样还算周正。这张脸，李续寿似乎见过，多少有点熟悉。他皱着眉头想想，没有结果，便自我解嘲地笑笑，心说见是肯定没见过。这只能说明，小日本的确都是中国人下的种。孽种。

鬼子军官是黑饭后过来的。自己一个人，提着十个鸡蛋、半斤茶油。正常的挂面，十斤面配茶油四钱五到五钱五，但日本人的油盐都淡。他没给煤油，替代品是一包蜡烛。另外还有个小小的惊喜：一瓶酒。

鬼子军官举举酒瓶，冲李续寿笑笑："我知道你的习惯。做挂面前，夜里要饮酒。今天晚上，我陪你！"

他的确很了解李续寿的习惯，连他喜欢饮酒这一点都掌握。李续寿从来不像一般信阳人那样说喝酒，只说饮酒。这大约也是昔日的豪门生活，在他身上留下的唯一印记吧。

若是旁人做挂面，那天晚上肯定要摆开场子，讲古闲聊。但主顾是鬼子，这话就得另说。鬼子军官坐在那儿不走，大家躲都躲不及，谁还敢靠前？

后院里因此一派沉寂。

李续寿跟荷花面面相觑。仿佛这不是他们的家，而是鬼子的岗楼。鬼子冲荷花微微低头："喂，老板娘，请摆上酒。不要紧张。咱们是老邻居。我就是在鸡公山上长大的。我和你儿子是朋友。"

原来鬼子军官名叫石田太，就是石田洋行总经理的儿子。石田洋行在鸡公山上建有别墅，紧挨着日本驻汉口总领事水野的家。石田太出生在中国，十七岁以前喝的都是中国水，主要生活在三个地方：汉口镇，信阳城，鸡公山。所以能说一口流利的汉语，甚至能带出信阳和武汉方言。尽管他比庚存大几岁，但那时庚存是山上的孩子王，曾经带他一起玩过。也没别的，就是爬树掏鸟窝、摸鱼打弹弓那一套。

李续寿惊愕地端详着石田太的模样。烛光下，他的面目显得越发柔和，依稀有一丝熟悉。孩子成长期间变化大，再说终究是外国人，跟山民来往少。他端详来端详去，目光碰到石田太的眼睛，立即低头避开。

石田太微微一笑："认不得我了吧？我可认得你。瘦高个刀条脸，平常说话行事慢吞吞的，一旦拉起挂面，双手飞快！你还是老样子。只是见老了。漂亮的老板娘还不老。我吃过你做的面点。荷花酥、枣泥糕、富贵饼。比你师傅做的好。你儿子也就是我朋友的事情我听说了。我很遗憾。不过请忘记不愉快，咱们交个朋友吧。"石田太说完，低头致意。

闻听石田太提到儿子，李续寿心里一惊。但他很快就反应过来，石田太并不知道内情。他听说的情况，一定也是庚存神秘失踪，大约已不在人世。当然也说不准，谁知道他是不是来试探深浅的呢。小鬼子，鬼着呢。

李续寿含含混混地支应着。荷花在桌面摆好两只酒盅、两双筷子，切上两碟自家的咸菜，把石田太带来的一点鱼干也装进一只碟子，然后给他们斟上酒，便默然退下。她恨不得在鬼子的酒盅里下毒，但他似乎只是石田，不是鬼子。

李续寿冲石田太一摆手："家里只有这些。太君请。"这当然不是实话。这样的面点师，何至于如此窘迫。至少咸鸭蛋还有呢，可那只能敬奉梅花上将，岂是鬼子的下酒菜。

石田太连连点头："时局不好，只能这样。打扰了。"

两人对酌。刚开始都不说话，只是一杯一杯地喝。李续寿从来不喝快酒。他其实是品。酒入口腔，用舌尖推来推去，反复品味，然后再慢慢吞下：

"好酒。味道不错！"石田太说："日本清酒。后劲不小。"李续寿说："后劲再大，也就是酒么。"石田太说："醉了没法拉挂面吧？"李续寿哈哈一笑："醉？那你还得再回去提两瓶来！"

李续寿起初只吃自家的腌菜。石田太很快就发现了："不食周粟？嗯？"李续寿一惊。这小子，还真是懂点中国文化呢。他夹起一片鱼干，放进嘴里："草民之家，没恁多讲究。"

酒精慢慢融化凝结成团的空气。石田太掏出一张照片推过来："请看看，这是我的家人。"李续寿接过那张全家福看看，女主人虽然笑得不够自然，但相貌的确算得上漂亮，两个孩子一男一女，都还很小，阳光灿烂，非常可爱。尤其是那个闺女。李续寿立即就想起了庚存。这小子现在究竟咋样，是不是已经上了战场？都说小鬼子很凶很能打，这个倔小子，他会不会……他要是没投军，自己也该抱上孙子了吧。

李续寿推回照片："你太太很漂亮。孩子也很可爱。"

石田太说："你一定想不到，孩子是龙凤胎！"

李续寿闻听馋得不行，暗骂儿子太冲动。他轻吁一口气："太君，孩子恁小，你难道不想家吗？"

石田太眉头一皱，长叹一声："我希望战争快点结束。"片刻之后接着又说："你可以叫我石田君。"李续寿连连摇头："岂敢，岂敢！"

晚上难得点支蜡烛，荷花就着烛光做针线。龙凤胎三个字，让她一下子抬起头，遥遥看了他们一眼，然后放下针线，上前给他们添酒。石田太冲她微微低头，端起酒杯一饮而尽："后天是他们生日，请你做好挂面，再给我做点菊花饼干。他们都爱吃。"李续寿问："夫人的寿辰，还是公子小姐的生日？那饼干的样子，当有所分别。"石田没有立即回答。片刻之后深深叹口气："他们同一天的生日。"荷花闻听啊了一声。李续寿说："那可真是巧。天生一家人！"

石田太没再接腔，开口唱起了日本歌。他唱的是啥，李续寿跟荷花听不懂，但是却能感觉出其中浓烈的悲伤，恰如窗外掩映于丛林高木之下的夜晚之黑。

十二

手工费过去可以收钱，也可以实物抵充。比如做挂面六十斤，到时候只交给主顾五十四斤，一百零八把。如今来了鬼子，市面上大洋少，南京汉奸政权发行的纸钞，大家能不要就不要，李续寿也只接受实物。比例么，自然不能按照老习惯，因为粮价腾贵。既然要庆寿，四斤菊花饼干便用黄纸包好，正中间再贴张吉祥的深红纸，印有他们的店面字号，也算是统一包装；挂面呢，还用白纸捆扎，正中间也贴一条印着店面字号的深红纸。不同的是，点心上的深红纸是方形的，挂面上用的则是细细一条，像根腰带。

李续寿担着挑子，前去送挂面和点心。鬼子的营房，都是过去的别墅，不过不是外国人的，而是中国人的。山民称为姊妹楼，因为两栋别墅靠在一起，外形也很相像。

姊妹楼的北楼俗称袁家大楼，跟信阳县城外、火车站旁边的袁家大楼渊源很深，主人是兄弟俩，都是袁世凯管家袁乃宽的儿子。袁乃宽的长子袁家骧，顶着豫南巡缉营统领的名义做买卖，创办光华电灯公司，在火车站旁边盖了袁家大楼；次子袁英（也叫袁家驹）曾经谋刺袁世凯，未成。后来从军，部队长期驻扎于鸡公山周围一带，他本人就在山上修了这栋别墅。姊妹楼的南楼，主人也出自袁世凯的北洋系列，是南阳镇守使吴庆桐。如今，北楼看来是鬼子的司令部，石田太住在里面；南楼则是鬼子的兵营。一座炮楼，建在别墅背后，跟报晓峰遥遥相对。

等担着挑子过去，站岗的鬼子兵问问看看，便挥手放行。李续寿心里不觉怦怦直跳。他还没进过鬼子兵营，有点评书里闯龙潭入虎穴的感觉。刚过警戒线，远远就看见了石田太。手持喷壶，正给花圃里的花浇水。李续寿赶紧鞠躬："太君，我来送挂面。"石田太点点头，挥手示意他过去。花圃里没有别的，只有菊花，也不多，就七棵。不是鸡公山上的大叶金鸡菊，品种李续寿认不出来。花朵吐出粗粗的长丝，开得正艳，一派金黄。花圃周围垒着碎石，虽是随手砌筑的，但看起来依然精致。

石田太提起一把挂面，放到鼻子跟前闻闻，又顺手搁下："我该付你多少钱？"李续寿说："我不收钱，留点挂面就行。"石田太说："你已经留下了，还是都在这里？"李续寿说："没有您的同意，我哪敢擅自留下。"石田太说："那好，你该留多少，就留多少吧。"李续寿说："按照老主顾的标准，一百斤面条我留八斤。菊花饼干是新作的，不过您送了一瓶酒，就不留了。就是不知道您是否中意。头一回做么。"

石田太留李续寿坐一会儿。李续寿不敢推辞，把担子交给上来的鬼子兵，跟着石田太进屋直接上了二楼。进去一看，正中间的桌子上摆着一尊佛像，左边是他们的全家福，右边放着一把小提琴。琴套单独悬在侧面墙上，没有支撑，不成形状，上部丑陋地耷拉下来。琴套旁边挂着他的手枪，装在枪套里。正面墙上是大幅头像，想来是日本天皇。

小提琴李续寿当然不会拉，但却认识。过去山上有很多西洋教士，他们常用这东西。

闲聊几句，李续寿便告辞而去。下了楼，看见挑子已经摆在那儿，里边搁着二十把挂面，左右各十把。

打那以后，石田太时不时就委托李续寿做挂面。日本人爱吃冷面。而每次做挂面，他都要过来，听李续寿讲古。当然，要带着酒。刚开始周围的邻居都不敢靠前，后来慢慢也就习惯了。石田太很少插话，只是饮酒。高兴了就唱。每当那时，基本都是夜静更深时分，李续寿要出门看星象了。他看看天空，还要闻闻空气，并且伸出舌头试试。

石田太问："看星云判断天气，这我懂。闻闻空气，是什么道理？"李续寿摇摇头："对不起，这我不能说。这事我只能告诉徒弟。"石田太说："我也不能知道？"

空气一时凝聚，就像冬天的早晨起来，发现池塘突然就结了冰。大家的眼睛都落在李续寿身上。李续寿不看石田太，不急不慢地一边扎围腰子一边说道："给我当徒弟，只怕委屈了你。"

石田太哈哈一笑。

十三

周老爷的二公子周鸣岐，一直干着维持会长，也是李续寿常年的主顾。据他说，石田太是个小提琴家。李续寿不以为然："那有啥了不起，不就是响器班子吹鼓手么！"周鸣岐一跺脚："你不懂，我也不懂，为啥他们的吹鼓手，就恁有面子。瞧他的情形，跟咱们的吹鼓手可不是一码事。说是天皇寿诞，都要拉琴！"李续寿说："说一千道一万，还是吹鼓手嘛。"周鸣岐说："人家不叫吹鼓手，叫小提琴家！"

不过周鸣岐后面的话，打动了李续寿：石田太的全家人都死了。同一天死于美军飞机的轰炸。李续寿闻听一吐舌头："啊？二爷你咋不早说？我还特意贴了红纸！"周鸣岐说："谁知道他有这一出？再说那时候我哪知道，头两天他才说的醉话！"

再看到石田太，荷花的目光就柔和了许多。

从鬼子盘踞的姊妹楼到面点铺，正好要从韩墓旁边经过。有次酒中聊到他，石田太不屑地说："懦夫！"李续寿说："他帮了你们的大忙啊。"石田太说："懦夫就是懦夫。皇军敬重张自忠，鄙视韩复榘！"

当时李续寿半天没接腔。他不知道应该如何应对。白马将军离开后，讲古时说起他如何神勇英武，硬朗潇洒，大家只是不信，都以为是讲古说评书，直接套用人中吕布马中赤兔那样的陈词滥调，或者就是信口开河的吹牛。李续寿也曾有过错觉，但仔细回想，自己并未刻意美化。从前说起罗成杨宗保那样的人物，他只知道漂亮，不知道如何漂亮，这下可好，再说到他们，他眼前便有了参照。内心仿佛被长虫的雪白照亮。

人是好人，马是好马。只可惜，双双阵亡于南瓜店。

在李续寿心里，白马将军是自己找死。这可不是贬词。将军的确是想要殉道。照规矩，师长应当上一线指挥，军长一般不必上一线。白马将军可不是军长，而是五战区右翼兵团总司令，兼三十三集团军总司令，负责指挥四五个军。战区长官部明令他不准上一线，下面的各位军长也劝阻他不要过河，但他为了激励士气，挽回颓势，执意渡河到河东一线，最终陷入日军包围，壮烈殉国。

这不是找死又是啥呢？但他找到的不是死，至少不仅仅是死。他找到的是道。

石田太没等李续寿的回应，自顾自地引吭高歌。当然，用的并非不时带着信阳方言的中国话，而是叽哩咕噜的岛国鸟语。等他唱完，李续寿放下酒杯："您唱完了？那我也唱一曲给您助兴。"说完清清嗓子，唱了一段《挑滑车》：

"只见那番营蝼蚁似海潮……"

过去老李家经常唱堂会，李续寿会的段子可是不少，但《挑滑车》太吃功夫，他平常还真不敢唱。怕塌眼走板，让人笑话。等他唱完，石田太狐疑地问道："这是哪一出？"敢情这段取自昆腔的戏词，他听不大懂。李续寿内心多少有一丝遗憾。他端起酒杯，不紧不慢地抿一口："中国历史上的一位勇士。高宠。"石田太说："勇士？那咱们为他干一杯！"李续寿冲他举举杯："干！"

石田太动不动就说交朋友。有次喝到兴头上，李续寿开口堵他："石田君，你真要跟我交朋友？"石田太点点头。李续寿说："那好，那你就帮朋友一个忙！"石田太道："你说！"李续寿伸手比划一下："给我条枪！"石田太惊问："嗯？你一个手艺人，要枪干吗？"李续寿说："防身啊。山上有狼虫虎豹，这你是知道的。另外还有土匪！"

石田太走后，荷花说："枪对咱们还不如根擀面杖，你不是自找麻烦嘛！"李续寿说："我烦他动不动就朋友朋友的！"

几天之后，石田太当真拿来一支枪，王八盒子。没带枪套，只有枪，外带两排子弹。他从口袋里掏出来，朝李续寿跟前一推，倒把荷花给吓住了。石田太问："会用？"李续寿说："打小我就使过快枪打猎。"石田太说："那你收好，别随便露出来。这是皇军的新式武器，不是猎枪，平常注意关上保险。就是这儿。"

石田太走后，夫妻俩对着手枪发了愁。这玩意儿可不好玩，烫手。荷花说："好了吧？弄个惹祸的玩意儿，瞧你咋摆治！"李续寿也抽口凉气："这家伙，他还真给呀！"

十四

夜晚念叨起儿子庚存，荷花总是叹气。可惜不通邮，再也不曾接到他的消息。当娘的想打问，也没个去处。所以那个没拜成堂的倒霉新郎初次上门时，荷花非常高兴。她抓过一张竹椅，顺手用袖子擦擦——其实天天坐，哪还用得着擦呢——让他坐下，然后端茶倒水，又装了两碟点心。信阳产茶，来客上茶是基本礼节，没啥了不起。但那两碟点心见了分量。你要知道，那是啥年月。不是人人都像李续寿那样，能吃饱饭的。

新郎名叫于家丰。他说了很多当时的细节，说得荷花两眼含泪。于家丰说："婶子，你别伤心，你儿子他是好样的！"荷花擦擦眼睛，连连点头然后又摇头："好样的，好样的！啥好样的，不孝，倔种！"李续寿说："恁大的事儿，连个招呼也不打！"气呼呼的口吻，脸上却带着微笑。于家丰说："来不及呀。我们还没到固始，在潢川就碰上军校招生，根本没见到庚存的二姨。"李续寿的眼角立时挤满笑纹："这小子，打小就这脾气，死倔死倔！"荷花说："还不是接你的代？"李续寿哈哈一下笑出声来。于家丰也跟着笑。

于家丰参加了游击队。他上山带着枪，就是当初埋起来的老鬼子的遗物；还带有任务：策动李续寿，帮忙拔掉姊妹楼旁边的鬼子据点。原来那是个电台监听站，怪不得一般见不到鬼子活动。拿下它，就等于剜掉华中鬼子的一只眼，的确关键。

李续寿说："抗日，我不说二话。但我一个平头百姓，咋个抗法？"于家丰说："很简单。他不是老找你做挂面和面点么？"李续寿闻听忽地一下站起身来："这可不中！我李六爷开的是面点铺，不是毒药铺！"

还是石田太观察得细致。李续寿的性格，可用两个字概括：一个是慢，一个是倔。走路也好，说话也罢，即便房顶着火，他也只是个不紧不慢。仿佛他一切都不在乎，任啥都无所谓。至于倔，那更不必细说。这两个字合起来，拿信阳话说，他就是这么个人：扯不长，揉不团。他可不像他手下的面，那么听指挥。或者换句话说，他是上等的好面，散发着新鲜麦香的细面，只是没有那么个灵巧的面点师。那回跟人打赌钻山洞，恁长恁黑，谁也保不准里面有没有毒蛇猛兽，他钻进去前，也只是若无其事。你是生没办法。

他有没有快的时候呢？当然有。比如做面点拉挂面，揉面盘条上架，动作飞快，令人目不暇接。

再说快，那就是此刻。他忽地一下子站了起来。荷花看着很是惊异。

于家丰没起身，仰头看着李续寿，额头上顿时沟壑纵横："六爷，这可是您儿子在干的正经事啊。抗日！"李续寿说："我儿子是国军，人家不投毒！"于家丰说："国军共军，都为救国，正规军游击队，同样抗日！"李续寿脑袋摇得像个拨浪鼓："不中不中，绝对不中。要打仗就真刀真枪，当面锣对面鼓。我这人，平生最恨打黑枪！"于家丰说："您夜里讲古不是天天说么，无毒不丈夫？"李续寿使劲一摆手，就像赶苍蝇："两码事！面条里下毒，亏你想得出！那是细粮，是白面，你不懂吗？"于家丰说："不下毒，搁点泻药也行啊，能帮我们的大忙！"李续寿想都没想："那也不中。从我铺子里出去的挂面面点，我都得负责！"

于家丰放下茶杯，站起身来："六爷，您再想想吧。想想您儿子，也想想别人的儿子。强攻炮楼，得死多少个儿子？你好好想想，回头我再来听信。"前面两个用"您"，最后一个就成了"你"。

李续寿丝毫不以为意。他端起茶杯，脑袋一昂："不送！"

那段时间，零碎着买点心的多，真正订挂面的少。除了本地的几个财主，石田太就算大主顾。能做挂面，李续寿很开心。那能让他忘记一切。但是此刻，他真希望从此再也不要接到鬼子的活计。和面时话都不能说，免得溅上唾沫星子，咋能在面里下毒？打死他也说不过去。

偏偏活计还就来了。

后来想想，周围的邻居中，一定有游击队的情报员，否则于家丰不可能来得恁巧。李续寿跟荷花刚刚吃罢黑饭，他就到了，还带着一个人。那人个子高些，精瘦精瘦，简直就是一根放大的挂面；身着豪侠蓝罩衣，黑土布裤子，都是新的；头戴一顶常见的黑色绒线帽，信阳人俗称"一把抓"。天一天天地见凉，鸡公山上尤甚。避暑胜地么。

听热闹的邻居没来，石田太也没来。李续寿心里怦怦直跳。两下里要是碰了头，他的铺子岂不成了战场？于家丰说："六爷您放心。没有命令，我们不会贸然行动。我们都是有组织的。您如果不是抗属，我们也不会随便前来。这世道，汉奸还少么？"

面点铺里自然少不了面点，各式各样的。头戴一把抓的那位还真是个一把抓，信手抓起一样点心便大嚼起来。一边嚼一边笑："嗯，到底是六爷的手艺。口味真好！"他还要再抓，却被李续寿的木勺轻轻打开："我这是开店，不是待客！"

一把抓脸上有点挂不住："我们是游击队，抛家舍命打鬼子，刚刚端掉柳林的炮楼，吃你块点心还多？"李续寿说："点心随你吃，只要肯付钱。上回鬼子兵过来抢吃，还被他当官的抽一巴掌骂了一顿。不成贵军的纪律还不比鬼子？"一把抓火了："你这是汉奸言论！"于家丰赶紧拖开一把抓，呵斥他一下，回头向李续寿致歉："六爷，对不住。这块点心我们付账。

他刚加入组织，是个新同志，请您多担待！我是来听信的。您想好了吗？"

李续寿咕咚一声将木勺扔到面案上，也不看于家丰："上回不是已经跟你说清楚了的吗？二位请回吧，免得一会儿不方便。"于家丰和一把抓彼此对视一下："天已黑透，下山我们也过不了新店车站的哨卡。行个方便，留我们一宿吧。我们保证不乱搞！"

从鸡公山下去，就是平汉铁路的新店车站。铁路沿线，鬼子自然有重兵把守，这毫无疑问。见李续寿还在犹豫，于家丰说："不管您配合不配合，我跟您儿子庚存总有过命的交情！当初要不是我绊了鬼子一脚，踢开手枪，庚存他能活命吗？"荷花说："石田一会儿肯定要过来，你们两下碰了头咋搞呢？"于家丰说："我们俩不出门，这总行了吧？跟你说实话，我们的目标不是石田，而是电台！"荷花说："我们都是平民百姓，抗日我们支持，只是千万别害了我们呀。明天还得过日子！"一把抓低声嘟囔道："软骨头！"李续寿听见了，但没有接茬："你们来得恁巧，在山上一定有内应。还是请你去找他们吧。在小店出了问题，我们担待不起！"于家丰又跟一把抓对视一下，不软不硬地说："六爷您想多了。在鸡公山上我们只认识您。我跟别人的儿子，可都没有过命的交情！"

荷花领着于家丰和一把抓，住进里边的客房。客房里有张大床，两个人可以睡开。床旁边的墙角里，摆着一口楠木棺材。那是李续寿为自己准备的。信阳规矩，满四十岁便可安排身后事，并不忌讳。棺材新做成不久，才上过一遍油漆，也就是说还不到一年。平常盖着布，上面放着杂物，如今充当灯台，油灯搁在上面。

谢天谢地，那天晚上石田没来，面点铺里没有上演《三岔口》或者《打店》。后来来了几个听热闹的邻居，他们觉出六爷心绪不宁，大概有心事，故而说得没有兴头，便早早地散了。李续寿也破例提前开了工。以他的经验，次日的天气问题不大。

听见关门声，于家丰跟一把抓又从里屋出来，进了作坊。李续寿警惕地看看他们："恁晚了，二位歇下吧。铺子小，人多转不开。"于家丰说："早就听说六爷好手艺，今天碰上也是个缘分，就让我们开开眼吧。等打完鬼子，不中我也干这个。"这话挠中了李续寿心坎上的痒处："那是自然。我的手艺，梅花上将张自忠都服气！那可是岳武穆杨六郎一般的人物！不过铺子里的规矩，干活时不准说话。二位请稍微后退，免开尊口。"于家丰抱抱拳："一定！"

　　李续寿暗自决定，做好这份挂面，今年便不再接活儿。他很清楚，于家丰他们并未死心，指不定还要生啥点子。突然不做挂面，自然需要借口。就说老了吧。生意不好，徒弟早已离去，没有帮手，他一个人撑不下来。毕竟岁月不饶人，他已不再年轻。

　　决心已定，当晚的活儿做得格外细致。一瓢温盐水下去，白白的面上出现一块黑团。他用木勺搅开，再把一切全都搅白。水一点点浇下，面由粉而浆，再由浆而稀，最终由稀而稠。虽然气温已低，不大会再出汗，他还是特意吩咐荷花，换了一双袖套。和会儿面便用袖套擦擦额头。他用木勺不紧不慢地搅和，那一个个圆心也不断地缩小重合，直到最终归于平静。他什么都没想，什么都没看，心里眼里只有一样东西，那就是面。

　　和好的面绷出一张光滑的皮，微微闪光。盆底干净如洗，手掌也干净如洗。他将面封严实，不洗手便去找酒，这才发觉周围已经空无一人。于家丰跟一把抓何时离开的，他根本没有发觉。时局动荡年成不好，徒弟早已回家，儿子在西安，荷花在里屋，盘条时才需要她帮手。不是空无一人，还能咋样呢？

　　不过这没啥。他早已习惯。只要有面，能做挂面，打面点，他的世界就是圆满的。就像盆里那一圈圈一层层刷过茶油的挂面，自始至终圆满。那种圆满是闭合的，完全可以自成一统，二十年来一直如此。护法战争，白朗过兵，直皖战争，土匪老洋人作乱，两次直奉战争，北伐，蒋桂战争，蒋冯战争，蒋冯阎中原大战，闹红，直到今天小鬼子犯中原。这二十几年，鸡公山上的枪声就没断过，但他的挂面断过一根吗？没有；他的面点生涯断过一天吗？也没有。

十五

　　次日上午起来，那两个不速之客已经离开，荷花反倒有些魂不守舍。李续寿也没在意。他想，当娘的么，总是心软，觉得人家好歹跟儿子有过命的交情，结果上了门，却碰上冷脸，这面子过不去。

　　挂面晾干包好，装进面筐，准备送去。荷花呆呆地说："这就去送？"李续寿说："新鲜。不去送，还能等人家来取？"

挂面送到时，石田太正站在花圃旁边拉琴。他面对花圃，太阳从前面射下，黄灿灿的晃眼。从他头顶看过去，是蓝湛湛的苍天，装饰着朵朵白云。那云可真是白，不掺丝毫的杂质，像新打的面，也像新摘的棉朵，不由得让人想起"长虫"。它绝对是匹宝马良驹。只可惜名字不够响亮。每当想起它，李续寿最先叹息的总不是它的横死，而是那个怪头怪脑的名字。究竟为啥呢？他自己也说不清楚。

略微一停，继续前行。白马将军不是说过吗？我好好打鬼子，你好好拉挂面。

石田太拉的是啥曲子，李续寿不懂，正如对方听不懂《挑滑车》；但是其中那股淡淡的忧伤，他倒是能听出来。给人的感觉就像菊花，香是香的，但有种淡淡的苦。太阳越是毒，那苦味儿也就越明显，越浓烈。

李续寿到底没敢惊动石田太，经过岗哨后，直接送进南楼一楼的伙房。

回到家里，荷花愈发地心事重重。李续寿问道："咋回事？是不是庚存来了啥消息？"荷花深深地叹口气，带出哭腔："当家的，咱们快走吧。铺子恐怕不能开了！"

挂面到底还是出了问题。于家丰跟一把抓做了手脚，荷花没有制止。

李续寿伸手欲打荷花，想想却没有，一拳砸上面案："糊涂！你不是砸咱自家的牌子嘛！"说完撇下妻子，急匆匆地朝岗楼而去。到了北楼，找到石田太，要求取回挂面。石田太很是奇怪，询问原因，李续寿说："石田太君，对不起，我们发错了货。送到您这儿的挂面，分量不对，油盐也不对。你们口味淡些。不过那批货已送到山下，追回来需要时间，又过了别人的手。我决定重新给您做一份儿。因是我们的错，耽误了您的时间，这两次的手工，都不收费。"

日本人吃冷面，习惯蘸酱汤。另外，他们的口味本来就淡些，这也是实情。石田太狐疑地看着李续寿："咱们还是朋友？你不骗我？"李续寿一拍胸脯："这你一百二十个放心。这跟朋友不朋友没关系。不管谁的货，我都同样对待！"

挂面自然得重做。重做的那天晚上，石田太去了面点铺，捎着两瓶清酒，不是一瓶。两人还是先饮酒。他们没咋说话，甚至都没有看对方，只是一杯一杯地饮。不像对酌，倒像你来我往的太极拳。天是漆黑的，星月或许也有，只是被林木遮蔽。雕花的窗棂分出一块一块的黑团，烛光下的家具给人的感觉都不像实物，而是传说。李续寿举杯和放下的动作都很舒缓，就像午睡初起；石田太的动作要快得多。尤其是举杯。仿佛不是饮酒，而是做重大的军事决策。他每次举杯，烛影都会随之摇动，让灯下的物品显得越发飘渺，恍如梦中。

"石田君，没有帮手，我年龄大了，这阵子恐怕不能再做挂面了。"到底还是李续寿先开的口。他没看对方的眼睛，一边斟酒一边说的。

"你儿子跟韩复榘不一样。他是个勇士！"石田太没有直接应答，突然没头没脑地扔来一句。

李续寿一愣，没敢接腔。石田太自顾自地饮完一杯："你看见花圃里的那七棵菊花了吧？我来中国打仗，打死了七个军人。他们都是勇士。但我手下没死过一个平民。我以皇军军官的荣誉起誓！"李续寿先是不吭气。品完口中的酒，轻轻放下酒杯，方才徐徐问道："万一，我是说万一，你跟我儿子在战场相遇，咋办？"石田太说："那样我很遗憾，不过还是会开枪。当然，我相信他也会开枪！"

十六

于家丰和一把抓再上鸡公山，已经是 1945 年的盛夏。这次不止他们俩，而是带着队伍，足有二十多人。他们是夜里抄小路翻山上来的。一把抓的衣服似乎总是好些，这回穿的是安安蓝汗褂。他对李续寿说："给我们领个路，咋样？"李续寿说："鸡公山上的姊妹楼，谁不知道路？绕过韩复榘墓，朝上拐两个弯就是。"于家丰说："六爷，您多次进去，地形熟悉，给我们画个图吧。机枪布置在哪儿，岗哨在啥地方，都给我们标上！"李续寿说："这个没问题。不过炮楼他们从来没叫我上过，机枪在哪里我没看见。岗哨倒是都知道。除了石田太，里面只有十个兵！"

于家丰揣着地图，带着队伍，就准备出发。李续寿上前拦住他，递上一样东西，就是那支王八盒子，子弹已经压满："我只会做挂面，上阵不中用。这支枪送给你们吧，替我多打几个鬼子！"于家丰接过枪，转手递给一把抓："你不是一直想要把手枪吗？谢谢六爷吧。"一把抓一把抓过来，朝腰里一别，兴冲冲地一抱拳："这还差不多！谢了！"

一顿饭的工夫，那边打响了。枪声穿过层层树林，显得很不真切。不是隔着两个世界，至少也像看电影。李续寿独自坐在桌前，让荷花取出一只咸鸭蛋切成八瓣，小口小口地饮酒。荷花叹口气："要不是石田，我也被鬼子祸害了！"李续寿仰脖饮尽一口酒："他死也不是坏事。到了那边，还有家人等着！"

整整打了一天。没能打下炮楼，于家丰倒是先被抬了下来。鬼子有两挺机枪，还有一门小钢炮，游击队却只有长短枪，手榴弹都不多。于家丰带队冲锋，在花圃跟前中枪倒下。

几个人把于家丰抬进了面点铺。一路血迹，点点滴滴。他大概伤在肺部，口鼻都在渗血。说话时带着嘶嘶的声音，嘴里不时还吹出血气泡。那一个个的气泡就像荷花的骨朵，只是没有开花便迅即破灭。

荷花惊惶不已，满眼是泪，只是不敢哭出来。仿佛那声音会加速于家丰的死亡。李续寿的脑袋左扭扭右看看，连连叹气。于家丰脸上带着微笑："六爷，本想打走鬼子，我来跟您学手艺，混碗饭吃，现在只怕不中了。要学也只能叫儿子来学。不过那至少还得十几年。儿子还在老婆肚子里呢，下秋出生。老于家到我，是四代单传。第五代能不能传下去，只看老天爷长不长眼！"

随着嘶嘶啦啦的声音，于家丰嘴边又吹破了几个气泡。鲜血染红白牙，令人不忍过目。荷花一下子哭出声来。她手持毛巾，徒劳地给于家丰擦拭血迹："于先生，你肯定能生个儿子。你快别说话了！"于家丰慢慢摇头，那一个一个的字，就像是一个个地摇出来，直接砸到地上的："婶子，都这份上了，我能不说吗？再不说可没机会了。就算于家绝了户，我也不后悔！要是生了儿子，还是得先打鬼子！小鬼子太凶，咱拼命都不一定能拼过，不拼那还能中？"

这几年来，鬼子行凶李续寿当然见过几回，但那些人直到咽气，脸上也只有恐惧、惊惶与哀求。恰似在风雨中倒伏的庄稼。最多也只是像他，在鬼子欺辱荷花的那个瞬间，曾经生出闪电一般的反抗意识。而于家丰可不。他的脊梁骨自打挺起，就不曾弯过。这种悲壮李续寿无数次地转述，比如白马与将军在南瓜店；但却是头一回亲见。这等场面就像夜晚的讲古，是油灯下面昏暗的历史故事，而非活生生的现实人物。可是眼下，那一个个不断破灭的血气泡，仿佛都像爆仗，直接在他心尖上炸响：拼！拼！拼！

这叫啥？这才是真正的瘦驴拉硬屎，肉臭不下价。即便只能头撞南墙，也要撞出个鱼死网破的响动！

王八盒子依旧别在于家丰腰上。李续寿不紧不慢地俯身摘下那支枪，摸摸于家丰的肩膀："于先生，上次做挂面，你在近前，咱们却没有讲古。我先给你喊一嗓子，回头再仔细补上！"说完像在信阳大舞台票戏那样做个起霸的身段，规规矩矩地又来了句《挑滑车》的戏词：

"你看那面，黑洞洞，定是那贼巢穴，待俺赶上前去，杀它个，干干净净！"

吐出最后一个韵脚，李续寿冲于家丰一抱拳，便提枪出门而去。荷花追到门口，扶住门框叫道："当家的！当家的！你去哪儿！"李续寿没回头，随口甩下一句话，在零星的枪声中被风传了回来：

"带六样点心，赶紧去请医生！要快！"

在李续寿，这是少有的快。回答得快，跑得更快，快得简直有失风度。他疾步猛跑，仿佛没用自己的脚力，而有战马代步；那一刻，他感觉自己胯下似乎也有一匹类似"长虫"的宝马良驹，四蹄如风，驮着他直奔敌阵而去。

拼！拼！拼！

十七

炮楼难打，是因为地势太高。附近比炮楼更高的，只有鸡公山上的标志性景点报晓峰，也就是鸡公头。它在炮楼北边，距离不到两百米，完全在子弹的射程之内。要想拿下炮楼，必须占领报晓峰。但是从正面不可能接近，道路都在鬼子的火力之下；侧面呢？侧面又没有路，只有悬崖绝壁，光秃秃的石头。

然而李续寿毕竟在山上折腾了十好几年。放荡无涯的少年岁月里，他走遍了鸡公山的角角落落。哪里险要，哪里就有他的脚印。他知道有条小路，从韩复榘墓旁边绕过去，有个阴森森的石洞，可以通到报晓峰的背面。因为洞子太深，除了寥寥的几个老猎人，从来没人钻过。李续寿少年时跟人打赌，走过一个来回。最终他赢的是啥呢？在信阳县城内的华新浴池泡个澡，搓背外加修脚挖耳，再去信阳大旅社开个席面，最后在信阳大舞台看了一出《八大锤》，马连良马老板的王佐，姜妙香姜老板的陆文龙。华新浴池、信阳大旅社和信阳大舞台，都是袁家骥置办的产业。虽然那时已经被袁英转卖，但依然是信阳最时髦最风光的去处。拿现在的话说，是最有面子的娱乐场所。

　　情急之下，哪还来得及找老猎人。李续寿握着手枪，独自开路。他让一把抓挑几个枪法好的跟着。多年无人打扰，洞口已经被茅草封得严严实实。天热，大家都穿着汗褂，锋利的草从裸露的皮肤上拉过，生疼生疼。一把抓跟在后边，有点犹豫："六爷，这能行吗？"李续寿右手握枪，左手举着火把，脚步不停："你们要是不敢，待会儿听我在报晓峰上响了枪再说。不过回头你得到信阳大旅社给我开个席面！"一把抓没再说话，带着几个人便跟了进去。

　　穿过黑漆漆的山洞，李续寿扔掉火把，便朝报晓峰上爬。报晓峰是一大堆裸露于天的石头，形状像公鸡的脑袋。他们手脚并用，等爬到鸡冠的位置，便有了一览众山小的意思。然而眼下可不是《空城计》，他没有站在城楼观风景的心情。雾气中时隐时现的柳林镇上的集市屋宇，平汉线上的铁路火车，地势险要驻扎过岳家军的武胜关，都没能引起他们的注意。他们眼中只有那个再丑陋不过的构筑物，屎橛子一般的炮楼。

　　还真像个屎橛子。臭硬臭硬。

　　居高临下，对付炮楼和姊妹楼便是举重若轻。小炮设在姊妹楼中间，比较远，但炮楼顶上的那挺机枪和两个鬼子，完全在他们的准星之下。一把抓嘱咐道："都别慌着开枪！瞄准了再打！"李续寿还想不紧不慢，但是不中；他瞄准机关枪后的那个鬼子，扣动扳机的同时眼睛一闭，枪却没响。一把抓压低声音喝道："保险，保险！"李续寿说："谁不知道！我不过是忘了！"说着话打开保险，再度瞄准。闭上的左眼不住地痉挛，手也微微颤动。盘条时的准头都去了哪儿呢？一根根面条既要一圈圈码整齐，又不彼此挤压重叠，动作还怎快，那可不是一般的准头。

　　问题是那样的准头，如今看起来都没用。

　　也不知道谁先响的枪。好像是一把抓。顶上的两个鬼子全都报了销。后来讲古，李续寿声称自己毙了一个鬼子，但他清楚地记得，扣动扳机的其实不是自己的手指，而是旁边的枪声。当然，这话他没说。

　　炮楼顿时乱作一团。枪眼里开始朝这边打枪。李续寿高声喊道："石田！别打了！投降吧，保条活命！"他喊了几下，石田太才回应："六爷，打仗是军人的事情，您还是让开吧！咱们还是朋友！"李续寿顺着声音的方向啪地放了一枪："混账话！你带着枪，跟我论的哪门子交情！"

随着枪响，李续寿感觉身上一震。他感觉很奇怪，这一枪的劲头，突然间咋就变得恁大？还在疑惑呢，只听一把抓叫道："六爷，你趴好！你挂花了！"李续寿这才感觉到了疼。左肩上像火烧火燎地疼。

虽被四面包围，石田太还是在炮楼内顽抗了两天。迟迟没来援兵，是因为山下的新店车站也在包围中。游击队展开了大反攻。第三天，山上的枪声率先停歇，游击队拿下炮楼，缴获了电台。次日，新店车站的鬼子停止了抵抗。那时刚刚苏醒不久的李续寿才知道，日本天皇已经发表广播讲话，承认战败，宣布投降，无条件投降。

李续寿抬回面点铺时，于家丰已经断气。李续寿立即决定，用自己的棺材发送他。这话说了没多久，他自己也人事不省。前来帮忙的邻居，不觉心生迟疑。棺材可只有一口呢。大夏天的人停不住，棺材是细致活儿，又赶不及。

荷花拍了板："先发送于先生！再请木匠，赶作新的！"

斧子钉锤刨子凿子，木匠跟他徒弟的合奏，惊醒了李续寿。他使劲吸吸鼻子："不是楠木吧？"荷花说："恁急，哪儿寻得着好木料？"李续寿说："那就不做了。工钱料钱咱都认。好不容易来世上走一遭，要死咱也得死出个样子来！等赶走鬼子，回头我再寻段楠木！"荷花说："鬼子已经赶走了！小日本投降了！"李续寿盯了老婆一眼："真的？"荷花说："真的！有人听了话匣子。周府都关了大门！"李续寿说："嗨，这叫啥事！我刚刚披挂上马，他们就竖了白旗！这不白耽误功夫嘛。"

说着话，便依稀听见有人放爆仗，声音越来越近。李续寿叹口气道："就算发送于先生的吧。这孩子，死得冤！"

后来那些木料，都做了枋子。

俘虏的鬼子排成一列，垂头丧气地朝山下走。还有四个活的，但都带着伤。当初欺辱荷花的那个，已经送命。石田太军服上的符号全部摘去。他缠着头，挎着个包，小提琴也背在身后。山上的居民在南街北街两侧排成长队，万人空巷地围观。很多人都认识石田太，跟他说过闲话，甚至开过玩笑。石田太面无表情地不时朝两边微微点头致意，但无人理睬。

李续寿跟荷花也在里边。石田太经过他们时停下脚步，郑重地鞠躬致意："多承六爷关照。打扰了！见到庚存君，请代我问好。还想拜托你一件事，如果有时间，能不能替我在花圃里再种上一棵菊花？可惜，我不能再给他们拉《安魂曲》了。"

李续寿肩膀上还缠着惨白的绷带："你们打伤了我的肩膀，我挂面面点都没法做了，还种啥花！嗨，小子你记住，下次要是再来，千万别带枪！"

十八

养伤初期，李续寿的兴致很高。虽然没有活计，但铺子里还是每天晚上都有人，听他讲古。偶尔说到兴头上，他也要唱上两句，比如马连良马老板被日伪禁演了的《反徐州》。他还是老样子，依旧轻言细语，不紧不慢。就像唱老生的讲究，苍凉高迈，不温不火。

左肩上血污未干的伤口，类乎勋章。按照道理，好歹也是抗日英雄，他应该好好跟邻居们谝一谝，但是不，他几乎从来不说自己，倒是老说白马和将军："嗬！好一匹宝马良驹！……"

下边立即有人打岔："能够日行千里，夜行八百；那是人中吕布，马中赤兔！"

"不！我说它有差不多有两人高！"

"六爷，您都说了一百遍了。咱不说白马将军，就说说您个人，中不中？"

"梅花上将你们都不想听，咱一个面点师，拉挂面的，有啥好说的？"

"就说说那山洞吧。你就不怕？"

"山洞里任啥都没有。头顶冒汗，脚下有水，黑乎乎的，叫我说啥？十八岁咱都不怕，老了老了，反倒怕了？"

"上回钻洞，人家在信阳大旅社开了上等席面，信阳大舞台订了头排座位；这回钻洞，咋没见游击队开席面订座位？"

"还开席面订座位！他欠我一块点心，快一年了吧，至今还不见提那壶酒钱呢。"

"一块点心几个钱儿！在乎小钱儿，六爷你还是六爷吗？"众人大笑摇头，不以为然。

"丁是丁，卯是卯！"李续寿端起酒盅，嗞溜一声倾入口中。

然而李续寿的兴致未能持续很久。因为医生的结论是坏消息：他左肩上的伤势太重，功能不可能完全恢复。说得明白点，就是他已经落下残疾，再想拉挂面做面点，已无可能。

那段时间，铺子里原本热闹的夜晚，彻底沉寂。

正巧，李庚存此时写来家信。这家伙已经官升中尉，跟石田太一般大。不过是在当初弃守信阳的胡宗南手下。李续寿很希望他能赶快回来，接手经营这个铺子。虽有好几年没做挂面，他的手肯定有点生，但童子功应该还在。然而这个希望很快就破灭了。外患结束，内乱开始。国共双方又干了起来，一打就是三年多。

咋办呢？李续寿只得召回昔日的徒弟。还好，他没开自己的铺子。既然让人家挑大梁，那也只得提高报酬。钱不钱的，李续寿倒不咋在意，关键是在铺子里，他再也没了主人的感觉。那天醒面期间，他突然闻到了烟味儿。不消说，是徒弟吸的。他傻傻地盯着徒弟，没有说话。徒弟疑惑地问道："师傅，您……？"李续寿摇摇头没说话，便进了里屋。

那天晚上李续寿睡得很早。他没有陪同，也没有监督。盘条时还是荷花刷油。

自那以后，夜晚铺子里依旧讲古，但李续寿很少参加。即便偶尔在场，也只是饮酒，不说话，更不唱戏。于是他一去，铺子里热腾腾的气氛便冷了下来。

李续寿突然对土地产生了兴趣。他让荷花刨出金条，全部用来买地。铺子里的利润，也多半变成了田契。

国军上尉李庚存是1948年年底回来的。他在陕西，被彭德怀的部队俘虏。因不愿再战，便领点路费，回了家乡。临走前，押解他的那个兵盯着他脚上的军官皮靴，眼睛舍不得挪开。李庚存见状，爽快地脱下皮靴，连同尉官的呢子大衣，跟他换了两块锅盔，背在身上，即从渭河渡黄河，便下洛阳向信阳。基本就是沿着当初投考的路线，原路返回。

几年不见，庚存明显见老，胡子拉碴。见面时李续寿劈头就说："杨六郎咋舍得回来呢？"李庚存笑笑："听说老令公受了伤啊。"父子笑，荷花哭。

回到家的次日晚上，庚存便自动给当初的师兄打下手，盘条时刷油。李续寿看了，心里不觉一热。早饭时他问儿子："你也老大不小的了，打算咋办？要是还想念书，你就念去，考大学。"庚存端着稀饭碗，喝得呼呼啦啦："还念书干啥？你不是说过吗，接这个铺子，我的学问已经足够。"李续寿听见那动静，不觉皱眉："好歹你也是个上尉，咋这么个吃相？"庚存头也不抬，闷声闷气地说："你到战场上待两天就知道了。"荷花说："没事没事，喝吧，锅里还有。哎呀，我忘了给你下挂面！"说着话朝儿子碗里夹了瓣咸蛋。她好像忘了儿子在喝稀饭。咸蛋落进稀饭，淡红色的油一下子洇染开来。李续寿说："明天你捎几样点心，去于家看看吧。"

当初给庚存订下的亲事，已经无法履行。那姑娘早已沦为小日本的刀下冤鬼。李庚存按照父亲的吩咐，带着面点和挂面，前去探望于家丰的家人，后来娶了他的遗孀。就是当初那个被老鬼子调戏的新娘。信阳有个说法，谁看了新娘子第一眼，新娘子就是谁的。他们的结局，正好与之映衬。

于家丰留下的果然是个儿子，那时已经四个年头，取名于根苗。双方是卤汤罐下挂面有言（盐）在先：媳妇李续寿他们接过来，于根苗也暂时带着。等养到十六岁，再送回于家。期间不改姓名。

庚存成亲之后，那个徒弟就离开了面点铺。他准备回到家乡，也开这么间作坊。临走时，李续寿给了他两个钱儿。

李庚存他们头胎就生个儿子。李续寿很高兴，对荷花说："要是能生八个孙子就好了！"荷花说："你当还是讲古说杨家将，大郎延平、二郎延定？恁多孙子，瞧你咋养活！"李续寿微笑摇头："笑话！面点师还要别人养活？"

后来李庚存生了两个儿子，大的叫继业，小的叫继成。

继业刚刚满月，林彪麾下的四野便拿下信阳，然后一路向南。国民党彻底倒台，共产党夺取政权，轰轰烈烈地打土豪分田地。李续寿虽然一直在经营面点铺，老李家生意上的财产没他的份儿，但土地总要分一些。这些年来，他自己也在陆续置办。没说的，他的成分是地主，土地几乎被分净。荷花很受打击，但李续寿父子俩倒没咋在意。

李续寿说："要恁多地啥用？多少人命都没了呢。"那一刻，他想起了白马和将军，但没有明说。

李庚存说："不怕！信阳人，还能不吃挂面？"

　　于根苗和李继业开始自然要念书。于根苗十二岁那年，有个周末，李续寿让他学着和面。当然，时间没拖恁晚。这批挂面不是给别人加工的，他们准备自己吃，不多，估谱有个七八斤的样子。

　　于根苗很兴奋。他一边搅面一边加水，脸上带着红色的笑容："爷爷，这些水够不？"李庚存皱着眉头，准备顶他一膝盖。和面之前，他已经多次交代规矩，谁知道他还记不住呢。他正要行动，却听父亲柔声说道："孩子你要记住，和面时不能说话。只要手在动面，就不能说话。"

　　李续寿是弯腰下去，凑近于根苗说的。也就是说，他说这些话时，嘴边离面很近很近。

　　李续寿生前最后一次刷油，就是给孙子打下手，于根苗盘条。那是1959年春上的事情。当年秋天开始，信阳地区出现大面积的粮荒，饿死了很多人。有些地方甚至一个村落一个村落地饿死，全家死绝毫不稀罕。比如老于家。于家丰年迈的爷爷先饿死，然后是他父母，最后是他妹妹的全家六口。一把抓那时已是信阳行署副专员，他的叔叔和姑姑也先后绝户。相比之下，李家的情况还不错，只有李续寿跟荷花老两口，以及孙子李继成，没能熬到来年春上。李续寿至死不能理解，他那样的面点师，为何会被饿死。

　　这事在信阳人口中，叫过粮食关。

　　鸡公山上的那个面点铺，主人不断更换，但招牌一直没变。1985年初秋，刚刚从乡下考进县一高的我，跟同学结伴登临鸡公山。那是我平生第一次坐火车，也是第一次真正意义上的旅游。不过具体情形早已全然忘怀。如今除了一张傻乎乎的照片，只有对夏记面点铺的记忆。彼时老街上的铺子还在，"夏记"的幌子依然随风飘摆，但生意已经大不如前。因为人们更习惯于吃机器压制的面条。那样更快。就在那个孤独的晚上，我们听于师傅讲了半夜的古。

　　于师傅讲古，看来跟李续寿、李庚存都不一样。他采取的是倒叙手法："59年，咱们信阳过粮食关……"

　　那一夜，鸡公山上凉风瑟瑟，秋意阵阵。

　　（原载《中国作家》2011年第8期，《芳草·网络小说月刊》2011年第11期转载）

马 赛 曲

老子犹堪绝大漠

能带他离开的火车，只在深夜一点来。仿佛这不是意义重大的远征，只不过是小打小闹的偷袭。但这个点也很合适，可以避开跟儿子的告别。小家伙的红眼圈简直就是进攻型手榴弹，专门用来摧毁爸爸的泪腺。

还有妻子。也许应该叫老妻了。一边拾掇行李，一边轻声叹气，动作有些忙乱，神情带着迷离。不时问问克玉，这个带不带，那个捎不捎。其实事情定下已半月有余，行李早该预备好，提起来就能上路的。克玉有些烦，不觉抢白道不带不带！北京什么没有，不行到时候再买！话一出口，心里又是一阵歉疚。确实不该怪她。慢说妻子，就是他自己，不是也没做好准备么？看看僵卧在客厅中央的行李箱和背包，他根本不敢相信，一切都是真的。他要在第三个本命年之后，抛妻别子，孤军北上。

妻子明天还要上班，顺便送儿子上学，耽误不得。尽管车站的等待更加无聊，克玉还是决定早点离家。他推门走进卧室，来到儿子身边。这家伙睡觉向来不老实，所谓的娇儿恶卧。头顶东南，脚踏西北，腿间夹着毛巾被，屁股和后背几乎都是真相。克玉轻轻将他扶正，然后拽出毛巾被，盖住他白嫩的小肚皮。小家伙活动两下身子，随即又安静如初。不管从东到西还是由南至北，这一片黑甜的海洋都是同样的梦；可明天一睁眼，岸边哪里还会有爸爸的影子！克玉俯身亲亲儿子的脸蛋，便带门出去，前胸

挎电脑，后背挂背包，手拖行李箱，跟妻子说你早点睡吧，我走了。就此
出门而去。

正好是满月。行道树间漏月光，疏疏如残雪，一派凄凉。周遭寂静，
虚若梦幻，只有行李箱蹭在人行道上，发出单调的声音，徒劳地对抗着虚无。
不，怎能如此悲戚，应该是雄壮，至少也是悲壮才对，就像《马赛曲》的
旋律。此去京师，万事不求人，一支笔打天下，赢是幸运输是命。转念及此，
情绪方约略平和。

有朋友接应，在和平门附近租了套两居室，一居没找到。每月两千，
签下一年合同，暂付半年房租。下半年若确定续约，须提前一月付费。一
把扔出去一万多，克玉自然肉痛。但这些都是惯例，房东并不格外苛刻。
朋友说别担心，北京花销大，机会也多。只要有才，保准饿不死人！

购置下锅碗瓢盆安顿好，买张手机卡，便给杨老师发了短信。杨老师
并不赞同贸然来京，所以克玉事先没敢打招呼。也是，这事搁谁都不会支持，
相比之下，老妻还真算是开通。杨老师没回短信，直接打来电话。态度么，
一如既往。他说克玉，你可真行！克玉说哎呀，都是逼的，没有办法。随
即约定见面时间地点，杨老师给他介绍几个影视圈的朋友。

去了四五个人。打量打量饭店的陈设和服务，估计服务员的职业微笑
含金量不低，克玉不觉心里一紧。落座介绍握手，然后就是闲聊，并无主题，
杨老师始终未曾询问克玉贸然辞职的经过。克玉感觉有话要说，于是旁边
有人随口问他从哪儿来，以前干吗时，他就多说了几句。比如停薪留职等等。
可话题还没展开，便被杨老师打断。看得出来，大家都买他的账，他能主
导话题走向。

克玉心里一阵失落。他是真心诚意来拜码头的。虽是水酒一杯，但心
情并不水。他在内心一直将杨老师引为兄长，因为心怀知遇之恩。如果没
有杨老师，他一个县委秘书，在公文之余，偶然写出的那个关于老八路的
电影，无法想象可见天日。不过今天不仅仅是感谢，还有苦海度人，指点
迷津之盼。如今期待中的安慰落空，他自然颇有感触。

来者除了杨老师和克玉，基本都是总。一个姓刘的总，老是感叹找不
到好编剧。说手里有个本子，质量不错，但编剧就是改不出来，不能拍。
某总立即附和，说确实，我也抓不着好本子，等米下锅都半拉年了！本来
都是闲聊，杨老师却忽然变色。说怎么没有好编剧？我和克玉，就是一流

编剧！我不在无所谓，我在场谁还说没有好编剧，我跟谁急！那姓刘的总一愣，立即笑道，你是牛 A 和牛 C 之间的编剧，地球人都知道。可是你拿本子来呀。杨老师说剧本又不是放水，拧开水龙头就有！某总和某某总先后接腔，一个说什么呀，你就是不负责，对我们哥儿几个不负责！另一个说不，他是对中国电影事业不负责！

杨老师笑道我一般，关键是克玉厉害，小伙子有才。他就是专门来给影视公司解决困难的！姓刘的总飞快地环顾四周，然后打量打量克玉，略一沉吟说那行啊，回头我把那个剧本发给你，你帮我改改！

修改何如原创。况且克玉手头上就有一个，是正在进行时。可看看杨老师眼里并无制止之意，只得应承下来。

很想问问工钱，但人家没说，克玉也不好意思提。酒近残局，克玉悄悄起身欲买单，却被杨老师强力阻止。克玉说那不行那不行，说好的嘛。杨老师说你是该请客，但不是现在。将来挣到钱，你不请还不行呢！今天按照道理来，我给你接风！

以前跟杨老师握过手，他们去拍那个关于老八路的电影时，克玉陪了足足大半月。但直到今天，他才知道杨老师的手劲有多大。绝对力量有几千牛顿得另外计量，但哪怕八舍九入，表明他要做东的诚意，也绰绰有余。克玉心里万分感动。他刚来，盘缠尚足，这顿饭钱谁都掏得起，但那情分委实金贵。

恭敬不如从命。饭后大家各自散去，杨老师又留克玉说了几句话。他没再批评克玉的冲动，语多鼓励。说来了也好，开开眼界。北京的机会终究多些。不过你刚来，有些事情要注意。一是不能太谦虚，这个不能那个不好的，这样的话是第一个不能。不能你来北京干吗？在家待着当个小官，不挺好的吗？第二是无关的话少说。像停薪留职什么的，这话你跟他们说不着，人家也不关心。

克玉频频点头。说那剧本怎么办呢？杨老师看着他的眼睛，说没关系，修改都在剧本总费用里，大体有谱。估计一到两万，看底本成色。如果基础好，说明他们已经支付的稿费多，你就少拿点。这活儿我知道你看不上，我也看不上。你还不明白吗，人家是要试试你的身手！

刘总如约发来剧本，同时也谈到了银子。一万，数目果然在谱上。看看剧本，确实糙了点。文字小有问题，走向基本合理，关键转折不够。拿《故事》一书中的说法，叫激励事件不够。另外让人眼前一亮的细节也少。克玉给刘总打电话询问原作者的联系方式，想彼此见个面。刘总说你们见面，有必要吗？克玉说我感觉有必要。彼此沟通沟通想法，会有帮助。刘总略一沉吟，说了原作者吴菲的手机号。

剧本叫人眼前一黑，作者却让人眼前一亮。克玉没想到，会写的女人也能生出这等俏模样。看面相估计是80后，但打扮并不扎眼，颇有女人味。场合是她安排的，她要跟另外一个公司谈剧本，他们俩早点到，可以事先沟通，互不干扰。

克玉对剧本本来并无多少见解，电影处女作，那个老八路的故事能拍出来，纯属意外事件。现在的观点，都来自于杨老师推荐的好莱坞编剧教科书，罗伯特·麦基的《故事》，接近生搬硬套。他从来没想到，自己竟然能就剧本侃侃而谈。仿佛刚刚发现，一夜之间，自己的口才竟然修炼到了如此的段位，听得吴菲右手托腮一言不发，只有点头。幅度小，频度高。她当然不是顽石，但他的感觉，却无限接近生公。

一句话，他彻底聊死了吴菲。

克玉看着吴菲的样子，不觉有些走神。吴菲说怎么不说啦？说呀。克玉说老是我说成什么事，你也得说呀。吴菲叹口气，说我哪有什么好说的。我现在最想的，就是在片头字幕的编剧栏里看到吴菲二字。对自己对父母对朋友，都有个交代！克玉说这没什么。你文字没问题，肯定能写出来！

来的是个姓李的女总。说是总，其实手下有没有固定员工都不好说。一般会有个固定的会计——首都查税严，账得好好做——但十有八九是兼职。好的有个剧本统筹，差的连这个都不配。反正老总作风踏实水平高，什么活儿都能干。到底是首善之区，在北京的影视圈，这种高素质的企业领导，普及率可比冬天的白菜。

李总估计不会有专职会计和剧本统筹。这一点，做派上都写着。吴菲应约给她写剧本，稿费两万已是圈内相当流氓的数目，她非要还价一万八。吴菲略一沉吟，看着她的眼睛，说李总，这两千块钱对你真的很重要吗？李总没有立即回答。估计她也被吴菲的眼神电中。那眼神克玉看得仔细而又清楚。确实不辱清纯二字。清纯得跟他印象中的北京毫不匹配，总让他想起故乡的春天，山间开放的野樱花。

李总说当然重要啊。都是成本！吴菲说既然这样，一万八就一万八吧。

事后再想，就是这句话，让克玉暗自将吴菲引为知己。如此年纪却不热切于求田问舍，应该能作个不错的朋友。说起来，那两千块钱对于她的重要性，肯定远高于李女总。拍电影的利润，写电影如何比肩。

修改就是垫几场戏。该高的高上去，该低的低下来。但是说说容易做起来难。无论如何，你得进戏，进入角色与剧情之中。杨老师事先告诫过，那天去的都是他比较好的朋友，彼此有过长期合作，基本就是他的家底。在北京，估计克玉能用得着的，就是这些资源。因此这活儿虽小，却相当于中央红军进入陕北的直罗镇战役，只能成功，不许失败。克玉深知话中分量，出来初稿没敢直接回复刘总，冷却几天后再过一遍，这才回营缴令。

刘总短信回复说是比较满意。但他看没看过，只有天知道。按照约定，稿费先付五千，剧本拿到电影频道送审，通过之后再结清余额。

无论如何，总算挣了第一笔钱，相当于以前的季度工资。克玉很高兴，便给老妻发了短信，聊为安慰。老妻回复道我不缺钱，我缺的是男人！克玉说男人会有的。等我挣了钱，咱们全家都过来！老妻说我不敢想。你混几年收了心平平安安回来，我就知足了。眼看四十的人，何必呢。克玉道你怎么还拖后腿？我这是创业！老妻道好吧你继续创业吧，不说了，再说我的眼睛又要流汗了。眼睛流汗，多有意思的文字。是打字错误，还是在自己身边多年的熏陶？克玉无力分辨，他心里也几乎要流汗。紧急刹车，打开电脑里保存的《马赛曲》。

《马赛曲》确实是一剂良药。无论何时何地，只要那熟悉的旋律一起，激情便如同硬弓一般张开，令他热血沸腾。此时只要给他一支枪，他绝对会亲冒矢石，奋勇向前。只是这隐私一般的感觉藏拙犹恐不及，又如何能与人分享。

克玉一般都猫在房间里不出门。住处紧邻陶然亭，撑死也就五百米。普通门票五块，房东是附近的老居民，有月票。克玉只要愿意，可以像老杜诗中的燕子，自来自去。刚来时天气好，他每天都去溜达一圈，在湖边的柳阴下走走，琢磨琢磨剧本走向，倒也逍遥。

剧本很快脱稿。克玉决定奖励自己一回，去湖广会馆看场戏。他喜欢《马赛曲》，也喜欢京剧。不远，在往地铁和平门站的方向。以前经常在戏曲频道上看到"湖广会馆"字样，不意今天能近观实物。可过去一看，门票最低也要一百多，且无名角儿，都是风雷京剧团的普通演员，只好怏怏而归。

次日开始修改剧本，很快便改定，发给了杨老师。杨老师的态度当然很好。好本子是公司的财源，更何况彼此还有那样一层关系。

克玉满怀期望地等待着。那种等待是那么的美好。就像新娘等待心爱的新郎，为自己揭开红盖头。晴日妖娆，他在陶然亭闲庭信步。高处的亭台上有两拨人唱戏，湖水将他们的唱腔鞣制得闪闪发光。彼此不过几步之遥，声音你我混杂，但神情身段互不干扰，恰如擂台。克玉看得久了，不禁暗生错觉。仿佛自己已跻身其中，根须都扎在一起，而非外来的寄居蟹。他也可以如此安然恬淡，终老一生，而不必顾虑明天。

可是，月票上印的，终究是陌生的名字。他必须用票款回执将照片半遮半掩，才能蒙混过关。

出得陶然亭，顺道买点菜，准备回去做饭。君子远庖厨，在家时他只负责洗碗。所以那两只茄子，简直就是哥德巴赫猜想。只好给老妻发短信，紧急问策。然而虽有锦囊妙计在手，还是出了问题。炒多了。两只茄子切好搁进去，装了满满一锅，根本无法翻动搅拌。

味道不好，心情不错。此来北京不为享受，而是创业。可到了第三天，感觉就变了味。以前在单位浑浑噩噩，也能日入五六十，如今可不行，这个数目成了基本开销。刨除这些，余下的才是进项。一正一反，数字惊人。

克玉给朋友发了条短信。朋友回复道刚来都这样。你得慢慢调整心态。京漂生活不可能有稳定收入，但是三年不开张，开张管三年。

这倒是实情。这个剧本若能卖掉，至少四万。一年不要多，三个就行。从陶然亭回来，他就打开电脑，上网下围棋。结果连输三盘。第四盘眼看无望，又不想认输，就耍了回流氓，最后一次读秒结束前，强行断线。

从电脑跟前抬起头，克玉满心懊悔与自责。这是在干吗？抛妻别子来到北京，正事不干，只在网上消磨时间。这等行为，对得起谁？正在这时，手机给他解了围。吴菲发来短信，想请他帮忙改剧本。说是交稿在即，但自己无论如何也进不了状态。他若不出手，这个本子只怕要作废。

克玉没有立即回答。英雄救美，义不容辞，但是总得先谋求生存。还在犹豫呢，吴菲又来了短信。说你若是没时间，也不勉强。这个本子如果改不出来，我估计在北京待不住了。只能去广州。克玉立即回复道没事，刚才网上下棋读秒。你发来吧。

本子比上回那个更烂，简直没法改。是个农村题材的所谓主旋律作品。广电总局对农村题材和儿童题材电影每年都有固定数量的津贴，他们拍出来不必考虑市场，争取到专项津贴便是利润。这个好政策没见养出什么好作品，倒是养活了不少人。难怪李女总开价那么流氓。还真是一分钱一分货，公平交易。

主旋律没错，关键人物太假。严格地说这本子只能重写。克玉当然无此打算，也无此精力。只有强忍恶心，以此为基础垫戏。干了几天给吴菲发回去，正好杨老师也有了意见。他让克玉来公司面谈。

一路上心神不定，不知吉凶若何。应该不会否定，否则约去面谈，岂不尴尬？但也不像肯定，那样电话甚至短信都能解决问题，何必让他跑一趟。从陶然亭到他们公司，得倒两次地铁，外加一回公交。他刚来北京立足未稳，远不到出门打车的段位，这些杨老师岂能不知。哦对了，肯定是有修改意见。但是意见不大，他们准备签合同。想到这里，克玉不由得一阵心跳。修改剧本不过牛刀小试，这才是真正的火烧博望。

握手寒暄，坐下泡茶。克玉看着杨老师，一直没敢动问。他甚至不敢看杨老师的眼睛。还是杨老师先开的口。他说这个剧本，你自己觉得怎么样？克玉说肯定比第一个好啊。那个完全是误打误撞，这个不同，我有详细构思。意在笔先嘛。杨老师轻轻摇头，说我能看出来你确实用了心，但劲儿可能使反了。上回的人物能立起来，这个可不行。对话动作基本上都是第一反应，不深。克玉不解，问道，什么叫第一反应？杨老师略一沉吟，说你进来之后，跟我说过很多话，这都是第一反应；你真正关心的剧本问题一直没提，这才是第二反应甚至第三反应。写人物，得把这样的东西抠出来才行！

转入饭桌继续谈，几杯酒终于浇开杨老师的城府。他说你这个剧本跟上一个完全没法比。从这个本子上，我几乎看不出你有职业编剧的潜质。上次的人物多好，激情澎湃，让人过目不忘。这一次呢，很空洞。你上个本子怎么写出来的？

还能怎么写，一个字一个字地敲呗。克玉没吭气，抄起杨老师的手机拨了自己的号码，喧嚣声里，随即传来《马赛曲》的旋律。效果不如电脑上好，但意境犹存。

克玉说就是听了《马赛曲》，随便写出来的。这个话题他们曾经交流过，当时杨老师就很惊奇，一个甚至连剧本格式都不掌握的秘书，怎么能一不小心写出那么成熟的作品。可事后再回忆，克玉已经无法还原当时的感受。怎么说呢，听《马赛曲》热血沸腾，这话他如何出口。泄露机密，还不被人乱棍打死。简直就是异端邪说嘛。可是在他自己，却是无法改变的事实，如同刀刻一般。说来也怪，年轻的时候，在学校的时候，当初受教育的时候，他连《国际歌》都很少听到，农村孩子嘛。《马赛曲》音乐老师教过，但他并不喜欢，旋律早已飘散在岁月深处。可那个孤寂无聊的夜晚，政府大楼里突然停电。尽管笔记本还能再贾余勇，但服务器已失去动力，他被网络生活的列车硬生生甩出窗外。百无聊赖中，无意听到《马赛曲》，竟然就有了感觉。那激越的音符仿佛橡皮，一下子擦去了他后二十年的人生轨迹。时间在存留的轨迹尽头停顿，他们重新置身于操场，今天我们桃李芬芳，明天我们是国家的栋梁。

盖头揭开，新娘是宝姐姐；石榴张嘴，果实酸涩无比。克玉的等待始于美好，终于苦恼。照杨老师的意见，故事走向虽然没有大问题，但人物立不住，对白不精彩，没有三两个提神的细节，整个剧本就不能成立。怎么办，改呗。克玉坐到电脑跟前，打开《马赛曲》，选择重复播放模式，希望进入状态。然而不能，一直不能。

姓刘的总打来电话说要请大家吃饭，顺便商量个事。革命不是请客，就是吃饭，这事克玉喜欢。生活改善不改善无所谓——他需要的是减肥，而非保重——但乐得省却炊事之烦。过去一看，吴菲也在。原来刘总接了个活儿，给一家省级电视台栏目剧，想请大家一起策划策划，出出主意。编剧圈里，搞胶片电影的看不起搞电视电影的，搞电视电影的看不起搞电视剧的，搞电视剧的看不起搞栏目剧的，这是最低的层级。可是刘总不管，左右都是利润，殊途同归便好。

吴菲对克玉很热情。温度几乎要超出克玉的额定功率。小丫头不仅模样好，口才也不差，上话快而且大方，拿她跟克玉开开玩笑，她也不恼。风未起，已吹皱一池春水。克玉心里不觉隐隐一动。可就在此刻，他眼前凭空而现一条深沟。代沟。

算了吧。小年轻可能就这样，大惊小怪的，丢人。

　　正闹着呢，刘总从外面匆匆进来，大家随即收敛笑容。刘总随意地左右点头，单独跟克玉握握手，问道点菜没有？吴菲说你没来，谁敢点呀。刘总说都是朋友，客气什么。随即招呼点菜。他没看菜谱，说来个泡椒凤爪！吴菲喜欢吃这个。然后又报了几道菜。小姑娘问您喝什么酒水？刘总转头问克玉你喝点啥？克玉说我不能喝酒。刘总随即道那就都来啤酒吧。我开车。小姑娘说什么啤酒？刘总道，普京！

　　不知是普通燕京啤酒能浇开灵感，还是因为吴菲在侧，那天克玉的点子格外多。刘总听了连连叫好。边议正事，边扯闲篇。此时焦点转到刘总身上，大家意味深长地拿他和吴菲开玩笑。刘总并不急于撇清，只是笑；吴菲则面不改色，充耳不闻。说了一气，刘总正色道别胡说，人家吴菲还是小姑娘，没男朋友呢。

　　曲终人散，各奔东西。克玉和吴菲一个方向，本想约她同行，但刘总很绅士，坚持开车送花，顺便把克玉捎至地铁站。客观地说，刘总还是挺帅的，至少比克玉帅。钱并没有堆积在小腹上，他体型匀称，皮肤白净，挺精神。即便单从外貌，也是他跟吴菲更般配。宝马香车么。克玉拽着车厢内的扶手，眼睛微闭，他们俩的形象反而更加清晰。

　　克玉心里不由得一阵泛酸。他暗骂自己，哪还有时间吃这八竿子打不着的闲醋。夜阑更深，周围阒无声息，他心里的动静越来越大。怎么改，怎么改，怎么改。想来想去，总是无法进入人物内心。

　　憋了足足二十几天，先后改过三稿，杨老师还是没看上。他问克玉，你以前写过小说吗？克玉摇摇头。杨老师眉头一皱，说你这个本子不像剧本，有点像小说。克玉闻听更无感觉，看着杨老师上不来话。杨老师说电影得用镜头呈现，小说则是靠语言叙述。两者还是有差别。这么说吧，小说是一百米，无障碍赛跑；剧本必须是一百一十米栏，要跨越无数的障碍。如果没有障碍，编剧就得制造障碍。一句话，制造困难然后再解决困难。这个剧本有两个办法。一是你给电影频道投稿，看看他们能否通过。若能通过，一好百好；二是你找别的公司看看，他们是否有兴趣。

　　电影频道审剧本，类似女人怀孕。没有多半年折腾，生不出孩子。只能两条腿走路。杨老师没看上的本子，他周围的朋友那里肯定不行，得另觅门路。找谁呢？这是个问题。正在这时，吴菲要请他吃饭。他帮忙修改的剧本终于通过，人家付了余款。

　　仔细看看，吴菲并非绝色佳人，只是皮肤柔嫩白皙，年龄全部写在脸上。这年轻，便很要命。她像只调皮的小鹿，也像一阵风，蹦蹦跳跳，去留无痕。克玉越看越入眼。他简直不敢相信，自己也曾有过这等青春岁月。那时的模样气质他早已忘怀，只有《马赛曲》的旋律，依稀荡漾。

　　吴菲笑道看我干吗，看菜谱啊。告诉你，我平常可从不请客的，过了这村可就没这店了！克玉道我无所谓，肉食恐龙不挑食。你随便点吧。对了，先来个泡椒凤爪！吴菲说嗯这个点上。还要啥，你再点！

　　边吃边聊。从旁边看，热恋情侣的风度俨然。克玉自己也几乎心生错觉。因为剧本拍过电影，吴菲对他比较服气。用她自己的夸张话，叫崇拜。听说克玉有剧本压在手上，她说不可能吧，你的剧本还能有问题？克玉叹口气，说问题大了，改到第四稿都还没戏！吴菲微微一笑，说一稿二稿，基础很好；三稿四稿，问题不少；五稿六稿，重来一遍；七稿八稿，全部推倒；九稿十稿，回到初稿！克玉哈哈一笑，说你真会编！吴菲说这可不是编，是编剧的血泪仇恨！克玉说我觉得你应该不会呀。刘总对你不是挺关照的嘛。吴菲说关照个鬼，都是资本家。克玉说不会吧，我对他印象不错呀。吴菲说人倒说不上坏，就是一点麻烦，有事没事老找我谈心。克玉说这不挺好的吗，组织谈话，领导关心！吴菲说少来啊。想用啤酒洗头？

　　吴菲在圈里混得久，人脉广些。她答应给克玉联系两家公司，明天就把剧本发过去。克玉说那敢情好。还是你好，朋友多！吴菲笑笑，长叹一声，摇摇头说朋友？嗯，不错，朋友。世上本没有朋友，壁碰多了，就有了朋友。

　　克玉闻听，内心如同被秋夜的月光浸透，一句话都说不出来。离开前，他悄悄起身，去前台付了账。

　　这种等待的感觉已经不是揭开盖头，而是堵车。穷极无聊，克玉在网上开了博客。大家都博了就你不博，好像你有毛病似的。好歹也是个展示窗口。家人，朋友，以及可能的投资方。刚开始他写了一点北京生活，剪了点那个拍掉的剧本片段，但不几天就没了菜。怎么说呢，写当下真实的生活，家人看了难过，同事看了幸灾乐祸，投资方看了前途不测。赢家通吃么。这世界杀人放火盗窃卖淫都不可耻，唯独贫穷与失败可耻。

　　灵机一动，克玉决定写个小说试试。杨老师说他新写的剧本像小说，也许，他还真能写几笔小说？反正闲着也是闲着。

克玉想都没想，小说已经有了题目。

《马赛曲》。

陪领导走访向来无聊，但这次不同。小王——也许该随着有些人的称呼，叫老王才对？毕竟他已经活满三张，面临奔四——心底生出诸多感触。教科书上的老八路，竟然是这个样子。看不见他曾经的枪林弹雨杀敌如麻功勋卓著，只能看见那张黢黑脸庞被风霜岁月无情践踏的痕迹。随和这种字眼搁他身上都是亵渎，因为他本来就是农民，跟小王过世的爷爷无异。

老人依然生活在农村，大别山余脉的农村。几间房子，门口有一小片竹林，紧挨着池塘。房子的年龄接近老人吧，土坯墙上挂着几串红辣椒。知道县委书记要来走访慰问，村里必定做了准备。那几张新椅子，以及桌上摆的水果，瓜子，糖，在简陋的房间内，都带着新客的鹤立鸡群。

刚开始老人满脸的见惯不惊，书记随口问及过去的战斗经历，他的表情才慢慢升温。身子挺直，显得更加瘦长，眼睛眯缝成一条线，让旁边的沟壑越发明显。他越说越高兴，支部书记在旁边帮忙踩了半天刹车，才将老人的话头挡住。年关在即，书记日程紧，下面还有好几处过场要走呢。

老人的神情再度黯淡下来，如同火塘里熄灭的劈柴，火星一点点缩小至无。那种神情储存在小王的记忆中，像金器一般越擦越亮。每当想起，心里总会隐隐作痛。

说不清什么原因，小王后来又单独找机会去看了老人。从县城到那里路程不近，他只好利用职务之便，搭辆方便车代步。给老人带的烟酒牛奶，也是下面单位日常的供奉。

老人比上一次更加高兴，说了更多的细节。小王此时才意识到，当时的老人只是个孩子，十五六岁的样子，相当于中学时代。可他就是在那样的年龄，持一杆土枪，或者一把大刀，参加了著名的中原突围。攻打柳林火车站时被炮弹震晕，最终与部队失去联系。而同等年龄时，自己又在做什么呢？是坐在漫天遍野的油菜花旁边做梦，还是趴在铁轨附近读书，看着心事沿着铁轨向远方延伸，抑或在《马赛曲》的旋律中，酝酿一封给某个女生的始终未曾写好发出的情书？

每个人的日子，都只能按照各自的轨迹运行。那次拜访过后，小王便逐渐将老人淡忘。尽管他当时的激动与感动都是百分之百的真诚，没有半点杂质。秘书工作位尊秩卑，一片忙乱，难有私人生活。偶尔书记不在，或者自己手头没事，他就关上门，上网看电影。战争电影。从国产的《大决战》、《血战台儿庄》，到好莱坞的《兵临城下》、《巴顿将军》。

那天书记出国，他正在看《爱国者》。看着看着，突然笔记本屏幕上出现电池信号，网络中断。停电了。估计是线路故障，否则政府大楼，不会如此。

笔记本倒是还能支撑一会儿，但大楼上的服务器不行，情节无法继续推动。小王下意识地扭扭头活动活动肩膀，这才意识到又过了伸展肢体的最佳时间间隔。在机关沉浮多年，官职不突出，椎间盘倒是很突出，外带着笔杆子的副产品，肩周炎加颈椎病。

起身来到窗前，放眼望去，已是暮色四合。沉默的街道，单调的生活，一如昨日。他忽然感觉空落落的。那种惯常的情绪，再度将他裹挟。于是回到电脑跟前，点开从网上下载的《马赛曲》，将音量打到最高。

音符如同风暴冲击防波堤，在他内心深处激荡。那一刻，他眼前忽然出现了一个人，站在战壕边，吹响号角，旋律正是《马赛曲》。他面庞黢黑，身材瘦长。没错，正是那个老八路，大别山余脉里的老人。他正以未及弱冠的年龄和未必高过枪的身材，冲锋陷阵。翻翻资料，新四军五师的战史上并没有平型关百团大战这样赫赫有名的字眼，甚至连黄土岭长生口响堂铺那样的战役都未曾留下。但是可以肯定，他们的生活是同样的血雨腥风，枪声是惯常的背景音乐。而即便有黄土岭平型关又如何呢，谁能将每一次战斗，和同样身材瘦长的普通战士联系起来？那些倒下的人，身材瘦长还是矮胖，恐怕上帝都不会在意。他们只不过是生死簿上一个个空洞的名字而已。

从物理学的角度看，水对光线有折射功能。积到一定的厚度，也许还会产生透镜的效果。就像此刻，在小王眼前。景物朦朦胧胧，像裹了一层纱，或者笼罩着雾气。眼泪滑过脸庞，让他感受到了身体的温度。原来这具平庸的身躯，还有温度。想必他的血，比这更热吧。无论如何，那终究来自于生命的核心。

每次听到《马赛曲》，小王都会热血澎湃激情四溢。此时如果吹响冲锋号，授他一支枪，给他指明方向，那么无论雷区还是悬崖，他都会毫不犹豫地冲，冲，冲。哪怕尸横遍野，哪怕血肉横飞。可遗憾的是，生活从来不给他这样的机会。给他的都是公文材料，既无比正确，又百无一用。他是刀笔吏，而非冲锋枪手。

小王浑身发抖，像发了高烧。前面有个碉堡，也许是重机枪阵地。他必须冲上去，将其消灭。这就是那个停电的傍晚，生活给他指明的方向：将老人的故事搬上银幕。

不信东风唤不回

刘总请饭，克玉自然要给他面子。可过去一瞧，不见吴菲。克玉很想问问她芳踪何在，但到底还是没开口。酒至微醺，刘总才将话题引过来。他看似随意地问道，你和吴菲聊得挺好吧？克玉心里一沉，赶紧答道肯定不能说不好，都是朋友。不过就见过一两面，再好也好不到哪儿去。她最近怎么样？刘总脸色随即放晴，说挺好吧应该。还在写剧本。哎呀，那么个女孩子，也不容易。

刘总要谈的还是栏目剧。抱怨没有好本子，找不到好编剧。克玉闻听心里一动。上回杨老师的那番话，言犹在耳。好编剧好编剧，他不就是现成的好编剧么？尽管他还不想蹚栏目剧的浑水。他不是写字匠，他要搞艺术。

抱怨一通，克玉又随口说了几个构思，都很对刘总的胃口。他拿出两个剧本递给克玉，说公司没有像样的剧本统筹，也找不到合适的帮手。你帮忙给看看，提点意见，修改修改。开拍前我按规矩付稿费。

一集栏目剧不过三四千元。剧本写成型，在编剧身上已经花掉一半左右，还能有多少残汤剩水。克玉说稿费不稿费的无所谓。我看看吧。不过这样没法修改，你有电子版么，晚上发给我。

回家的路上，吴菲发来短信，问刘总有无付订金。克玉回复道没有。这重要么，你怎么知道他要我修改？吴菲回道当然重要。一份汗水，一份收获。克玉道你怎么知道他要我修改？吴菲回道这不重要。克玉道你错了顺序吧？应该是：不，这重要。吴菲道你不要订金，可能白忙活。克玉想了想才回复道果真如此也好。几千块认清一个人，还算个好价钱。

栏目剧到底简单些。随便垫点戏，弄两个曲折，便能交稿。但发给刘总之后，便如滴水入沙漠，全无痕迹。

不能在一棵树上吊死。克玉新写了个剧本，以自己的大学生活为蓝本。不是都说要进入人物吗，这个人物不必进入，就是他自己。他写得热泪盈眶，几乎要打湿键盘，但杨老师还是没看上。说是这个比上次那个确实强些，但是故事性不强，冲突不够。这样的剧本，很难打动投资方。

克玉再度傻眼。有一搭无一搭地找吴菲商量该怎么办，不行写点栏目剧也好，活命要紧。吴菲说你这阵子没事？那正好，咱们去攒电视剧。

每年都要拍出大量的电视剧，但拍出并不意味着卖掉，很多只能打入冷宫。部分原因是题材敏感，但更多的还是受阻于质量。几百万的投资，连个响动都听不见。为了废物利用，有人只好贱卖。三十集的电视剧剪成七八集，卖给偏远省份或者市级电视剧台。如此缩水，情节不可能连上，中间大面积的隔断，便是新的饭辙。

吴菲约克玉干的，就是写这样的解说词。又是警匪片，烂俗至极。写本身不累，也无需技术含量，但是你得看完，这过程痛苦。因为进不去，有时看完后面又忘了前面，还得重来，不是一般的麻烦。还好，忙活一个礼拜，总算是有了点进项。

吴菲能干这个，克玉心里有点肃然起敬的意思。如果她肯顺从刘总，何至于此？

克玉万万没想到，刘总会将自己看作假想敌。那天杨老师打电话约他过去谈事，问他对动画片是否感兴趣。如果有意，就去帮他把活儿磕下。克玉闻听有些迟疑。杨老师说你别看不起动画片，这同样是艺术创造，比栏目剧甚至电视剧都有技术含量。我跟你说，这样的机会我刚来北京时都找不到的。我根本不可能跟这样的公司合作这样的大项目，只能从栏目剧开始。克玉赶紧说没有没有，我不是这意思。写动画片也挺好呀，算是给儿子的礼物！

最后杨老师谈到了吴菲，问克玉跟她怎么回事。克玉说没怎么回事，就是同行，朋友！杨老师说那最好。老刘前天给我发短信，说你狂追吴菲。你的私事我不想干涉，北京估计也不会有人干涉。我只是提醒你，这个圈子水很深，你要处处小心。克玉听了不觉心生愧疚。老妻在家带孩子，多有不易。他赶紧说不会不会。我初来乍到，脚跟都没站稳，哪有功夫弄这许多花花肠子！杨老师看看克玉的打扮，说去之前最好换身衣裳。你这还是秘书打扮，带着小县城气息，不够开朗大气。克玉看着杨老师，没开口。杨老师说简单，你不必西装革履领带衬衣。休闲一点，颜色浅点，显示出朝气就行。

说起动画片，克玉还真是有不少想法。他跟儿子是好朋友好哥们，陪他看了不少动画片。说实话，满意的不多。要么打打杀杀，要么头脑简单。很少有这样的片子，能让儿童满意的同时父母也放心。要是真能弄个好的，也算是件功德，对天底下的父母都是个交代。他赶紧去书店，买了几本动画片编导的专业书应急。杨老师交代过，见面之后尽量别提问题，只给他们解答。用他的话说，职业编剧就是给投资方答疑释惑，解决困难的。甚至他们已有的想法都不重要，只要他有更好的，尽管提。意见越专业，他们越欢迎，双方合作的可能性越大。

过去座谈，刚开始比较拘谨。克玉一不小心，已经问了两个问题。一是他们的具体想法，二是资金能否落实。果然，这些问题都不该问。那马总虽然语气和蔼，但态度明确：具体想法是编剧的事，应该他来回答；资金责在投资方，他不必过问。

克玉赶紧现学现卖。说动画片绝对是个商机。一来国产片中鲜有成功者，热播的片子要么质量上不了台面，要么打打杀杀，家长不放心；二来么，动画片是国家支持的朝阳产业。你们打算投资动画片很好，绝对有前途！马总说我倒有这想法，可一直没抓到合适的剧本。北京吃编剧饭的多，但真正靠谱的，少！

克玉心头一阵狂跳，血往上涌。他猛地一拍桌子，说以前的事情咱不管。谁见了我还抱怨没有好编剧，我操他祖宗！对方当时有好几个人，马总之外，还有若干副总和业务主管。克玉此言一出，四座皆惊。

马总愣怔片刻，才说黄老师，看不出来，你一个文化人，脾气比我这个东北爷们还爆啊。克玉已经转过弯来，笑道你别在意，我骂的不是你。你只说靠谱的编剧少，又没说没有。说到这里抹下笑脸，说怎么会没有好编剧？我就是好编剧！其实不光编剧，各行各业顶尖高手都少，投资方也不例外。李樯怎么样，1999 年就写出了《孔雀》，可 2003 年才火；蓝小龙 2001 年就写出了《士兵突击》，可 2005 年才火！上映后有了反响，大家都跟着叫好，说他们牛掰，他们是高手是大师，可早呢，他们拿着本子跑了多少家影视公司？这年月，找个眼神好的投资方，也不容易！

马总说黄老师，痛快，我就喜欢你这脾气！这样吧，你回去整个创意，我们看看，再详细谈！

上了地铁克玉依然后怕。他也说不清自己当时怎么会在突然间爆发。算来这是他此生第二次怒发冲冠，但上回与这次大有不同，那是在酒后。上回气冲牛斗对他的人生影响深远，直接导致他离职赴京，希望这次也不例外。当然，方向要改变一下。

一到家克玉马上给杨老师打了电话。杨老师闻听哈哈大笑，丝毫没有责备。说对，在圈里混，就得有这范儿。聊不死咱也吓死他。不过话说回来，气势归气势，活儿是活儿。你得拿出点真本事，把创意整好，琢磨细致，掰扯清楚，免得将来麻烦。

杨老师的肯定让克玉很是兴奋。他很想跟人说说，但是身边空无一人。想给吴菲发个短信，到底还是没有。八字没一撇的事就在她跟前吹，闪了舌头可没人包赔。

向后方报捷，家里反应热烈。儿子问他写的什么动画片，什么时候播。克玉一见，不知道如何回答。想想还是打电话回去，告诉儿子，一切刚刚开始。剧本能不能写，写了能不能拍，拍了能不能播或者何时播，都是未知数。刚放下电话，忽然有人敲门。克玉心里不觉一阵惊喜。自从来到北京，除了房东和帮他租房的朋友，没有任何人上过门。偌大的北京，谁能知道又有谁会关心他栖身何处。

蓬门今始为君开。出现在他眼前的，是一张老太太的脸。说我负责这个楼道，发灭蟑药。

到底是北京，春风竟能吹到住户家里的蟑螂身上。此君活动频繁，克玉早有警觉。上回打开橱柜，发现了好几只。紧追慢撵，踩死两个，另外两个落荒而逃。橱柜里还有点剩菜，本想偷个懒，也只能倒掉。

蟑螂不蟑螂的，又有什么要紧。克玉松松地将灭蟑药信手朝沙发上一扔，满怀的失落。正在这时，门又被敲响。本以为话题要改成耗子，谁知还是蟑螂。楼长说我刚才给了你几包药？克玉说两包呀。怎么啦？楼长道少了一包。没法给对面的了。克玉说那没关系，不行我给他一包！楼长坚决地摆手摇头，道那怎么能行，该多少就多少。我再找找。兴许我记错了呢。

本想告诉吴菲喜讯，她却给克玉带来了噩耗。她要离开北京，南下广州。克玉大惊，赶紧问为什么，去广州干吗。吴菲说写剧本太累，一直看不见亮光。我准备进一家杂志社。他们的待遇不错。

吴菲从前的男朋友在广州，克玉是知道的。本想问她是否准备再续前缘，却无法开口。只说也好，广州也许更适合你。这样吧，几时动身，我给你送行。

淡香如同薄雾弥漫，上岛咖啡里永远洋溢着天然的暧昧。克玉到得早些，独自一人，更能体味那种感受。低语被幽暗的灯光镀上绚丽的色彩，漂浮在半空中，如同片片蝶影，温暖地撩拨着你的耳膜，让你本能地试图伸手欲将其拿住，不为别的，只为看清那些美丽的蝶衣。就像清晨起来，竭力回忆夜晚的美梦。但是不行，它们从不近人，总是恰到好处地在你耳朵的几步开外停住，于是一切的隐私与暧昧都成为可能。它们就在那样的距离上自由飞舞，留下温暖到伤感的笔触。在这里，甚至包括同桌的朋友在内，都互为背景。你姓甚名谁家住何方来此何干，都不包涵具体意义。

然而这些预设的伤感，证明纯属多余。吴菲的表情一如昨日地轻松。食量正常，酒量正常，笑量更正常。克玉说我真是佩服你，这么大的事，你竟然一点都不在乎！吴菲道那你觉得我应该怎么样？哭顿鼻子？如果这管用，那你赶紧准备面巾纸。克玉说那倒不至于。只是突然去广州，会有很多问题的。吴菲道那有什么，你来北京，不也是说来就来了吗？你放心，哪里都饿不死人。

是趟夜车。夜色吞没了火车，也一定吞没了克玉内心的某个部位。他突然感觉仿佛丢失了某样重要东西，但是什么，又说不清楚。他闭上眼睛，将水龙头开到最大，任凭热水激射裸露的皮肤。热气凝结在上面，卫生间的镜子完全失效。信手一擦，随即露出他身体的几个不规则片段。脸略显营养，主要是眼角的沟壑日渐增多，类似年轮。低头看看，肚皮显眼地突出着平庸。这让他不由得想起刚刚毕业分到学校时的情景。那时分管教学的副校长，就是这德行。事业落后于年龄，肚皮领先于声名。他记得清清楚楚，当时自己看副校长的眼神，完全是悲天悯人式的。心想这把年纪，怎能还如此平庸委顿。假以时日，自己若也如此不堪，那他一定要勇敢地结束自己可耻的生命。如今这一天早已到来，而他的境遇还不如人家。也难怪，对于这等庸人，吴菲怎么可能有离情别绪。

　　夜火车拐走吴菲，也拐走了北京的春天吧，气温突然就高了起来。随即刘总告诉克玉，他帮忙修改的那个剧本电影频道已经通过，要给他结清稿费。克玉大喜，过去一看，酒桌上又有新朋友，是家知名广告公司的副总，姓齐。衣着休闲，看似不起眼，但浑身上下无一不品牌。面容俊朗，戴着眼镜，不像生意人，倒有几分书卷气。态度也随和，跟衣着一样有坚持但不嚣张。手握生杀予夺大权，还能风度如此，确实不易。白璧微瑕之处么，便是略微有些口吃。因为不甚严重，障碍只在几个固定的字词上，远不足以形成喜剧色彩，反倒有几分缺点成优点的意思，让他整个显得更加真实，因而可亲。

　　拍电影是烧钱，拍广告是挣钱。齐总因此与影视圈透熟。许多知名导演，都是他们的合作伙伴。青年导演好不容易拍出部电影，因为成本小宣传不够，勉强挤进院线，也不会有票房。一旦他们在国外获点奖有点名气，便能接到广告，找到生活来源。刘总对克玉说，齐总朋友多，跟很多著名导演都是哥们儿。他是个热心人，又爱才。你好好写，他会扶持你的！克玉说嗯，这话我信。齐总让我想起一句古话。文质彬彬，然后君子！齐总克制地一笑，说哪里哪里，都是朋友，客气就远了。

　　席间主要是刘总和齐总的高峰对话。关于广告合作项目。克玉倒也不以为意，言所当言，食所当食。宴饮完毕，各自散伙。刘总跟齐总商定了合作细节，情绪不错，主动提出要送克玉。克玉当然乐得从命。路上刘总说吴菲去广州了，你知道吧？克玉说我知道。刘总说我还以为你们俩处朋友呢。你也没挽留挽留？克玉道你开什么玩笑。就我这情况，能入人家的法眼？我看你们俩倒比较合适！刘总哈哈一笑，说别胡说，她还小呢。哎呀，现在的姑娘，咱看不懂啊。

　　黑暗中，克玉暗暗一笑。

　　北京的早晨，总是始于一阵莫名其妙的吆喝。院子里有四种常见的音调比较高昂，第一是清理油烟机、擦洗煤气灶！第二是磨剪子咧戗菜刀！后面两种克玉没听明白，其中之一经常将他从梦中惊醒，由此开始新的等待。

　　究竟是谁扰了清梦，克玉很有兴趣。那天早晨下去买菜，终于揭开谜底。是个收废品的女人。论年龄估计小于克玉，但面相较老，脸上有明显的职业气息，仿佛永远罩着总也擦不净的灰尘。

　　女人拖着长腔吆喝道，废——品！音调算不上优美，但也绝不难听。克玉笑道，还吆喝！每天都叫人吵醒，原来是你！女人脸上漾起的微笑有几分诌媚。说真对不起，打扰你休息。不过我来得不早啊，你咋起床恁晚呢？

　　话里竟然带着熟悉的乡音。克玉断定，未必是信阳，但出不了大别山区。一问，果然是信阳老乡。君自故乡来，应知故乡事？克玉刚想说点什么，已被女人打断。她说老乡，你家里有没有废品？克玉道我跟你一样，来混北京的。能卖的早卖了，要说没卖的废品，只有我！女人道开玩笑，你管大用呢，咋是废品！克玉道挣不来钱，不是废品是啥？女人道别急，今天挣不来，明天就挣来了。

　　借废品女人的吉言，回去打开电脑，马总助手的邮件翩然而至。说是他的创意公司已经组织审读，近日想沟通一次，请他确认周三有无时间。克玉立即回复道有时间，哪天都有时间，但刚要发送又点击了修改。说好的，我调整一下日程，周三下午准时过去。

　　这次谈得比较投机。他们对创意总体认可，但觉得信息还不够，另外追加了几条修改意见。马总要求克玉回去写个大纲，详细一点的。如果合适，再谈合同。他们公司离克玉住处不近，要倒两次地铁，开始和结束处再分别步行二十分钟。回去的路上克玉心想，今天这路其实是无用功，因为电话都可以解决的。

　　出了和平门地铁站，直接向南。快到琉璃厂时，路旁有个卖乐器的小店，那个老人还站在门前拉小提琴。周围喧嚣，克玉听不见音乐，但想来应当不错。而从老人的表情看，乐声是否精准优美，甚或有无音乐流出，都不再重要。他是那么的投入，眼睛微闭，姿势舒展。每次路过，克玉都要重温这个姿势，这种中隐于市的表情。直到脖子的扭转极限。

　　克玉在湖广会馆门前买了个烤红薯，聊作晚餐。有点累，借机减肥也好。回去打开QQ，显示有留言。是吴菲的。说她已经安顿下，尚在寻找做编辑的感觉。克玉赶紧回复了今天的好消息。这个动画片计划弄五十二集，即便照每集四千计算，也有二十万之多，算是个项目。

　　吴菲的头像不亮。估计没在线。克玉关掉电脑和衣而卧，打算补补课，夜里再起来整分集提纲。正睡意蒙胧，忽然被熟悉的动静惊醒。黑暗中，他脑子里不觉亮光一闪。凝神谛听，没错，确实是读英语。他猛地一掀被子，这才意识到声音来自于对门，并非儿子。

克玉起身轻轻打开门。凉风吹来，他身子一抖。对面的门开着，但防盗门上挂着门帘。看不见里面的人与物，只有熟悉的书声穿越封锁。这小家伙比儿子好，读得专心，慢而清晰。不像儿子，乌里哇啦一阵子，也不管明不明白，只求速战速决。

克玉长吁一口气，轻轻关上房门。看看时间，儿子应该已经回来，于是摸出手机，拨通了家里的电话。

根据他们的意见，克玉重新补充修改了大纲。都是笼而统之的东西，增补并不困难。发给马总，他很快回复了邮件，将克玉恶狠狠地表扬一通，当然也没忘自我表扬。说他长期从事电视传媒业，具有很深的职业背景和广泛的人脉。他们愿意为青年作家创造成功的平台，云云。

克玉非常激动。前面一"马"平川，成功指日可待。然而这"马"太快，总是不肯停下，也就约不到时间，而对门的书声清朗，敦促他要快点回去一趟。腰揣合同与定金，跟空手而归，情景自然大为不同。

等了一周还没消息，克玉便在周二下午拨通了马总的电话。马总同意调整日程周五见面，但条件之苛刻，出乎意料。每集五千，但不付定金，只付五千元作为前期费用。初稿完成付三成，根据审定意见修改完成再付三成，余下四成开机前付。

这个意见极不专业，极不靠谱，支付过程等于在行规的基础上总体后移一步。理由不言而喻，估计有过白付定金不见本子的教训。但是编剧总要吃饭。如果确实遭遇过那种损失，也只能理解为从事该行业必须承受的职业风险。

克玉的心霎时凉透，后背冷汗如针。血朝上涌，让他一阵晕眩。此时才明白，当初颇不以为然的动画片，自己其实很在意。待要垂死挣扎说点什么，哪里还有气力。

放下电话，克玉逐渐清醒过来。他非常后悔刚才没有拍案而起。就像过去那两次。原来怒发冲冠还是需要机缘与环境的。他并非火药桶，随时随地点，都能全天候起爆。

真气已泄，再打电话申讨不可能取胜，只得采用短信。以前起头都是马总好三字，这次直接开门见山。

"若知你是这种态度，大家何苦多费唇舌，白白浪费能源。你这要求令我震惊。作为职业编剧，我还从未见过如此不专业的条款。因此我决定终止与贵公司的合作。该创意已在版权局备案，请尊重我的劳动。如此苛刻的条件说明你们根本不懂行规，项目也绝无成功之可能。当然这种条件亦能找到编剧，但绝不是我。北京有很多编剧吃不上饭，你与他们合作，当有基础。只是我要告诉你，一分钱一分货，亘古常理。"

克玉神情恍惚地走进雍和宫地铁。他这才发觉，背包是那么的沉重，几乎难以忍耐。荣归之前他特意赶到地坛书市，给儿子买点卡通书和碟。当然也给自己买了不少。打折总是有诱惑。休息时刻心神不定，给马总打了个电话催促，不意竟是这种结果。

走还是不走，这是个问题。不走吧，已经说好，老妻倚闾，稚子盼信；回吧，阮囊羞涩，腰板不挺。想来想去，还是决定走。好赖已经挣了一整张，虽然尚未盈余，但已超过半年工资，说来并不跌份。

原计划不变，周末到家。这个时段的好处是回去就能见到儿子。平常他上学，中午在学校托管。早晨八点下车，也只能等到晚上五点过后见面。即便他自己过去接，也不过提前到四点四十。儿子四点三十五下课，走出来至少需要五分钟。

次日便去订票。刚出和平门地铁站，就接到马总助手的电话。那种音调和语速，在克玉眼前勾画出一张尴尬的笑脸。他说黄老师，我们很重视你的意见。公司经过讨论，也感觉先前的条件过于苛刻。克玉本想插话，再损他们一顿，但却没有。

助手说马总的意思，是想请你过来谈谈。他话音未落，克玉的声音已经挤上来，如同高峰时段挤地铁。说不必。你们公司这么不专业，还能谈出什么来？我并没有特殊条件，一切照行规来。能行咱们就签合同朝下走，不能咱们都别浪费时间！助手略一沉吟，说那这样吧，我再请示请示马总，看什么意见。

克玉赢了。约定马上签合同，他在此基础上写人物阐述和分集提纲。提纲交稿，他们即付一万。正式开始剧本写作前，付三成定金，余下都照行规走。

　　总算带着合同，如期启程。上车安顿下来，克玉便觉得枯坐无聊，于是先后给杨老师和吴菲发了短信。杨老师很快就有回复，只有两个字和一个标点：祝贺！吴菲却迟迟不见动静。次日一早打开手机，看到有新短信提示，是吴菲的。她说很高兴你有个良好的开端。你有才，会成功的。可惜我没有好消息告诉你。克玉赶紧回复道你有短信发来，对我就是好消息呀。等他再度打开屏幕，翻到新信息，只看见了一个由字符模拟成的简单笑脸。

　　克玉呆呆地端详着屏幕上那个高度简约无法感知实际内容的笑脸，慢慢产生了异样的感觉。无边的忧伤像黄昏的炊烟一般点点滴滴地渗透出来，溢满整个心房。他清清楚楚地看到，心房内壁上那些金色的夕阳，逐渐凝固成整块的黑色。

　　回家的第一件事，就是上缴那五千两银子。克玉的样子很郑重，仿佛在完成某种仪式。说呐，给你。你看看，还是北京机会多吧。老妻笑着接下钱，夸张地用手翻弄一下，崭新的钞票随即发出清脆的回响。但是她的笑容未能持久，只如流星闪过，随即夜空响起秋风一般的叹息。她说一家人扯到两下里，钱再多有啥用？克玉心里一沉，赶紧说这叫啥话，等我挣够了钱，咱们不就可以团聚了吗？

　　克玉告诉儿子的日期比实际拖后了一天。见到爸爸，小家伙好险没蹦出窗户。搂住克玉，像小狗见到久违的主人，夸张地亲。克玉赶紧笑着躲闪阻拦，说儿子干吗，告诉你，我在北京可从不洗脸！

　　一家团圆，空气几欲融化。夜里儿子撵走妈妈，要跟爸爸睡。他们俩只有趁儿子入梦，才偷偷摸摸地聚到一起。样子不似原配，倒像偷情。老妻很有些贪婪，但缴完公粮，克玉便有些心不在焉。黑暗中周围的物件都不那么真切。他暗生错觉，仿佛这里不是家，而是旅馆，或者租住的房间，他不可能常住，得做好准备，随时开拔。

　　若照老妻的意思，克玉还是得回单位看看。虽已停薪留职，但本来关系都不错，闹僵并不好，还是要想办法和缓和缓。克玉本来也有此意，但现在腰里别着合同，底气的水位明显升高，便说看啥看，他们又不给我开工资！老妻说你这人，不管咋说，过去人家对你不错。就算闹过矛盾，责任主要也在你。人家是大领导，你低低头还能丢多少面子？克玉说我不去。要去你去！

人物阐述要给每个角色的性格特征以及冲突走向定位，分集提纲则要勾勒出所有的故事梗概。真正弄起来才知道，这个二十万的项目确实值二十万。不，也许应该是二百万才对。克玉在家里闷了半个多月，这才带着初稿，匆匆杀回北京。

邮件头天发过去，次日马总的助手就打电话让克玉过去，正式签合同拿钱。刚刚到家，下意识地看看手机，果然有短信提示。共两条，都是吴菲的。第一条是黄哥，你能不能帮我租个房子，我又回北京了，没地方住。第二条是不方便么？那就算了。

路上车水马龙，喧嚣声将《马赛曲》盖住，克玉刚才没听到。此时一见，不觉一阵犹豫。片刻之后，他立即拨通吴菲的手机，说你过来吧，我给你接风。咱们见面细聊。

克玉心里有个建议简直就要脱口而出，当然最终还是被他生吞活剥。这未免太过无耻。吴菲没来的空当里，他自己想想都觉得过分。

何苦再去租房，他这里还空着半间，吴菲完全可以直接搬进来。当时本想找个一居，但租金便宜不了多少，也不好找。临时招人合租吧，不熟悉也别扭。若吴菲能来，确实再好不过。那间房门上，有现成的锁。

然而这话如何出得了口，怎么听怎么像落井下石。

见了面，克玉反倒有些不好意思。好像是他求吴菲帮忙，或者吴菲的不济，都是他的错，他应该负责。可再看吴菲，却完全若无其事。克玉的情绪这才平复。

克玉说房子我没法替你租。一来我刚到北京也不熟，二来也不知道你都有什么习惯，将来在哪里工作，住哪儿方便些。这样吧，我刚刚拿到一万块钱定金，咱们俩分。随即拿出钱信手从中间一劈，然后两手平行搁在吴菲跟前，说你自己选吧，你要哪一摞！吴菲看看左边又看看右边，格格一笑，那笑声如同玻璃的反光一般闪亮。说既然这样，我就不跟你客气了。我要这个吧。

吴菲将钱放进包内，抬头正好跟克玉目光相遇，随即又是嫣然一笑。说合同呢？我看看。克玉把合同递过去，吴菲飞快地浏览一遍，说有些条款不合适呀。罚则很不公平。克玉凑过去看看，说没关系。他们的目的是弄个好剧本，而非罚我多少钱；我的目的是拿到稿费，也不想罚他们多少钱。条款看似精细，其实根本没用。真到了需要掰扯合同的地步，这事肯定要黄。吴菲眉头一皱，微微叹气。说你呀，总是这样，理想主义！克玉说不好么？我觉得什么都不用说，只要彼此都有基本的善意。吴菲说也不是不好。只是剧本对你可能是创作，对人家则完全是生意。

　　吃完饭吴菲告辞而去。路过栖息地，克玉期期艾艾地说要不再上去坐坐？吴菲看他一眼，说改天吧，我得赶紧找地儿住下。去朋友那里太晚不好。克玉没敢看吴菲的眼睛。在无边的喧嚣中，他清楚地看到几块干燥的土坷垃从自己心里迸出来掉到地上，扬起阵阵尘烟，呛得他肺里发痒。那些土坷垃是：那也好。随时欢迎你来玩。其实他想说得夸张一些，比如我的大门永远向你敞开等等，谁知到出来的，却都是这些不才的东西。

　　不过少了一个人——确切地说，其实一个都没少，只是恢复常态——克玉却感觉周围缺了许多东西。他有点后悔，不该这么早来北京，应该顺应家人的意思，在家多住几天。钱可以打到卡上，即便马总他们有意见，在哪里又不是个等。

　　想想那摞钱，克玉多少有点肉痛。他是农村出身，除了买房和添置大件家具，自己花钱都不曾如此大气过。忍不住抄起剩余部分，又数了一遍。数之前还下意识地看看周围，仿佛有人偷窥一般。

　　真是巧，他们俩正好平分。剩下的这些，不多不少，正好五十张。

　　那天夜里，克玉忽然被某种奇怪的动静惊醒。声音很近，如在耳边，像床在重压下骨折。克玉心里一激灵，侧耳倾听，确实听不见呻吟，不知道声音来自于何方，到底是怎么回事。

　　克玉彻底失眠。从此以后，这种奇怪的声音就隔三差五地为他孤独的不眠之夜伴奏。

　　创意初稿克玉写了一周，马总他们审了两星期；二稿他花了五天时间，马总他们拖了半个月；如今是三万多字的分集提纲和人物阐述，正式意见从马总他们那里走过来，必然更是乌龟的长征。这中间无边的空白如同潮水，铺天盖地地朝克玉涌来。

　　无聊时除了在网上看电影，那些得过奥斯卡奖，以及戛纳、威尼斯、柏林等国际电影节大奖的片子，就是胡混。书基本读不下去。下棋赢了还好，输了便内疚得几欲跳楼。给杨老师发个短信，杨老师回复道如果这样，我建议你还是早点回去。在北京是生活。你得适应每一天才好。克玉想想，倒也是这个道理，只好长叹一声，重新回到电脑跟前。看看博客，已经有不少留言提醒，他太久没做过更新。

那就继续写吧。

《马赛曲》

从来不曾写过剧本，小王对基本格式都不掌握。现找来教科书，依靠中文系的那点底子，剧本很快脱稿。下一步该怎么走，给谁才能拍出来，心里还是没谱。上网搜索，有许多征求剧本的帖子，他仔细比对，选择几家发了过去。

投了三块石头，只有一记回音。那人姓梁，大他三五岁，小王在心里真诚地奉为恩师与兄长。这在梁老师也许只是分内工作，但在小王就是热心汲引，是知遇之恩。他打来电话时，小王老半天没闹明白。他几乎忘了还有这事。于他而言，这实在有点遥远，更像愚人节新闻。梁老师显然估计到了小王的反应。他呵呵一笑，对部分情节和结构提出了小修意见。说你抓紧改吧，改好快给我。回头我传个合同文本给你看看，要是合适，咱们就签了。电视电影稿费都不高，一般也就三到六万。你还没出道，咱们就四万吧，我跟公司也好交代。小王赶紧说稿费没关系，这个好说！梁老师说千万别这么说，稿费很有关系，太有关系了。艺术是有价值的，该值多少就是多少。

天大的好事。放下电话，小王很想告诉谁，跟谁分享一下快乐，想来想去，却没有合适人选。县里的一秘，专业可不是这个。传出去，也许会适得其反。但最终，他还是告诉了刘书记。刘书记是他的中学老师，升县长时将他从学校调出来，对他也算有知遇之恩。

书记闻听也很高兴。说好啊，我没看错你，你确实是个人才。小王的心一下子回到了肚子里。不是出于报恩心理的印象分，客观地说，书记为人为政都不错，很务实，也算得上正派，能隐约看见当初在学校教唱《马赛曲》的底子。农村学校人手缺，语文老师兼教音乐，效果还不错，也算是一绝。

回到办公室，小王依旧激情澎湃，《马赛曲》又在耳边响起。哦，不是耳边，是心里。刘书记在，随时都可能出去，可不是听音乐的时候。在那熟悉的旋律中，他仿佛又看到了当时的刘老师。头发整齐但不油，沿着额角二八开；腰身挺直眼微闭，两道裤线闪闪发光。就因为这两道裤线，一个梦想在小王内心野草般疯长：弄套真正的运动服，体育课上穿穿。可是直到中学毕业，野草还是野草，不能开花。

那时刘老师打拍子的手势慷慨激昂，表情非常投入。可说心里话，大家并不喜欢这莫名其妙的歌，还是邓丽君更受欢迎。但既然刘老师说好，也就没人敢反驳。他刚刚大学毕业，年轻而又英俊。女生暗恋，男生嫉妒。

梁老师的效率很高。小王很快就用那四万块钱，提前还清了房贷。剧组也随即开过来，选了一处山村作为外景。开机仪式时小王出面，宣传部长不必说，连刘书记也一起搬动。地区和县电视台同步报导，另外还有北京的一些媒体。无论如何，县里多少能露露脸，刘书记非常高兴，特地把小王叫到办公室，说有些事跟你说说也无所谓，我再干一年，就要退二线。你跟我时间也不短了。电影拍完，你看看，是去宣传部还是文联，自己选个地方。小王赶紧说谢谢刘书记。您怎么可能退呢。刘书记不等他说完就竖起巴掌做了阻止的手势。说这事你心里有数就行。别外传。本来考虑让你去组织部，现在看还是宣传口合适些。

按照刘书记的要求，小王暂时靠在剧组，有什么需要配合的，随时调度。刘书记又从县委办找了个秘书，也姓王，预备过后正式接替。在片场住了不到一天，小王就发现了问题。旱灾实在严重。头天开机仪式，只顾得热闹，没顾上观察。此时才发觉，灾情有多么严重，影响有多么大。远处的秧苗几乎能点着。就这么下去，秋后农民只怕连秋风都没得打。

梁老师毕竟是北京人，心里的弯还没转过来，没当回事。说这正常啊。你剧本里的背景不就是这样的吗？要是没有旱灾，我们还得另外选景甚至造景呢。

小王心里却阵阵发紧。他们老家在西边，靠着水库，而东五县呢，一路截流加蒸发，春风不度，动不动就旱。来前县委号召机关捐款抗灾，他走得急，没来得及交，现在很有些后悔。仿佛少他那几百块钱，就会影响龙王行雨。

小王抽空去找老人，却被告知他已经辞世。走得很安静，一如其生平。这个岁数离去，也算是喜丧。按照农村的说法，是老死的，不是病。天热，后事办得快，早已入土。小王闻听并无震惊，反倒有种靴子落地的踏实感。从这个角度说，梁老师他们的效率还是差点火候。他已经告诉老人要拍电影，但没想到老人走得这么匆忙，剧组来得如此拖拉。

回头望望，那片竹林还在，但干瘦的叶子透着暗黄；池塘里没有鸭子，只有龟裂的黑色塘泥。无边的忧伤顿时将小王冲击得七零八落。只是令他忧伤的仿佛不是老人，或者他的离去，而是《马赛曲》的旋律。就像大学毕业前夕，偶然与它不期而遇。其实，那才是被《马赛曲》真正打动的开始。他买了点香烛鞭炮，在老人坟前点燃。那噼里啪啦的声音，怎么听都像《马赛曲》里的军鼓。

究竟有多少人在《马赛曲》的军鼓声中倒下？这问题无人回答。小王在暴烈的阳光下眯缝起眼睛，慢慢就看到了自己。正在冲锋陷阵浴血拼杀，忽然身子一震，随即慢慢倒下。温热的液体流出来，提醒他那不再是敌人或者战友的血，它们就来自于自己的心脏。堤坝决口，洪水肆虐，逐渐露出干枯的河床。

小王浑身一激灵，仿佛有电流闪过。他立即掏出手机接通会计，请他帮个忙，他要捐出一个月的工资。会计很吃惊，接连反问三次，这才确认。

黄昏落寞，夕阳点染着高低错落的楼房。一只麻雀落在邻居的空调外挂上，蹦蹦跳跳，东张西望。克玉开着房门，防盗门也没锁上。对面的孩子，依旧书声琅琅。他显然遇到了问题，但大人的语气，也是不会。克玉很想过去，帮个开口之劳的小忙，但又不敢造次。随意一扭头，看到沙发角落里从未开封的灭蟑药，忽然灵机一动。

抄起灭蟑药，径直过去，敲开对面的防盗门。是孩子开的，他蹦蹦跳跳地过来，恰如那只麻雀。克玉说小朋友，你哪里不会？我帮你吧。孩子一回头，后面随即又闪出一个女人，克玉曾经在楼道里碰到过的。三十几岁，相貌中等，满眼警戒。克玉扬扬手里的药，说我是对门的。楼长给你发灭蟑药，你不在，她叫我给你。女人说不是刚刚发过的吗？克玉说不知道。我的也没用完。随手把药递给孩子。女人说声谢谢，就被克玉打断。他笑道这孩子上三年级吧？跟我儿子差不多。学习上要是有啥问题，也许我能帮个忙。女人的眼睛从克玉身上滑过，向他身后看看，脸上也绷出微笑，说不用，有我呢。麻烦你，不好意思！孩子说你会吗？你也不会！语气很是委屈。克玉笑道妈妈不会也正常，她太忙，忘了。什么问题，拿来我看看好么？孩子看看母亲，然后递过课本。这种问题对于克玉，自然不在话下。解答完毕，他摸摸孩子的头，眼睛却盯着母亲。说我一般都在。要是有问题，你可以随时来敲门。我是，我是编剧，职业编剧。就是写电影电视剧的，不用上班。

女人道谢，然后领着孩子回屋。克玉听见，她轻轻碰上了门。那个瞬间，他心里不由得一闪。

等待的一日长于百年。给马总打电话，说是在弄别的项目。他们公司项目多，同时有好几个。筹拍的，投拍的，做后期的，打官司的，不一而足。分集提纲已经发给央视少儿频道，要先听听他们的意见，然后汇总回复克玉，免得多走弯路。克玉闻听，倒也是这么个道理，反正着急上火也不顶用。

问问先前那个剧本，也都是没有结局的结局。那些日子，克玉整天闷在家里，足不出户。每两天下次楼，目标也不过是百几十米外的菜市场。别说远处的风景，就连陶然亭，都没了兴趣。那天天气出奇的好，他的心情也随之晴空万里，于是约出吴菲，吃了顿饭。吴菲说好端端的，你请的哪门子客呀，发财了？克玉其实挺喜欢请人吃饭的。为朋友们买单的感觉很好。只是多数时候囊空如洗，徒呼奈何。果能发达，他一定要作战国四公子那样的人物，至少也要效仿近代的吴长庆，养士。大庇天下寒士俱欢颜。

克玉说还没发，很快就会发的，咱们一起。很长时间没见，全国人民都很想念你，来吧。

吴菲的表情依然如同五月的阳光一般通透。但克玉却始终觉得不可捉摸。直觉告诉他，吴菲对自己当有好感，至少不会讨厌，但是却从来不主动跟自己联系。你联系她干吗都行，答应得痛痛快快，落落大方，让你稍有非分之想，便会心生自责，便要自惭形秽。

酒确实是神奇之物。能浇去心中块垒，也能让人神采奕奕。坏的变好，好的更好。比如吴菲，模样就显得越发地风流，楚楚可怜。克玉执意要送她回去。送到楼下，吴菲说行了，你赶紧回吧，不要错过最后一班地铁。克玉心里怦怦直跳，笑道送佛送到西。若不送你进门，可能真要错过最后一班地铁呢。这电影是名导特吕弗的作品，两人交流过，大家都很熟。那绝望苦涩的爱情，却又带着无比温馨的背景，你想不喜欢都不行。

吴菲安抚地拍拍克玉的肩膀，说我明白你的好意。非常感谢。屋里太乱，改天再请你上来喝茶。克玉抓住吴菲的手不肯放。那就是最后一班地铁的门边啊。他说没关系，我屋里更乱，不怕累不怕脏，是我们的优良传统。吴菲使劲抽出手，飞快地吻吻克玉的脸，然后在上面轻轻一拍，说宝贝，乖，快走吧。你的任务已经胜利完成。

吴菲的高跟鞋发出脆响，如同践踏在心上。克玉仿佛看到自己的心碎裂开来，鲜血汩汩滔滔，随着吴菲脚步的节奏溅射。不大一会儿，六楼的某扇窗户亮了。克玉不觉心头一热。如同浓雾中的渔船隐约看见灯塔。他期盼吴菲能打开窗户，哪怕只是看他一眼。但是没有，始终没有。他在楼道门前转来转去，像迷途的孩子。有人从旁边经过，警惕地看了他一眼。

克玉掏出手机，拨通吴菲的电话。吴菲没接，上半身从窗户里浮出。她朝下看看，然后再度消失。克玉还要再打，楼道里已经传来一阵脚步，不那么清脆，估计是拖鞋。

吴菲来到克玉跟前，搂着他的腰，将他拉到楼梯洞口里，说我不方便，真的。

吴菲握着克玉的手，放到自己下面。克玉在衣服上轻轻一摁，里面果真有内容。

驴车终于驮来马总的消息，他助手与克玉约定了面谈时间。过去一看，竟然有十好几条意见等着，克玉不觉头大。有些意见比较专业，有些则根本不靠谱，多余。此时才发觉，跟马总沟通并不容易，很费电。

争论比较激烈。克玉势单力薄，形势又不容许他舌战群儒。人家拿了钱订购剧本，好赖不说，首先总要可心。最后他说这样吧，形成正式的会议记录，记录好我的意见。我按照你们的要求来，但将来如果再有相反意见，我不负责开倒车。马总想想，说行。

他们的意见虽然不尽合理，但总算没偏离大方向。克玉仔细琢磨琢磨，然后动手。但是写着写着，突然想起电视。打开一看，戏曲频道正好在播张派名剧《望江亭》，谭记儿先后由赵秀君、张萍、王蓉蓉、薛亚萍等几个名角儿扮演。唱段克玉都很熟悉，平常没事，让他专心看完整出戏很难，但今天手头有事，他却想看下去。甚至下盘棋。

　　戏当然没看，棋也肯定没下。克玉又想起了吴菲的夜晚。越想越觉得自己形象不堪，总有乘人之危之嫌。至少对人家不够尊重。扪心自问，说他完全没想法那是虚伪，但说他目标明确一心冲着某个方向，也是污蔑。他只是感觉有些累。如同月黑风高独自前行，忽然看到另一盏灯火，总有与之汇合的冲动。或者孤身行进在茫茫沙海，突然见到一棵树，肯定想过去，在上面靠一靠。有组词汇在心里被擦拭得缺棱少角，令他常念常新。这组词汇是，相濡以沫，互相取暖。同道的温暖。

　　克玉抄起手机，给吴菲发了条短信。那天晚上我其实没有别的意思。你别误会。吴菲回复道没事，都喝多了。我没失态吧？克玉道你没失态，我失态了。吴菲道男人无所谓失态，只要女人没有失身。呵呵。

　　反思反思，马总他们的意见其实多数占理。所谓不靠谱，不过是自己的愤激之语。有此认识，克玉这回写得很慢，尽量朝细里抠。反正磨刀不误砍柴工，自己总不吃亏。他凝神静气地写，那天实在没了感觉，这才锁上房门，去了陶然亭。

　　更待菊黄佳酿熟，共君一醉一陶然。某部主旋律电影，大约是《巍巍昆仑》吧，曾经引用过。周恩来吟诵出来，毛泽东等皆开心一笑。原来典故隐藏在此。看了一气，再漫步回来。这里算是城南，没有连片开发成高楼大厦通衢大道，两边是一溜溜的门头房。杂货烟酒烧烤铺，影碟服装理发店。路过某个门脸，眼睛忽然被什么擦亮。店里那张熟悉的面孔，正是对门那孩子的妈妈。

　　克玉摸摸脑后忧愁一般漫长的头发，停下脚步转身欲进，想想却又没有。

　　上楼前正好碰到楼长。老太太看看他没说话，等他过去，却又将他叫住。说你家里没什么人吧？这叫什么话。当初租房，房东便是卤汤罐下挂面有盐（言）在先，不能随随便便带人来。那意思白痴都明白。克玉道对呀，就我自己。楼长说晚上你没有听到什么声音？克玉道听到了呀。怎么回事，叫人没法休息？楼长道我们正在挨家挨户地查。只要不是你屋里就行。

　　那种奇怪的声音一直阴魂不散，但又没有规律。赶进度时夜里碰上这个，早上再发端于废品，克玉的心情自然不能好。他说应该查。都在一块住，得有点公德心。楼长看看周围，神秘地凑过半步，说我们怀疑就是你对门。开理发店的。克玉心里一震，本能地说不可能吧。她还带着孩子呢。楼长说那谁能说得清楚？

既是项目，就不可能毕其功于一役，得悠着劲，打持久战。写到一半，眼看曙光在前，克玉又约吴菲见面。这回吴菲没答应。说这两天忙，改天吧。克玉道再忙也得吃饭呀。吴菲说北京你还不知道，从城南到城北，吃个饭麻烦死。

再软也是钉子。克玉心里颇有点感触。正在这时，刘总打来电话。说克玉呀，很对不起，上回你改的栏目剧本子，后来没拍，你可白忙活了。克玉微微摇头。按照道理，拍不拍他都应该付酬。这点费用即便损失，也只能算作自然灾害，岂能朝下转嫁。

克玉爽朗地一笑，说都是朋友，无所谓。全当我帮你干了点家务，举手之劳！刘总说白忙活一场，我很不好意思。这样吧，晚上我请你吃饭。

过去一看，还是跟齐总一块。刘总旧事重提，克玉大度地说真的无所谓。钱不用可以省下，才华不用搁在脑子里也是浪费！齐总闻言赞许地一笑，说嗯，这话有水平！

克玉有个新奇的发现，俩月不见，以前字正腔圆的刘总竟然也成了口吃。经常梗阻的词句不多，都跟齐总有惊人的相似。

饭后刘总又捎了克玉一程，将他送到地铁口。路上克玉一直想说说某个人，可到底还是没有。他希望刘总能主动提及，刘总却又不肯玉成。

也是，北京那么大，忘记一个人，哪里还需要格外的刻意或者努力。

喝了酒回来，克玉不想再写。网上胡混一通，看了个电影，深夜才睡下。不知什么时候，忽然有人敲门。打开一看，是个警察，电筒的余光正好照到肩章的一半，看不出警衔，后面还有几个黑影。

克玉心里一激灵。他可不曾到派出所登记，也没办理传说中的暂住证。还好，警察并未为难，看看克玉睁不开眼睛，马上挪开光线，说就你一个人？克玉说对呀，一直是我自己。

此时才看清，警察很年轻，胸前还有张卡片，看不见内容。楼长说奇怪，当真没有，你看清楚了？警察说确实没有。人家一个女人，半夜三更穿着睡衣，我怎么好意思磨蹭？楼长嘟囔道那就怪了。除了这家，没人了呀。

《马赛曲》

　　熬了半个多月，剧组撤回北京做后期，小王也回了县委。一回去会计就找他签字。工资已捐出去，但还缺道手续。若按正常程序打到卡上，本来不必如此麻烦的。

　　会计说怪不得你这么大方呢。小王一愣，说怎么啦？剧本稿费都还了房贷，我等于一分钱没见着。会计一撇嘴，说不想请客就不请，何必装蒜。算了，算我多嘴，你现在当了领导，在你跟前不能胡说八道了。

　　问了半天才明白，小王提了宣传部副部长兼文明办主任，正科级。已经研究通过，印发了文件。小王心里不由得一阵惊喜。先拍电影后升职，双喜临门么。不过跟拍电影不同，这回的喜悦类似蜻蜓点水。他这个年龄弄个正科，进步不比蜗牛快多少。也就是刘书记，换了别人恐怕未必会提他。年龄是个宝，这严酷的形势越来越一边倒。

　　还有更意外的消息。刘书记换了新车。奔驰，六十多万。想想田间地头接近干枯的稻秧，这个数字令小王震惊。这辆车能打多少口井，抽来多少水。捐助额政府有明确规定——不，叫建议——股级以下每人六百，科级八百，处级一千。就这样全县干部职工也不过凑了两百多万。起初他跟刘书记下去，看到的情况还没这么严重，对于捐助还心存抵触。

　　小王在刘书记办公室门前徘徊好一阵，才举手敲门。见他回来，刘书记淡淡一笑，说组织部跟你谈话了吧？小王说谈了。多谢您的栽培。刘书记一挥手，说组织的决定，别记我个人账上。小王说刘书记您放心，我知道好歹。刘书记微笑道你得尽快进入角色。宣传工作很重要，小王连连点头。

　　小王想说的话，到底也没能说出来。回到办公室，他呆坐半天，打开电脑找到《马赛曲》，心里随即又是阵阵激荡。

　　刘书记选择教授《马赛曲》，是因为那篇课文《最后一课》。课文中被迫割让的阿尔萨斯——洛林地区的首府斯特拉斯堡，便是这支曲子的诞生地。1789年法国大革命以后，普奥联军准备越过莱茵河武装干涉。根据革命政府的全民动员令，斯特拉斯堡市长号召人民奋起抵抗，莱西营工兵上尉鲁日·德·利尔写了这首歌，原名为《莱茵军团战歌》。后来马赛市的义勇军唱着这首歌开进巴黎，市民与战士争相传唱，影响极为广泛，遂被改名为《马赛曲》，最终成为法国国歌。

刚刚学会它的八十年代，《马赛曲》并未给小王留下多么深刻的印象。如同曾经暗恋过的女生，过去便成如烟往事，只能偶尔温暖记忆。等蓦然回首，再度与之重逢，已经要进入九十年代，也就是法国大革命二百周年前后。当时他是大三学生，某天去外校看望送别即将毕业的老乡。进入校园之后，发现那里已经被音乐淹没成海洋。《毕业歌》、《故乡的云》、《国际歌》、《运动员进行曲》，一曲接一曲，不肯停歇。放眼看去，到处都是送别的场景。拥吻的恋人，照相的学友，谈心的老乡。忽然，他听到了一阵极其熟悉的旋律，但是却想不起名字。如同当时印象深刻过后长期失去联系的朋友。想了半天，沉睡的记忆才一点点地苏醒过来。

小王忽然间泪流满面。他没有去找老乡，躲进花园深处，静静地流了半天泪。

音乐逐渐复原当初的感觉。像画家为人物点上眼睛。小王立即起身跑趟音像店然后匆匆回来，再度敲开刘书记的办公室。刘书记一愣，说还有什么事？小王感觉自己正在发烧，含混不清地说下面旱灾很严重。刘书记说对，我知道。县里不是都做了布置么？小王说嗯，我捐了一个月的工资。刘书记闻听眉头一皱。这个数目比常委都多。他率先认捐两千，县长也跟着这个数走；其他常委不敢与一把手比肩，自觉捐了一千五，一般副处也就是一千。

刘书记的表情很快就舒展开来，说好啊，你能这样，也算是支持县委的工作。小王说你买的新车，很漂亮。刘书记的神色立即机警起来，说小王，你到底什么意思？小王的喉咙咕哝两下，说没，没什么意思。我是怕，对你影响不好！刘书记的表情松弛下来，说我知道。你下去吧。小王突然改了口，说刘老师，您还记得当年教我们唱的《马赛曲》么？刘书记脸上慢慢开满被皱纹装点的笑容，说真有这事？我怎么一点都记不得了？小王说我可是还记得清清楚楚，而且经常放着听。我给您买了张碟，叫司机搁车里，没事时放放吧。刘书记说嗯也行。小王说刘老师，我一辈子也忘不了您的教诲！慈祥顿时像白云飘过蓝天一般飘过刘书记的脸，他不再是县委书记，而是个日渐苍老的父亲。他叹口气，说嗯，我知道你是个有良心的人，也算我当初没白教你。到了新岗位，你好好干吧。另外，你去叫办公室晚上安排一下，我给你送个行。

那场重要的送行酒小王几乎没有印象。后来听说，他很快就喝高了，真正喝高了。这些年，上上下下还从来没见一秘如此放量过。最明显的标志，就是他在刘书记跟前拍案而起，怒斥他不该晚节不保，在就要退二线的前夕，在全县入春以来滴雨未降农民很可能颗粒无收的情况下，花了那么多钱买新车。

小王的表现成为狂妄自大乐极生悲的典型教材。事情流传着很多版本，小王自己也不知道哪个更真实。但所有的版本都有一个相同的细节，那就是他让刘书记再放放《马赛曲》，再听听《马赛曲》。说都是你教我们的，你后悔不后悔，惭愧不惭愧？！

无论如何，刘书记当时没发火。他，宣传部长，县委办主任，三个常委都表现出了相当的政治涵养与政治风度。即便事后，也没人批评，或者找他谈话。只是副部长的职务没有落实。文件下了，话谈了，后来工资也涨了，但迟迟没能去宣传部就任。

浮世堪惊老已成

放下电话，克玉呆呆地看着茶杯出神。热气一圈圈地升腾上来，像一条又一条的龙。温度逐渐散失，龙越来越小，越来越少。他的热血也不过是这杯水，能经得住几次枪毙剧本呢。

精心修改过的分集提纲依然不能通过，克玉方寸大乱。第一稿确实有临时躲懒心理，想等进入实际创作阶段，灵感找上门来。无论材料还是那个成功的剧本，都有类似经历。事先他只知道模模糊糊的方向，并无详细路径。他认为这符合文艺创作规律。可第二稿不同，他确实使出了吃奶的劲头。拼尽全力跳跃，也只能摸那么高。

更为关键的是，马总他们的态度有些暧昧。那些意见表明，他们可能在怀疑合作的基础，也就是他最初的创意。这样一来，麻烦大了。

沟通无果，说是叫他回来考虑考虑。下了地铁，克玉不再步履匆匆。他脚步迟疑，东张西望。那个老人依旧在拉琴，不知道是不是《马赛曲》；

烤白薯的看见城管推车便跑；车站挤满了人，一辆公交车开来，里面有对空洞的眼神闪过；卖报纸的小喇叭还在吆喝：晚报晚报，北京晚报，法制晚报！

克玉掏出手机，给吴菲打了个电话。吴菲说真不巧，我晚上约了人。克玉略一迟疑，说不行我跟着去蹭饭呗。吴菲说不合适吧？我们要谈事。

不是可视电话，却也能看见吴菲的表情。也是公交车上一闪而过的眼神吧。冷漠，黯淡，空洞，仿佛大家互不相识，是陌生人，是河滩上两块冰凉的鹅卵石。不，比这还要遥远，除此之外还有警戒。他捏着手机，一步一地地朝前挪。拐弯时灵机一动，方向偏转九十度，进了对门女人的理发店。

店面不大，还算干净。看清来人，女人的笑容少了点职业，多了点热情。克玉坐下围上大围巾，女人一边给他理发一边闲聊。

原来她男人在沙特干建筑。收入还不错，肯定比克玉强。女人说你是干吗的，怎么一直在家呢？克玉说写东西的。女人说哦，对了，你说过，职业编剧。克玉清清嗓子，半天才上来话。说也算不上，写剧本混日子。女人说你一直闷着不出来，又何必来北京呢？在家写也不耽误啊。

克玉彻底没词。这是他的软肋。他不知道别人来北京是怎么混的。如果上班，那何必来北京，在原单位上班可比这有派头，至少食有鱼出有车；天天出去钻圈子混饭局，无头苍蝇一般，寻找机会？这事他还真干不来。可是若不如此，像眼前这样做个小剧本承包商，接了活儿回去完全可以。至少可以在省却房租的同时，收入与儿子嬉闹的天伦之乐。

是啊，他干吗要来北京呢？这问题无人回答。

理完发洗头，女人再给克玉作简单的头部按摩。她说你们从事脑力劳动，更应该做头部保健。

头皮应该不是神经最丰富最敏感的部位，但克玉依然清楚地感觉到了女人手指的柔软。那一刻，他调动全身所有的控制力，才将泪水截断。

理过发，回去自然要洗澡。出浴之后，克玉站在镜子跟前，手指随意地穿过头发，想大体整理一下，突然却有了新发现。一夜之间，白发竟然已呈星火燎原之势。尤其在两侧。还好，还比较短。只有用手撩开，它们才会现出峥嵘。

克玉的手指僵硬在头发中间，似乎被人点中穴道。客观地说，他的容貌还是落后于年龄的，至少有七八年的差距。尽管体态稍嫌丰满。白头发过去也有，但何曾如此绚丽。京漂一年，不意竟是这等收获。掉头一去是风吹黑发，回首再来已雪满白头。久违的句子，猝不及防地撞开心扉，放入海洋的咸水，呛得他几欲落泪。因为喜欢，过去曾经推敲过这个句子，认为雪满白头不好，雪与白重复，不如白雪满头。诗人追求对仗，结果害了句意。可是，当岁月真正在头顶降落点点雪花，对仗不对仗，句意不句意，又有什么意义！

　　小说贴完以后，点击率和回复都有所增加。一个说傻逼！这也叫小说？克玉苦笑一下，回复道三楼的兄弟，骂得痛快！另一个说沉痛，是你的真实生活么？克玉又是一记苦笑，回复道假作真时真亦假，生活比小说精彩；第三个说哎，我们都没有血性了。男人阳痿，女人卖淫！克玉回复道言重了吧？我觉得应该还有亮色；第四个说生活就像强奸，如果注定不能反抗，那就闭眼享受吧。克玉愣怔半天才回复了四个字。高论！领教！最下面是个大学同学，失去联系很久的。他说哥们终于在这儿将你捉拿归案。好端端地当着官，干吗去北京啊。

　　又是这个讨厌的问题，将他逼入墙角，还要再踢一脚。克玉如听纶音，心里若有所悟，但依然不解确切答案。半天后才说，我爱北京天安门，呵呵。来北京别忘联系我。

　　电脑运行的细微噪音漂浮在克玉耳边。渐渐地，里面出现了吴菲的笑语，她的脸也在屏幕的背景上隐约浮现。下意识地眨眨眼，一切又在瞬间恢复正常。没有，什么都没有，只有空空荡荡的房间。

　　每天多次打开博客，其实都是守株待兔。以前吴菲不时过来踩两脚，回个帖子。那个夜晚之后，确切地说是动画片彻底折戟沉沙之后，某天给她打电话，她没接，发短信过去，也不见回。接连试过两次，都是如此。克玉的本能反应是她是否出了什么事，还要再打，甚至想到了报警，但突然就转过弯来，明白自己已经进退维谷。无论如何，他都不能再试图与吴菲联系，否则便有黄世仁之嫌。

　　不知道是半颗心，还是半边肺叶，或者一只肾脏，突然间就被人切掉了。克玉感觉，房间猛地宽敞了许多。零零落落的家具和零零落落的自己，越发地沧海一粟。那些空闲地方，点点滴滴地被寂寞与寥落填满。他站起身来，在里面踱来踱去，试图将那些不速之客赶走，但是不成，它们像灰尘一般扬起，反倒越发稠密。克玉简直要发疯。他敏锐地看到了时间的压力。

它像刀尖一般，贴着自己的皮肤行走，如同蚂蚁的大军。无奈之下，他想到了朋友，当初帮自己租房的朋友。

见面时，克玉向朋友伸出了手。这个动作似乎在朋友的意料之外，他的回应略微有些迟缓。克玉心里一怔，还是伸出左手，握在朋友的胳膊之上，然后使劲摇晃。朋友说哥们，你太夸张了吧。是有日子没见了，但毕竟不是出国访问啊。

克玉没能在第一时间应对。如果完全按照内心的指引，他会拥抱一下朋友。哪怕只是轻轻的礼仪式的拥抱，也能让他感受到自己的皮肤。但是，这怎么可能。

克玉夸张地大笑道，我觉得这还不够。全国人民都很想念你啊。

那天克玉喝了很多酒。他喝得很主动。但是酒精越多，他的神智越清醒。他真切地看到，自己和朋友都不是人，而是两块漂浮的岛屿，在风浪中不断地擦肩而过，始终无法对接。彼此近在咫尺，却又如同隔着无数的星球。因为你无法感受对方的温度。他并不想指责谁。那其实是个不错的朋友。但这并不意味着，他能感知你的喜怒哀乐。退一步说，你又有什么权利，要求人家感知你的喜怒哀乐？都是成年人，都有自己的生活。无论主观是否情愿，你都无法替代。你丢了半边肺叶，别人怎么可能会有痛感。

两人在地铁站分手。本来应该是同一方向，克玉突然奔对面的车而去。朋友赶紧阻拦，说哥们，你真醉了啊。和平门在这边！克玉挣脱朋友的手，笑道没错没错，就是这个！说着话儿挤上了地铁。

朋友的身影一闪而过，他们被黑暗一口吞进肚子。下了地铁，克玉跌跌撞撞地找到吴菲租住的小区。窗户是黑的，灯塔也被浓雾遮掩，但这又有什么关系。乌云可以一连多日遮蔽太阳的影子，但片刻也不能抹去人们心头因太阳而生的温暖。天明她要出发，天黑她就会回家。哪怕只看一眼不必交谈，知道那些遗失的器官还健在没被破坏，疼痛就能减轻许多吧。

克玉歪倒在健身椅上。两个人从旁边经过，其中一个被狗牵着，试图叫醒他，另外一个嫌恶地说又是醉鬼，冻死活该，你管呢！克玉闻听不觉一笑。这么多年来，他感觉自己还从来不曾如此清醒过。就像那个慷慨激昂的拍案而起。只是这并不意味着思考能力。对于吴菲，他就是越琢磨越不明白，越琢磨她的形象越模糊。她从模样上看绝对不像80后，没在单只耳朵上套个大大的耳环，留极其打眼的发型，或者浓妆艳抹，穿低胸外衣，抽烟酗酒。果真如此，克玉不会与她交往。他不想干涉别人的生活方式，或者说三道四，但道不同不相与谋还是可以的。

黑暗中，一个念头在克玉脑海里闪闪发光。当时吴菲肯定做了手脚，那里面不一定是什么东西。但这个念头只能停留在脑海中，无法出口。也不，甚至就这么想想，他都觉得亵渎，觉得自己下作。他实在不愿意将吴菲推定为坏人，或者心眼比眼珠子转得还快的鬼子。他无法相信她是在跟自己走钢丝，或者欺骗。真要这样，刘总想必是更好的目标。他一个失意的老男人，哪有什么油水。

可是若非如此，她又何必挥一挥衣袖，不带走一丝云彩。

多一个朋友多一条路，少一个敌人少一堵墙。这话简直就是照着克玉的情形说的。那五千块钱所剩无几，房东偏偏又上门催租。合同即将到期，若确定续租，需提前一月，再扔一把钱。可是钱从何来呢，他既不能向后方求援，自己又不会印。进退维谷中，刘总打来电话，说公司业务发展良好，决定聘个剧本统筹。他们属意克玉，问他意下如何。都是朋友，见习期免掉，直接进入正题，每月三千。

克玉毫不犹豫地答应下来。事后才意识到有些过于痛快，至少应该抻一天。不为票子，只为面子。刘总似乎也没想到克玉答应得如此利落，略一沉吟，说既然这样，晚上你过来吧。签个合同，一起吃个饭，公司同事也彼此见见面。

齐总没在，刘总依然在那些熟悉的词语关卡前重复与停顿。签了合同，克玉很高兴，刘总情绪也不错，大家都喝了不少。喝到最后刘总晃晃脖子，说最近上网太多，颈椎有点不好。来，克玉，帮我捏捏！

克玉起身来到刘总身后，才后悔不该站起来，不该答应。可独木桥上，如何回头。他捏住刘总的脖子，使出比改分集提纲还大的劲头，随即听得一声清脆的惨叫。克玉停下手，歉疚地看看大家，说刘总怎么啦？真对不起，我没弄过，一点都不会！刘总悻悻地扭扭脖子，说你以为杀猪呢，这么大的劲！克玉说我弄剧本专业，弄这个确实不专业。来来来，咱们碰一个，给你压惊！

事后再想，跟刘总喝那杯酒也是多余。连头带尾，克玉在刘总的公司只干了半个晚上。工作是捏脖子，报酬是一顿饭。

即便还要在北京坚持抗战，也不能续租，一定要换个一居室，或者地下室。在那里，亲爱的床，亲爱的沙发，亲爱的方桌，亲爱的椅子，亲爱的厨具，甚至亲爱的马桶，都能肩并肩，背靠背。大家占满所有的空间，寂寞孤独与寥落也就无法乘虚而入。那多好。克玉甚至情愿为此而舍弃阳光。

敲门声响起，克玉老半天没开。估计那张脸不会令人愉快，打开一看不幸言中。房东进门没等说话，克玉已经开口。说我不租了。房东说不租你早说呀。克玉说正准备给你打电话呢。不过现在说好像也不晚吧，不是还没到期吗。

决定可以在瞬间做出，但承受决定的结果则无比漫长。如同当初一时兴起直言犯谏。跟家里一说，老妻幼子都很高兴，说你早就该回来的！克玉说你别理解错了，我只是暂时回去。找到一居室，再回来。

克玉一直拖着，迟迟没动身，似乎要跟房东较劲，一定要住满最后一天。擒虎容易纵虎难，他怎么能回得去呢？那些日子里，他将《马赛曲》的音量调到最高，仿佛那样就能看见自己已经在军鼓中倒下，胸前满是光荣的热血。果真如此，倒也不失为完美的结局，对各方都有个交代，可是不行，没有《马赛曲》，没有军鼓，更没有明确的方向。

对于克玉的拖拉，房东当然不高兴。早点倒出来他早点收拾，一错过弄不好就要损失一个月的租子。最终那个回帖的大学同学在合同到期前一周打破僵局。他在某家垄断央企工作，开车出来办公事，兼带旅游。从北京去内蒙古，然后再回去。本来只想请克玉吃顿饭，听说克玉已有去意，便说怎么，发展得不顺利？克玉大大咧咧地笑道你想哪儿去了。我发展得很顺利，只是暂时回去休息休息，调整调整思路，好弄那个项目。朋友说那正好，不行你就跟着我，咱们走一路玩一路，最后再回去。也许那时你就有灵感了。

这敢情好。拾掇拾掇行李，老三样之外，多了不少书。看看四壁，都有自己的气息。菜市场，楼梯，街道，地铁，自己的脚印在上面，可是无法分辨。房东，对门的孩子，还有那些熟悉的摊贩，卖给自己早点和蔬菜水果的，会不会突然想起那个久未上门的顾客？不会的，肯定不会。生活淹没过无数的人，现在还在淹没，将来也不会停止淹没。就像那句诗，尔曹身与名俱灭，不废江河万古流。

去内蒙古要取道八达岭高速。他们上路时，便有雪花落下。过长城时才发现，大地万物的冬装已臃肿无比。克玉左看看右看看，忽叫停车。同学说怎么刚出发，你就要小便？冻掉了我不管啊。

远处便是长城，传说中的长城，河流一般在诗酒中流淌的长城。惟余莽莽，顿失滔滔，也不过如此。慢说小小的一个人，便是长城又当如何，一样可以覆盖，一样可以淹没。

雪花从眼前不断飘落，宛如那个问题，你来北京干什么。它像冷风一般割着克玉的脸与心，割得他鲜血淋漓，但却无法回答。赚钱是肯定的，但显然不是目的。副部长每年还是有点灰色收入的，在他很廉洁，只吃拿不卡要的情况下。他的目的是什么呢，是个原本无比神圣无比崇高的字眼，可现在说出来，却只能沦为笑柄。它比隐私还隐私，比见不得人更见不得人。可要命的是，它们依然融化在他的血液里，凝结在他的骨骼之中。

那两个字组成是这样拼写的。L——i——Li，X——i——ang——Xiang。

县城没有的，北京也没有。也许少数人，比如杨老师能够找到，但对于绝大多数，却注定无法抵达。

眼角有温热的液体流下。液体流经之处，先热后冷。克玉站在风雪中，想给吴菲发条短信。我走了。他日来京，当再谋一面。写好短信，手指已经冻僵。刚要发送，想想还是摁了取消。

那天到底也没见到吴菲的影子。也许她已经搬家了吧。或者还有其他原因。但这已不再重要。奔四的男人，无力承担那个别人可以脱口而出的字眼。假如一定要用，那么与其说他爱吴菲，不如说他爱自己。也不是爱，而是怜惜，深深的怜惜。如同失群的野兽，在角落里独自舔舐伤口。

克玉关掉手机，取出卡本欲扔掉，却又没有。他那么想大吼一声，但却没有力气，只能对着空旷的山岭摇摇头，然后转身回到车上。

汽车慢慢启动。克玉清清嗓子，对同学艰难地笑笑，从包里摸出一张碟片塞进音响，那阵熟悉的旋律随即再度响起。他百感交集地发现，那整齐的军鼓，依旧能令他的心房共鸣。然后血管贲张，血如泉涌。

回头吧，再看一眼渐行渐远的北京。克玉透过泪影看见，路旁自己留下的那两行脚印，越来越淡，越来越淡，就像秋日的天空中，逐渐远去的雁阵。

（原载《人民文学》2008 年第 10 期）

声声慢

一

黄鹤楼中吹玉笛，江城五月落梅花。

呜咽低沉的笛音，怎么能跟梅花落地的动静联系起来呢？况且还是五月。李白的这两句诗，黄克玉因为无法理解而记忆深刻。尽管后来在资料中查到过这样一种说法，说那是一首古曲，叫《梅花落》。

但是此刻，周湄在张派经典名剧《状元媒》中韵味十足的唱腔扮相与身段，终于让黄克玉醒悟过来。

那婷婷袅袅的声调，不就是梅花扑扑簌簌地落下的境界吗。

（二黄原板）自那日与六郎阵前相见，行不安坐不宁情态缠绵。

在潼台被贼擒性命好险，乱军中多亏他救我回还。

这桩事闷得我柔肠百转，不知道他与我是否一般？

这是海城票友的日常活动。周围空间太小，又没上妆，周湄基本上只是单纯地唱，很少做动作。但尽管如此，黄克玉依然看得两眼迷离。仿佛凤冠霞帔全部扮上的柴郡主，正用蜻蜓点水一般轻盈的脚步，在他跟前圆场。当然，最美的还是声音。胡琴声中，那柔婉妩媚的唱腔窄细处如断弦裂帛，宏大处如瀑布飞扬，干脆处如抛珠滚玉，轻柔处如春风拂柳，幽怨处如梅花飘落。春风拂面，万物生长。苦寒了一冬的梅花，此时却从枝头飘逝。这个画面如同中央电视台戏曲频道新近推出来的那个水墨画一般的宣传片，清新典雅，意味深长，在不动声色之中产生强烈的视觉冲击。你想想，那是什么感觉。

任是无情也动人呐。

九点半左右散场。黄克玉跟周湄有一段同路，和往常一样，两人结伴朝回走。

正是暮春时分，街心花园里的紫丁香散发着淡淡的香味，氤氤氲氲的气氛维持着延续下来的错觉，仿佛大家还在戏中，而周围这一切都是布景。周湄今年五十四，整整比黄克玉大出二十年。因为长期唱戏，得讲究扮相，多少年来一直非常注意保养，说她刚刚四十也有人相信。也难怪，腰不粗身不肥，眼袋有但不明显，皮肤嘛虽然有点皱纹，但并没有形成深沟高垒。青衣化妆浓墨重彩，上妆以后更是完全没了年龄。此刻虽然没扮上，但在月色的虚化下，也比平时年轻了许多。正如张潮在《幽梦影》里说的，楼上看山，城头看雪，灯前看花，舟中看霞，月下看美人，另是一番情境。

都是多年的戏友，在一起配过很多才子佳人的对手戏，彼此都很熟悉，不需要什么客套。惺惺相惜物怜同类的热情淡化浓缩下来，像周围空气中的香味，无处不在但又不可捉摸，无法把握。

两人有一搭无一搭地闲扯几句，更多的时候还是沉默。快告别时黄克玉说这届票友大赛你准备唱什么？周湄说还是《状元媒》吧，就这段。黄克玉似乎灵机一动，说要不咱们俩一起唱？

周湄一愣。说咱俩唱《状元媒》？哪一段？你唱谁，八贤王？

不，我唱杨六郎。你唱那段南梆子，天波府忠良将。

周湄没有立即开口。半天后才慢悠悠地说你开什么玩笑。那里面六郎哪有多少唱？

黄克玉的眼睛在黑暗中亮了一瞬，很快又熄灭下来。他声音降了几度，说全当我给你跑龙套呗。

如果只演那一段，六郎跟龙套真没多大区别。照规矩，到时候在哪里比赛，都要请当地京剧院团看箱子。这是圈内的行话，其实并不照看行李箱子，主要是提供服装，配戏，化妆等等。价钱反正是一定的，如果自己有人跑龙套，他们少付一份出场费，肯定乐得同意。

　　周湄轻轻一笑。你的戏怎么办？你当六郎的龙套就那么好跑？别弄得自己的戏没唱好，还耽误我。

　　这倒是实话。台上一分钟，台下十年功。里面的六郎一般以武生应工，初学戏时都觉得武戏好学，就那么几个动作。真正入了门，才知道并非如此。武戏对身段的要求很高，没有良好的基础，半路出家要演好，几乎不可能。

　　黄克玉笑笑，没再说话。

　　穿过这个路口，周湄告辞而去。黄克玉慢慢朝前走几步，又停下来朝旁边看去。

　　周湄的身影像一根拉面，被路灯越拉越长，越拉越淡，直到完全消失。如同演员婷婷袅袅地走向下场门，大幕跟着徐徐落下。

二

　　到家时儿子已经睡下，妻子林茵还在客厅里忙活着挂照片。四壁墙上挂满了他们夫妻俩合影或者全家福的大照片，沙发上还堆着一大堆。马上要到结婚十周年大庆，这是林茵早已策划好的纪念方式之一。黄克玉皱皱眉头，说你怎么回事，搞这么多干吗？你看看墙上，还像家吗，展览馆还差不多！林茵丝毫不理会丈夫的牢骚，依旧情绪饱满地说你别管。卧室和书房还没挂呢。看着乱，挂上去就好了。

　　应该承认，这些照片多数都挺好，只有几张他们俩的合影不够理想。黄克玉要么表情僵硬，要么动作别扭。也难怪，对这次大规模的照相纪念，他从心底里感到排斥。十年。已经十年了吗？不提还好，提起来简直让人后怕。原来他已经跟林茵淡油寡盐地在一张床上睡了十年。

　　他们是领导介绍认识的。那时他刚刚从军校毕业，军人跟大学生这两块曾经的金字招牌经过多年的日晒雨淋虽然已经开始褪色，但毕竟百足之虫死而不僵。两者一结合，基本上还能维持过去的尊严，他一时间也就成了潜力股。甚至政委都很关心他的个人问题，第二年亲自找到他，要给他介绍对象。也是，关心干部生活，本来也是他作为政委的分内职责。黄克玉尽管不大情愿，但首长的面子总不能驳。见面之后，女方的态度非常积极。

黄克玉对女孩儿虽然没多少感觉，但也挑不出什么毛病。他想，也许时间能带来感觉吧。再说他刚刚豪情满怀地走出校门，原以为从此就要平步青云，逐渐向将军的金肩章靠拢，不料却要在这个小县城里的基层单位栖身；理想与现实的巨大落差让他无比的失落，正好也需要一个堡垒暂时为精神遮风挡雨疗伤止痛，联系就这样自然而然地保持了下去。但在潜意识里，他一直没把她真正当成女朋友，从来没有设想过将自己的未来与她联系在一起。确切地说，是跟这个小县城联系在一起。后来有一次，科里有位老大姐给别人张罗对象，他在旁边开玩笑说你别太厚此薄彼呀，有合适的，给我留一个！老大姐用对付儿童耍赖的口吻说你少来啊。你不怕犯重婚罪，我还怕当教唆犯呢。谁不知道你有女朋友，还是政委做的红娘。小伙子，你可别花心啊。否则政委饶不了你。

　　本来都是玩笑，但黄克玉却不觉心里一震。他这才意识到，自己在这个问题上已经失去选择权。突然之间，他就变成了有女朋友的人，跟这个弹丸之地有了血肉联系。他不由得顿生虎入牢笼般的绝望感。本能地想挣脱，但那牢笼并没有森森四壁。它是那么的温柔，那么的友好，你无论如何也找不到撕破面皮拂袖而去的理由。很快，林茵就不住地在他耳朵跟前唠叨，说五一结婚。当时两人早已"赤"诚相见很久很久，他深陷泥潭不能自拔，当然更无力回绝。而且林茵的父母早就张罗好了女儿的嫁妆，包括毛脚女婿的相关行头。可谓万事俱备只欠结婚，夫复何言。

　　四月的一天，黄克玉跟私交最好的同事李蓬勃一起喝酒。喝到中间，李蓬勃很不高兴地说克玉你觉得咱们关系怎么样？黄克玉不假思索地说那还用说。很好啊。我一直把你当做最好的朋友。李蓬勃说我以前也这么看。但最近才明白可能并非如此，我是自做多情。黄克玉听出口气不对，赶紧追问道怎么啦？李蓬勃说有件事你弄得我很没面子。你五一结婚，怎么不提前告诉我？我觉得我应该最先知道这个消息，结果却不是。你说，这还算是最好的朋友？

　　黄克玉心里不禁五味俱全，暗暗叫苦不迭。五一结婚的消息他不是没跟李蓬勃说，而是谁都没告诉。传出去的消息的来源，都在林茵身上。黄克玉刚开始并没有真正当回事，似乎事情不是真的，或者男主角儿不是他一样。本来消息也确实不像真的，因为以他当时的级别和资历，不可能分到房子。但在政委的亲切关怀下，作为党委重视尊重关心知识分子的一个重要举措，营房科长亲自给他送来了钥匙。领证那天政委还给他们派了车，他的坐骑。已经是四月下旬，黄克玉永远也不会忘记那个闷热的下午。他迟迟不肯动身，老是说热。林茵说你怎么回事，把我骗到手，是不是乐昏了头。这才什么时节，怎么会热？也是，黄克玉在重庆读了四年书，知道什么叫热。海城即便到了真正的三伏时节，也算是重庆的凉快天。再怎么说，靠着渤海，要受海洋影响。但尽管如此，黄克玉还是觉得心头闷热。他嘟囔道不是我把你骗到手，是你把我骗到手。林茵亲昵地在他鼻子上刮了一下，说真是没良心。就算是我把你骗到手，你说说，我对你怎么样，我父母待你又怎么样？

黄克玉不觉语塞。

怎么样，当然很好。丈母娘疼女婿是在讲的，黄克玉是外地人，父母不在身边，林茵又没有兄弟。一来二去，不是半个儿，简直跟亲生儿子一样。再加上他父母一辈子不和，动不动就是男女混合双打，因此他对母爱的感觉非常模糊，而林茵母亲做的有件事却让他非常感动。去年夏天，他们刚刚认识不久，有一次他在林茵家吃午饭，饭后穿着短裤正在午休，中间突然感觉房门被轻轻打开，有人走了进来。因为没穿衣服，他有点害羞，只得继续装睡。进来的是林茵的母亲。她拿条毛巾被搭在黄克玉肚皮上，若有若无地说了句别凉了胃。说心里话，黄克玉从来没有过母亲为自己盖被子的记忆。小时候肯定有过，但那时他还不记事。当然，作为自欺欺人的幸福美满的象征，这事人前人后他没少渲染。

黄克玉到底还是坐着政委的车，顺顺当当地去领了结婚证。他没有任何理由不去。负责办证的是个大胖子，一看就是个碌碌无为一辈子的角色。一生不长本事不长官阶，只长膘。黄克玉按照规矩，给他捎了条烟，一包糖，他口中说不用不用，手却连朝外推推做做样子都没有。这让黄克玉对领证的印象更加恶劣。

对人生大事的印象除了这个，还有一点黄克玉也永世难忘。签字时，他右手一直在发抖。比高考答卷都紧张。

三

第二天，黄克玉一到单位，就来了事。单位引进的一家韩国企业要跑，他们得去轮流值班看守。

黄克玉婚后不久，一向对他优渥有加的政委就调到了北京军区。尽管政委并没有给他提供过任何明确的提携，但总是个心理屏障。好在他并没有在政委身上寄托多少奢望，已经感觉在部队没什么干头。几年后正好赶上裁军，于是也脱了军装。在岳父的帮助下，进了市政协办公室。按照岳父的说法，政协虽然是另外一种形式的老干部局，要退的干部才朝这里安排过渡一下，但毕竟也是正处级单位，对年轻人来说，提拔可能要快一些。

如今各地都在招商引资。海城甚至提出了一个堪跟当年大炼钢铁相媲美的口号，叫全民招商。市政协当然也有任务。政府序列的台办搁在政协办公，主任由一个副主席兼着。给他们的任务，主要是朝台湾下功夫，引资金拉项目。韩国企业当然也不嫌弃。不过原本诚心实意的外商现在都叫各地政府惯成了小鬼子，算盘打得门儿清。税收优惠减二免三，五年后全额征收，因此他们往往采取打一枪换一个地方的游击战术。反正厂房是租赁的，不行他们随时可以扛起背包就出发。这一去可不是挥一挥衣袖不带走一丝云彩。他们前脚走，当地政府后脚就得跟着忙活，处理他们留下的小尾巴。比如拖点工资，欠点租赁费，等等。

现在黄克玉他们面临的问题，比这严重得多。企业不仅欠了四个月的工人工资、半年的租赁费，更要命的是还有向邻近一个市中行贷的三千万。而为之作担保的，不是别人，正是海城市政协。毫无疑问，当初这些都是为外商提供优质服务的重要内容。

总数加起来，接近四千万，相当于海城全年地方财政收入的五分之一。而剩下来的一点产品和原料即便能处理掉，也不到一百万。怎么办？真正的老板早已溜回韩国，被扣住的只是一个代理。不知道是恶意逃债，还是经营出了问题，断了资金链。从理论上讲，这些账目都是实实在在的，他没法抵赖，可以打跨国官司追讨。但慢说市里没这个能力和把握，就是有，人也丢不起。

没办法，只得先把这个代理扣住。因为是政协引进来的项目，孩子哭抱给他娘，政协和当地乡镇共同出面料理后事。两家单位派人，二十四小时寸步不离地监控。

领导派黄克玉领一个小年轻，去当两天临时警察。没办法，现在政坛也要吃青春饭，黄克玉一不小心就成了老同志。到了那里，车间已经贴了封条，大门紧闭，空无一人。来看管的，除了他们俩，还有当地政府的两个人。那代理比以前更牛气，能吃饭也能睡觉，各种自由都保留着，另外还免费配了四名保镖。

跟黄克玉一起来的小年轻刚出大学校门，是十年前黄克玉的再版。充满激情，富有理想，一个劲地发牢骚，抨击政府的失职和不作为。这些不仅仅是实际情况，简直就是绝对真理，黄克玉心里当然一百二十个明白，但嘴上却没什么表示。罗曼·罗兰在《约翰·克里斯朵夫》里有句话他觉得很有意思，一个人不成熟的标志是他愿意为一个目标高尚地死去，成熟的标志是他可以为一个目标卑微地活着。生活就是生活，现实就是现实，哪有那么多牢骚。

小年轻还在那里感慨，黄克玉却只是玩弄手机。小年轻自觉没趣，凑过来说黄科长看什么短信，有意思吗？发给我看看！到跟前一看，却是京剧人物图像。《穆桂英挂帅》中扎靠的穆桂英，《白蛇传》中的白娘子，《白门楼》中的吕布等等。

小年轻失望地说啊，都是这啊。没劲。

黄克玉不紧不慢地说怎么没劲？你是没进去。来，给我打个电话。

小年轻不解地问干吗？没事面对面打手机玩，要给中国移动做贡献也不是这个做法呀。你得明白，他们是企业，不再代表国家！黄克玉说叫你开开眼。说完拿过小年轻的手机，自己动手拨了自己的手机号。

振铃声是段小生唱腔，《小宴》中吕布的唱段，那一日在虎牢大摆战场。听完后黄克玉问道怎么样？有意思吧？小年轻撇撇嘴说不好听。什么动静，男人没个男人样，跟二姨子似的。黄克玉笑笑说你评价得很到位。小生跟青衣一样，都用小嗓，也就是假嗓，所以是这么个效果。这个不好听？那再换一个。

小年轻无聊了一上午，黄克玉开心了一上午。他手机里有许多存货，想听哪段听哪段。小年轻刚开始还很烦躁，后来慢慢沉静了点。不解地说我就不知道你们怎么能听得下去。节奏那么慢，一个拖腔恨不得把人拖断气。别说唱，听着都感觉累！黄克玉哈哈一笑，说你真能夸张。是啊，现代生活就是快节奏高效率。可干吗非要那么快呢？每个人最后的终点都是一样的，快慢都要到上帝跟前，接受最后的审判。小年轻没滋没味地说，那你说说，京剧到底有什么意思？黄克玉说有什么意思？意思大了。粉墨辨忠奸，漫舞清歌皆世态。筝琶弹善恶，急弦悠管尽人情。明白吧？

　　小年轻摇摇头，无奈地拖长腔道这么高深？不——懂。

四

　　黄克玉一连十多天没露面，周湄越来越觉得是个心事。这些票友中除了他们俩，别人的水平参差不齐，在外行听来可能都差不多，但在行家的耳朵里，绝非如此。吐字行腔，稍微一点点差别韵味就全然不同。没有一个水平接近可以互相砥砺的，整天跟他们泡在一起，固然比孤孤单单地待在家里强些，但终究是美中不足，缺了点什么。

　　周湄差不多每天都是头一个报名，今天也不例外。独自一人在家，本来也没什么牵挂。过了一会儿，王凤莲带来了一个让大家心情沉重的消息。关于票友老高的。老高没有子女，多年来一直是老两口单过。以前他也天天来参加票友活动，后来年龄越来越大，再加上又拆迁搬了家，离这里太远，来回不方便，已经一年多没来票戏。

　　消息是王凤莲的儿子传出来的。他在北城派出所工作，老高居住的地方正好归他们管辖。那天他接到北城小学的报警电话，说是一对老人无理取闹，妨碍搬迁。市里规划要把这个小学整体搬迁出去，倒出来的地，用于安置一个外资大项目。如今新校舍已经建好，师生们正朝外搬东西，一对白发苍苍弱不禁风的老人忽然将校门堵住，不住地说，千万不能搬走啊。他们都走了，我们怎么办？刚开始以为他们家里有小孩儿在学校读书，过去问问，却没有；校长很奇怪，说你又没有小孩儿在这里上学，学校搬不搬跟你有什么关系？老头儿说怎么没关系，每天都是他们陪着我啊。校长无法理解，见他们年龄这么大，说话声大点简直都会被震倒，实在惹不起。得，有困难找人民警察吧。

　　警察过去也费了不少事。好说歹说，总算把他们安抚下来。为了避免意外，警察送佛送到西，一直将他们送到家。还没进门，浓重的霉味随即扑面而来，熏得大家出不来气。进去再看，许多家具表面都落满灰尘，一摸一道痕。地上有好几行脚印，最清晰的一条，一直通到客厅的窗户。过去瞧瞧，外面正好是小学的操场。原来老人已经无力照顾自己的生活，每天只能做延续生命的最基本动作。这帮活蹦乱跳的小学生，差不多就是他们抵御孤独的唯一武器。

　　警察恍然大悟。本想安慰他们几句，没想到又勾起他们的伤心事，老高在老泪纵横中突然昏厥。大家手忙脚乱地赶紧把他送进人民医院。经过抢救，总算稳定下来，目前还在医院观察。现在最大的问题是，缺少人在病床前照顾。虽然请了钟点工，但终究不贴心。

　　这个消息让周湄心里不觉泛起一阵兔死狐悲的酸楚。她的情况跟老高很像，不，应该说比他更糟。老高毕竟还有老伴儿，有个会说话的大活人在旁边，而她却只有自己。两个儿子一个在美国马里兰州，一个在英国伦敦，都成了家。六年前，就是她从单位退养那年，老头儿出车祸先走了一步，这些年来，她一直是柳树剥皮光棍一条。如果不是有京剧，时不时能听听唱唱，她恐怕早就进了疯人院。也去过儿子那里，美国英国都去过，但不习惯。他们正处在事业的攻坚阶段，每天都在实验室工作到很晚，多数时间她还得独自一人打发。那里不比国内，语言不通，连找个合适的电视都很难。无奈之下，只得回来，坚持抗战。

　　黄克玉还是没来。跟往常那样，乐队先摆阵势，拿出定音器调好音准，然后洗耳恭听。王凤莲一直跟周湄学张派青衣戏，尽管年龄比她大十多岁，却一直规规矩矩地以老师相称。她说周老师，今天唱哪段？周湄摆摆手说不忙，还是你先来吧。我听听你的《诗文会》怎么样。

　　锣鼓点起来，周湄却走了神。王凤莲唱完，满怀期望地问道怎么样？她啊了一声，有点结巴地说不错，有长进。王凤莲发觉了周湄的心不在焉，落座后悄悄问她怎么回事。周湄说也没什么事。我在想老高的事情。他真是可怜。王凤莲说可怜，谁不可怜？我们都可怜。他们没有子女可怜，我倒是有子女，可见他们比见市长都难。市长还天天上电视呢。他们翅膀一硬，我们就成了累赘，哪还能想得到咱们这些无用的老东西！周湄宽慰地说大姐，怎么能这么说呢？你的几个儿子女儿不都挺孝顺的吗？他们不是心里没有你们，是太忙。

　　周湄唱了一段《望江亭》，又唱了一段《状元媒》，没等散场，匆匆跟大家打个招呼，随即提前告退。

　　她决定去找黄克玉。林茵正好在人民医院上班，虽然是外科医生，毕竟也算个内应吧。

五

　　黄克玉好久没接周湄的电话。这是老习惯。除了领导电话外地电话，都这样。这段《小宴》每天都要听好多遍，但还是百听不厌常听常新。没办法，不等演员开口，那过门一响，他就会产生心灵通电的感觉。

　　皇帝不急太监急。儿子欢欢在旁边帮闲道爸爸，你来电话了。快接呀。黄克玉还是不翻手机盖。火候他拿捏得很准，知道应该到哪个板眼。林茵开玩笑道怎么回事？是不是女人的电话，心里有鬼？黄克玉说你真聪明。不但是女人，而且还非常漂亮，非常有气质。

　　这些年来，黄克玉跟林茵的感情一直很好，外在表现就是从来没红过脸。不管作为妻子还是作为母亲，林茵的得分都比黄克玉作为丈夫和父亲高。本来她干部家庭出身，而黄克玉的父母都在外地农村，她应该有优越感，但实际上却不。非常贤惠。就连看电视，都让着丈夫。这些年来，她先是被动地看戏听戏，慢慢耳濡目染，也对京剧产生了兴趣。妻子在爱好上都能夫唱妇随，他还有什么话好说。虽然偶尔心里还会有点遗憾，但那遗憾不过是午休起床之后的胃酸，是局部的细小的短暂的，简直如同维纳斯的断臂。要说他们婚姻中的缺陷，那么唯一的缺陷可能就是缺乏矛盾。偶尔可以调剂心情的矛盾。

　　林茵知道周湄。在中央电视台举办的票友大赛中拿金奖的票友，也算是海城名人，很多人都知道她。他们俩也见过面，没孩子时，林茵偶尔也跟着黄克玉，去看他们唱戏。她对周湄的印象很好，尤其对她的保养之道，更是佩服，时不时经常对丈夫念叨。

　　不过周湄来他们家，这还是头一回。

　　周湄在路上给欢欢买了点水果。热情地把她让进门，林茵回头招呼儿子叫奶奶。欢欢今年五岁，经常会有凉水冒热气的惊人之语，这回也是。看着自己最爱吃的草莓，他非常开心。脑袋一歪，看着周湄说不对吧，怎么是奶奶。她一点都不老，应该叫阿姨吧。

周湄和林茵不由得哈哈一阵大笑。

黄克玉心里一动。从旁边深深地看了周湄一眼，似乎很随意地脱口而出道行啊，你觉得该叫阿姨就叫阿姨。

林茵说你胡说什么？周阿姨是显得年轻漂亮，搞艺术的就是气质好。不过再年轻漂亮，辈分还在那里啊。不能乱。

黄克玉刚开始也称周湄阿姨，后来不知何时，又悄悄改了口。叫周老师，直到现在。

欢欢不知所措地轮流看大人，最后目光在爸爸妈妈身上逡巡不止。周湄说无所谓，孩子呗，随便叫。林茵说那哪儿行。越是孩子，越要讲规矩。

黄克玉嘟囔道，行，那就听妈妈的吧。

六

后来领导把看管任务重点委托给了一个副科长跟黄克玉两人。他们俩公认是作风比较严谨的，嘴紧不说，办事也认真。一般人都认为这是个苦差事，要担责任，还要耽误许多酒场。对他们这些没有实权的职员而言，混个肚儿圆是唯一能够得到的实惠，多数人都比较看重。但从黄克玉的角度出发，却正中下怀。他从网上下载了许多唱段，搁在 MP3 里。在单位只能偷偷摸摸地听，现在呢，什么时候高兴什么时候听。不但能听，还能开口唱，想拉多高的调门就拉多高的调门，谁也不会干涉，也不用担心掉链子。

那天黄克玉正唱得高兴，忽然被敲门声打断。开门一看，是个民工模样的农村姑娘，二十多岁的样子，满脸疲惫地站在门口，来要工资。副科长说公司已经倒闭，老板都跑了。别说你两千块钱的工资，国家还有几千万的银行贷款呢。没办法，你们的名单不都登记过了吗？先回去吧，到时候要到钱，市政府会通知你们的。

姑娘走投无路地待在那里，眼泪呼之欲出。说我这些天一直待在海城想找个工作，等着领工资，但都没找到。现在身上连一块钱都凑不齐，早上还没吃饭。你们能不能给我想想办法？求求你们了大哥。

副科长说我们也没办法。这样吧，你去找找劳动局，看看他们有没有什么招。黄克玉知道副科长又要玩太极推手。没办法，也不能一味地讽刺他们临门一脚的功夫比国家足球队的臭脚还高，实在是目前这种体制逼的。要在其中生存，就必须这样。这是游戏规则。不过他还没修炼到家，又动了恻隐之心。他也是从农村出来的，现在两个妹妹还在外面打工。他把姑娘让到里面，给她倒了杯茶。姑娘一连喝了三杯水，情绪慢慢稳定下来。依然不肯死心，怀着最后一线希望问黄克玉说大哥，你说我该怎么办？出来干了半年，家里都眼巴巴地等着用钱。我空着两手，实在没脸回去啊。

黄克玉深深叹口气，掏出五十块钱递过去，说我跟你说实话，还是回去吧，或者再去找个活儿干。我们没有半点办法。工钱要回来的希望有，但是不大。你们的工钱只是小头，国家还有几千万的贷款，弄不好都要打水漂。这五十块钱就算我借给你做路费的吧。

姑娘眼中那点残存的光亮立即黯淡下去，如同夜晚房间突然断电。她自言自语般地说怎么能这样呢？国家都在干什么，眼睁睁地看着老百姓吃亏？

姑娘拿着五十块钱空落落地告辞而去。回头再看副科长，表情颇为不悦。黄克玉和解地说没办法，我总是心太软。我两个妹妹现在还在广东打工，一看到她们，就跟看见我妹妹似的。要不谁肯管这样的闲事。

十多天后，事态有扩大的迹象。银行来打山门，要找政协协商解决办法。正在这时，代理提出来要去买两件内衣。这是合理要求，他们没有不答应的道理，尽管增加了看管负担。商场里毕竟人多。

副科长和黄克玉寸步不离地将代理护送进了商场。他看好一件衣服，要求试穿。副科长点点头，然后拉黄克玉到旁边的长凳上去候着。

副科长不停地制造话题，跟黄克玉谈天说地。这可不像他平时的为人。黄克玉心里正琢磨着这个奇怪的变化，一回头忽然看到代理出了试衣间，悄悄向出口溜去。

他赶紧呼啦一下站起来，说不好，那韩国鬼子要跑！

副科长还要拉黄克玉坐下。说你看花眼了吧。我一直盯着，他进了试衣间就根本没出来。别紧张别紧张，坐下咱们好好聊聊。我给你说几个段子，都是最新的。

黄克玉说别别别，我看得清清楚楚，他从试衣间出来后，低着头下了楼。咱们再不追，可就晚了！

副科长无奈，只好兜了实底。说我知道。天要下雨娘要嫁人，随他去呗。

黄克玉吃惊地说那怎么能行？回去跟领导如何交代？

副科长意味深长地笑笑。交代，交代什么？告诉你吧，都是领导的意思。要不我哪来这么大的胆子！

黄克玉更加吃惊。领导的意思？不可能吧？放了他，这个乱摊子怎么收拾？

副科长说他在这里才不好收拾呢。这叫擒虎容易纵虎难。他在咱们手里，矛盾永远在那里摆着；他一走，海城就不再存在这个事。明白吧。

黄克玉恍然大悟。但还是有点不敢相信。说不会吧，几千万银行贷款摆在那里，销不掉的呀。还有，到底是哪个领导的意思？

副科长严肃地说贷款不成问题。银行都有呆坏账记录，过两年转过去，万事大吉皆大欢喜一了百了。政协是个特殊机构，谁还敢真封它的门。哪个领导的意思我可不能告诉你。但是你应该能想象得到。这事你心里清楚就行，千万不能出去宣扬。还有，不但不能说，回去有关领导批评咱们，你还得虚心接受承认错误。明白吧？

七

票友大赛说着话儿就要到点儿。虽然是全国性的大赛，但也没有奖金，只有奖杯。不仅交通食宿费用全部自理，另外还要缴报名费。一个剧目四百块钱。组委会赚点弘扬京剧艺术的经费，剩下的要支付看箱子的费用，包括乐队的报酬。如今各地京剧团体都不景气，多数演员都闲得浑身长草，只能靠这样的堂会维持比较体面的生活。

黄克玉和周湄早已报好名。一个唱《小宴》，一个唱《状元媒》。平常票戏都是清唱，没条件化妆。这次想彩唱。尽管戏里的吕布不扎大靠，也不像一般武生那样扎软靠，但肯定跟清唱不一样。为了找感觉，黄克玉跟周湄商议，想提前几天过去，预热预热。

　　请假到外地，必须一把手批。黄克玉从科长那里领了请假条，正准备照规矩请主席的示下，却迟迟没有发现目标。这当口他哪还有时间考虑这些鸡毛蒜皮的小事。火烧眉毛，他得先顾眼前。

　　还是那家企业拖欠工钱的问题。为了降低成本，工人都是从安徽、河南和鲁西南招来的，那里的人工费比海城低很多。当初作为给客户提供优质高效服务的一部分，政协也参与了这项工作。现在这么多工人遭遇损失，这么长时间没有结果，他们当然不干。群情激愤，终于包围了机关大院。

　　市委、市政府、人大、政协四大班子都在一起，实际上是机关大院。按照前任市委书记超前规划、超越发展、超速前进的思路，修得非常漂亮，因此欠下的银行贷款到现在还没还上。他因为政绩突出，已经高升为滨海市委组织部长。现任书记虽是外来户，也非常清楚市里的财力。上届班子的政绩账单到现在还没付清，大家都说海城的钱已经花到2008年。看完北京奥运会，才能继续考虑发展的问题。虽是笑谈，但也绝非捕风捉影。因此民工工资拖欠再多，政府也无力解决。不过他终究是见过大世面的人，自有泰山崩于前而色不变的大将风度，从容不迫地批示由市政协牵头，劳动局、信访局、公安局协同，以稳定为大局，妥善处理。坚决不能扩大事态。

　　黄克玉在人群中又看到了上次那个姑娘。样子比上次还要狼狈。可以想见，这些日子过得如何。尽管看到过很多次上访，看到过许多比这还悲惨的人，但不知怎么回事，这个素昧平生的姑娘形象，一直在他心头挥之不去。他上学时，曾经受过妹妹的接济。幸亏后面读了免费的军校，要不她们俩的压力会更大。好在那时虽然工资低、条件差，但因为政绩压力还小，她们基本上没有碰到过长时间大面积拖欠工资的问题，最多是巧立名目雁过拔毛，克扣一点。

　　无奈之下，主席只得站到大楼台阶的顶端，用高音喇叭做思想工作。他声情并茂地说，出了这样的事情，我们感到很遗憾，也很痛心。对你们的不幸遭遇，市委市政府深表同情。但是没有办法，现在是市场经济，大家都要有风险意识。不仅你们遭受了损失，市里的损失更大。怎么办，只能慢慢来，按照法律程序解决。

　　就是真有生公说法，这帮顽石也不会点头。他们只想讨回自己应该得到的血汗钱，并不想听精彩的演讲。软硬兼施是常用手段，先唱红脸再唱白脸是正规程序。主席一见软的不行，口气随即强硬起来。你们包围政府机关，扰乱办公秩序，知道是什么性质吗？告诉你们，你们这种行为已经触犯了刑律。请你们赶紧离开，否则将移送司法机关处理。

警察如临大敌，早已做好准备。不多久，捣乱分子就被顺利驱散。政府机关重新恢复秩序，可以安安静静地继续勾画与时俱进超前规划超越发展的宏伟蓝图。

八

主席对黄克玉非常客气。说一周够不够？不够还可以延长。这事非常有意义，弘扬国粹，也给咱们海城，尤其是市政协争光。这样吧，你别声张，差旅费回来我给你报销。按出差处理。

黄克玉感到非常意外。出差是政治待遇，副科长以上的才有这个资格，从来都是春风不度玉门关的，今天这是怎么回事，天上下雨掉馅饼？

黄克玉说谢谢主席谢谢主席。真是不好意思。主席说没什么。你这些年来的工作一直不错，各方面反映都很好。好好干吧，年底可能还要调整干部，你心里要有点数，准备去挑更重的担子。

一分汗水，一分收获。上帝确实是公平的。不过上帝不在天堂也不在教堂，而在眼前。黄克玉以前跟主席的直接交流很少，戴草帽亲嘴，够不着。因此对他有隔膜，很生分。但是今天，这种感觉一下子烟消云散，全部让位给了亲切。他很贴心地说主席，那个公司的问题怎么处理，弄不好民工还得上访。他们不是剩下有点产品和原料吗，变卖变卖，先支付一部分不好吗？安定安定他们的情绪，免得再起事端。

主席一下子严肃起来。说这事你不用操心。说到这里觉得语气太重，接着解释说咱们政协都不应该操心。政协的职能是民主监督政治协商，怎么能参与具体的经济活动？剩下的问题，按照职权，应该由劳动局处理。那些原料和产品已经变卖，主要用于支付租赁费。盖厂房的也是引进来的内资项目，碰到这样的具体问题，不优先考虑他们的利益，还叫什么投资环境？

九

林茵像往常一样，细致周到地为丈夫准备随身物品。别说内衣袜子，甚至连治疗感冒和拉肚子这样的常备药都预备的有。不住地叮咛，周阿姨上了岁数，要多照顾她，凡事要考虑得细些。黄克玉内心充满了即将挣脱牢笼、呼吸到新鲜空气的激情与冲动，对林茵的唠叨很不耐烦。说你烦不烦呀，跟老太太似的。我又不是小孩子，还用得着你这样。你看看人家周老师，多洒脱！林茵不急不恼地说你还以为你有多大？你的自理能力跟欢欢差不多少。我不给你准备，谁给你准备？好心没有好报！

一路无话。到达目的地，组委会也刚刚扎好营寨。先到指定的宾馆安顿下，两人随即找过去，通过组织者跟看箱子的商量好，先上妆操练操练。提前找了三天感觉，果然是临阵磨枪不快也光。《小宴》中的吕布不是白门楼里的吕布，在刚刚结识的绝色美人貂蝉跟前，正是意气风发的时候。平常票戏时清唱，为了演好，必须不断提醒自己，体味人物的内心情感，找好感觉。现在行头一上身，两支雉鸡翎脑后一飘，孔武有力志得意满骄横跋扈不可一世的感觉立即来了一大半。

周湄的戏在前面。她上场时，黄克玉在后台也上好了妆。锣鼓点一敲，过门一起，周湄随即进入状态。那丝丝缕缕缠绵悱恻的张派唱腔，如同氤氲的香气，逐渐弥漫开来，很快就让这个一身行头的猛将吕布沉醉。他痴迷地看着，在内心重复着那些熟悉的唱词，一下子就回到了大别山的童年时期。

十

二十多年前，大别山里的一条简易公路上，经常能看到一个衣衫褴褛行色匆匆的少年从学校往回赶。回家早了还要干活，因此别人放学后都是能磨蹭就磨蹭，要么打三角，要么推铁环，只有他不。

不用说，那少年就是黄克玉。

当然，黄克玉急着赶回去并不是为了干那些永远也干不完的活儿，而是为了听评书。那时候，听刘兰芳、单田芳说的评书《杨家将》、《岳飞传》、《隋唐演义》、《三国演义》，是他最大也几乎是唯一的享受。对面有户人家儿子是大队干部，家里有一台大收音机，每天这时候都摆在院子里，声音放得大大的，在山水间跳荡着，老远就能听得清清楚楚。中午播，晚上重播。但尽管如此，每次还是听不完整。因为有活儿干，干完活儿吃完饭，还得着急去上学。秋天最好，那时最主要的活儿是捡柴禾，可以摸到那户人家背后的山上，一边捡一边听。只是耳朵在享受过这场盛宴之后，接下来很可能要遭受磨难。可拧也好，骂也罢，都不能阻止这个爱好。好在他的学习成绩不错，父母对他的态度并不特别严厉。就这样，杨延昭，杨宗英，岳飞，岳云，岳雷，秦琼，罗成，赵云，吕布，这些从来没见过面的历史人物，慢慢成了他心目中的老朋友。收音机里那个虚幻的世界，成了他最大的想象策源地，也是他对未来朦朦胧胧的寄托。那看不见摸不着，拿父母的话说不当饭吃不当钱花的东西，是他跟外面的世界以及未来联系的唯一纽带。他幻想有一天也能走进去，和那些人物进行面对面的交流。评书中说吕布丹凤眼、卧蚕眉，面如朗月，鼻似悬胆，牙排碎玉。胯下日行千里夜行八百的赤兔马，手持方天画戟，有万夫不当之勇，但究竟是个什么样子？后来看了小人书，看了门画墙画，这才有了直观的认识。虽然能看到的小人书不多，但他还是不喜欢那些用抽象夸张手法绘制的，比如《东周列国》，而喜欢《岳飞传》和《三国演义》。这些都是工笔人物，人画得像，也漂亮。门画墙画上那些戏曲人物他尤其喜欢，顶盔罩甲，背后插着四面靠旗，脸上化着妆，红红白白的，脑后还戴有两根雉鸡翎，多威风！

书中对吕布的评价不高。无外乎说他反复无常，胸无大志，有勇无谋，但少年黄克玉不管这些。少年自有少年的价值体系。当然，本领不是唯一的评判标准，比如《隋唐演义》，他既不喜欢第一条好汉李元霸，也不喜欢第二条好汉宇文成都，而喜欢第三条好汉裴元庆，接下来是第八条好汉罗成和第五条好汉伍云召。而说到《三国演义》，他最喜欢吕布，其次是赵云，再次是马超。因为他们不但厉害，还长得漂亮，没有胡子。像吕布，桃园三兄弟缠着非要跟他打群架，这才赖唧唧地打了个平手，那是什么本领。刘备武艺平平，没见他有什么本事，但关羽和张飞却是个顶个地厉害。这样一算，吕布至少比他们两加起来还厉害。

更关键的是，吕布身边还有个美人貂蝉。貂蝉的模样，他是知道的，《凤仪亭》和《白门楼》里都有。人中吕布，马中赤兔。美呀。

黄克玉听评书时经常能找到飞翔的感觉。身子越来越轻，越来越细，慢慢从破破烂烂的衣服中飞出去，循着声源，钻进收音机，跟那些英雄并肩作战冲锋陷阵。他也经常在这个时候耳朵被人拧起。那是催他回去缴柴禾吃饭的爸爸。今天在后台看周湄浓墨重彩地碎步圆场，他忽然又有了这种朦朦胧胧的感觉。而且，并没有人花间喝道焚琴煮鹤般煞风景地过来拧他的耳朵。

上了妆，再加上灯光的效果，周湄跟年轻姑娘毫无二致。看着看着，黄克玉不觉阵阵热血沸腾。冬眠了许多年的童年的梦想，在刹那间苏醒。才子佳人，美人英雄，不再是梦想，而是活生生的现实。高高在上的领导，无聊透顶的工作，单调烦闷的婚姻，所有这些将他与现实捆绑在一起的枷锁，全都烟消云散。等他一身粉蟒两根翎子摇摇摆摆地通过上场门，在灯光的照射下，那种感觉更加强烈。他不是热血沸腾，而是整个肉身都汽化开来，游离出精气神，然后再吸附起各种各样的物件，重新调整位置，如同高科技制作三维立体动画，变成那个无人能挡的勇将吕布。

　　[西皮导板] 那一日在虎牢大摆战场，[原板] 我与那桃园弟兄论短长。
　　关云长挥大刀猛虎一样，张翼德挺蛇矛勇似金刚。
　　刘玄德舞宝剑浑如天神降，怎敌我方天戟蛟龙出海洋。
　　只杀得刘关张左遮右挡，俺吕布美名儿天下传扬。

吐出最后一个音符，风流倜傥地转动一下脑后的翎子，然后躬身谢幕。那一刻，黄克玉完成了一个痛苦的涅槃过程。

死了一个碌碌无为的庸人，活了一个英名盖世的猛将。

十一

黄克玉迟迟不肯卸妆。拖到最后，相也照了，影也合了，看看周围只剩下自己还在戏里没出来，这才坐下，交给化妆师摆布。化妆师有点不高兴，黄克玉识相地说师傅，麻烦你了。晚上我请你吃夜宵。

结果非常理想，两人都拿了金奖。

他们计划闭幕次日就动身回去。闭幕式结束后，周湄提醒黄克玉，去给林茵和欢欢买点礼物。黄克玉闻听，长长地叹了口气。这些天来，一见到周湄，他总有脸发烧的感觉。当然也不是脸，而是浑身的温度都偏高。他好像乘坐宇宙飞船飞入太空，早已完全脱离地球，而周湄这番话却如同返回指令，他的宇宙飞船随即开始坠落，马上就要重返大气层，再入牢笼。

多么没劲。

黄克玉嘟囔道带什么带，我平时什么东西都不买，都是她买，买回去她肯定也不中意。周湄说那哪儿行，好容易出来一趟，不带点礼物算是怎么回事。你放心，不是还有我吗，我给你当参谋。

黄克玉还是不想去。周湄说你听我的没错。林茵那孩子挺好的，对你那么照顾，你不能亏待人家。空手回去，多伤人家的心！这理由是那么的充分，黄克玉实在无话好讲，只得说林茵多大了，还是孩子。周湄略带苍凉地笑笑，说她再大也是孩子。她才三十二吧，还没我大儿子大呢。我大儿子跟你同岁，月份小一点而已。

马力再大的空调也没有如此强烈的制冷功能。黄克玉不觉浑身冰凉。半晌之后，才无奈地嘟囔道，你干吗要说这些。我去还不行？

火车喀喀哒哒地朝回开。黄克玉躺在卧铺里，一直不能安眠。车厢内已经熄灯，只有下面的小灯还亮着。窗外，星星点点的灯火一闪而过，那景象不由得再度让时光倒流。童年时虽然贫穷饥饿衣衫褴褛，但他内心是那么的富有充实。他有评书小人书墙画年画，有隐藏在心底的谁也不知道的少年的秘密，还有吕布赵云马超。他深深地相信，他们并不是虚幻的，并非仅仅存在于收音机里。他们在遥远的山外，总有一天，自己能走出大山，在山外的世界里跟他们汇合。大家不求同年同月同日生，但求同年同月同日死。当然，身边少不了夜晚读书添香的红袖，或者行走江湖急公好义的侠女十三妹何玉凤。可是如今他大了，或者说都快老了，下巴上的胡子每天都得刮了，也早已走出大山，吕布貂蝉他们的影子反而越来越遥远，越来越模糊，越来越虚幻。如同早上一觉醒来，发现夜里的宏伟宫殿美人香草都不复存在。

那是何等的令人感伤！

他当然不甘心。而且这不甘心也像少年的心事一般，只能作为内心的秘密而不足与外人道。每念及此，他耳边经常会响起苏芮苍凉的歌喉。小小的小孩儿，今天有没有哭？是否遗失了心爱的礼物，在风中寻找，从清晨到日暮？现在的他，还是那个在大别山深处的山沟里默默追梦的穷苦少年吗？

每一盏灯火后面都是一重世界。也许就是吕布赵云马超的世界。他知道这个想法很傻，但依然愿意相信，这是真的。

或者毋宁说，他希望如此。那希望是如此的强烈，以至于自己也产生错觉，以为自己真的相信。

舞台上灯光灼人，而眼前一片昏暗。可尽管如此，黄克玉还是找到了入戏的感觉，又在心里打开了板儿。正在这时，他忽然看到周湄的手臂从铺上滑了出来。他们俩都是中铺，相对而卧。

黄克玉赶紧伸出手，抓住周湄的手腕，想重新放到铺上去。她确实保养得好，手上的肌肉虽然开始松弛，但依然很柔软，也没有横七竖八的沟壑，很难找到岁月走过的屐履印痕。

如果貂蝉在世，大概就是这个样子吧。黄克玉耳朵边锣鼓点密集地响起，然后是胡琴如泣如诉的吟唱。咿呀声里，一个婷婷袅袅的古代仕女经过上场门，翩若惊鸿，宛若游龙地在灯光中圆场。脚步过处，如同露珠从荷叶上滚落。和以往不同的是，以前的青衣都在舞台上，和他隔着两重天的距离；而现在呢，她就在眼前，和他生活在同一个世界之中，是他触手可及的。他不觉痴痴呆呆地附上左手，抚摸了一下周湄的手背。

周湄早已惊醒。老人觉少。不是都说吗，前三十年睡不醒，后三十年睡不着。

周湄不动声色地轻轻抽回自己的手，若无其事地说怎么，克玉，还没睡呀。

黑暗中，黄克玉感觉自己脸在发烧。肯定红了吧。他下意识地伸手摸了摸，像一个正沉醉在自己游戏里自言自语的儿童，忽然被大人发现那样不好意思。

你胳膊滑出来了。别碰到人。

是吗？那谢谢你。没事了，赶紧睡吧。明天是不是还得上班？

你真像貂蝉。

胡说。我是柴郡主。不，柴郡主也不是。我不过是一介平民，老太婆。那是戏，你懂吗？真是傻，傻孩子。

黄克玉的眼睛在黑暗中闪了一下，又黯淡下来，如同大别山夏夜的流星。

随后是一个轻轻的叹息。在火车的喀哒声中，叹息声听不真切，因此也无法断定，究竟是谁发出来的。抑或是某一个人，还是两人共同的结果。

十二

短暂的舞台经历黄克玉难以忘怀，同样难以忘怀的还有那个形容憔悴的农村姑娘。本来这事他可以逐渐淡忘的，但他们又上访到了上面，上面批示海城妥善处理，屁股远远没有擦干净。黄克玉隐隐约约地意识到，这中间有阴谋，主席在利用他，两人之间达成了心照不宣的瓜分协议。这种感觉让他很是苦恼。但找主席签字报销时，主席的一番话彻底打消了他的顾虑。主席说就这么些？不多嘛。克玉呀，回头你手头上的事情先放一放，把精力放在协调环保局给那个皮革项目做环评上。这是市里的重点项目，市领导非常关注，你一定要干漂亮。年底还要评功评奖，调整干部，这可是露脸的好机会。

就是石头也能听出主席话里的意思。这给了黄克玉一个再好不过的借坡下驴的机会。他不断说服自己，主席是器重自己，对自己有知遇之恩，自己应该放下包袱轻装前进，全力报答。士为知己者死，也是戏文里的精神。比如王伯当，明知道李密不是东西，依然忠心耿耿地保他，甚至最后用自己的身体给他挡箭。《断密涧》这出戏，他非常熟悉，情节《隋唐演义》里也有。领导把话说到这个程度，还有什么好犹豫的。抓住机遇，加快发展吧。

这个项目就是落在原来北城小学校址上的那家台资企业，大华皮革有限公司，老板姓曾。请人看了一圈风水，最后相中了那里。实际上已经开工生产，但手续还没办齐备。这也好理解，为客户服务，就是要多从他的角度出发考虑问题。先上车后买票，也并非什么原则性的问题。

皮革项目会造成污染，因此国家从总体上采取限制政策。这点常识黄克玉还是懂得的。不过企业方面提供的有关资料表明，他们有先进的污水处理设施，并且采用科学的生产流程，能够做到达标排放，也许不存在问题。

但过去一瞧，他们不禁大吃一惊。所谓的污水处理设施，根本就没有安装，一切都在规划图上。原因嘛，不用说还是因为银子。而环保局的有关技术人员深入一了解，所谓国际领先的科学生产流程，也压根儿不存在。

这环评自然没法做。实际上也做了，有个非正式结论，但没法出具上报。黄克玉无奈，回去请示主席。主席宽厚地一笑，说遇到困难绕道走？克玉，你是解放军大学校毕业的，不会这样吧。年轻人，要有闯劲，要有开拓精神。你想想办法，做做工作嘛。反正不是咱们自家的私事，是市里的重点项目，关系到全市经济建设和对外开放的大局。你不要有包袱，尽管放手干。

所谓放手干，无非是他牵头，企业出钱，开展银弹外交。黄克玉心犹不甘，说那到时候有污染怎么办？主席推心置腹地说我当然知道有污染。可是滨海市给咱们海城下达的招商引资任务是增长百分之三十，市里要求咱们增长百分之三十五，有什么办法？克玉，我这个主席不好干啦。

这话彻底堵住了黄克玉的嘴。本来他还以为主席会说点初级阶段必然要为发展付出代价，西方发达国家过去也有过这个阶段之类，应该在这个场合说的冠冕堂皇的托词，没想到他这样实话实说。这说明，主席确实没把自己当外人。事已至此，犹如箭在弦上，不得不发，如何回得了头。这样也好，本届政府的政绩是发展，数字增加就是胜利；下届政府的政绩可以是治理污染，比如拒绝两个子虚乌有的会造成污染的大项目等等。杀猪杀尾巴，各有各的杀法。要找题目出政绩，天大的困难也难不住共产党员。

不过黄克玉还是留了个心眼，将那份非正式的环评报告悄悄复印一份，保留了下来。

十三

经过市政协的积极争取，大华皮革的全部手续很快就通过了审批。尽管企业早已正式开工，但终究算是个好事。就像同居多年的人要结婚，也得热闹热闹一样。曾总要过来请客，主席说请客是必须的，但不是你请，而是我们请。好好祝贺一下。市纪委为了严刹吃喝风，采取了不少措施。规定饭费单子必须附有事先的请示，最后经过纪委审核，才能下账。但同时还有一条，那就是招商引资需要安排的饭局不在此列，不受总额限制，作为全民招商的一个配套政策。这样一来，一般迎来送往的招待费全部消失，都成了招商引资的费用。主席安排饭局方便，因此该企业买的单也抢过来，其余不方便下账的项目，好由企业安排。

也算是互通有无，搞活经济吧。

主席叫黄克玉也去。说你必须去。一来你是功臣，二来嘛你可能还不知道，曾总也是票友，马派老生，水平很高的，你们可以切磋切磋。我把周湄也叫上。上回你们俩都拿了金奖，也给你们庆贺庆贺。

曾总的身材和他的经济一样丰厚。不过相对于经济，他的身材基本上还算未露外财。脸很黑，估计是年轻时劳苦的痕迹。大约台湾的光照比较强吧。照说他行走江湖这么多年，经济基础可以保证他随心所欲地老夫聊发少年狂，已经阅尽春色，但初见周湄时的样子，却并非如此。他两只手一起伸过去，紧紧握住周湄的右手，操着那口现在很时髦的台湾腔，摇一摇闲扯两句，再摇一摇又闲扯两句，恋恋不舍的样子，似乎马上就支持不住，要双膝跪落，拜倒在石榴裙下——拜师。

周湄如同被蛇缠住一般，浑身直起鸡皮疙瘩。她上身向后缩缩，手上不动声色地暗暗用力，终于从魔掌中挣脱。淡淡一笑，暗藏锋芒地说拜师不敢当。老生用大嗓，青衣用小嗓，我可教不了你。大家都是票友，互相学习吧。她跟主席很熟，出席过多次政协会议期间的演出，不想闹出冷场。

主席是什么段位，还看不出这点名堂。亲热地拍拍曾总的肩膀，拉着他进入主座，说来来来，票友见面不能光顾着亲热。咱们坐下说话。

落座之后曾总的火力还集中在周湄身上。说周老师，我系马派老生，你呢？周湄不卑不亢地说十净九裘，十旦九张。我主要学习张派。曾总大包大揽地说好。以后你们搞活动有什么问题，尽管找我。

席间曾总自然要露一手。唱了一出《三家店》。单纯按照京剧的要求讲，确实差得远，荒腔走板不着调的地方很多，另外就是咬字不准，内行听了不免心里毛毛躁躁的，非常别扭，恨不得马上就开口纠正。但客观地说，这么大的一个老板，不是白痴就算是七十八万海城人民的幸运。本来就有口音障碍，还能唱到这个程度，确实也算不错。

黄克玉基本上没有说话的机会。看着曾总那一步一个脚印的身材，想想不合格的环评，感慨地想，他肚子里的每一滴油水，肯定都混合着恶臭肮脏的血泪。也就是在这里，在国外这样的企业根本无法立足。但是，这又怪谁呢。是我们打破头皮争着抢着把他们当大爷请来的。他们并没有强奸我们，而是我们主动卖弄风骚投怀送抱。

十四

那天周湄突然大驾光临时，黄克玉又猫在会议室。名为赶材料，实际却沉醉在戏里。这在他是常事。跟京戏的结缘史，就是他的人生失败史。这话说来太长，即便长话短说，也要从他初一的那个寒假开始。

初中一年级的那个冬天是多雪的。厚厚的积雪多日不能化开，屡屡在阳光下刺痛他凝望远方的眼睛。但就是那样一个冬天，在他记忆中却始终洋溢着温暖的背景色调。赖在热烘烘的火塘跟前，大家都不禁昏昏欲睡。偶尔站起身来，膝关节都有酸痛的感觉。漫长的无聊中，他暗暗期待着开学。在心中一遍一遍地想象自己心仪已久如同貂蝉般的女生，会以什么样的姿态亮相。想着想着，嘴角不觉暗暗漾起微笑的皱纹。正寻思好事呢，一阵让人愁绪满怀无释处的旋律，忽然无端地将美梦打断。今天你要去远行，正是风雨浓。山高水长路不平，愿你多保重。

一阵无比柔软的伤痛，随即潮水般漫过胸口。如同酸液腐蚀触觉的皮肤。黄克玉先是抬起头，然后放下一直捏在手中闲玩儿的火钳，最后干脆站起身子，离开了温暖的火塘。大别山区农村的习惯，即便在三九严寒的冬天，也不闭门关窗。不用说，歌声依然出自对面的山坡。就是那家经常播评书的邻居。正用收音机为自家的酒席助兴。收音机想来也年事已高，声音显得有些阻隔，让人顿生有劲使不上的焦急。微微发颤的歌声如同屋檐下化开的雪水，一直以自己原有的节奏往下滴答，而黄克玉的眼睛已经湿润。不知道是因为眼睛不能适应冷热的骤然变换，还是原野上的茫茫白雪刺痛了双眼，或者某种回忆与想象淹没了理智的闸门，抑或三者兼而有之。反正他以一种跟年龄和阅历不相匹配的姿态流了泪。就像小时候有一回配合爸爸贴门画时的经历。

呆立在门口的寒风中，黄克玉如听纶音，醍醐灌顶，直到那首歌渐行渐远。很久很久之后，他才从一张正面印有女明星头像的日历卡背面看到全部的歌词，才知道那首歌的名字叫《风雨兼程》。而弄明白风雨兼程的确切涵义，又往后推迟了很久。因为赤瑕宫里的神瑛侍者日以甘露灌溉绛珠草，林黛玉才老是眼泪涟涟作为报答；而眼前这个不通世故的山区少年寒风中的泪珠，又是为了谁呢？难道就为那串不甚真切的歌词，一个不知道确切涵义的歌名？连他自己都感觉荒唐。也许因为声音来源于同一台收音机，他一下子就想起了精彩的评书。然后是好看的小人书，漂亮的年画，还有大别山外那个完全未知的遥远世界。

就在那个时刻，黄克玉暗下决心，一定要好好念书，考出大别山。

外面的世界一直都有的。只不过越来越大，寻找外面的世界的过程，仿佛一段没有终点的旅程。初中之后是县城，高中之后是重庆，就是他在地理课本上看到过其夜景照片的城市；大学之后在哪里他不知道，总之应该更加遥远更加宏伟更加动人心魄吧。因为这个原因，他拒绝了导师的考研邀请，铁了心要走出校门，像评书里的英雄一样建功立业；同样因为这个原因，在每个同学的留言纪念册上，自己的理想一栏中，他都写的是Fleet Admiral。海军上将。

但谁也想不到的是，他被分到了这么个小县城里，基层团级单位。看得见的前途别说上将，能混到少校就是巨大的成功。

小城生活有两个显著特点，一是慢。生活节奏、人员流动都慢，他因此很难找到性情相投的年轻人玩；二是透明。转个身能碰到三个熟人，只消一根线，就能找到某种共同点，把全县人民串联或者并联起来。说得夸张点，不管何时来个生人，大家都能在第一时间发觉。在这里生活，如同置身绝对透明的玻璃房间内，没有半点隐私，因此也没有丝毫的安全感。

无论如何，这样的空间无法安置他的理想。但是没有办法。他空有一腔热血，但缺乏鹞鹰的速度，老虎的力量，和豺狼的凶狠。一句话，他是书呆子，是思想的巨人行动的矮子。只有听凭命运的安排，在这里投闲置散，直到在床笫间老死。

事业失败的同时，人生也遭遇失败。就是爱情。当然，严格意义上说，人生的失败与事业的失败互为因果，好比先有鸡还是先有蛋的争执，很难定论。几年之后，他慢慢感受到了小单位的快：不少人成为新晋，一同分配到基层的大学同学，多数也挣脱牢笼。而他此时已经拖家带口，行动阻力当然大大高于自由身。毕竟他有半子之劳。就这样，他在百无聊赖之中迷上集邮，然后又从几套关于京剧的邮票，发现了京剧。如同在倾盆大雨中狼狈奔逃的路人，突然发现一个茅屋。不管华美还是破败，都只有一头扎将进去。

对头一次真正接触京剧的经历，黄克玉将永远记忆深刻。因为那铭刻着深深的耻辱。

那一天，从他们办公室下乡荣升副镇长的一个人进城办事，顺路回了趟老单位。这人虽然跟黄克玉共事不到一年，但也是转业干部，年龄差不多，以前两人接触不少，黄克玉对他有种和尚不亲帽儿亲的感觉。衣锦荣归回娘家，办公室当然要请他吃顿饭，黄克玉想肯定会叫自己，就一直没走。但直到下班，没有任何人招呼自己。到了下班时间，他去趟厕所，方便完毕正要出门，发现大队人马正在浩浩荡荡开拔。一齐陪同的，都不是光头，脑袋上大大小小都有官帽。

黄克玉赶紧向后一闪，又折转回去。心里的那种感觉，比厕所的滋味更加不堪。他并不在乎一顿饭，但那是一种标志。是地位的外化。除了主任，他在办公室年龄最大，好歹还有副营职上尉的前身。竟然落魄如此。

命压人头不奈何呀。

回家打开电视，正好看到一场京剧节目。内容偏巧又是梅派的《穆桂英挂帅》。1962 年发行的《梅兰芳舞台艺术》邮票当时已经身价过万，集邮爱好者无不如雷贯耳，其中就有这出戏，黄克玉因此多看了两眼。应该说电视上的扮相比邮票更漂亮，唱腔确实不难听。就是节奏慢了点。

随着时间的推移，黄克玉在痛感别人的飞快的同时，也逐渐感受到了京剧慢的韵味。就是那种慢，给了他一副逃避的盔甲。他沉醉其中舔舐失去的伤口，体验着疼痛的快感。现实舞台的大幕已经落下，但京剧舞台一直灯火通明。有演员，也有观众。

这对他来说，是唯一的代偿。虚拟而又真实的代偿。刚开始，这种不得不逃避的挫折感很强烈，让他很不舒服，但时间一长，他感觉真相可能并不完全如此。只能说，他置身的是另外一个全新的世界。那里有自己独立完整的逻辑系统和价值体系。宽敞明亮得足以安置任何一个人的灵魂。

十五

周湄推门进来，说你真舒服啊，上班还能听戏，领导不找你麻烦？黄克玉摘下耳机，说没给配备专门的电脑，叫我用这台。这是专门用来放幻灯片的，平时没人来，很清静。戏都是从网上下载的，效果很好。

周湄为王凤莲的事情而来。昨天是王凤莲生日，她儿子女儿计划晚上给她过，但没有提前告诉她。老太太闷在家里等了将近一天都没有消息，以为子女忘了，很是生气，就打了120，说自己身体不舒服，要住院。老头回来后，赶紧通知了儿子女儿。孩子们一听很不高兴，埋怨母亲跟孩子似的不懂事，不知道体谅儿女。一致决定，就把她送进医院住两天，吓唬吓唬她，叫她知道120不是好打的。正好她死不承认自己是装病，是没事找事。最后到底把老人送了进去，就在林茵他们医院。王凤莲一边伤心一边担心，怕多花钱，增加子女负担。想找找林茵，反正也没什么病，收费时看看能不能优惠一点。她还要面子，叮嘱周湄别随便跟人说。

黄克玉听了感慨颇多。王凤莲这个做法固然不能提倡，但她孩子，尤其是女儿的态度更加不对。这么做，能不伤老人的心么。老小孩儿老小孩儿，老人跟小孩儿其实没什么两样，都有依赖性，都需要人照顾。这一点，儿子不能理解倒也罢了，怎么女儿还这样？这样的女儿买的东西再多，也不能算是孝顺！

周湄听了心中先是一热，然后又是一酸。她这种情况，当然能同病相怜。她说克玉你的心真细。你父母，还有岳父岳母，真是有福气。

本来也没什么事，材料早一天晚一天都行。黄克玉跟科长打个招呼，就跟周湄去了人民医院。林茵听说后，也感觉好笑。按照老人的意愿，林茵没跟她照面，悄悄找了科室主任，免了一些能减免的费用。

十六

临近年底，省里根据中央精神，在省报头版显著位置刊登了一条消息，要求全省各地春节之前必须全额发放拖欠的工资。这样一来，形势就热闹了。海城这两年要抢抓发展机遇，盖楼修路基本上都采取"三点式"：政府投一点，银行贷一点，乙方垫一点。当然，这三点也不能搞平均主义，那本来也不符合美学原理么。政府投资很少，材料上总结了一个很好听的叫法，四两拨千斤。政府稍微投一点，能起到一石激起千重浪的作用，就是伟大成就。这样的材料，黄克玉都写过。清来清去，多数都是政府欠的。历届政府基本上都在采取同一个做法，即从脚下挖土，用挖出来的土原地筑城。上级领导只看到表面的高楼大厦越来越漂亮，却不知道下面越来越空。随时都有可能像吴文英的词，远看如七宝楼台眩人眼目，碎折下来、不成片段。搞来搞去，等于生活在最上层的官员将投资风险全部转嫁到了生活在最底层的普通老百姓身上，叫他们为官员的政绩买单。年前全部付清类似于神话传说，就是把市委书记和市长全部剁巴剁巴当猪肉卖，也填不满如此巨大的亏空。别说省委规定，上帝发话也没招。一句话，有钱男子汉，无钱汉子难。

在这个大背景下，解决那家逃跑企业拖欠的工资，就更没指望。工人们领教了海城人民警察的厉害，不敢造次，只好找上面解决。现在的大气候是清欠，因此上边又口气严厉地批给海城市人民政府。但是这个问题跟普通拖欠不同，确实是外资企业欠的。政府只能依法行政，不能越位干预么。再说现在即便想干预，也鞭长莫及。怎么办，凉拌（办）。冷却处理。妥善做好思想工作。秋后算账，引来这个项目，真正的受益人只有主席一人（当然，前任市委书记也是潜在的受益者）。按照外资投资额千分之五的奖励标准，他拿到了十万块钱的奖金。大华皮革这个，年底如果不出意外，也有六万进账。在前年年终的总结表彰大会上，市委书记给那些头头脑脑们颁奖时特意强调，这个钱不准分给下边，要全部拿回去，交给媳妇。这要作为市委的一条纪律。我们的政策，就是要多劳多得，奖勤罚懒！

政府报告上去以后再无下文。那天黄克玉拿着一沓饭费单子，包括上回宴请曾总的，去市纪委审批。那回的标准是每人二百，跟动不动就出国招商相比实在不算高，离本地最低生活保障线还有六十八块钱的距离；总共花了三千四，也不算多，不过是黄克玉四个月的工资。

纪委具体由李蓬勃承办。黄克玉转业的第二年，他也脱了军装。为了要公务员身份，进了市纪委。

两人说笑一阵，李蓬勃看也不看内容，嘴上叼着烟卷，一手拿单子，一手喀喀喀猛敲图章。黄克玉说你真是照顾老朋友啊，看都不看！李蓬勃腾出一只手拿起烟卷，抽一口，像飞行特技表演一般喷两道烟雾，不屑地说有什么好看的？不用看我也知道，除了事先请示过的，剩下的都是招待客户的招待费。尤其是那些数目大金额多的，对不对？嘁！

收好单子喝杯茶，两人山南海北地胡侃。李蓬勃大发牢骚，说纪委真是个清水衙门，平常连个酒都没得喝。早知道这样，当初还不如去老干部局。黄克玉笑着说不会吧，谁不想跟你们搞好关系，你肚子里能缺酒？两袖风清，一肚酒精，不就是说你们的吗。李蓬勃说请我们的确实不少，但不好意思去。平常老是要求他们这个那个的，怎么好意思去？万一最后出了问题，也抹不开面子处理。黄克玉说你少跟我撇清，你当我不知道你们怎么回事。外人都说你们跟小姐似的，提起裤子不认人。真正出了问题被你们拿住把柄，以往请你们的都是吃了没吃，喝了没喝。是不是这么回事？李蓬勃笑得浑身直颤。说污蔑，纯属污蔑。不，是打击报复！

两人一阵大笑。

兴头过去后，李蓬勃忽然想起什么重要事情似的，把身子凑过来，压低声音，神秘地说，最近你们政协可能有人写举报信。滨海市纪委和我们手里都有。黄克玉说是吗？我们主席知道不知道？李蓬勃说你说呢？没有署名的举报信最后都要打回各个单位处理，他们能不知道？黄克玉说主席对我不错。要不我得提醒提醒他。李蓬勃说不用。你可别犯傻呀。别人躲都躲不及呢。要注意避嫌。上面不说你千万不能提，要不他们会想，你怎么知道的？

十七

　　日历一张张撕去，很快就到了年底。主席言而有信，黄克玉果然当了先进。这可不仅仅是荣誉称号，也很实惠的。年终奖上浮百分之五十，评职称晋工资，都要优先的。按照今年的标准衡量，直接经济收入至少一千块现大洋。

　　这对黄克玉来说，是一个很大的解脱。他可以确信，主席对自己确实有知遇之恩，自己只有知恩图报。这可是中国人的立身之本。春节时他满怀感情地给主席打了个电话表示感谢。主席说你别谢我，要感谢就感谢组织。还有，这都是你自己挣的，不是别人施舍的。你也是办公室的老同志了，好好干吧，组织上不能叫老实人吃亏。

　　和去年一样，黄克玉又在岳父家过的年。没结婚时每年都回去探亲，结婚后次数逐渐减少。现在有了孩子，拖家带口的不方便，频率更是直线下降。娶来媳妇忘了娘，要不哪会有这样的古话。

　　初一上午，黄克玉全家去给周湄拜年。他知道周湄在姐姐家吃完年夜饭，守了夜就回去，今天大约是最寂寞的时候。

　　门铃响起时，周湄正独自一人对着电视发呆。戏曲晚会昨晚已经看过，今天算是复习。两个儿子都打了问候电话，也跟孙子孙女聊了一阵。不聊还好，越聊越感觉孤独。她多想看看孙子孙女的模样，长高了没有，又长了什么本事。大儿子说妈，你还是过来吧。自己一个人，平时我们也照顾不上。周湄强打精神，说你有这份心就行了。我现在身体很好，不需要照顾。你们还是忙自己的事业吧。趁现在年轻。说是说，这两天她一直感觉不舒服，去医院看过两次，医生也没说出个所以然。也难怪，现在的医生只长了钱眼，感冒进门都要做 CT，病自然很难看明白。她只能自己琢磨着对症下药。跟着广告走呗。

　　放下电话，周湄心里不觉空落落的。过去单位里的同事，基本上已经将她忘怀；平常有交往的戏友，现在各有各的忙活。电话已经通过，剩下的时间，只能独自打发。说起来过年真没意思，甚至连票友的日常活动都不能进行。

周湄其实一直在等黄克玉。这两年他来拜年，已经成了惯例。一进门，欢欢按照爸爸妈妈教的样子，给周湄拱手作揖，朗声道给周奶奶拜年！周奶奶恭喜发财！周湄弯下腰一把将他抱起来，使劲贴贴脸，说好孩子，过了年人儿也长大了。奶奶看看，体重长了没有？哎哟，小脸这么凉，快坐下吹吹空调！

大家坐好，说了一会儿过年话。说着说着，话题自然而然地转到了戏曲晚会上。戏曲晚会里其他剧种也要兼顾，单纯的京剧节目并不是太多。但毕竟比春节晚会强些，他们一直都看这个。刚开始林茵还不习惯，现在近墨者黑，也被同化。黄克玉说总体还不错，不过我有个强烈的建议。梅葆玖、孙毓敏和李世济应该歇歇。要唱也可以，清唱，别彩唱。不是不尊敬他们，也不是他们唱得不好。关键是这么胖，还扮青衣花旦装嫩，扮相简直没法看。脸上脂粉再多，也盖不住腮帮子上的肉跟双下巴呀。清唱只听声音，大家都能原谅。毕竟年龄不饶人嘛。对他们来说，也不算跌份儿。

周湄听了不觉心里一震。她克制住脸上的表情，没有应声。

黄克玉话一出口，就意识到了自己的失言。赶紧用目光试探。结果对方毫无反应，像美国的隐形飞机，所有的雷达波都被照单全收。于是又讪讪地说其实也不在年龄大小，关键是体型。张派的杨春霞，梅派的李维康，不都挺好。跟周老师似的。

黄克玉来拜年还有一件事。顺便商量商量周湄从艺四十周年纪念演出的具体问题。到今年年底，她学张派不多不少，整整四十年。反正闲着也是闲着，想组织一个纪念演出，弄出个响动来。三次全国性票友大赛的金奖得主，本来也并非浪得虚名。这不像以前的票友活动，外地的过来只管中午一顿饭就行。这样的演出，必须请高水平的专业演员助兴。周湄正式拜的老师在北京，中国京剧院，早已退休，自然要请。省里也好，滨海市也好，不少演员他们都认识，只要开口，肯定能叫动。但他们跟票友不同，开口是要银子的。另外还有场地，服装，道具，乐队，来回路费，请有关头头脑脑露露脸。等等，兵马未动，粮草先行。粗粗估算一下，没有三万块钱下不来。数目这么大，必须站到巨人的肩膀上去才行。

黄克玉说我找了几个老板，都不应声。看来是没有兴趣。周湄强压心头的不快，努力调动一些笑纹，说我这么大年纪，还用搞吗？别也叫人说我装嫩，闹笑话。黄克玉说你看看你。我只是随便说说，又不是说你。你的扮相很美，这一点大家有目共睹，还用我多嘴。

最后商定放曾总的血。他这一头，最有希望。本来周湄不大感冒，说不想用他的钱。脏。他的企业有污染，大家都知道。黄克玉宽慰她说你应该这么想，他本来就是不义之财，所以更应该拿点出来办正事，也算是给他赎赎罪孽。

黄克玉玩了一个多小时，然后告辞。周湄本来那么想留他们吃顿饭，但知道今天事多，也没开口。只是提议，过两天，抽空去看看老高。如今到处鞭炮阵阵，那老两口想必也孤单得紧。

他们一走，房间立即变得空荡荡的，仿佛四壁都摇摇欲坠，随时都要压下来。沉默一阵，周湄轻轻走到那块大玻璃镜前。腮帮子上虽然没有赘肉，但皮肤还是明显有些松弛。再直着身子使劲低头，双下巴随即初露端倪。当然也可以忽略不计，因为若不特意低头寻找，根本看不出来。基本上也就是当初红极一时的四块玉之一的李玉芙的水平吧。这也是周湄比较尊重的一位梅派青衣，有段时间，曾经迷她迷得不行。

无论如何，终究是年岁不饶人。就是《赤桑镇》里唱的，嫂娘年迈如霜降。

周湄长叹一声，在镜子跟前呆立了好半天。

十八

过完年，紧接着要开两会。这是海城人民政治生活中的一件大事。曾总虽然不是政协委员，但作为特邀嘉宾参加了活动。这也是海城市政协创新工作方式的一个重要成果。两岸同根嘛。黄克玉领着周湄，在会场顺利将他抓获。曾总听了略一思忖，随即爽快地点头应允。只是有一个小小的条件，要跟她演场对手戏《白蛇传》或者《西厢记》。周湄演白娘子或者崔莺莺，他演许仙或者张生。

周湄当然没有松口。在此之前，她和黄克玉去看过老高，周围的环境给她留下了深刻的印象。本来那里山明水净，挺好的一个地方，现在简直被糟蹋得不行。臭气虽然没有达到熏天的程度，但却无处不在，总赖在人们鼻子跟前，挥之不去。最要命的还是地下水，老百姓打的机井基本上全部废弃。抽上来的水人根本无法饮用，好点的能浇地，差的连这个用场都派不上。居民群情激愤，一直在酝酿上访。这样的钱还附带如此的无理要求，算是怎么回事？

周湄说曾总你不是开玩笑吧。许仙和张生都是小生，要用假嗓，你老生的功底能应付得了这两个角色？咱们回头再商量吧。

其实这不是问题。万不得已的情况下，许仙跟张生也能以老生应工。当然扮相得有所区别，不扎髯口，也就是所谓的俊扮老生。行话叫两门抱。问题在于就曾总那般苗条的身段，水桶一般朝台上一戳，不是京剧，是相声。就像那个曾在戏曲频道过把瘾栏目露面的票友，如果不是亲眼看，真不敢相信人能横向发展到那种程度。好在他唱得还就是不错，正宗程派味。主持人汪洋曾经调侃他是一肚子戏。

可那人是清唱。没有扮相的问题。眼下要跟曾总这样的水平同台作正式演出，而且还是纪念性质的，未免有点有辱斯文。要知道，她得全程录像，永久保存的。

十九

周湄不适的感觉越来越强烈。老这么拖着也不是办法，只得去医院，作彻底检查。医生检查完，面无表情地说你怎么一个人，家属或者子女呢？叫他们来吧。

周湄心里一惊。强自镇定道我子女都在国外，目前一个人生活。医生，有什么不好吗？医生吞吞吐吐半天，无奈地说可能不好，目前还不敢断定，要切片，作病理化验。

三天后拿到了正式的化验结果。坏消息。医生宽慰她说不要紧，虽然不好，但还是早期。赶紧做手术，不会有问题。这一点我可以保证。

此时周湄反而镇定了下来。这三天里，她紧张得不能再紧张，打击真正到来时，三天的心理准备随即派上了用场。她谢过医生，操起化验结果回到家，就给曾总去了电话。

没说的，同意。一百二十个同意。

后来黄克玉还有点不痛快。周湄说没办法，咱需要他的钱。认了吧。反正他的唱段不多。

这个坏消息周湄谁也没告诉。包括儿子。她知道一旦告诉他们，无非是两个结果。一是她去国外手术。没有医疗保险到国外手术，即便看好病，只怕高高的账单也得把人压死；二是儿子回来照顾手术，这样也要耽误他们的实验。本来看病前她还想找林茵联系联系熟人，不为省钱，主要图个放心。人进了医院，在白大褂和白口罩的麻木注视下躺到冰凉的手术台上去任人宰割，那是极其缺乏安全感的。因为找过她多次，再说自己也感觉没什么大事，不想再麻烦她。现在想想还幸亏没找。

一万年太久，只争朝夕，说的就是此刻的周湄。她知道一旦手术，即便能完全恢复，也不大可能再唱下去。先不说手术以及随后的放疗对扮相的影响，更关键的是开刀必然要伤及气力。唱京剧表面看在于嗓音，但实际上最后的决定因素是气。要想唱得好，必须颐养身体修炼内气。以前的名角程长庚谭鑫培梅兰芳，无不深谙此道，生活中非常注意。一旦手术，她多年的修炼结果必将毁于一旦。当然，作为票友，嗓音再差大家也不会在意，但叫她从现在的水平倒退下去，她自己岂能甘心。这跟贫民可以安于流浪乞讨生活，而落魄的公子王孙则很难做到一个道理。

周湄以前所未有的效率敲定了邀请外地演员和票友的名单，以及演出剧目。大轴是她的《白蛇传》，压轴是《西厢记》。刚开始她唱，最后一段找专业演员顶替，她也好去后台换妆。许仙分别由黄克玉、曾总和一位专业演员扮演。当然，《断桥》那一出被曾总霸占。

一下子要唱许多戏，不提前准备当然不行。正练习得热闹，黄克玉突然接到李蓬勃的电话，告诉了他一个坏消息。有人，确切地说是领导层将举报信跟他联系了起来。理由有二，一是纵虎归山的内情黄克玉知道，也是经办人；二是举报信用的是人民医院的公函封。当然还有第三个理由，那就是有副主席认为，黄克玉这人迂，脑子不开窍，完全有可能做出此等不才之事。

黄克玉辩解道是谁也不会是我啊。我再笨也不会用人民医院的信封吧。空白信封一个一毛钱。还有，主席对我不错，我干吗要这样啊。李蓬勃说我当然知道不是你。可你跟我解释有什么用？黄克玉说那你看怎么办，找主席解释解释？李蓬勃说怪不得他们那么说你。克玉，你是真傻啊还是假傻,领导没找你核实,你主动找上门,不是不打自招吗。黄克玉说那依你呢?李蓬勃无奈地说,我也没办法。你自己看着办吧。

这么一说,黄克玉才意识到自己这段忙周湄的纪念演出忙昏了头,没有注意到别单位干部调整都有了结果,唯独政协一直按兵不动。不知道这跟自己有没有关系。现在事情也确实多,大华皮革周围的居民没有上访,也没有搞污染举报,而是直接将电话打到了滨海市影响最大的生活类报纸。他们正愁没有猛料,自然欢迎,悄悄派来记者调查采访明白,等宣传部新闻科知道,正要采取灭火行动时,消息已经见了报。还配了照片,上面的老高表情异常愤怒和无奈。没说的,即便走过场,也得调查问责呀。结果随便,程序不能乱。

皇榜正式公布时,上面果然没有黄克玉的名字。过去也没有,但那时他没有想法,或者说没有明确的想法。而这回不。主席给了他想头,但却还是只开花不结果。跟他一起执行看守任务的副科长副字去掉,他们科比他年轻得多的小伙子小刘荣登榜首。明确以后,黄克玉吼了无数次铜锤花脸的声腔:可恼啊,可恼!仔细品品,还真有点裘派味。

黄克玉正琢磨该不该找主席单刀赴会呢,主席把他叫了过去。说克玉,有些情况你可能已经知道,会上我提了你的,但大家都不同意。他们都说举报信是你写的。还有大华皮革的事情,你也参与过。黄克玉腾地一下子站起来,说这纯粹是陷害。你想想我怎么可能?主席没有打断黄克玉的话头,等他辩解完之后,才说这些我当然明白。但是你知道,人事任免要通过党委会,搞民主集中制。我是一票,他们也是一票。他们都反对,我也没办法。还有,他们说你一向吊儿郎当不思进取,上班时间经常猫在会议室里上网,听京剧。黄克玉说是有这回事。但是咱们办公室里哪台电脑上班时间不上网?就说小刘,他上网时间还少?网恋都聊出了好几个。他们能玩游戏聊天,我就不能听京剧?再说我从来没有耽误过工作。主席宽慰地笑笑,说克玉,这些情况我们都很清楚。但是无论如何,它不能摆到桌面上去讨论。终究是上班时间。别人也这样,但是没有领导提出来啊。我也没办法。我知道这一年来你出了力,受了委屈。你的工作其实一直都不错。好在你还年轻,还有机会。年轻人,遭遇点挫折也不是坏事,磨练一下心性,对成长有好处。这段时间也没什么事,我知道你们在忙周湄的纪念演出。你忙吧,个人组织个活动不容易,我很理解。

二十

这段时间周湄大把大把地吃药。有效没效不知道，反正开始脱发了。这更加增强了她的紧迫感。好在筹备时间不长，也就是一个月零十天。今天总算拉开了大幕。

周湄是主角，再专业的演员，名头再亮的腕儿也得围着她转，这是不言而喻的。不过尽管这样，黄克玉也有戏份。先来一出他最得心应手的《小宴》，然后是《赤壁之战》里的《壮别》一折。周瑜送别黄盖的那段唱腔。吕布和周瑜的扮相完全一样，都是一身粉蟒两根翎子，根本不用换装，方便得很。这段只有八句，戏份不重。周湄曾经建议他来段《罗成叫关》，他没同意。说算了，换妆太麻烦，还是叫外面来的角儿多唱唱吧。人家毕竟是客。他当然想多露露脸，但是那出戏里罗成的扮相他不喜欢。要戴甩发。本来嘛，败军之将，哪还有多少尊严可言。不像周瑜，正处于人生的巅峰时刻，风华正茂而且坚信正义在手，因此可以慷慨激昂正气淋漓。那是什么感觉。

　　［反西皮二六］浩——（啊）然——正（啦）气冲霄汉，惊醒了——星（啊）斗——闪——闪——寒。
　　骇浪——奔涛——增——婉转，风叱云咤——也——缠——绵！
　　老——将（啊）军——珍（啦）重此身经百战，珍重了——东风初——送——第一——船。
　　［快板］大江待君添炙碳，赤壁待君染醉颜。
　　松柏劲骨当岁寒，你谈笑而（啊）去——谈笑——还——！

黄克玉两根翎子一抖，四射的激情随即如同钢水一般将他熔化，让他一下子回到了大别山的童年之中。记得那一年过年——当然在初一那个寒假之前，爸爸叫他在旁边看正不正，自己去贴门画，小家伙看着看着忽然发了呆。当时那画面就是类似的京剧人物。爸爸问他好几声怎么样，都不见动静。回头一瞧，小家伙莫名其妙地正在流泪。爸爸赶紧问他怎么回事，大过年的哭鼻子很犯忌讳。小家伙擦擦眼，笑笑说没事没事，风吹的。也是，大别山冬天的小风向来跟小刀子似的，吹出点眼泪还不正常。

爸爸很快就忘记了这事。贴完门画，自顾自地继续忙活别的。忙年嘛。穷人的孩子早当家，黄克玉当然也没闲着。但谁也不知道的是，他人虽然待在大别山区某个地图上不可能有名字的山沟里忍饥挨饿，但心事却早已跟随门画一起，飞出房门飞过山顶，直到九重云霄。那是一种充满想象的甜蜜的伤感。也是无法与外人分享的少年的秘密。

在那漫长得如同岁月般的拖腔之中，黄克玉终于羽化成仙。伴奏音乐如水一般冲去他的肉身，只剩下缕缕精神，支撑着这豪情干云气贯长虹坚信真理与正义在握因而充满必胜信心的英雄周郎。

雄姿英发，羽扇纶巾，谈笑间樯橹灰飞烟灭；曲有误，周郎顾。这是何等的境界！

就在那时，黄克玉心里做了一个决定。

人下了台，心还在戏里。将他从疯魔状态中拉回来的，是手机。当然还是那出《小宴》。翻开盖，是主任的电话。要他赶紧回去填表。组织部要在全市范围内选拔一百名年轻干部建立后备干部库。政协推荐了六个，他是其中的六分之一。当然最终能不能入选，关键在组织部。现在必须马上回去填表。

黄克玉这才想起来，自己已经一周多没正经上班。高兴时去点个卯，不高兴干脆面都不照，自然很多东西不知道。他说还这么急？主任说当然，今天最后一天。这两天一直没找到你。黄克玉说你帮我填填还不行？主任是副科级，市管干部，正儿八经的领导。长期在主席身边行走，影响力不亚于副主席的。他感觉很奇怪，过去黄克玉对他一向毕恭毕敬俯首贴耳言听计从，今天关系到他个人前途的问题，怎么还这么唠叨？就说你开什么玩笑。你的个人资料我怎么知道。再说要求个人自己填写。你快回来吧，小心耽误了。黄克玉呵呵一笑，说真这么要紧？既然这样，我放弃。下面还有我的戏呢。没工夫。谁有工夫你叫谁填吧。再见。说完啪的一声关了电话。

二十一

周湄感觉越来越疼。过去锣鼓点一响就能进戏，但是今天，却老是一只脚在戏里，一只脚在戏外。她时刻提醒自己，台下有两台摄像机正对着自己，很可能这就是绝唱。在此之前，她特意叫黄克玉约来电视台记者，郑重其事地请他们吃了顿饭。本来是她为他们提供新闻线索，不说他们有求于她，至少双方位置对等。但尽管这样，周湄还是破费了一笔。千叮咛万嘱托，一定要录好。吃人家的嘴软，再说又是个人的事，记者也格外上心，一下子来了两台摄像机。差不多就是市委书记的规格。

为了好听，活动名义上是市政协、宣传部、文化局和文联联合举办的。宣传部长，分管文化的副市长，政协主席，文化局长，文联主席，开幕时都来扎了一头，随即就不知去向。因为是纪念演出，剧目多时间长，刚开始还有点看客，后来观众越来越少。在人民剧院宽阔的大厅里，七零八落的观众基本上都是老熟脸。经常见面的票友之外，很难见到一张陌生的年轻脸孔。黄克玉看看四周，内心不觉一片悲凉。古调虽自爱，今人多不弹。那些不喜欢京剧说京剧不好的人，绝大多数都没有耐心地听过哪怕半小时的戏。但尽管如此，他们还是信誓旦旦地认为，京剧就是不好。但这又有什么办法呢？你没法强迫人家听，听不听是人家的人权问题。没办法，还是自斟自饮，自得其乐吧。

很快就要到大轴。黄克玉和周湄在后台的化妆间里一起化妆。他看到周湄满脸都是汗珠子，洇在厚厚的油彩底子上，心里不觉隐隐作痛。随口问道怎么回事，这么累呀？周湄疲倦地喘口气，说你不想想我演了多少戏。你当我还是你的年纪？可惜呀，可惜。

黄克玉先上去演了《游湖》，接着上去一个专业演员，最后是曾总。还好，服装很宽松，可以妥善安置他那朝气蓬勃跃然欲飞的躯体。他不存在双下巴的问题，因为他根本就没有下巴，脑袋直接囫囵个地坐在身子上，像儿童堆的雪人。总之扮相没出大边儿，声腔也还过得去。虽说尖团字跟上口字都分不清楚，但人家是大老板。好比领导书法再臭也不耽误到处遗留墨宝，老板大到一定的程度，这么做也就无伤大雅，反算得上一段文化佳话。

冤家啊，冤家！白娘子倾诉完内心的苦衷，狠狠戳许仙一指头；许仙要倒，白娘子赶紧抛出水袖，伸手搀扶。这是正常剧情。黄克玉在想象中不断感受着白娘子的纤纤玉指，忽见白娘子不仅没能扶起许仙，自己反而软塌塌地倒了下去。那根本不是青衣的倒法，屁股座子；而类似于武生的摔倒，结结实实的一个后僵尸。不，也不是这样的，一袭白帔覆盖下的白娘子，如同一朵被枝头抛弃的白梅，脸上带着凄凉的微笑，在初春的寒风中轻盈地飘然而下，直到委身泥土。

这才是真正的《梅花落》啊。

现场一愣。然后一片混乱。

多年以后，黄克玉一直无法忘怀这个景象。白娘子倒地的那道曲线，似乎具有无比深刻的内涵，当然也具有无比强烈的视觉冲击力，时时刻刻强调着自己的存在。那白色的梅花先一朵，再一朵，然后一朵接一朵地漫天飞舞，地上随即落英缤纷；白娘子在梅林里一抖水袖，又将它们惊起。就像诗句里描写的，砌下落梅如雪乱、拂了一身还满；也如同婷婷袅袅的笛音，低沉地直逼他的内心深处。

二十二

周湄最后在姐姐的陪同下，去滨海做的手术。手术结束后，随即去了英国。她甚至没有跟黄克玉正式告别，只给他留了一盘演出的录像带。那录像带经过剪辑，《断桥》那一出没有。

后来黄克玉也没再去唱戏。甚至也没再看那盘录像。因为白娘子在落英缤纷中倒地的那道曲线，经常在他眼前浮现。说到唱戏，他唯一遗憾的是，还没扎过大靠。没办法，扎大靠的绝大多数都是武生，或者武小生，票友确实学不来。

当然现在想想，也无所谓了。

很久之后，黄克玉偶然路过以前活动的地方，发现那里已经面目全非。周围有唱卡拉OK的，还有儿童游戏场。喧嚣震天，很难听清楚胡琴如泣如诉的声音，唱腔自然更加隐蔽。王凤莲右手蜷着，好像伸不直，走路也一瘸一拐的。听林茜说她中过风，处于偏瘫的前奏。她在喧闹声中专心地唱着，左手还拿着一只手绢，想来唱的还是张派的《望江亭》吧。

他们活动的据点旁边，紧挨着开了一家咖啡屋。里面用暗红色的暧昧灯光装饰着，很暗，完全是一副曲径通幽内容丰富的格调。门前不时有肉感十足的小姐进出。这时，突然出现了三个熟悉的人影。主席，曾总和年初刚刚提拔起来的小刘。三人谈笑风生，心满意足地从里面出来。

黄克玉下意识地向后躲了躲。

客户到底是客户。主席和小刘先送曾总上车。他一钻进去，那可怜的乌龟壳随即痛苦地一个趔趄——因为离得远，周围又闹，所以没听明白它的呻吟。但想必少不了这个伴奏——然后放了一个白色的屁，扬长而去。

咖啡屋门前冷落，而票友活动的那个商店门口却聚满了人，大家都在免费享受那帮老头儿老太太的演唱。确切地说，是看光景。这两者之间形成了鲜明的对比。不过黄克玉知道，咖啡屋外面虽然寂寞冷清，但里面却热闹非凡。而他曾经经常去活动的那个据点，则正好相反。

二十三

这一年年底，市里搞事业单位改革。规定体制内的工作人员可以申请辞职，保留三年的工资待遇和编制。三年之后，可以回来继续上班，也可以正式办理辞职手续。政协只有一个人报了名，就是一年多以前，曾经跟黄克玉一起当过几天编外警察的那个小年轻。

小年轻是外地人，作为人才引进来的。手续办好之后，执意要请黄克玉吃顿饭。黄克玉说不好吧。要请客也得我请，我作为老大哥，给你送送行。小年轻说那哪儿行，我还欠你个人情没还。人走账清，不请请你，我心里会不安一辈子的。

两人喝得挺高兴。最后小年轻说真是对不起你呀老大哥。我一不小心耽误了你的前途。你可能还不知道吧，那举报信是我写的。我没想到一点作用都不起，唯一的影响就是误伤了你。早知如此，我浪费那些笔墨纸张干吗。

小年轻以为黄克玉会有强烈的反应，没想到并非如此。他只是淡淡一笑，说你怎么想起来用人民医院的信封呢？

　　小年轻说有个一起选调来的同学在里面工作，那天到他那儿去玩，随手拿了几个信封用。当时我并不知道，嫂子也在人民医院上班，要不肯定不会这样。真是对不起啊。我知道官场上的残酷，一步赶上步步赶上，一步落下步步落下。

　　黄克玉苦笑着摇摇头，说是吗，TMD（他妈的），怎么这么巧。行啊，事情都已经过去，不提了。其实也不能全怪你。有一点你可能不知道，小刘是市长的远房外甥。朝里有人。

　　小年轻说是吗，这个我倒不清楚。不过无论如何，还是我给了他们口实啊。

　　黄克玉说无所谓。真要说，其实我还得谢谢你。你不是耽误我，而是挽救了我。

　　小年轻越听越糊涂。说黄大哥，你喝多了吧？怎么成了我挽救你？要不是因为那事，你不早就提拔了吗？副科呀。大家都恨不得削尖脑袋朝里挤。

　　黄克玉端起酒杯冲小年轻一示意，沉稳地笑笑说就此打住吧。你不会明白的。来，咱哥俩加深一个！

　　还有一件事情需要交代。演出结束后不久，黄克玉就把那份非正式的环评结果复印件复印几份，分别寄给了省市纪委。当时市政府的汇报材料已经形成，上下级之间正在进行心照不宣的公文对抗。而一般说来，一旦进入这道程序，多数情况下就只能不了了之。某位世界知名的武器设计专家有句名言，把简单的事情搞复杂非常简单，而把复杂的问题搞简单却非常复杂。公文旅行就是把简单问题复杂化的有效途径。

　　后来纪委下来查过，联合上级环保部门，做出了停业治理的决定，但没有真正执行。没办法，海城非常需要污染的税收，需要那些带血的钱和数字。

　　如何处理那份环评结果，黄克玉一时心里没谱。不过他没有忘记，《白门楼》里张辽不屈而获重生，吕布屈服却反而被斩。这情节别说票友，看过《三国》的都知道。

二十四

　　离开舞台的黄克玉现在夜里经常会被火车的汽笛声惊醒。他家离火车站不远，声音在夜间具有更加尖锐的穿透力，能够轻而易举地刺破他的梦。

　　每当这时，他总会想起京剧，想起远方，想起过去。然后夜不能眠。

　　他想，悲剧也许是命定的。要不，为什么会用两次童年的泪水为之定调？

　　（原载《中国作家》2006 年第 10 期）

写　　书

一

身为男人，结婚不是娶媳妇，却把自己嫁到了女方，也就是倒插门，感觉想必很怪；上门女婿就上门女婿吧，慢慢习惯，可是呢，新邻居们人前人后，又不喊你的本名，只拿你老婆去世前夫的诨名称呼你，那感觉必定更怪；到底有多怪？我不知道，说书先生孔晗章知道。

孩子没娘，说来话长，这事得从头说。

那些年，每回经过这个山坳，总能看见一个姑娘。或者在院子里纳鞋底做针线，或者在田里割稻除草。无论忙活什么，听到火车，她必定会停下手中的活计，挺起腰杆，瞪大眼睛，目接目送。在这条线上跑了无数个来回，晗章自己也说不清楚，是哪一回发现的她。总之是七八年前的事情，那时他刚刚满师，独自出来跑江湖还没多久。本来跟的是个戏班，学唱豫剧，也就是河南梆子。后来岁数大了，嗓子倒仓，只好改行，学说评书。这下倒好，他嘴皮子溜，再加上唱戏时，多少沾点表演的边儿，说到紧要处，脸上有相应的表情配合，还真出了道。师傅很高兴，就给他取个艺名，晗章。

可以想象，房子到铁路有点距离，无法看清姑娘的面容，但那种少女特有的婉约身材，总能在火车钻入隧道的黑暗中，擦亮他的眼睛。尤其那长及腰间的黑发，有时编成两条辫子，有时用手绢简单地扎一下，有时干脆就披散着，类似初春刚刚发芽的柳条，你看过一眼，就别想忘掉。

有一回，是春天。他开年就到信阳跑，鼓点敲到现在，赚了点钱。虽说不多，但数目还是超出了想象。大别山里的春天，你可能没经历过。山里刮着暖洋洋的风，空气中满是草木发芽的气息，仔细闻闻，有点腥甜的感觉，树叶子的颜色，湖水一般宁静。晗章浑身上下的毛孔次第张开，用笑脸迎接这山里的春天。火车开始爬坡，光线逐渐低沉。可就在这时，他心里忽然一亮。亮光中的那个姑娘，坐在院子里，安详地做针线。晗章下意识地一捏拳头，决心要做点什么。那是趟慢车，很快就要到终点，旅客越来越少，他自己占了一排座位。左看看右看看，突然发现自己其实早有预谋，所以一上车就选了左边的座位。想到这里，他不觉微微一笑，脸有点发烧。

晗章突然起身，哗啦一下，推上窗玻璃，探出头去。沉重的风像个套子，严严实实地裹住他的整个脑袋，出气都有些困难。老半天之后，空气里那种特有的腥甜，才重新清晰起来。

火车咔咔达达地，鼓槌一般敲打着心房。近了，近了；到了，到了。刷拉一声，幕布拉开，姑娘出现在舞台中央，灯光在她脚下剪出不规则的身影。不，不是灯光，是日光。她坐在宁静的日光里，身旁铺满金黄，不是晒稻子就是晒麦子，预备拿去打米或者磨面；她守在跟前做针线，同时也赶鸡鸭鸟雀。

喂！喂！你好！你好！晗章忽然扯开嗓子，挥动那条半新的带着蓝条方格的灰白手绢，朝着姑娘的方向，使劲吆喝。你们知道，那时的火车，都是绿皮的；背景呢，也就是对面的山，也满披盈盈绿色，所以这条手绢虽然很小，但却足够打眼。

刚喊出的第一声，惊着了晗章自己。但是很快，他就克服羞怯，声音像说到紧要处的评书，凌空拔高好几度。毫无疑问，他的嗓门不可能盖过火车，但姑娘一抬头，还是发现了目标。那一刻，她想必小脸通红吧，要不为何看看周围，这才抬起手回应呢？手势也从迟疑而逐渐热烈。

火车依旧咔哒着。姑娘的身影，一寸一寸地朝回退；晗章的脖子，一点点地朝后扭。他不停地吆喝，但具体都说了什么，只有天知道。风，那些温暖而腥甜的风，收走了春天里的所有话语。姑娘一边摆手，一边站起身来，出了院子，来到石榴树下；手里不知拿着啥东西，像团燃烧的火焰。

收回脑袋坐好，晗章看到的，自然是一双双疑惑的眼睛。他略一愣怔，调整好坐姿，然后眼睛微闭，开始走书。是《杨家将》里，穆桂英招亲那一段。本来，走书只在心里走就行，不必出声，他不，声音还不小。

"只见对面那员小将，头戴亮银盔，身披锁子甲，面如朗月，鼻似悬胆，眉清目秀，胯下一匹白马，手中一杆长枪，威风凛凛，杀气腾腾，潇洒英俊……"

一边说一边想，她做的啥针线呢？鞋垫，毛衣，还是枕套？

二

这些年来一直在鄂北豫南的大别山区活动，这条线常跑。当然，很少买票。把鼓装进布口袋，从一个不大不小的车站，比如孝感或者广水，混上去，直到信阳。时间不长，一般碰不上查票。假如点子实在背，偶然碰上，也没关系。虽然厕所不好躲，但哧溜一声钻到座位下面，十有八九不会有事，还能混个类似卧铺的待遇。没有票，怎么出站？不难。顺着铁路稍微走一截，总能出去。

京广线上车来车往，票车不断。实在等不及，或者查得严，也有门儿：货车。信阳是大站，很多车皮要在这里重新编组。下呢，也不成问题，反正哪里都可以是他的终点。坐货车，不仅不必担心查票，运气好还能混上一顿酒食。因为很多车皮都有押运员。他们每到一站，都要下来，接接地气，活动活动胳膊腿儿。货物一旦停下，何时再开，就是个未知数，得听车站安排。这个时间不会很短。押运员们等得无聊，就彼此交流一番，甚至互通有无。你摸出两瓶酒，我掏出几箱饼干，他贡献点罐头火腿。反正回去，可以报点消耗。押运员多数是一个，最多也就俩人。一路下来，他们也寂寞得紧，所以不但不排斥，晗章甚至还能拣到一点生意。

那一回，不知道出了啥事，车站查得很严，一直没混上去。正巧，有列货车要开。可摸进最后那节车厢，里面却没人。火车还没开出信阳城，他就明白了原委。因为运的是农药，气味非常熏人，刺得简直睁不开眼。事到如今，没别的办法，只有一个字：忍。反正用不了多久。于是闭上眼睛，靠在车厢旁边，想迷糊一阵，休息休息。

如果不是那个姑娘，晗章的眼睛，也许从此就不会再睁开。昏昏沉沉中，他感觉身子越来越轻，越来越薄，仿佛一张纸，被风托着，上上下上，东飘西荡。眼看就要被卷入云端时，一团尖锐的红色，突然刺中神经。他一直没琢磨明白的，那回姑娘手中的活计，团成一个大大的问号，将他从风的绳索之下松了绑。危险！必须离开。怎么办呢？火车不可能停下。他探出脑袋，张开嘴，大口大口地吸气，慢慢恢复了神智和体力。

火车一点点地接近目标。铁轨两边的路基上铺着石子，但并不怎么宽，路基外边就是山地，他习惯了的绵软泥土。抄起家伙，心一横，眼一闭，逆着火车开进的方向，使劲一纵身，下！

虽然摔得生疼，但还好，没受伤。他坐在地上，等待疼痛缓解，同时积攒着勇气。说起来，走村串户是本行，可这一次，他简直比头一回跑江湖还要羞怯。总是缺乏勇气。有点做贼心虚。

在深山行走，傍晚到最近的人家借宿，是唯一聪明的办法。去是肯定要去的。拍拍屁股，整整衣服，走吧。可一路走来，都没发现她的踪影。来到门口，他按照老规矩，先敲敲那架旧鼓。最先出来应门的是条黄狗，然后是女主人。山里人家，没有赶人走开不接待的规矩。晗章安顿下来，就用眼睛到处询问，可是堂屋的墙上，没见姑娘的照片。他知道，左边那间屋，十有八九是姑娘的闺房，里面想必有照片，但主人不请，你肯定不能进去。两边的房间，都是人家的卧房，他们叫房屋，都不能进。

后来借聊天的机会，不动声色地问起主人家的孩子。女主人说，儿子在外面当兵，姑娘去了小姑家。小姑家的表姐要出嫁，她过去帮忙，做两天针线。

晗章不觉叹口气。但他很快就掩饰住这个动作，笑着说看看就知道是个好人家。我弟弟在部队上，肯定有个好前程，至少也能混出个一官半职。大娘，你就等着享福吧。笑纹迅速占领女主人的眼角。她说这可不好说。谁知道他祖坟上，到底长没长那棵蒿子？

三

虽然没见到本人，但还是有点收获。他已打听清楚，这里也属于董家河，那可是他常去的地方。至少每年正月，他都要跑一趟，去参加书会。

董家河的书会，可是热闹。正月十三，是书会的正会。那一天，从四面八方赶来的先生们，都在街上拉开架势亮书。本县的外县的，河南的湖北的，你唱湖北渔鼓，我说山东快书，他演河南坠子，八仙过海，各显其能。不管周围人头攒动水泄不通，还是门前冷落无一看客，先生们都会同样卖力。因为谁也说不清楚，那个偶然经过的百姓，会不会停下脚步，道声辛苦，请你到他家去写书。写书？先生们虽然能说会道，但到底能认几个字，可不一定，能写得出来？你放心，不是真正要写。农村老百姓，要那些东西也没啥用，他们只是请你过去，到他家里住下说书。这就叫写书。这户人家，要么娶妻生子，要么孩子升学，总归有喜事。当地的规矩，过年期间，就要热闹一番。怎么个热闹法？请个先生写书。经常是这样的，你家里刚热闹完，另外一户看得兴起，虽然未必有啥具体的喜事，也会把先生请去，接着热闹热闹，好歹的，也招徕个喜气。运气好的，三五天下来，先生兴许能弄个一百两百，再差再差，也少不了百儿八十。

先生很多，最后能被请去写书的，终究是少数。但这丝毫不影响大家的热情。每年参加书会，到董家河亮书，是习惯，也像规矩。仿佛同行的团拜会。尽管彼此互不认识，也不打招呼。这事从哪时候开始的，谁也说不清。只是听师傅说过，从前这里有座铁佛寺，先生们一来，首先要到那里磕头进香，每人布施一文的香火钱。碑文上记载，元朝延佑年间，就有了书会；大清同治二年，书会结束后，僧人清理香火钱，总共有一串三。也就是说，前来亮书的先生，有一千三百人之多。这个数字，确实有点惊人。可是，谁让信阳处在南来北往的交通要道上呢？

跳车之后的第二年，晗章正月十一就到了董家河。他特意买件黑西服，虽然廉价低劣，但还算干净合身。黄色的鸡心领毛衣里配着白衬衣，红领带上的领带夹露在外面，几乎挨着领带的结环。这是当时的时髦打扮。不过，他并没有直接去姑娘家。因为不顺路，她家在另外一个方向？或者反正那些日子，他随便在谁家停下，都能受到好吃好喝的招待？说不清楚。

要是姑娘能碰巧过来，请他去写书，那就美了。他不想别的，只想仔细看她一眼，问问当时她手里拿的是啥。

得占个好地角，免得姑娘过来看不着。可是呢，人实在太多，晗章起个大早，却赶了个晚集，没能在街面上站住步，只好下到河边，在田埂上落脚。还有人跑得更远，直接到了桥下。远远看去，街上人山人海，无数的先生都各自忙活着，淹没在看客中间。很难想象，人们能听得清楚他们说的书文，唱的戏词，但这并不影响大家的热情。人们要的，就是这道劲儿。

一手敲鼓，一手打响板，说的是《破洪州》。尽管跟前只有稀稀拉拉的麦苗，他依然有板有眼，如同站在宽阔的舞台中央，面对着台下黑压压的观众。这是亮书的规矩。突然，心咚咚地，跟着鼓点的节奏跳起来。他感觉眼前一亮。火车上离得远，没看清模样，无法确定是不是她，但那头长发，却是无比的熟悉。晗章坚信，肯定是她。

姑娘跟个年轻女人，经过一个又一个先生，径直走来。晗章立即瞪大眼睛，手上身上增加了许多动作，仿佛他自己，就是领兵出征的穆桂英或者杨宗保，正跟辽兵奋力厮杀。

可惜，她们只是静静地路过。

田埂不宽，要错也能错过去，扭扭身子就行。但晗章还是让了一步，下到了麦地里。身体虽然挪动了位置，但鼓点和板眼没乱。这是功夫。

眼睛盯着那个姑娘。两人的眼光在半空中不期而遇，立即各自后撤。那个瞬间，他脑海里突然蹦出一句常用的戏词：红口白牙。没错，就是这四个字。那口牙齿的光洁呀，只有被山泉水冲刷过几千年的白色石头表面，才能有。他下意识地低低头，看见自己两脚下去，干燥的土坷垃上有几缕黄色的灰尘激起。

她们俩继续前行，向河边而去。那里还有几拨艺人。晗章的目光持续不断地熨烫着姑娘的后背，只见那对长长的辫子，一前一后地晃悠。没过多久，她们转身回来，带着一男一女两个艺人。姑娘经过时，又和他对了对眼。

姑娘的身影越来越远，晗章的声音越来越暗。请先生写书，必是家里有喜；她这个岁数，还能有啥喜事？他长出一口气，抖擞精神，想继续亮书，可劲头怎么着也提不起来。

四

从那以后，姑娘再也没有露过面，连续四年。想必出了门。那点火红的记忆，随即一点点地淡漠褪色。如果它就此下沉，一切都将无声无息地平静——就像湖，无论水底如何的起伏复杂，表面总是一平如镜。好在实际上并非如此。姑娘突然消失，又突然出现。她径直来到书会，请晗章写书。

姑娘显然不再是姑娘。那对长长的辫子已经剪去，第一眼很难认出她来。还好，那口牙齿，还像从前那样白。她来到跟前，规规矩矩地道声先生辛苦，晗章也老老实实抱拳致谢，然后收拾家伙跟在后边，慢慢穿过这个熟悉的小镇。

晗章心里满是感慨。小镇还像过去那样，丝毫看不出这几年的岁月流过。青石板路并没被脚印磨光，黑瓦也依然一溜溜地趴在发乌的白墙顶上。可是，他突然之间，就感觉出了自己的年岁。胡子两天不刮，就会扎人。不，不是因为胡子，而是因为姑娘那对被时间凭空剪断的辫子。老了，他真是老了。那一刻，一丝热乎乎的疲惫不觉漾上心头，直至眼窝。

晗章并没随便跟姑娘搭腔。好像彼此之间，从来不曾有过过去。说书有说书的规矩。在年轻女子跟前，尤其不能轻狂。拜师的头一年，师傅每月都要打一回堂杆，重申走江湖的规矩。每到那时，他们师兄弟几个，都要正儿八经地跪下，让师傅挥鞭打屁股三下。有一回，师兄犯了规矩，他挨揍，大家都跟着享福，一点都没少挨。

这时才知道，姑娘叫耿巧凤，这是走娘家。她弟弟在孝感的十五军当空降兵，刚刚提了干，所以家里要热闹热闹。晗章闻听，不觉一阵惊喜。看来，他确实没认错人。可是，她还记得他吗？肯定不可能。火车那么远，那么快，人又那么多。他跟巧凤保持着不远不近的距离，身子略微靠后一点。不时找出点话题，扭头问她，同时顺便在平静的表情下，寻找那个当初挥手回应的热情影子。

可怎么也找不到。

无论如何也无法相信，那是同一个人。

到门口时，晗章心里怦怦直跳。确实是她。他说这是你家？我以前来过呀。巧凤问清情况后，也是眼睛一亮，看来听说过。等进门见了主人，晗章热情地跟主人寒暄，如同久别的亲人。他说大娘怎么样，我说的没错吧？我兄弟肯定还有更大的前程，你们就等着享福吧！巧凤娘乐得合不拢嘴，说那敢情好，借你贵人吉言！快坐快坐，喝点茶！

两天接触下来，知道巧凤的婆家在长台关，不过前年丈夫已经去世，她独自一人拉扯着儿子。晗章听说后的第一反应，是一阵没来由的惊喜。

但他很快就转过弯来，暗骂自己不地道。

第三天，邻居过来请走了晗章。晚上巧凤抱着儿子，过来听书。晗章立时来了情绪。站在堂屋中间，连说带比划，越说越来劲。师傅说过，说书不能傻说，眼睛得活泛。不能光盯着一个地方，更不能光盯一个人。你得有这本事，让每个看客都觉得，你眼睛盯着他。这样，他既不好意思不专心听，也不好意思不掏钱。这最起码的讲究，如今却忘得一干二净，眼睛基本都在巧凤脸上。无论在别人身上拐了多少道弯，最终却只有一个落脚点。这时的巧凤，似乎是个跟谁都无牵无挂的看客，他可以放心大胆地看。巧凤呢，好像也进了书里。眼睛盯着晗章的嘴唇，仿佛要接住那里出来的每一个字，每一个句子。一句话，出了神。她简直不能相信，那些故事都是从晗章嘴里出来的。就那么一张嘴，统共能有多大，能藏下多少人，多少命运，多少故事？她当然知道，故事都是书上的，可说到底，是晗章让他们在这个幽暗的乡村夜晚，穿透扁平发黄的书页，伸展开腿脚，跳了下来。

书说到半夜，又来了几个串门的邻居。信阳规矩，大新年的，没别的事，喝酒就是最大的事。女主人热热菜，男人们又端起酒杯。喝着喝着，两个人言语不和，推搡起来。晗章坐在他们中间，没的说，赶紧劝呗。抱住一个的胳膊，结果另外那个一拳挥来，正好砸在他眉毛上。晗章脸上随即一阵热流，然后又是凉丝丝的感觉。

这一下，那俩家伙都醒了酒，大家都有些没意思。晗章赶紧说没事没事，过年见红，好兆头！巧凤二话没说，掏出手绢，就掩在晗章的伤口上。她怀里的儿子，本来已经睡着，这一下又被惊醒，吓得哇哇大哭。巧凤一见，顾不上别的，赶紧驮着儿子，回了娘家。

五

山还是那么瘦，一派枯萎的黑黄。远远的山顶上，依然披着残雪。晗章站在山路上，将那条早已浆干的血手绢，几乎捏出汗来。没人再请，今天只好离开。昨天晚上，他很想出去送送巧凤，但自己不是主人不说，又被大家包围着，分不了身。

想了半天，他猛地朝前走两步，忽然又停下，摸摸眉毛上的伤口。纱布还包在上面。刚才没好意思照镜子，但模样肯定不好看。

捏捏那条手绢，忽然微微一笑；随即转过身子，迈开脚步。

世界上所有的道路，都连着你内心的方向。只要你愿意，总能找到真想找的人。那年开春，巧凤看见门前的晗章时，惊异的表情只在脸上一闪，然后就平静下来。仿佛这一切，都在意料之中。

是你？巧凤抬手理理头发。

是我。晗章满脸含笑。

没人请你写书吧？这里不比董家河，不兴写书。

我是来还你东西的。晗章眼珠一转，带着一丝少有的儿童似的俏皮。说着话，拍拍两边的衣兜，摸出一样东西，递过去。那条手绢洗得干干净净，叠得方方正正，带着肥皂的香味。

一朵微笑洇染了巧凤含羞的脸颊。害羞的女人才可爱。那朵微笑飞快缩小，成为一根细细的针，刺在精神的气球上，让他感觉到了前所未有的疲惫。这些年来东奔西走，腿儿都跑细了，也很少有这样的软弱。只是偶尔的，在哪户人家门前碰了壁，或者受了主人的慢待，夜深人静时躺在床上，会长长地叹口气。

身体不觉一晃悠，大树将倾的样子。巧凤赶紧让开门，说进屋吧，喝口水，歇歇脚。

堂屋正中间的供桌上，摆着他们一家三口的全家福。孩子很小，远远的看不清模样，小伙子还是很耐看。巧凤顺势看看照片，转过来又看着晗章。晗章短促地笑笑，随即收回目光。巧凤忙着张罗茶水，泡好茶后，将茶叶筒顺手朝供桌上一搁，正好挡在照片前边。

端着茶杯，特意把椅子搬到门口。孤男寡女，得避嫌。巧凤也不远不近地坐下，两人一时无话。沉默压在心头，压出一阵没来由的心慌。这倒是奇怪，他年纪虽然算不得大，但毕竟跑过多年码头，啥样的阵势没见过？他深吸一口气，吸溜着喝茶，声音显得很是响亮。定下心神，他说其实咱们早就认识。我一直想问问你，当时你手里拿的是啥。

听清楚问话，巧凤的脸色越发绯红。她下意识地看看周围，仿佛荒唐做戏的儿童，突然被大人撞见。她说真的？真是你？晗章说你本来坐在屋檐下做针线，后来跑出院门，靠在石榴树上，跟我打招呼。你手里拿着啥东西，红彤彤的。

这话后面本来还有半句，是这样的：把我的心都照亮了。但他没好意思说出口。泥腿子闲聊，又不是说书，那么咬文嚼字，让人笑话。实际情况是，不仅照亮了他的心，好像连无数个孤独行走的日子，都映得一片通红。

巧凤偷偷看看晗章，只见他微微低着头，仿佛茶杯里有啥好玩意儿，吸引着他的眼神。当然，他的心思不在茶杯里，而在回忆中。回忆就像大别山里常有的雾气，丝丝袅袅地将他包围。

巧凤突然一阵伤感。仿佛死去的亲人，就说奶奶吧，你好容易将她忘掉，从自己的生活中抠去，可是，忽然有一天，没来由地，她又出现在你面前，像扎入肉中多年，已经长在里面的刺，冷不防给你一下。下意识地摆摆头，然而身后已经没了辫子，头发刚刚披到肩上。可惜，早晨没来得及好好梳头。刚刚上山捡趟柴火，兴许上面还粘着树棍儿树叶子呢。

巧凤顺手理理头发。那件事，当然不会忘记。说不清哪一天，大约就在初中毕业那年，她突然喜欢上了火车。火车一趟接一趟地，南来北往，呼啸而过，总能撩动她的心思。那些磨得闪闪发光的钢轨，两侧沾着厚厚的油迹，吸附着层层的灰尘，散发出霉烂的怪味，也挡不住她的喜欢。坐在枕木上，像抚摸孩子那样，抚摸钢轨亮得发蓝的脸蛋，仿佛凉冰冰的它们，能解开她无边而又无言的心事。她暗怀一份羞于启齿难以示人的梦，希望车上的人，能和自己发生某种联系。她很喜欢那种感觉，夜晚站在铁路旁边，看特快列车飞驰而过，车窗里的人脸，密密麻麻，模模糊糊，一闪而过。他们想必看到自己了吧。他们怎么看待自己，怎么想象自己呢？是不是也希望火车停住，他们下来，亲眼看个究竟？

有回站在铁路旁边放牛，窗户突然露出一张孩子的笑脸，悄悄冲她摆摆手。摆手的幅度很小，如同课堂上交头接耳的小动作。巧凤一惊。她不敢相信，那是在跟自己打招呼。等她左看看右看看反应过来，笑脸已经越来越扁越来越窄，完全隐进了火车的大肚子。

她说不出的懊悔。自己竟然没有回应！

从那以后，每次有火车经过，总要抬头观看。她希望周围没人的时候，那一幕还能重演。可是，多少年过去了，那个场面，再也没有重现，直到那一天。当然，那时她不知道晗章的名字，甚至连他的脸都没看清楚，更不可能听清他的傻话。可是，那又有啥关系。

其实，她也早就注意到了晗章。当然，不是在火车上。那一年，她刚刚定亲，新女婿上门，家里让她去请先生写书。那么多先生，请谁呢？她突然看见了晗章。也怪，别的先生，要么两个搭伙，三个一群，有的干脆就是个小班子，锣鼓响器吹拉弹唱都有，只有他孤身一人。自己就自己吧，又那么年轻。许是一张嘴敌不过整套的响器班子？或者大家都相信，嘴边没毛儿，办事不牢？他跟前几乎没有听众，就他自己孤零零地，傻瓜一般自拉自唱。

远远地盯着这个倒霉鬼，心里不觉一阵柔软。他说得越起劲，她心里就越柔软。甚至想伸手过去，替他掸掉裤腿上的灰尘。要是依着她，就不找别人，可是，新女婿是贵客，他想听豫剧，热闹。

还能怎么办？只好豫剧。

六

话说到这里，突然陷入停顿。既不能向前推进，又无法后退，情绪逐渐冷却，有点尴尬。正在这时，巧凤的儿子小清，风一般跑进屋，进门就嚷嚷渴，要喝水。见了生人，他一愣；巧凤赶紧说，叫舅舅！小清迟疑着没开口，还是叫渴。

可算来了救兵。走村串户，兜里总少不了几颗糖，专门对付孩子。很多尴尬场合，比如碰上不那么热情，或者话不多的主人，就赶紧跟孩子套近乎。若能热络起来，也就融洽了气氛。这回要找巧凤，准备当然更充分。

孩子就像看家狗，很容易收买。小清嘴里含着糖，在晗章身上磨来蹭去，说我认得你，你就是那个说书先生！晗章把他抱到腿上，说我给你讲故事，怎么样？小清说好啊，我就喜欢听故事。巧凤说清儿，别跟舅舅皮啊，娘去挑水！晗章一听，赶紧放下小清，说我去我去！回来再讲故事！说着话儿，就去夺扁担。

抓住扁担，也抓住了巧凤的手。巧凤的手，还像个姑娘家的，有点柔软，也带着光滑。肌肤相亲，巧凤的脸一阵绯红。赶紧把手顺着扁担朝下一溜，说这怎么能行。你又不知道地方。我们这里吃水不方便，水井很深，提水很麻烦！晗章说能有多麻烦？你能挑，我一个大男人还能挑不回来？

小清是个人来疯。他像小兔子一样，蹦蹦跳跳地在前面领路。水井倒是不远，但确实深。桶吊下去后，老浮在水面上，灌不进水去；用扁担戳翻水桶，水是灌满了，可桶又好险沉入井里。好一阵手忙脚乱，这才提出来。灌满一只，剩下这只，多少有了点经验：等桶落到水面，猛地朝旁边一拉扁担，拽翻桶，灌满水，再猛地一提。

两桶水，都不怎么满。就这样挑回去，不值得一趟腿儿不说，还怕巧凤笑话。只好两桶凑一桶。水桶在肩膀上晃晃悠悠的，从两旁的草树间摩擦而过。真是奇怪，信阳周围有淮河无数的支流，有名的无名的都有，水应该不缺，干吗非要吃这口井？他一边走一边想。

回去后发现，供桌上的那张全家福没了，茶叶筒还在。没有背景衬托，它显得有三分凄凉，两分落寞。

正如你们的想象，他们俩最终如了愿。可结合过程，并非一帆风顺，多少还是有点波折。问题出在巧凤婆家那边。这家姓黄，大伯哥黄宝厚是村长，他们这一门的地位，可想而知。按照黄宝厚的本意，巧凤最好别改嫁，把他兄弟的儿子拉扯大，保住他那一门的骨血。他说婚姻自由，我不拦你。可你啥样的找不到，非要找个耍嘴皮子的？死了连祖坟都不能进！我可都是为你好！巧凤心里丝毫没有这个概念。她满心满眼，都是那列春天的火车，那个嘴里藏着无数故事的人。她说这有啥？说书先生不也是人？音调不高，语气坚决。黄宝厚噎了一下。顿一顿，说你非要这样，随你，反正我当哥的，该说的都说到了。不过我作为小清的老爹，得把丑话说在前头。你们要结婚可以，但你不能嫁出去，只能招上门女婿。小清这孩子，也不能改姓。他是黄门的子孙，我得亲眼看着他长大！

巧凤没有马上开口。黄宝厚接着又说，我这也是为你好。你想想，咱村除了吃水不太方便，别的条件，哪一样不是周围最好的？

有点城下之盟的意思，但晗章却没有多少犹豫，只是巧凤有点不痛快。她说你们那边，能不能看到火车？晗章摇摇头，说我们县里就不通铁路。巧凤半天没吭气，仿佛被啥东西卡了一下。晗章说你别觉得好像受了逼迫，心里委屈。不管在哪儿，不都是咱们过咱们的日子？只要咱们好，别的都无所谓！

话是这么说，巧凤心里还是有点过不去，就找到刘算盘，说四爹，你看这事咋弄呢？刘算盘的大号，村里恐怕没几个人能记得。刘姓也是个大家族，刘算盘先在小学代课，后来一直当大队会计，打算盘那肯定是基本功。

不过大家这么叫他，主要原因，还在于他心眼多，会算计。村里换过好几任村长，只有他的会计位置雷打不动。没点本事，能行？

刘算盘说是有点憋屈人，可我又不是村长，有啥办法？胳膊扭不过大腿儿，几百辈子的老话儿。反正你们是关门自己过日子。

七

那就这样。回到家里，巧凤也提了个条件：不能在村里说书。晗章听了立即拉下半张脸，说你啥意思，也瞧不起我？巧凤说傻子。真瞧不起你，我还能同意？主要是咱们村里不兴写书说书，别让人家看笑话！晗章说我出去说，总可以吧？巧凤说你不出去说书，咱们到哪里抓两个活泛钱？只是你不能跑得太远，时间也不能太长！晗章呵呵一笑，说你放心，你就是请我在村里说书，我也不会点头！咱说书的，也有说书的规矩。

这样的婚事，没法大操大办。黄宝厚到底是村长，大气。这种事，乡亲们顶多凑个十块八块的份子，黄宝厚可不，随了份大礼。办事之前，还让晗章住到自己家里，说兄弟，谁敢给你气受，找我！晗章上话也快，赶紧说村长，哦不，大哥，你待我那真是没说的，可惜我没法报答！黄宝厚拍拍晗章的肩膀，哈哈一笑，说自家兄弟，还说这话，那不扯远了吗？

真正进入两人世界，晗章反倒有些不知所措。似乎不敢相信这都是真的。眼前的巧凤，真的就是那个在山村中挥手的姑娘？难以想象。那个形象，就像记忆中的一只风筝，在天空中飘飘荡荡，而摸摸眼前的巧凤，却是实实在在的身体，热乎乎的。

晗章问道，那天你手里拿的，到底啥东西，红彤彤的？巧凤道不是说过多少遍的吗。都是些陈芝麻烂谷子的事，谁还记得清楚！我估计不是枕套，就是毛衣。

那些日子，真是蜜月的感觉。有热饭吃，有干净衣服穿。这样的生活，过去只在书里存在，想都不敢想。

男人是钟，女人就是发条。上了发条的晗章，干得格外起劲。那天上午，他去拾掇菜园，半路正好碰到刘老冬，赶着那头叫鼓眼的老牤子上山。鼓眼是村里最烈的牛，谁都不敢骑。分到户时，牛不够，几户共用一头，平常轮流放，农忙时候轮流用。斜眼分在老冬和巧凤他们三家名下。这家伙，性子烈，劲儿也大，犁田打坝，都是好手。

刚刚上门，跟邻居还不是太熟，或者说，还有点多余的亲热。刚要主动打招呼，老冬已经开了口。说二舀子，尝到甜头了啊，干得怎起劲！

二舀子是谁？巧凤前夫的绰号。村里人很少用大号，当然也不用小名。他们都有个习惯称呼，相当于绰号。比如刘算盘。他年纪大点，大家不好意思直接喊，但背地里，还是照叫不误。

晗章心里一怔。拿这称呼他，算啥意思？

老冬哥，我大号叫孔晗章，你别开玩笑！

啥大号小号，不够别扭人的，还是二舀子顺口。

这叫啥话。晗章饶是曾经走南闯北，也无法接受。于是收敛笑容，说老冬，我是我，二舀子是二舀子，这事可开不得玩笑！

谁跟你开玩笑？巧凤是二舀子的老婆，你是巧凤的男人。你不叫二舀子，还能叫啥？老冬的表情，确实不像玩笑，但也没有挑衅。

老半天还转不过弯来。不能继续话赶话，要不只有吵架。晗章定定神，又微笑道，过去是过去，现在是现在。我跟巧凤结了婚，你得改口，不能那样喊！

咋个改法？叫你啥，你说吧。

孔晗章啊。我又不是没有名字！

孔晗章？村里没这个人。不，没这习惯。你当是开追悼会？老冬哈哈一笑，使劲摇摇头。

实在不行，你们再给我取个诨名！晗章把肩膀上的锄头使劲朝地上一墩，几缕烟尘飞起，落到他黑色的鞋面上。

你这家伙，诨名是随便取的吗？谁有那本事，随便取个诨名，就能叫开？老冬的表情，一本正经。他似乎很生晗章的气，或者说，晗章的这个建议冒犯了他。石头一般扔下这话，转身就赶着鼓眼上了山。

气鼓鼓地进了菜园，看见到处都是石子瓦块。天晓得哪儿来的，八成专门是要气他。于是抡起锄头，挖，劈，砸，砍，扔。锄头跟石头硬碰硬，震得胳膊一阵发麻。没过多久，就弄得浑身是汗。

总算拾掇好了。扛着锄头回家。只顾低头闷走，村长从对面过来，都没发觉。黄宝厚眉头一皱，站下停住不动。等晗章擦肩而过走出一两步，猛地转身，快步过去，使劲在他肩膀上拍了一巴掌。

晗章，捡了多少钱？

啊？村长，大哥！钱，啥钱，我没看见啊。

那你头低着干啥？我还以为你先头捡了很多，还想找呢。

不咸不淡地哈哈几句，随即各自回家。本想把刚才的事说给黄宝厚听，犹豫半天却没出口。回头看看他远去的背影，晗章又一阵后悔。

那天夜里很久没能入睡。抚摩着巧凤光滑的后背，竭力想忘记那个不愉快的事实：有人在他之前，曾经这样无数次地抚摩过。但越努力，那种感觉反倒越发强烈。打心眼里说，他不嫌弃巧凤。有些感觉说是嫌弃，还不如说是同情。而且说书的后面虽然带着先生二字，但以耍嘴皮子为生，在别人眼里，不比要饭的强多少。巧凤不嫌弃，他还有啥话说。可再多的同情与理智，都挡不住刘老冬的那个称呼。本想告诉巧凤，可那个名字，就像道还没好透的伤疤，实在不想提。提起来，弄不好还会伤着妻子。许是她跟老冬有什么过节？可侧面打听打听，巧凤又一点感觉都没有。

八

谁也没想到，这只是烦恼的序幕。不止老冬这么喊，这是村里人的共同称呼。那天和几个邻居一起帮忙给人盖房子，他们都那么叫，以老冬的弟弟老春为首。看得出来，他们并没有故意惹事。在他们心目中，晗章就叫二舀子，或者说，就是二舀子。晗章心里一次又一次地想，如果他们不再这么叫，就不去计较，全当是个玩笑。盖房子累人，闹起来也不是个事。但是不行。叫声不停。

盖房是正事，中午有肉无酒，晚上才是正席。那天晚上，是次重要的上梁酒。老春要打通关，但碰人就输，到第四个时不肯再猜拳，一定要对方陪一个。那人说不行，咱们得热闹热闹！好不容易人家上了梁，是个喜事，哪有喝闷酒的道理？老春说等会儿到二舀子我不碰，听响，还不行？那人这才勉强同意。

等老春喝下酒吃口菜伸手过来，晗章的眼睛只盯着别处，如同没看见。老春说二舀子你咋了？咱不打也行，你喝一个。回头你放关，我再还你！

晗章还是不吭气。老春拍拍他的肩膀，说二昏子，二昏子！才喝多少，就熊了？晗章啪的一下打开老春的手，说要找二昏子，你去对面山上把他的坟刨开！我姓孔，孔老二的孔，大号晗章！师傅给起的名号，我们说书人，知书还要达礼！你们这么叫我，有啥理由，算哪门子礼数，说来我听听！

愣了满屋子，自己也有点含糊。自从来到长台关，就没这么高声大嗓地跟人叫过板。可是今天，实在忍无可忍。

老春尴尬地说你家伙咋回事，发恁大脾气？晗章说咋回事，你说咋回事？我孔晗章光明正大不偷不抢，你凭啥放着我名字不叫，非叫我二昏子？老春说没啥，就是习惯啊。再说大家都喊，又不是光我自己！晗章一仰脖灌下一盅酒，然后把酒盅使劲朝桌上一磕，说我孔晗章撂句话搁这儿。打从现在起，谁再喊我二昏子，我日他八辈祖宗！

主人赶紧过来安抚。说你别多心。大家当真没别的意思，就这么个习惯！晗章说我不管习惯不习惯，咱们先小人后君子。谁再这么喊，别怪我不客气！旁边的人接着圆场，说你酒喝得太猛。坐下坐下，喝点茶解解酒！主妇赶紧端来茶，是明前的信阳毛尖。开水冲下去，绿莹莹的，漾着白气。晗章说没事，这才几个酒？说着话抢一般端起旁人的酒盅，接连干了三个。还要再喝，却被主人劝住。

酒没喝完，饭也不吃，不顾主人挽留，两袖风清一肚酒精，拔腿就走。借着二两酒劲，跟跟跄跄地走着，就像戏里的鲁智深醉打山门。夜风吹来，脚步越来越快，心情也越来越轻松。一张嘴，老本行随即奔出嗓门，是豫剧《南阳关》。

> 恨杨广斩忠良谗臣当道，
> 叹双亲不由人珠泪双抛！
> 手扶着垛口往下瞧，
> 韩擒虎虽年迈杀气高！

都是过去的基本功。嗓音虽然不再清亮，但功底还在，夜里听来尤其苍凉。这声音想必十分陌生，惊动路边的狗，接二连三地加入伴奏。

白狗黑狗黄狗杂毛狗通通不理，直奔黄宝厚的家而去。推门进去一瞧，他正在跟刘算盘下象棋。晗章跟他们打个招呼，然后乘着酒劲，说明来意。

黄宝厚闻听哈哈一笑，说兄弟，恁大点事，你用得着嘛，都乡里乡亲的！晗章严肃地皱起眉头，说哥你这话不对。这可不是小事，是大事。人过留名，雁过留声，这事能小？你是村长，你得给我做主！黄宝厚无奈地笑笑，说我倒是想给你做主，可嘴长在人家头上，我管不着呀。晗章说不管咋说，村里不能没个态度！黄宝厚盯着晗章，老半天没开口。想想才说那好，我就给你做回主。

于是拧开大喇叭的电门，在扩音器上吹两下又拍两下，开了金口。喇叭是该退休的旧家什，似乎没有足够的力气，顺顺当当地送出黄宝厚的声音。错位扭曲的声调一晃三摇，飘荡在山村的夜空中，带着吱吱啦啦的回响，喑哑而且怪异。

注意了，注意了啊！全体村民请注意。我黄宝厚的话，今后谁都不能再喊孔晗章，同志，二舀子了！人家有名有姓，再胡乱叫就是，就是，就是侵犯人权，是犯法！

九

这通吆喝，就是聋子也能听见，巧凤当然不会例外。其实这事呢，夫妻俩虽然没正面聊过，但她隐隐约约还是知道的。村子统共多大呢。本来不想提这个，但是这回，大喇叭劈头盖脸一桶乱浇，没法再躲。

巧凤说那帮烂舌头的，下辈子都托生成哑巴！她说着话，眼睛在丈夫脸上闪来闪去，却不跟他的目光对接。那满脸的歉疚仿佛都在说：对不起，这一切，都是我的错。

看着巧凤，晗章心里隐隐作痛。不仅仅是心疼巧凤的为难，还有对那个人，那个捷足先登的家伙，对他的愤恨。如果没有他，怎么会有这样的麻烦？就是他，还喜欢啥豫剧。当然，这话无法出口。他故作宽慰地说没事，村里都表了态，谅他们不敢再胡说。

事实证明，这不过是一厢情愿。大喇叭实际帮了倒忙。过去只是年岁差不多的男人这么喊，现在可好，女人和调皮孩子，也跟着掺和。尤其那帮半大小子，一见便跟在屁股后面，追着喊二舀子二舀子，弄得晗章气急败坏，但又无可奈何。

你总不能跟孩子一般见识吧。

那天又有人当面那么称呼晗章。他确实是无心的，一见晗章真要发毛，连连道歉。晗章又气又恨，却也没有办法。那人一见这情况，又长了气势，说也难怪大家这么喊你。你要不是二鬼子，怎么一口一个哥，喊老鬼喊得恁顺溜？

老鬼就是黄宝厚。其中的涵义，不必再解释。晗章一听，心里不由得一激灵，本能地说你说啥？你喊村长老鬼？那人瞥了晗章一眼，响亮地吐口唾沫，说我就喊了，你能咋的？再说，你刚才不是也喊了吗？晗章一愣，随即又哈哈一笑，说没错，我也喊了。他不是我哥，他是老鬼！

当天晚上，晗章又敲开了黄家的门。进去一看，刘算盘还在那里下棋。黄宝厚随意招呼他一声，就把脑袋重新埋到棋盘上空。晗章没机会开口，只好凑到旁边看热闹。他虽然不太会下，但还是能看出几步。刘算盘也真是怪，明明能将死的棋，他非要拿自己已经兵临城下的马，换对方的双象，这样一来，只好和棋。

晗章一见，有了主意。他说四爹，都喊你算盘，我看你算得也不咋样嘛。明明能赢的棋，你干啥要拼子？黄宝厚一听，顿时来了兴趣，盯着晗章说，你会？晗章说不会下，就是知道基本步。象走田，马走曰，车走直路炮打隔！黄宝厚说没看出来呀。来来，咱们下一盘！

晗章一鼓作气，连赢三盘。刘算盘刚开始还惊叹几声，说年轻人，就是脑子快。后来一看情形不对，只拿眼睛剜晗章。晗章全当没看见。刘算盘没办法，就在桌底下踩晗章的脚。连踩几下，晗章没反应，黄宝厚却开了口。说别踩了，不就是几盘棋嘛。我就恁小气？来来，你们俩试试！

刘算盘也没给晗章面子，连下三城，然后说村长，其实还是你棋高。你输给晗章，晗章下不过我，我下不过你。从晗章开始算，他厉害，我比他厉害，你最厉害！黄金厚哈哈一笑，说你真不愧是算盘！一盘棋么，有啥要紧的。谁高谁低，都当不了饭吃！刘算盘说那是那是。村长是管大事的，哪能在乎一盘棋。

晗章说村长，四爹说得没错。我是瞎打瞎撞！黄宝厚说好好的，咋又叫开村长了？晗章说你本来就是村长呀。黄宝厚说村长不村长，都是场面话。咱们是兄弟！晗章说不，你不是我哥，我高攀不起。你就是村长！我来就是告诉你，从今往后，我都正儿八经地喊你村长，免得别人说闲话！

十

哥不哥弟不弟的，其实就是个称呼，叫着好听而已。比如喊刘算盘四爹，哪有什么血缘关系？像晗章这样，本来跟村长称兄道弟，突然间非要撇清的，很少见。所以一传出去，老冬老春他们，倒也真服气。从那以后，他们不再叫他二舀子，改叫老假：假二舀子。

最初听到这个称呼，好险没噎死。那一刻，晗章意识到，这辈子恐怕没法撇开那个人，就像难以揪掉太阳下的影子。走投无路，只好找到刘算盘，说四爹，你说说，他们干吗跟我过不去？刘算盘说这我哪儿知道？晗章说你不是会算吗？刘算盘说我只会算大事。晗章说大事我也会算。会算小事，才见本事！刘算盘说你会算大事？那你说说看，都算到啥了？晗章剜他一眼，说我算到照你这样下去，早晚要当村长！刘算盘脸色一变，说晗章，这样的大事，你可不能胡说！晗章说那你告诉我，他们到底啥意思？刘算盘想想，说你没问问老冬他们？晗章说当然问过，问过好多回。他说没啥原因，就是叫习惯了，改不过口。刘算盘微微一笑，说你信？晗章说要信我还来问你？刘算盘慢慢地说，找我有啥用，村里的大事小事，主要看村长。晗章闻听，耳边立即回荡起大喇叭里那些扭曲错位的声调，连连摆手，说你快别提村长。我再也不要他给我长势力。刘算盘盯着晗章的眼睛看了几秒，忽然一扭头，微微摇头叹气，说晗章，你呀。

我到底是谁？我怎么会来到这里？晗章在村里，越来越找不到感觉，就像在山里迷了路。刚开始，所有的小径或者大树都似曾相识，但越走道路越陌生，感觉越迷糊。那天夜里，他趴在巧凤身上，耳朵里听不见巧凤的呻吟，却满是老春他们的称呼：二舀子，老假。不同的声调，不同的嗓音，却有相同的涵义。他无论如何也无法释怀，自己是在重复一个男人，幽灵一般的男人的道路。也许，那人比自己做得更好，更让巧凤满意。想到这里，他内心不觉一阵嫌恶。嫌恶自己，也嫌恶巧凤。那种感觉让他沮丧，更让他自责：他没有忘记自己的承诺。这么想，对巧凤不公平。

想着想着，晗章渐渐松弛下来。就像是道高高的门槛，他无论如何迈步，总是差一丁点，越着急越使劲，脚步越矮。这时，老春老冬他们的声音，不断升高，还带着恶毒的笑。晗章一拳砸在床帮上，然后翻身下来，躺到旁边，一动不动。巧凤伸手过来，说你怎么啦？累了吧？歇歇也好。

晗章捏捏巧凤的手，觉得阵阵冰凉。不知道是自己的手，还是巧凤的手，总之，是一阵冰凉。

那以后好几天，晗章都没碰巧凤。八月十五那天晚上，吃完月饼，按照风俗应该摸秋，大人带着孩子，到收获后的地里捡东西。本意是捡漏了网的瓜果庄稼，但家家户户都会故意留一点，花生红薯什么的，让孩子乐一乐。如果谁家地里太干净，会被全村人轻看，笑话他小气。

可晗章却没带小清下地摸秋。等小清跟一帮孩子结伙跑掉，他突然取出鼓来。鼓面上落了不少灰，敲敲，尘影老长老高。晗章吹一口，又拍拍，也不看巧凤，提着鼓出门，到院子里坐下，像过去说书那样，摆好了架势。

先生不在自己村里说书，就像专业厨师在家不做饭，行规也好，陋习也罢，总之就这样。婚前婚后，从来没想过在村里支摊。丢不丢人另说，规矩不能破。但是今天，哪里还顾得上那么多。他必须要撇清跟二舀子的关系。他是他，说书先生；二舀子是二舀子，村里的农民，村长的弟弟。

夜晚瞪大奇怪的眼睛，瞳仁在天空放光。小清他们低头在地里不住地趸摸，一边趸摸一边唱：

> 月亮圆圆
> 西瓜甜甜；
> 我来摸秋，
> 强似过年！

歌谣不断被惊喜的惊叫打断。正在这时，咚咚的鼓声突然远远地传来，鼓声不紧不慢，每一个韵脚都涂满暗哑的月色，漂浮在村子上空，一派荒凉。摸秋的大人孩子，毫无疑问，都听得清清楚楚。老春说这个老假，犯的哪门子神经，不来摸秋，却要敲鼓？老冬后背一冷，突然有种不祥的感觉。他说小心点，只怕是要坏事。

巧凤也没去摸秋。没情绪。远远看去，只见丈夫被月光剪出的背影，连着旁边的鼓，像个倒置的问号。那一刻，她心如刀绞。她知道丈夫的心事，和无边的痛。所有的痛都像根管子，另外一头，连在自己心上。她悄悄过去，说晗章，咱们去孝感吧。晗章吓了一跳。月光下的巧凤脚步轻盈，像传说中的狐仙，他根本没听到。愣一愣，鼓槌并不停下，他说去孝感干啥？巧凤说找我弟。他是军官，肯定有办法治他们。晗章猛地一睁眼睛，但那目光只在月色下一闪，就黯淡下来。他说远水不救近火，只怕他使不上劲。巧凤说他肯定有办法！你就当带我坐回火车嘛。

火车二字，像根火柴，点亮了晗章的记忆。他半点都没犹豫，痛快地点点头。从这里坐火车去孝感，要路过巧凤的娘家。那些房舍，那些树，那些铁轨和道路，刻满了他们的过去。说起来，它们还有点媒人的意思呢。

十一

这一回，没有逃票。巧凤虽然生长在铁路边上，却是头一次坐火车。他们翻山走小路，赶到最近的一个小站，打好票，大大方方地上了车。很快，火车就开到了巧凤的娘家。那些无比熟悉的地形，如今再从火车上看去，充满了沧桑的新意。巧凤捏住丈夫的手，像新娘子那样，带着一丝惊喜，也有二分羞涩。那一刻，她下定决心，一定要让弟弟出面，帮助丈夫，摆脱尴尬。

这个小舅子刚刚提升，副连长。见了姐姐姐夫，他很高兴，可听了他们的叙述，不觉又一阵挠头。他说这个事，肯定是他们不对，但我没办法呀。我们管不了地方上的事，纪律不允许！巧凤说你不是有战友，转业到乡上了吗？你找找他，肯定有办法！

这个战友还真能管事。他在乡派出所，姓赵。赵警官说他们喊你诨名，肯定不对，可那在非正式场合，没造成多大的伤害，没法处理啊。晗章和巧凤对对眼，说啥叫非正式场合？赵警官说，比如开会，在文件上的落款等等，算正式场合。这么说吧，宅基地，户口本，农业税，村提留，在这上面，如果他们写二舀子或者老假，才好处理。至少有个活证据。

好说歹说，看在战友的面子上，赵警官答应跟巧凤和晗章走一趟，口头教育教育他们，多少也给晗章长长势力。反正下一步村里换届，要海选，上边怕出问题，一再强调消除隐患抓稳定，顺便去走一趟也好。他这一去，别人都没啥，黄宝厚可来了精神。不管咋说，赵警官是乡上来的，是正经的领导，他得好生招待。赵警官本来想找个重点人，当面谈谈，教育警告一番，但晗章想想，实在没有谁特别突出。大家都那么喊，单独提溜谁都不合适，除非把大家一齐叫来，但这样赵警官又不同意。他说我来主要是化解矛盾，大事化小，小事化了。把村民集中起来，万一激化矛盾，怎么办？

怎么办，大喇叭反正是不能再用。那简直就是自投罗网，自己搬石头砸自己的脚，自己给自己挖坑。晗章说这样吧，你啥都不用做，陪我在村里走一圈就行，回头我跟他说。黄宝厚一听，连说这样好这样好。不伤面子，又让他们明白严重性！

本来晗章要招待，半个小舅子么，但黄宝厚不干，一定要请。当然也不是他请，是村里请。他之所以不放巧凤嫁出去，这也是个重要原因。她在乡里，是有人的。对他连任村长，有利。

晗章也去作陪。喝到中间，两杯酒下肚，赵警官豪气大增，说要是正式场合喊，造成事实上的侵害，我就可以法办他！黄宝厚连声说是。晗章忽然想起来，户口本没问题，宅基地证是旧的，确实落着二咼子的大名。只是不知道，缴纳农业税村提留的那些账本上，落的是谁的名字。他顺着这个话题问刘算盘，说四爹，村里的那些本本上，落的谁的名字，你拿来我看看！

刘算盘的脸，绿了一下。那些单据上面，全部是二咼子的大名。黄宝厚的笑容，自然也被闪在了半路。他看看赵警官，眼神又落到刘算盘身上，说刘会计你咋回事，恁大的事情，怎么给搞错了？赵警官不是说了嘛，你这叫侵犯人权！刘算盘眼珠子骨碌一转，立即上了话儿。他说农业税村提留，不管缴的还是退的，都是按田头算的。那些田，过去就记在那个名下，一直没改。不光他没改，好几家老了人，也都没改。那些都是账本，你没有话儿，我哪敢随便改？你们放心，我马上改，马上！

刘算盘本来想说出二咼子三个字，但快出口的关头，又憋了回去。赵警官看看刘算盘又看看黄宝厚，最后把眼睛停在晗章身上，无可奈何地摇摇头，满脸牙疼的表情。

十二

又是弄巧成拙。那些名字想改就改，但老假的名号，在晗章头上却套得更紧。很少有人故意拿它逗弄晗章，大家这么喊他时，脸上表情淡然，仿佛他们根本没当回事。在他们看来，老假也好，小假也罢，都是个没有涵义的称呼，如同晗章二字。

晗章看巧凤的眼神，越发迷茫。他不动声色地在她身上，寻找二舀子的痕迹。如同猎人，分开草丛，在树林间查找野兽的足印与粪便。他的寻找范围，从巧凤身上开始，蔓延到村庄的所有角落。他不明白，一个死去的人，怎么就能这样强烈地霸占住乡亲们的记忆。他不停地琢磨，二舀子到底是啥样的人？这个名字，到底是啥意思？

弄清这个绰号的来历，并不困难。它与水有关。确切地说，来自于村里的那口井。淮河的一条小支流，从村下流过，村里的灌溉洗涤，自然不会缺水，但是吃的水，却小有问题。大家不喜欢吃河水，觉得有腥气。多少年来，村民们都吃后山脚下的那口井。井不大，泉水沁得也慢，所以很深，当然味道也好。二舀子这家伙，性子急，动作快，风风火火的，仿佛脚后跟上拴着个催命鬼。动作虽然麻利，但活儿并不毛糙。比如担水，就有这个本事：两只桶都不离扁担，一只桶下去，咕咚一下歪倒再哗啦一声拉起，满满一桶水就上了井台，然后是另外一只。在这期间，两只桶都挂在扁担上，井台边上除了桶印，不沾一滴水。一舀子一桶水，二舀子两桶水，这就是他那赫赫大名的来历。

不是每个人都有这样的本事。它虽然不起眼，但确实巧。这一点，晗章可有切身体会。他两天挑回水，目前为止，还是有点手忙脚乱。弄明白这个来历后，突然有一天，他故意选个人少的时候来到井台，埋头苦练打水技术。打上一桶，倒掉；再打上一桶，还是倒掉。

井比较深，桶里的水飞流直下，冲劲很大。他连倒两回不要紧，搅浑了井水，老半天镇不下去。重新打起一桶，还是很浑，他不觉有些慌张。抬头看看周围，就像调皮捣蛋的学生，偷眼观察老师的动向。还好，远远近近，没见人来。

晗章突然就喜欢上了挑水。他不停地练习，越练越有兴趣，越练越有劲头，很快就掌握了不弄浑井水的窍门。说起来很简单，把桶轻轻放下去，然后推翻，让水流出来。这说起来容易，真要在井里倒空水桶，还是得掌握技术要领。

练到传说中二舀子那样的境界，用了很长时间。它有两个要点，一是两只桶都连着扁担，不能像通常那样，用哪只桶挂哪只桶，另外那只从扁担上摘下来；二是井台上干干净净，不能像有泡孩子尿，到处都是湿印。那一天，他仔细看看井台，确信周围没有水迹，心里非常高兴。但是很快，又漾起一丝惆怅。那么好的功夫，竟然没人看见。就像过去在董家河亮书，使出浑身解数，周围也没有看客。那时可以等，但现在不行。必须马上让大家知道。

晗章有辆自行车。加重二八，结婚时买的，算是他自己的陪嫁。用到现在，看起来还是崭新的，车梁上缠的泡沫塑料皮，还没全部扯掉。有一天，他突发奇想，起个大早，挑着水桶跨上自行车，就朝水井骑去。到了大路和小路的交叉口，前面不能再骑，就把车子扎在路边，然后挑着水桶，来到井台。

多了满满两桶水，再骑自行车，当然要费点功夫。两只水桶不能顺在一边，那样会跟车子打架。随便碰撞一下，就有可能彻底打破那脆弱的平衡，不是水泼就是桶掉，甚至翻车。真要那样，可就出了洋相。悄悄练几回，感觉掌握了动作要领，于是不再特意地摸黑趁早，试探着登上了舞台。

这次演出基本成功。晗章自己没掉链子，掉链子的，是自行车。骑到半路，只听扑哧一声，爆了胎。他赶紧扎住车子，身子一使劲，脚离开镫子踩到地上，总算处变不惊，保住了两桶水。

还好，目击者只有一个孩子。他揉着惺忪的睡眼，要上山放牛。能不能吃到带露水的青草，对牛至关重要。这就苦了必须放牛的孩子。谁不知道，那时的被窝，是最温暖、最勾人的呢？放牛娃打个大大的哈欠，可打到一半，就被扑哧一声急促的笑打断。老假的样子，实在狼狈。

看看左右再无旁人，晗章的心思随即放松下来。他竭力做出没当回事的样子，没理那个孩子，搁下车子，先把水挑了回去。

事后总结，原因在于车胎的气太满。两桶水的分量，车子完全能承受，不该打那么多气。这不难解决。

晗章的正式演出，就此开始。骑着自行车挑水，村里人想象不出，还有谁这么干过。这哪里是挑水，分明是玩杂技。那个还没睡醒的放牛娃，当时瞌睡笼罩着好奇，本来并没当回事，这下可有了说头，传得绘声绘色，大大激发了乡亲们的兴趣。当他们看到晗章提水的动作，像二舀子那么熟练准确，不，是比二舀子更加熟练准确，不觉目瞪口呆。晗章呢，提满两桶水，担上肩,再看井台上,只有两个桶印,一滴水星都没溅出来。他略一晃悠桶,眼睛从他们身上扫过,脸上的表情无比淡然,仿佛他们不是活人,而是一棵棵树,或者一丛丛草。

晗章穿过人们的目光,扬长而去。到了车子跟前,他先站稳,把扁担挪到左肩,然后一条腿跨上去,身子一使劲,那辆加重二八自行车朝前一冲,走!

十三

在这之前,巧凤并不知情。晗章挑水时头一次推出自行车,她也没瞧见。等丈夫左肩担着水,右手扶着自行车把,两只水桶一左一右地在两边晃悠着回来,她不觉大吃一惊。那一刻,恐惧像冬日的寒风,将她严严实实地罩住。她赶紧迎上去,说晗章,你咋了?你这是要干啥?晗章费力地停住车子,水桶终于没碰上前后轮,水也就没溅出来。他笑嘻嘻地说你不都看见了吗,除了挑水,还能干啥?说着话儿把车子交给巧凤,自己担水进了厨屋。巧凤扎好车子,跟着进来,说挑水就挑水,怎么还要骑车?晗章略微一顿,说这还用说,骑车子快呀。

从那以后,缓慢的村子里,就多了一道风景:骑车子担水。如果是黄昏,必然会有几个孩子,跟在后面跑,围在旁边看。那些日子里,这是村里最热的谈资。巧凤明白晗章出了问题,但不知道毛病何在。夜深人静的时候,她睡不着,借着窗外的月光,看看晗章平静的睡相,听着他略微带点鼾声的均匀呼吸,总是无法把他跟那个玩杂技的人联系起来,更别说那幅遥远的图景:火车上挥舞的手臂。她看着丈夫微微张开的嘴巴,那里面很久都没有故事出来,倒是他自己,成了故事的主角儿。当初对他的判断没错:他就是个有故事的人。问题是,接下来,他还会演出什么样的故事?她不免有些惶恐。

巧凤试图制止晗章玩杂技。她说谁家的自行车,舍得这样骑?照你这样下去,骑不几天,就得报废!晗章盯着妻子的眼睛,内心漾起一股仇恨。仿佛巧凤有什么过错。他当然知道事实并非如此,巧凤是无辜的,所以那种感觉,又令他羞愧。他也故意不提那个人,顺着巧凤的话儿说,买车子是干啥的，还不就是骑？放心，骑坏了我给你买新的！

水桶分列在车子两旁，斜斜地向后拖着。风吹在脸上，痒丝丝的。晗章让自行车自由下滑，内心忽然无比的畅快。那一刻，他彻底忘记了那个人，那个魔咒一般的称呼。不，不是忘记，他感觉自己跟那个人，那个称呼浑然一体，合二为一。就像两个多年的对手，不打不相识，突然间握手言和，惺惺相惜。

很多个夜晚，巧凤端详丈夫的时候，并不知道，其实晗章根本没睡着。但他只能装睡。接连几次的失败，让他对巧凤的身体，莫名地恐惧。每当关键时刻，他总能看见一个人，嘴角带着讥诮的微笑，看着他做无谓的努力。那一刻，他内心真是五味杂陈。恨，羞，急，悔，痛。但到了白天，那些感觉都像夜里无尽的黑暗，太阳一出便不见踪影。他不由自主地朝那个人靠过去，浑身上下都充满了坠落的快感。不，也不是坠落，而是爬山。过程确实不免疲劳，但为了登顶的感觉，值。

十四

自行车的磨损问题，很快就不再困扰巧凤。她突然发现，晗章对它已经没了兴趣。因为他找到了新的方向：驯牛。驯化村里最烈的老牯子，鼓眼。

鼓眼是二舀子对头。这头牛，性子烈得要人命，从来没人骑过。二舀子不服气，一定要骑，结果被它一角顶来，刺了个透亮。换句话说，如果没有它，晗章和巧凤，也就没有如今的缘分。

那一天，晗章在自行车上担着两只水桶，晃晃悠悠地朝水井骑去，路上先后碰见了三个人。先是黄宝厚，他穿戴整齐，朝村下走去，那样子不是出门，就是去乡上开会。晗章跟他打声招呼，他果然是去乡上。眼看就要换届，这回要改革，搞海选，他不能闲着。晗章目光热烈地看着对方，不时低头看看身下的自行车，以及在两边晃悠的水桶。可是，那么好的功夫，黄宝厚竟然视而不见。

晗章内心一阵莫名的失落。仿佛穿了一身好衣裳，临到家时正好赶上天黑。他担好水，没滋没味地朝回骑。两桶水还是有点分量，他低着头，竭力保持着车子的平衡，正使劲朝前蹬，忽听有人大叫一声。

老假！

是刘老冬。他牵着鼓眼，要去放牛。晗章身子一晃，好险没碰着水桶。奇怪，这个称呼，今天一点都不刺耳。晗章心里甚至有点莫名的喜悦，如同过去四处游荡着说书，突然在遥远的山村里碰到熟人。

干啥？晗章慢慢停下车子，放稳水桶，抬手抹抹前额。

干啥，啥也不干。我还有两天啊，明天晚上交牛，到后天，放牛的就该是你喽。老冬说完，用牛绳抽了鼓眼一下。鼓眼身子一晃，抬起尾巴，朝挨抽的地方一甩，又迈开了方步，屁股一扭一扭的。

这回晗章心中的失落，比刚才更深。他略微一愣，跨上车子担起水桶，慢慢赶上老冬，竭力挺着上身，做出很轻松的样子，不时扭头看看他，但老冬从头到尾，都不置一词。

失望的晗章从鼓眼身上，突然找到了灵感。灵感来得如此迅猛而且强烈，完全遮盖了刘算盘的动静。眼见自己走到跟前，晗章还没反应，刘算盘不觉眉头一皱，就清了清嗓子。等晗章回过头来，他莫测高深地微微一笑，说乡亲们吃水，确实不方便。这个状况，必须改变。老，哦晗章，告诉你，苦日子没几天了！

刘算盘笑得很是奇怪。晗章注意到，他拾掇得很齐整，裤线笔直，看来是要出门。

十五

村里放牛习惯凑群，这样牛有伴，人也有个伴，不但可以闲聊打扑克，还能轮班。有人可以晚点来，先在家吃完早饭，然后去替换同伴，晌饭也是如此。

可晗章接过牛后，却不跟大家伙一起，自己跑单帮。之所以这样，因为驯牛这事，需要保密。

一般放牛，随便朝山上一赶，随便它们跟着草走，只要不下山，不糟蹋庄稼就行。鼓眼似乎也习惯了集体活动，看看左右没伴，甩甩尾巴，摇摇头，没有动弹。晗章吆喝一声，一拽牛绳，鼓眼的脑袋顺着牛绳的方向，歪斜着朝上，脖子好险没伸长几寸。看看犟不过，这才跟着上山。

大别山区，山深林密，草多得很。晗章驯牛，主要是给它抓痒和梳毛。一发现牛蝇吸血，立即扬起树条驱赶。他动作太快，经常和鼓眼的尾巴碰头。牛尾巴虽然能赶走牛蝇，但对叮咬后残留的痒痒，却是鞭长莫及。牛蝇并不只是袭击牛自己能蹭到的部位。晗章等的，就是这样的机会。牛蝇一走，他就用树条蹭刮那些地方。看得出来鼓眼的舒服。它轻轻摇摇尾巴，摆摆头，有时还长出口气。

驯牛的重点，搁在鼓眼洗澡的时候。一般放牛，都是中午和晚上，把它们赶到池塘或者泥荡里，让它们自己喝点水，滚滚泥，就算完事，晗章可不。他特地买把大梳子，等鼓眼在清水里洗完澡出来，仔仔细细地给它梳毛。牛身上没有几根毛，主要还是给它抓痒。鼓眼舒服得高兴起来，经常一扬尾巴，甩晗章一脸水，他也不生气。

一边给鼓眼抓痒，还一边唠叨。

他厉害，也就是个裴元庆；你赢了他，你是宇文成都。只有我能摆治你，因为我是李元霸！

这三个人物，几乎没磨损晗章的口齿，过去动不动就要念叨他们，因为他们是《隋唐演义》中的前三条好汉。李元霸第一，宇文成都第二，裴元庆第三。

这事悄悄进行了好长时间，巧凤都不知道。有一天，她去池塘洗衣服，晗章正好在那里给鼓眼抓痒。他抓得仔细而且投入，丝毫没发现妻子的到来。巧凤本想招呼他一声，可听见他嘴里不住嘟囔，就没吭气，悄悄摸了过去。

别以为你了不起，总有一天，我会叫你老实老实。

你好意思吗，一点面子都不给！

你为啥恁暴呢？我骑骑，有啥了不起。

晗章不住地低头弯腰，抓挠鼓眼比较隐蔽的部位。他面色沉静，就像过去在董家河亮书，完全沉浸在自己的世界里，仿佛周围的一切，都不存在。巧凤看着看着，过去的感觉也渐渐回到心头。她清清嗓子，准备说点什么，突然又一阵惊异。

骑牛？他这是要干吗？

巧凤不轻不重地喊道，晗章，你半天不闲，嘀咕个啥？晗章身子一震，没有立即回头。迟疑片刻，他转身看看妻子，说你来干啥？巧凤说别管我，你刚才都在说啥？

梳子飞快地在鼓眼身上舞动，发出轻微的唑唑声。晗章说没说啥。我在驯它，等驯熟了，就能骑着它放牛，要不还得跟着跑！

巧凤大吃一惊。骑鼓眼，这事难道能开玩笑？鼓眼已经夺走她一个丈夫，可不能让它再夺走第二个。她一把抓住丈夫的手，说晗章，你可千万别吓我。这事千万干不得！

晗章推开巧凤的手，继续给鼓眼抓痒，一边抓一边说，你放心，我绝对能行。我不会蛮干。

晗章的语气沉静而又坚决，巧凤不知道如何应答。这时，晗章忽然又来了精神，说等着吧，下回再去孝感看他舅舅，我用鼓眼送你上车！

啪嗒一声，脸盆掉到地上，衣裳散落开来。巧凤只觉背上阵阵发冷。她简直不敢相信自己的耳朵。送她骑牛上火车，真二舀子也说过类似的话。那时孩子还小，有一阵子，巧凤总是不高兴。问她怎么回事，回答是想坐火车，去孝感看看弟弟。这话满是孩子气，二舀子心里并没当真，就说现在孩子还小，要去肯定得带着。恁远的路，到车站又得翻山，还不累死个人？等孩子大点再说吧。

有一天，二舀子不知怎么回事，跟鼓眼较开了劲，一定要骑它；巧凤说你疯了？谁不知道它性子烈？二舀子嘻嘻一笑，说我就要骑性子烈的！等我驯好它，就骑牛送你上车！结果那以后没几天，就出了事。

这话跟谁都没说过。现在仔细回想回想，确实没告诉第二个人。看火车坐火车，是有点孩子气，说出去难免脸红。既然如此，它怎么的，就到了晗章嘴边？难道仅仅是巧合？不，不可能。天底下哪有恁巧的事。

胸前暗红色的窟窿，浑身是血的躯体。那场面，想忘可就是忘不掉。巧凤打个冷战，一把夺过梳子，说晗章，我求求你，千万别惹它！晗章盯着巧凤的眼睛，沉稳地说你放心，我一定能行。绝对不会出事。说着话，他又从妻子手中，接过了梳子。他并没有用劲夺，因为巧凤手上，一点劲儿都没有。

十六

那天夜里，巧凤像春水一般温柔。但晗章还是没碰她。仿佛那是块烧红的火炭。正好是满月，月光透进窗户，巧凤那口洁白的牙齿，发着幽幽的暗光。她说晗章，咱们俩走到今天，容易吗？求求你，千万别再生事。万一再有个闪失，我们娘俩，可怎么活呢？晗章心里一动。他摸摸妻子的脸，说没事，我保证没事，你一百二十个放心。本来他还想说，我就是要好好跟你过日子，才这样的，但略一犹豫，却没出口。

巧凤很久没能入睡，晗章倒是睡得安稳。夜里，他看见二舀子跳出那张略微有些发黄的照片——就是头一次上门，巧凤用茶叶筒挡住的那张——走到池塘跟前，看看鼓眼，对晗章说兄弟，这家伙性子烈，你千万别用强，慢慢来！晗章道事后诸葛。还用你说？我一直就这么干的！二舀子顿时变了脸色，纵身一跃，又跳进照片，躲到茶叶筒后面。晗章在他脑袋隐没前的瞬间，捶胸顿足地高声叫道，你再厉害，也就是个裴元庆。我才是李元霸！

晗章不但嗓门高，还拳打脚踢，惊动了迷迷糊糊的巧凤。她赶紧推醒丈夫，叫道晗章你怎么啦？做噩梦了是吧？

窗口上的月色越来越淡，一片惨白。晗章很快就醒过神来，说没有啊，我好好的。我说过梦话？巧凤说你是不是想出去说书？梦里还忘不了裴元庆李元霸！晗章略微一顿，喃喃道好长时间没出去，再不说，嘴皮子都生了。巧凤说，等交了牛，真想出去就出去吧。只要时间不太长。晗章想想，说现在还不想。过些日子再说吧。

鼓眼终于出落成了村里最干净的牛。身上几乎从来都没有泥浆，骚臭味也很淡。晗章小心翼翼地试探好多回，才开始正式的攀登。那一天，他先爬上一棵树，那树下有很多鲜草。等鼓眼过来，他一点点朝下溜。先是一条腿，还不敢用劲踩，手和另外一条腿，依然紧紧缠在树上；鼓眼甩甩尾巴，没啥动静，晗章的手就不再使劲，只是扶着树，然后踏上另外一只脚。

鼓眼停一下，又继续吃草。晗章清楚地看到了它宽宽的牙齿和长长的舌头，卷嚼青草发出的迟钝的声音，像有长虫从草上爬过。他手扶着树，慢慢下蹲，最后坐下，两腿一分，但手还没离开那棵粗糙的树干。

鼓眼的尾巴，接连抽打在晗章的两条腿上。晗章心里一紧，胳膊上的肌肉立即紧张起来。鼓眼脑袋一偏，一只角划道弧线，停在晗章右腿前面不远的地方。晗章眼睛一闭，刚要起身，可鼓眼已经低下头，那种迟钝的声音，随即又在前方洒下。

晗章悬着的心，终于落进了肚子。他下意识地抬起右手，朝额角伸去，正在这时，鼓眼突然暴怒起来。使劲地左摇右摆，见没甩下晗章，撒开蹄子就要跑。

这一点，晗章早有预防。他早已把牛绳放到最长，拴在树上。见势不妙，赶紧两手一使劲，攀到树上，猴子一般爬几下，然后紧紧夹住树干。老半天之后，等身上的冷汗全部退去，这才跳下来。

类似的有惊无险，还有过几次。好在晗章事先准备充分，都没有受伤，只是跌下来过一回，摔疼了屁股。这些付出都是值得的。没过多久，鼓眼就接受了脊背上人的存在。那一天，他成功试航后，顺利下了牛背，蹲在鼓眼旁边，呆呆地盯着它的眼睛。鼓眼已经上了年岁。它用浑浊的眼神，与晗章交流。那一刻，晗章忽然有了点共谋犯得逞之后的感觉。

十七

晗章自己琢磨着，做了个马鞍子那样的东西。镫子到街上请铁匠打的，别的都简单，无非是一块厚布，几条结实绳子。这个鞍子不但要保险，还要好看。他要让巧凤娘俩坐在前边，自己从后面搂住他们，手里牵着牛绳。这样的鞍子，不能脏，得像个样子。

偷偷做好鞍子，晗章准备悄悄带上山，结果半路碰上了刘算盘。他领着几个人，站在井台边，比比划划。见了晗章，他说老，啊晗章，你那是啥家伙？晗章下意识地朝身后一藏，说没啥，一点破烂。四爹，你们干啥呢？刘算盘意味深长地笑笑，说乡亲们老要挑水吃，多不方便！我进城托人找了领导，他们同意给咱们村接上自来水。自来水，你懂啥意思吗？水龙头一拧，水就哗哗地来了！晗章一愣，说每家都接水管？那得多少钱？刘算盘故作轻松地说不要钱。不要乡亲们拿钱，一分钱都不要。晗章说天底下还有恁好的事？刘算盘说这钱县上出一点，不够的有个老板赞助。晗章说真看不出来，你还有恁大的面子！刘算盘呵呵一笑——这是晗章印象中，他笑得最敞亮的一次——说，领导刚从外县调来，过去是我学生。老板嘛，跟我有亲戚！

这样的大事，就不通过村长？

村长，村长。晗章啊，要不是因为老鬼，你怎么会落到今天的下场，名分不清，人鬼不分，连个名字都叫不出去？刘算盘表情复杂，涵义深刻，朝晗章走了两步又停下。

晗章根本没琢磨这其中的缘故。他可来不及费这个神。还有更紧要的事情。黄昏时分，他骑着鼓眼，稳稳当当地下了山。鼓眼一扭一扭地朝前走，晗章的身子略微后斜，仿佛坐在八抬大轿上。不，不是八抬大轿，而是一匹漂亮的白色战马，浑身上下无一根杂毛，就像杨宗保，或者李元霸。威风凛凛，得胜回营。

晗章故意从很远的地方下山，然后沿着长长的村路，检阅村庄。那种场面你可以想象。老人摇头，女人瞪眼，男人停下脚步，孩子们围到跟前。不，可不是跟前。他们远远地跟在后头，不敢靠前。谁不知道鼓眼性子烈？谁不知道二舀子的下场？

拐过一座山脚，黄宝厚和刘老冬几个人，站在路边上。刘老冬眼睛微微上斜，悠闲地对着半空喷出个个烟圈，黄宝厚却两手空空，满脸沮丧。

扭头看见晗章骑牛的样子，黄宝厚突然大叫一声，二舀子，二舀子附体！

这话箭一般，射中晗章的咽喉。就像李渊，误会射死单雄兴的哥哥单雄忠。晗章老半天没能上来话儿。怎么闹了半天，他还是二舀子？这话老冬说出来还好，偏偏出自黄宝厚之口！

晗章身上一阵哆嗦。半天后说村长，你啥意思？别人不懂政策，你也不懂？黄宝厚说你要不是二舀子附体，怎么能骑得上鼓眼？奇怪，奇怪，真是奇怪！

晗章更加愤怒。他说村长，你要再这么说，我就去乡上找赵警官！黄宝厚一屁股摔到地上，很疲惫的样子。他说啥村长不村长的，你就使劲叫吧，还有几天叫头呢。真是奇怪，一辈子没亲眼见过奸臣篡权，灵魂附体，今天都看见了！

老冬又瞥了黄宝厚一眼，叹口气对晗章说，你赶紧下来吧。我们只是不习惯女人改嫁。改嫁就改嫁，还招个耍嘴皮子的上门女婿。不过我们可没有把你逼上绝路的意思。真出了事，大家都不好看。

十八

夕阳从山间树缝落下，晗章和鼓眼身上，一道道明，一道道暗。明暗的分界并不固定，随时变化，给人恍恍惚惚的感觉。孩子们的吵闹像蒲公英，慢慢飘满整个村子，巧凤随即也像蒲公英，飘了过去。

这时，晗章脸上还是呆呆的，面无表情。围观他已经习以为常，过去亮书，情形比这还要热烈。但是他呢，却像个刚出道的毛头小子，一点都不懂得跟看客听众交流，满脸的木讷。师傅说过，这叫傻说，是说书大忌。这条不改，永远都别想成事。

那时，二舀子附体的声音，依然在他耳边回旋。他像只鸟，刚刚展开翅膀，就中了流弹，直直地掉到地上。不仅如此，他突然明白了刘算盘那些话的确切涵义。明天后天，也许他还能骑车挑水，但过不了几天，那个舞台，也将曲终人散。

就像亮书一天，最终两手空空，一无所获。

巧凤挤开人群，从侧后方，匆匆跑到鼓眼身体中间靠前的位置，一手朝牛头牛角的方向伸着，一手抓住丈夫。她嘴里不停地说着什么，一边说，一边下意识地扭头看看牛角。可她说了那么多，晗章却啥都没听见，只看见夕阳照在妻子一开一合的嘴上，那口依然光洁的牙齿，发出温润的光泽。

回到家里，晗章还是失魂落魄的样子。不止是失望，还有懊悔与耻辱。像突然长大的孩子，对自己的荒唐羞愧不已，无法抬头。没滋没味地吃了几口饭，晗章呆坐着门前，看着白亮白亮的圆月慢慢爬上对面的山峰。这时，巧凤突然拿出一样东西，外面包着包袱皮，不知道是啥。

巧凤在上面敲敲，一阵发劈的声音，哑哑地响起。是他的鼓，那架旧了的小鼓。

巧凤说你不是一直问，那回咱们隔着火车打招呼，我手上绣的啥吗？我想起来了，就是这个枕套。晗章闻听，夺一样接过来，隐约看到上面绣着荷花与鸳鸯，但颜色在月光下看不真切。他转身回到屋里，打开电灯，仔细端详。

红布，粉花，彩鸟，绿叶。为了省电，电灯的瓦数不高，但即便这样，也能感觉到颜色的鲜亮与尖利。只是现在，它已经不是枕套，而是鼓套。下面开着小口，露出鼓架的三条腿；新缝了条背带，肩背可比手提体面。提着像个啥样，要饭花子一般。

晗章的手指，在鼓套上划来划去，像抚摸心爱的婴儿。眼前仿佛有无数的幕布，他的手一划，揭开一块幕布；再一划，又揭开一块。每次揭开幕布，都露出同样的场景：妻子一边跑，一边向着火车挥手致意。

巧凤说这可是崭新的，绣好后就没用过。舍不得！

晗章喃喃道就是用过，也没关系。我喜欢。

巧凤说不管咋样，是咱们俩过日子。不是跟别人。

巧凤说，我要的就是你。一个说书先生，耍嘴皮子的。

巧凤说千万别再生事，咱们关上门，过咱们的日子。

巧凤说，你要是愿意，明天就出去说书，我和孩子跟着你！

巧凤说，实在不行，咱们搬走，迁到你那里去。晗章摇摇头，说不，我绝对不走。我干吗要走？这就是我的家！巧凤说这就对了。你谁也不是，你就是你自己，是个啥，就是个啥。出去说书，别忘了带上它，擦擦汗。说着话，递来那条曾经给晗章掩过伤口的旧手绢。闻闻，满是肥皂的香味。

你自己。这简简单单的三个字，像流星划破晗章内心的迷茫与幽暗。在疏忽而逝的亮光中，他仿佛看见自己，在孤独的小路上，朝错误的方向，一路狂奔。过去说书，经常要说到一个词，丹田。今天，终于找到了它。一股气，一股热气，突然从小腹的地方漾起，一点点地上移。他想，那里一定就是丹田。它确实是个神奇的东西，能送出这样威力强大的气流，温暖他的全身。他小心地放下鼓，两手搂住妻子，在她耳边悄悄说道，等交了牛吧。巧凤说，我还想再给你生个孩子。晗章说，有当然好，没有也没关系。反正已经有了小清。

晗章的舌头温柔地找到妻子光洁的牙齿。他想想尝尝，温润的光泽，是个啥滋味。这个字眼，似乎哪本评书里有过，可恍恍惚惚中，他哪里还想得起出处。

十九

那是个清脆的响晴天，你能听见山风金色的脚步，波浪一般，唰唰地在树叶间行走。刘算盘和刘老冬他们，看不见晗章的脸，只看见他手里那个包袱，像太阳一样鲜艳。

刘算盘揉揉眼睛，这才看清晗章的脸，那上面带着淡淡的微笑。

晗章，你这是要去哪里？赶紧投票去啊。投四爹一票，我亏待不了你！

老，哦，晗章，就是，投票去吧。

你是要喊我老假，对吧？

嗨，干吗还提这个？你放心，我保证从今天开始，正式改口。

无所谓。晗章也好，老假也罢，都是你们的名字，跟我没多大关系。我就是我，巧凤的男人，说书先生！

(原载《江南》2010 年第 2 期)

风沙太大

一

　　"你怎么回事？我跟你说过多少次了，你怎么一点反应都没有呢？工作有你这么干的吗？！"领导还在大发雷霆。我没敢看表，但我能肯定，他这么口沫飞溅苦口婆心地谆谆教导我至少已经持续了整整二十分钟。事情的起因其实很简单，没什么了不起的，但领导顺着自己的劲头越说越气愤，事情的性质也就自然而然地变得越来越严重。就像瀑布里的流水，刚开始速度很慢，然后越来越快，到落地的时候就已经不是流而是砸了。二十分钟的暴风骤雨足够围困一座城市，就像去年夏天那样。当时我那位于贫民窟内的华居里几乎可以停泊万吨巨轮，拖鞋什么的全都漂了起来，可把我儿子给乐坏了。二十分钟的炮火准备足够摧毁敌人的前沿阵地，即便是大兵团作战。二十分钟还可以烧开一壶滚烫的茶水，在我们家的小煤炉上。二十分钟具有如此巨大的能量，你想想我的肉体凡胎如何承受得起。我的平静、自信和尊严都被这二十分钟慢慢撕碎，然后再全部碾成碎片，淹没在那二十分钟暴风骤雨形成的汪洋大海之中。

　　我一直没有吭气。可是我的愤怒却在不动声色中不停地积累着。因为这一切都不是我的错。我唯一的错误就是没同领导搞好关系。拿时下的时髦话说，叫做沟通能力有问题。时代发展很快，每天都有新变化，包括词汇。比如以前的集体主义，现在改叫团队精神；以前的总经理后来叫董事

（我一直用拼音打字。打这个词时，屏幕上一下子蹦出了个"懂事"。我想，他们都懂事吗）长，现在又成了 CEO。这些词我都是用了好长时间才弄明白的，不像别人成天挂在嘴上。大家都在与时俱进，只有我还在原地踏步，在经济全球化的浪潮中。不进则退是历史的必然，因此我清楚自己注定要被淘汰。中山先生不是也说嘛，世界潮流浩浩荡荡，顺之则昌、逆之则亡。噢，话题扯远了。

我愤怒着。我希望自己的愤怒能够喷涌而出。痛快淋漓地。铺天盖地地。气势恢弘地。场面壮烈地。可是它却没有。一直没有。第一，领导永远是对的；第二，当领导错误的时候，参看第一条。这是在江湖行走的两条基本原则。所以我不敢。再说领导的肩章还比我多一道杠。对了，我忘了交代，当时我在一家军队医院干后勤，是上尉勤杂工。领导比我多一道杠，自然是上校了，不用说你也明白。我心中轮流默念着无数句格言警句，如同大雨中浑身湿透的路人，依然下意识地将手放到头顶上试图遮雨。我就是有这点本事，会掉书袋子。小不忍则乱大谋。将军臂上跑得马，宰相肚里能行船。当你生气的时候，一分钟以后再开口；如果你无比愤怒，那就三分钟以后再开口。

我可是三十分钟以后才开口的。当时口干舌燥的领导正在喝茶润喉咙。那一刹那我简直有些同情他。还有些做了错事的羞愧。你看当领导多不容易啊，教育部下都这么辛苦。我想说的是"我要辞职"，可我耳朵听到的却分明是这样一句话："院长，我想休假。"算啦，部队没有辞职一说。我已经连续三年没休假了。远在河南老家的爸爸妈妈肯定很想念我，还有他们尚未谋面的孙子。我知道这个理由很充分，尽管有些时机不对。我这个人在时机面前从来就没有对过。果然，领导将茶杯往桌上一放，似乎感觉过于突然那样顿了一顿，然后说："好吧。这事我们研究研究以后再说。"

二

晚上，我叫文友方金过来喝酒。我们都是寂寞的人，所以他每叫必到，尽管没有文学女青年作陪。我说我沟通能力有问题，其实我的沟通能力一点问题都没有。我只是没有时间跟领导沟通而已。我忙。我要写作。别人跟领导沟通的时间我都在写作。偶尔闲下来，还要请方金喝酒。你想我哪有时间跟领导沟通。第一瓶酒喝光以后，我说："方金，我准备转业。过两天就动身去北京，看看能不能先找个地方栖身。实在不行，就先炒两年邮票。我就不信，除了胶州，除了这个破医院，我就找不到活命的地方！"方金定定地看着我的眼睛，整个动作持续五秒左右，如同电视镜头的定格。听说我，他的朋友，作出了如此重大的决定，这家伙不仅不代表七十八万胶州人民作点姿态以示挽留，比如让我三思后行什么的，反而不紧不慢地拍起手来，那掌声还很清脆。你得承认，这个动作很具有表演性。我们都是寂寞的人，格外希望争取到一些眼球，所以潜意识里都有强烈的表演欲。我早就习惯了他的这个伎俩，因此也不吭气，只是紧紧地反盯着他的眼睛。方金等了半天，也没等到我用足够的热情来回应他自我感觉良好的冷峻和幽默感，不免有些失落。最后他不得不寡盐少油地说了一句好啊。你早就该这么干了。

　　方金一直鼓励我到北京去闯闯，说在小县城里会憋坏的，无论眼界还是对文字的敏感，最终都会被平庸单调的生活磨损摧毁。我很讨厌他的这个说法。我想我在这里生活得不是挺好的吗，一个月有一千多块钱的工资，偶尔还能腐败一下肚子，一点也不耽误自己业余时间写作。三十亩地一头牛，老婆孩子热炕头。多好啊。领导对我没亲情不要紧，只要他不恶心我就行呗，反正我也不想进步。我当然不敢这样说。你想这会让我显得多没出息。因此我总是很谦虚地说北京那是什么地方？随便走上一步，都会踩着好几个典故。天子脚下藏龙卧虎，我这点本事那还叫本事？我还是宁为鸡头、不为凤尾吧。再说了，作家还要下来挂职锻炼，我现在不用挂职天天锻炼，还愁积累不了生活，写不出大部头？

　　方金大概感觉到了这种态度跟自己平素的一贯立场不甚匹配，语气于是渐次加强："锐强，你早就该出去了。你在这里能有什么出路？白白浪费青春。我要是有你的本事，早就出去了。北京那么多报社，你随便找哪一家不能栖身？一边工作一边写东西，同时慢慢往圈子里钻。只要钻对了圈子，我敢保证你不用两年准能火起来！"我等的就是方金的这番话。出征之前，谁不需要两句吉言打打气呢。你看清兵，出征走德胜门，班师进安定门。尽管那帮八旗子弟最后没能斗过八国联军，规矩还得讲不是。算了不说了，这例子不吉利。

方金这番话的效果如同那火辣辣的第二瓶酒。我顿时感觉热血沸腾，挥手冲着吧台上的服务员大吼一声："小姐，酒！"其实我们的距离不远，我根本用不着那么大的声音。这样大的动静会吓着她的。这小姑娘她多像琴儿呀。那么俊俏。那时候的琴儿，最多也就是她现在的岁数吧。

三

媳妇一边抹眼泪一边给我收拾行李。儿子已经睡了。还是我哄的。火车是晚上十点四十分的，我还有这个时间。

我握握媳妇的手。这时我才发现她的手已经很粗糙了，甚至还不如我的手嫩。她是个好老婆，这双手可以说明一切。这些我都知道。我逗她说："嘿、嘿、嘿！老婆，你这是怎么回事？我此去北京要大展宏图，是好事不是坏事，你哭什么哭呀？快别哭了，不吉利，跟生离死别似的。又不是向张锐强同志的遗体告别仪式！"媳妇听了这个一下子哭出了声："好端端的你去北京干吗？咱们在这里过得不是挺好的吗？你这一走，晚上谁搂欢欢睡觉，他要找你怎么办？"欢欢是我儿子的乳名。儿子是媳妇对付我的杀手锏，有时相当于人质。晚上都是我搂欢欢睡觉，他哭的时候从来不叫妈妈而叫爸爸。这让我既得意又伤感。媳妇说着从后边搂住了我。我向床上的儿子看了一眼，感觉心烦意乱。我掰开她的手，说你看你看，你这是干吗呢。人往高处走、水往低高流。我一着急连这话也说错了，赶紧改了回来说水往低处流。趁着现在还年轻，我得出去闯一闯，赌他一把，免得日后后悔。再过五年，我就是想走也走不动了。再说我这回只是去探探路，不到一个月就会回来的，那时咱们还可以再商量嘛！

电话响了，我知道是老乡叶海山在叫我。他是旁边一个炮兵团里的上尉，一直吵吵着要我带他炒炒邮票发点小财。我不是著名邮市评论家吗。我们是信阳老乡，约好了这次一起去北京。这两天邮市涨得厉害，我领他去选好品种买下，行话叫吃货；然后他就带着回来，等涨价了我再通知他运回北京卖掉，行话叫出货。低吸高抛，赚钱就这么简单。

我爬上床去，俯在儿子头上轻轻地亲了一口。儿子身上有一股清新醉人的奶香。均匀的呼吸，安详的睡态，说明他睡得很好很踏实，还不知道明天一早睁眼起来，给他穿衣服的不再是本爸爸。我什么也没说，下来对媳妇说声我走啦，然后提起行李就出了门。风萧萧兮易水寒，壮士一去兮不复还。时下正是春天，风是和煦的水是温暖的，可我还是想一去不复还。

火车在这个小站上只肯逗留四分钟。这下你该知道这个小城有多大了吧。四分钟以后，它就低吼一声上了路。卧铺车厢已经过了熄灯时间，火车一出城市，车厢里只有脚灯的微弱光线，显得很暗。我是上铺，叶海山是中铺，下铺是个小姑娘。也不小了，二十多岁吧，正是让我们不得不矜持一些的年龄。我问叶海山带了多少钱，他伸出三个指头。我知道那是三万。我自己带了七万。还有一些零钱。这是我的全部积蓄。当然是私房钱。我说好。你的目标是赚多少？他笑笑说这个我不管，我反正跟着你。这话里的信任让人无比受用也无比感动。我不得不很男子汉一把。我有些自言自语地说仅仅一倍我是不满足的，咱们至少要争取两倍！闲聊了一会儿，我说不早了，咱们撒泡尿然后睡吧。这话一飘进自己的耳朵，我就感觉有些不对劲，但哪里不对劲又搞不明白。笨手笨脚地爬上上铺之后，我才意识到这是以往晚上对儿子说话的口气，现在怎么拿出来在一个妙龄女郎跟前说了呢？ TMD（他妈的），我这是怎么啦，这么没有 gentleman-like（绅士风度）？

火车火车你快开，让我一睁眼就看见未来。这诗写得多好啊。在单调的咚咚——咚咚声中，新生活的幕布在我跟前徐徐拉开。我在黑暗中睁大眼睛，希望看到它的全景。我一会儿看到大把大把的钞票，一会儿看到自己衣冠楚楚地坐在繁忙的编辑部里，一会儿又看到自己跟那些说出名字来能吓方金一跳的作家评论家亲热交游，然后我的名字频频在《收获》、《十月》、《当代》和《人民文学》上用大号字体印刷出来。当然了，我还看到了琴儿。一看到她我心里就隐隐作痛。她赌气不辞而别只身去了北京然后彻底消失，就像从世上蒸发掉了一样，这实在不是我的错。不对，也是我的错，这回我就要当面向她道歉。

我迷迷糊糊地入睡，然后又迷迷糊糊地醒来。一睁眼，我发现周围的光线还很弱，估计天还早，果然还不到五点。向外一探头，叶海山已经起来了。我很理解，他也睡不着。面对如此美好的明天，只有白痴才能酣眠。

时间像一匹疲惫的老马，磨磨蹭蹭地走着，好容易才挨到八点。我拨通朋友徐溔的手机，问他这会儿在哪儿。他回答说正在地铁里，要去邮市。

我说干吗这么积极呀？跟上班似的。他说形势发展很快，不着急不行呀。我说这波行情你赚了多少？他略一沉吟，说二十多万吧，不到三十万。我正好抄到了大底。我说你小子别把钱赚光了，也给兄弟留点汤喝啊。他哈哈一笑说行，我等着你。你什么时候到？我说火车十点多到站，中午我肯定到邮市了。他说好啊，中午我请你吃饭，把哥儿几个都叫上。

关掉手机一回头，我看见旁边的叶海山两眼发直，目光都不会拐弯了。

四

漫天的杨絮在北京的大街小巷里轻快地飞舞。司机很讨厌，我却很喜欢。我理解杨絮此刻的心情，不知道古人为何要骂它们"癫狂"。一下车，正往下拿行李的工夫，忽然一阵风沙漫卷过来，打得我满脸生疼。我们逃也似的躲进路旁的小店，叶海山呸呸叫着往外吐沙子，我使劲揉着眼睛，那样子肯定很狼狈。折腾好之后，我们俩相视一笑，看来心情都没有受影响。我整整衣裳说好好，这就是北京给咱们的见面礼！

邮市已经搬到福尼特家具城里边了，但因为"月坛邮市"这个招牌实在太响亮，所以现在还这么叫着，其实它早跟月坛公园没有任何联系了。一到这里，我的手机就彻底失灵。没办法，这里的手机太集中，旧手机的抢网功能不行。忙活了半天，我才跟徐滁联系上，他老人家还在里边观战。他问我在哪儿，我说在门口。他说好，你等一会，我马上就出来。

我正翘首观望着感慨过尽千帆皆不是呢，徐滁突然在我旁边出现，从天而降一般。没办法，人太多了，我的眼球实在转不过圈来。徐滁很领导地拍拍我的后肩，说老兄，你真能沉得住气呀，这么长时间也不到北京来！我说北京是什么地方，谁想来就能来的吗？徐滁听了又一阵哈哈大笑。我说王国祥他们呢？他说一会儿就来。你不知道，现在想请人吃饭都难了。大家都忙活着赚钱，谁还有功夫吃饭呀。

徐滁领我们来到旁边一个很漂亮的饭店。我是用了很大的努力才跟着他走的。我太想直接进邮市了。从门口摩肩接踵的人流就可以想象出来里面的红火与热闹。每临大事有静气。我在心里默默念叨着，费劲地挪动着双脚。

饭店的生意也分外的好，不用说都是邮市带的。我们费了半天劲才要到一个单间。一落座，徐滁点好菜就忙着四下里打电话招呼人。过了半个多小时，人才来齐。王国祥，袁雪淞，周文宣等等，都是邮评圈里的朋友。另外还有几个报纸杂志集邮版的编辑。如果论资历，除了周文宣就是我了。尽管一圈里我最年轻。周文宣是第一代邮评家，我算是第二代。1994年就开始写，到1997年邮市出现历史上的第四次高潮时，我的专栏已经满天飞了。这个是黑马，那个有机遇。整天忙活着指点江山。而那时徐滁、王国祥和袁雪淞等人都还没有上道。

菜上得很慢，显得服务水平跟饭店的装修档次很不般配。不过大家都知道原因，也还能够容忍。主题本来是欢迎我的，但行情实在太火热了，大家首先还是围绕着这个展开了话题。没办法，钱，只有钱能够所向披靡。徐滁问最后进来的袁雪淞说老袁，最新动态怎么样，哪个最火？老袁说还能是哪个，"神舟"大版呗。最高蹿到一千三，刚刚调整到九百。徐滁一个惊叹说幅度这么大呀？周文宣说调整好调整好。要是不调整，行情可能要坏。我点点头说对，是这个道理。九百能守住也不错，已经有四倍利润了嘛。徐滁说随便，反正我没做它。我感觉这个庄家挺黑，一点缝都不给散户留。王国祥说徐滁，你小子知足吧。这一把咱们几个可能你做得最大。赚了多少？王国祥是摊商。每天都有流水，不像徐滁那样囤积居奇，专做投机生意。徐滁嘿嘿一笑，说不到三十万吧。袁雪淞是专门从昆明过来赶海的，匆匆忙忙地在石油系统刚刚办了内退。他问徐滁道徐滁，这些日子你真成了神仙，说哪个涨哪个就涨，从"君子兰"到小版张。你说吧，下一个黑马在哪个板块？徐滁哈哈一笑，说我哪有那么神，碰运气就是了。不过说到下一步，我感觉小本票有戏。很简单，邮资封涨了，邮资片涨了，小型张涨了，小版张也涨了。小本票不涨说不过去呀。我跟周文宣一碰眼神，感觉有些英雄所见略同。我这回来就是冲着小本票来的。我说没错小本票是黑马，你徐滁和王国祥也是黑马。你们两个就是大潮过后邮评界杀出的两匹大黑马！

这话一下子将注意力吸引到了我身上。徐滁又是一阵哈哈大笑，说哪里哪里，你是老前辈呀。只可惜不在北京。我很受用地谦虚道什么前辈，纸上谈兵，纸上谈兵。徐滁说上轮大行情你赚了不少吧？上轮大行情天花板价我只摸了一个"大亚湾"邮资片，本身只有一万块，问题在于其他品种也都没做好。"茶文化"卡一千六那天我没谈好价钱，赌气离开市场，结果第二天就掉到了八百。一千六都没卖，八百更不能卖了，一直捂到现在的二百二，而我买的时候还是二百九呢。大潮过后价格全线回落，我趁势追击想抄个底，但没想到两年甚至三年过后底部都没出现，所有的操作全部套牢。不忙不赔，越忙越赔。这些血泪史我从来都不敢翻的。我是全国著名邮市评论家呀。尽管现在一只脚已经退出邮评专门写小说了，这名头还得要不是。我心里隐隐作痛，支吾着用很谦虚的口气说没赚多少没赚多少。你想我憋在小县城里，有劲也使不上呀。

《中国证券报》收藏版的编辑宋立敏一直没怎么吭声。我在他的版上开过两年专栏。他来的时候带有五百多本散的"小鲤鱼"小本票，都是刚刚在市场上收的。散本跟整包的价格差距很大。这时他插话了："锐强，你干吗不来北京呀？炒炒邮票写写稿子，两不耽误。高智商应该用来经商才对！"老袁也表示赞同："就是。我才来几天，现在要是把手上的货全部兑现，至少能赚个五六万。上班得上多长时间？"

我很兴奋，但也很憋闷。邮市评论我早就厌倦了，它不再能给我提供哪怕一丁点的成就感。除了宋立敏那样的老朋友的约稿，一般的报纸我已基本不再联系。这都是方金他们影响的结果。他们非要我写小说。说这是正路。结果小说没发几个，稿费却直线下降。当然我并不后悔。我微笑着没有表态，实际上也没时间表态。我还在等待着一个人，我知道他肯定也会开口的。迟早而已。

果然，周文宣随即接过了话头。他是我们军报的文艺部主任，大校军衔相当于外国的准将。他说："锐强，你的文笔这么好，闷在一个小医院实在屈才。你要是想在部队发展，就应该改行搞政工，干营房有什么出息？！假如转业，至少也要到省报，到市报都屈才。不说别的，就说我们报社，有几个编辑记者有你这样的文笔？！"我等的就是这句话。这是我想象中的上上策。我看着周文宣说："你们说的很对。这次我来北京，就不准备回去了。周老师，我调到你们军报去怎么样，给你编个副刊？"过去我每次来北京，周文宣都这么对我说。我知道他没说假话，他是真的认为我还有点所谓的文才。

周文宣一愣。他端起茶杯，很得体很潇洒地拿开杯盖，做出吹漂在表面上的茶叶末的样子，然后儒雅地喝上一口，再将茶杯放了下来。他说："你能调到军报？假如你能来，我当然欢迎！"TMD，我要是自己能调到军报，还用跟你饶舌吗。我说："我自己肯定不行。我得站到巨人的肩膀上去，麻烦麻烦你嘛！"周文宣一笑："我哪有那么大的本事。再说军报一般不从下边部队调人，只从院校要毕业生，中文或者新闻本科的。现在本科生都不大好进了，一般都是硕士。你是本科还是硕士？"我们都是一家集邮杂志的特约撰稿人，每期的封底都有我们的个人资料，该准将先生不可能不知道我的学历。嘶啦一声，上上策希望的气球破了。我有些难堪地说本科本科。当初导师极力要我考研我没考，现在后悔也晚了。

<h2 style="text-align:center">五</h2>

　　上上策的希望虽然破灭了，但还有中策和下策。拿我们邮评的行话说，叫做基本面并没有恶化。吃完饭，徐滁和王国祥都要忙活了，袁雪淞自告奋勇地要领着我逛市场。他有业务关系，各方面都很热络。他说你准备买什么？我说"水乡"小本。短线我做不了，准备做中长线，放一段时间再说。他说也好。不过现在整包价格已经涨到五四了。这也是行话，五万四的意思。我说这么高呀。他说形势发展很快，要不我怎么鼓动你来北京呢。在外地根本反应不过来。上午开盘还高，到过五七呢。怎么样，买还是不买？一步赶上步步赶上，一步落下步步落下。这都是有血泪教训的。在这个伟大的历史时期，不进则退已经成为历史的必然，与时俱进是时代的要求。领导经常这样教导我。我咬咬牙说，通吃！

　　一进邮市的大门，立即有人围了上来。大哥，带了点什么？咱们谈谈怎么样？我们一律不予理睬。这帮人都是二传手，专门在买主和卖主之间做空手套白狼的拼缝儿生意，左手买右手卖。要是跟他们做，不吃亏那才叫奇怪呢。老袁领着我们七折八拐，很费劲地找到一个摊位跟前。里边淘金的人实在太多了，我看比华尔街上的纽约证券交易所还挤，绝对是世界上人口密度最大的地方。大家脸上都带着兴奋的表情。老袁很熟络地问有没有整包的"水乡"，老板说原包还是散包？老袁说当然是原包了。老板说只剩一包了。老袁说什么价？老板说五五。老袁说别逗了，都是明白人。老板说价格你是清楚，这我也不能蒙你。但这会儿找"水乡"的人太多了，我估计可能有戏，不大想走。走也是行话，卖的意思。老袁说给个面子吧，外地的朋友，冲着我来的。老板挠挠头略一犹豫，终于点点头说行，你抱走吧。说完低头打开保险柜，搬出了一个大纸包。我让叶海山将纸包接过来，自己掏出钱点好递了过去。老板往验钞机里一过，然后熟练地按数捆好，放进了一个密码箱中。开箱的功夫，我看到里面整整齐齐码的都是百元大钞。

老袁拿过包上下左右地端详了一番，说是原包的吗？老板说我的货你还不放心？都是直接从公司来的。公司指的是官方的集邮公司。这回他们可发大了。你想啊，邮票本来不过是张烂纸片，他们在上面印上多少钱就是多少钱。这还不算，市场一上来，干脆直接随行就市了，不赚钱那才叫奇怪呢。要不是因为这个，市场也不会死这么久了。道理很简单，邮市被一遍遍地反复抽血，钱都流到公司的腰包里了，大家哪里还有汤喝？！

老袁仔细看了看，没发现什么破绽，说那好，咱们还是老规矩，先小人后君子。你在上面签个名吧，写上你的摊位号和身份证号码！老板做出无奈的样子，拿起挂在脖子上的圆珠笔，微笑着在纸包上写下了几行字。字迹歪歪扭扭，跟甲骨文似的。

我们抱着这包"水乡"举步维艰地向外挤。中间有人问价，老袁都抢着回答说四九。他说不能报高了，要不价格马上就有可能涨上来，下一包五五也不一定能拿得着。我们将这包"水乡"放到王国祥的柜台上，然后再去寻找第二包，过了好半天才找到。这回再碰到有人打听价格，老袁一律回答五六。我说老袁，你小子这不是哄抬物价吗？老袁笑而不答。

刚开始看到邮市形势，我真担心要空手而归。惜售心理实在太浓厚了。现在东西已经到手，下策已经有了保证，我悬着的心这才放了下来，想起了还有更重要的事情。我说老袁，朋友们都这么忙，我就不叨扰了。老袁说怎么这就走？我还打算晚上咱们好好聊聊呢。我说改天吧，反正我还不回去。你跟哥儿几个都打个招呼，我就不一一告辞了。说完拉着叶海山就出了邮市。

一整包"水乡"内装有十小包总计一千本"水乡古镇"小本票，抱起来还真不轻。好在叶海山是炮手出身，几十斤的炮弹早已将力气练了出来。路上我告诉他要做好短期微套的心理准备，我估计市场可能会有调整。不过幅度不会太大，顶多百分之十。与其冒踏空的风险，不如承受微套的代价。九七年市场逆转，到现在已经四五年了。躺下来有多长，立起来就有多高，这是基本规律，因此肯定会有一波大行情，到时候咱们就等着乐吧。叶海山自然连连点头。他心悦诚服地说今天我真算开了眼了，知道什么地方拿钱不叫钱。亏了跟着你，要不我背着猪头也找不到庙门呀。我很受用地嘿嘿一笑，说还好，朋友们给面子。叶海山说我怎么地也不敢相信，就这么两个不起眼的破纸包能值十万块钱。咱们不用打开看看？我豪情冲天地说怕什么？里边就是两包废纸，到时候也照样能当邮票卖出去！你不知道，原包和拆包的价格差别很大。大家一般都不会拆开的。

六

　　叶海山走了。带着那两包"水乡"。野战部队纪律严，他的时间有限。我一个人孤零零地淹没在地铁的人海里，顿时感觉到了前所未有的孤寂与落寞。台北不是我的家，我的家乡没有霓虹灯。在嘈杂与喧嚣声中，罗大佑沙哑的歌声从我心底最柔软的那个角落苍凉地飘起。我想北京也不是我的家。哦不，北京是全国人民的北京，当然也是我的北京。我的梦想必须在这里茁壮成长生根发芽。

　　我在崇文门地铁站里犹豫不决，不知道该到哪里去。在北京我有好几个同学，还有老乡。我不知道该去找谁。我想也许谁都不该找。我来北京不是观光旅游会友叙旧的，我要寻找一个精神停泊的港湾。想了半天，我买了一份最新的北京交通旅游图，还有几份晚报晨报。我在旅游图上努力寻找着什么，可是除了一大些令人肃然起敬或者心驰神往的地名，我一无所获。鸟儿已经飞过，天空不留痕迹。我知道不可能找到琴儿的地址。她的地址压根儿就没有告诉过我。我只知道她还在北京。我只知道她孤身闯北京已经八年了。我怅然放下地图打开报纸，顾不上看它们的副刊，首先翻到了广告上的招聘栏。费了半天劲也没找到眉目，时间已经不早了。没办法，我只好登上地铁，向苹果园方向开进。

　　我乘地铁坐到底，然后再出去打一辆黑的，就是没有证的出租车，一直开到北京军区的大门口。老乡已经跟门卫打好招呼，我一说名字人家随即挥手放行，并且告知了老乡等我的饭店"梅竹酒家"的位置。十年以前，我跟老乡都在重庆的一所军校后勤工程学院念书，只不过他在干部班。要不是他老人家鼎力相助施以援手，我老人家现在肯定还是新疆西藏的干活。胶州好赖还算个沿海城市不是。自打毕业之后我们就没见过面，我还真是挺想他的。

尽管李哥在大机关的要害部门工作，但对我这个小老弟还是非常热情，叫了好几个老乡陪我。他问我来北京主要干什么，我说了自己的想法。他略一沉吟，说你还是找找军报的那个主任，争取往北京调吧。不过真能找到合适的报社也不错，我知道你的笔杆子没问题。最好别辞职。我点点头。心说找找，当初我要是肯找找领导，还用得着今天来找找他了？

李哥在招待所给我安排好了房间。我在这里住一个月都没有问题。外带早餐。李哥有这个能力。他领我进了房间闲聊几句，随即就回去了。没办法，他忙。一路奔波，中午晚上又都喝了酒，我脑子昏昏沉沉的，发木。翻了翻买来的报纸副刊，感觉它们的文学味很淡，柴米油盐酱醋茶的味道很浓。当然了，晚报副刊本来也没什么文学味。这是我最近几年刚刚明白过来的道理。在方金他们的开导下。

迷迷糊糊地，琴儿向我走了过来。我惊喜万分，想叫她却发不出声音。琴儿冷漠地看了我一眼，一点也没有停留的意思，继续按照以前的步速平稳地向前走，如同初中物理里面说的匀速直线运动。那时她经常问我这方面的问题。她的理科不行。我紧跟在她身后，喊了半天好容易才将嗓子喊通。我焦急地叫道："琴儿，琴儿！你等等，你听我说！"琴儿毫无反应。我急步抢到前面然后回头将她挡住，说："我知道我对不起你。我大老远赶到北京来向你道歉，难道你还不肯给我这个机会吗？"琴儿哼了一声："道歉？你早干吗去了？！"我说开始我不是不知道嘛。谁让你要那么说的？琴儿恼怒地说你就这么笨？你的聪明才智都到哪儿去了，那么简单的话都理解不了？！然后一侧身又开始了急行军。我大声喊道琴儿我错了，这是我一生最大的错误，请你听完再走好吗？琴儿回头看了看我，那眼神跟十年前她送我走时的最后一眼完全一样。不胜清怨。楚楚可怜。就是这个眼神让我一生不得安宁。

琴儿绝尘而去。我想追上去，但双脚却好像被强力胶粘住了一般动弹不得，眼睁睁地看着她那瘦削的身影被茫茫人海淹没。我痛哭失声，焦急地胡乱使劲，一下子将被子踢到了床下。在寂静之中，手表的滴答声格外清脆。抬腕看看夜光表，时间是两点二十几分。摸摸脸颊，上面冰凉湿润。

七

我大海捞针一般寻找，终于在第四天发现了一条线索，《生活早报》招聘编辑记者。条件是本科以上学历，年龄三十岁以下，特别优秀的可以适当放宽。年龄已经将我排除在外，但最后一个补充说明又给了我无限的希望。我发了一两百万字的文章，是货真价实的全国一流邮市评论家，应邀在上海辞书出版社出了一本二十四万字的专著《邮币卡收藏与投资》，还在《小说界》这个档次的杂志上发过中篇小说，难道还算不上特别优秀？

面试主管狐疑地看着我的毕业证。我知道他起疑心了。也难怪，换了我恐怕也要怀疑。我那本朴素无华的文凭实在比假文凭还像假文凭。我赶紧解释说军校的毕业证一般都很朴素，现在不知道怎么样了。他噢了一声，说军校啊。我知道我又没说到点子上，赶紧补充道我是通过高考考的军校。我还想说当时我的分数比重点大学的录取分数线高六十多分，要不是因为没钱肯定会是同济大学建筑系的毕业生，但想想还是咽了回去。他们只看结果。我们身处的就是一个以成败论英雄的伟大时代。他说你超龄了。我三十周岁的生日刚刚过去不到四个月，按照四舍五入的基本理论还算三十，但现在大家的精确度都在向计算机看齐，一个标点符号都不能错。我说我刚刚三十多一点。你们不是说特别优秀的可以适当放宽吗？他说特别优秀得有成果证明。我赶紧说我有。随即将书和那厚厚的几摞作品复印件递了过去。我很得意自己的先见之明，材料准备得很充分。那人翻翻书和文章复印件，说你这是什么？我说邮市评论啊，我是全国一流的邮市评论家！那人满脸茫然，说什么叫邮市评论？是干什么用的？我知道坏事了。解释了一通又翻到材料后边说我还发表了许多散文随笔和小说啊，《人民日报》、《光明日报》、《中国青年报》都上过的，对了还有《北京日报》。另外《小说界》也发过我的中篇小说。那人说《小说界》？《小说界》是哪里的杂志？我后悔没事先看看黄历，今天肯定不宜出行不宜应聘。我说《小说界》是上海文艺出版社主办的一份大型纯文学杂志，在文学圈内的档次很高的。那人说啊。不过我们招聘的是编辑记者，不是作家，当然也不是邮市评论家。我们要求编辑记者将全部精力都放到工作中去，一门心思搞采编。像你这样既要写书写小说，还要写邮市评论，工作怎么顾得过来呢？

我留下手机号码然后告辞，跟别人一样回去等通知。虽然话还没有说死也不可能说死，但我已经知道基本没戏。不过我并不怎么在乎。我的期望值是干个副刊编辑，好效仿三十年代的郁达夫，热心扶持文学青年。《生活早报》我看过，通篇就没有副刊位置，全部是鱼怎么做，阳如何壮，股市涨了多少点，在我眼里完全是垃圾信息总汇。在这样一家报纸工作，恐怕也谈不上什么荣幸。自古英雄多磨难。好事多磨。坚持就是胜利。我一边在心里给自己打气，一边继续大海捞针。晚上回到招待所，我跟老袁通了个电话，问他行情怎么样。老袁说这两天行情比较软，市场在全面调整。我说调整一下子好，这样才能夯实价格基础。要是接着再往上冲，市场恐怕真要再次死掉了。老袁说这倒也是。我等老袁说"水乡"的情况，但他一直没开口，我只好主动往这上头引了。老袁说也不好，今天下午大概在四七左右收的盘。这就是说我和叶海山俩人建立的投资基金已经损失一万四左右。不过我一点都没后悔。真的。我说这个正常，早在预料之内。调整到了百分之十左右，估计市场应该上扬了。老袁说对，我也是这个感觉。

<h1 style="text-align:center">八</h1>

我在东四十条下了车，然后对着地图向北走（我感觉是向北。不知道这感觉对不对。一到北京，我就什么感觉都没有了）。《青年文学》在十二条二十一号，地图上有。我要去找老虎。老虎和刘玉栋、刘照如是我们省里青年作家中的佼佼者，现在的动静都不小，老虎甚至都占领了《青年文学》的阵地。前些日子给他寄过一个小中篇，我想看看结果如何。

这条巷子真长。我简直怀疑自己是不是走错了道。过了好半天，终于见到了中国青年出版社的大门。

进去一问，老虎已经于俩月前辞职。原因不明。接待我的那个青年礼貌挺周详，对我这个乡下来的业余作者非常和蔼，可就是忘了让我进去坐会儿，或者赏我杯水喝。崔健不是说过吗，假如你看我有点累，就请你给我喝碗水。天地良心，我真是渴坏了。否则绝对不至于如此苛求人家的礼数。

他说所有的稿子都有交接，那篇稿子他看过了，风格不合适，他记得好像已经转给《北京文学》了。一个失望接着一个希望。我顿时满口生津说谢谢。我还想说您能给我一本新杂志看吗，可我说的最后一句话却是那好。我走了。再见。

　　我的下一个计划是去《人民文学》。我不敢奢望在那上面发稿，可我至少要知道它的门朝哪儿开，李敬泽跟程绍武都长的什么模样。哪有基督徒不知道耶稣的。我瞪大眼睛在地图上找了好半天，终于找到了人民文学出版社。借助于过去在军事地形学课堂上学到的那点皮毛，我估算离这儿不远，在西南方向。我先向西走出十二条的胡同，然后再向南齐步走。我走啊走啊，终于到了出版社的大门口。一登记，人家说这里没有《人民文学》。我如梦方醒，这里是《当代》、《中华文学选刊》和《中华散文》的大本营。我事先没有一点心理准备，到了庙门口却不知道该朝觐哪位神仙。我说请问您知道《人民文学》在哪儿吗？那人说我还真不知道。他倒是挺热心，又向里边吆喝着问了一个人，居然还是不知道。这时我终于想了起来，《人民文学》的地址是 100026 北京市农展馆南里十号，跟《文艺报》在一起。不过我已经没兴趣了。突然之间。

九

　　一份新报纸《北京都市报》要创刊，正在全面招兵买马。我看了看条件，跟《生活早报》基本一样。非常巧的是，它正式发行在九月份，我还有五个多月的反应时间。而一到九月，离年底的转业时间也就不过咫尺之遥了。新报纸比老报纸好。到了老报纸我们得先从孙子做起，而新报纸不，大家要么一起当孙子，要么一起当爷爷。它是上帝送给我的礼物。它简直就是专门为了我而创办的。哈哈。

　　报名之前我特意去剪了头发。这回接待者是个识货的行家，他对我留下了深刻的印象，赏识之情溢于言表。他说我们报纸的待遇比较优厚，编辑记者的工作压力也很大。到时候你能放下手头上的写作计划，将全部精力用到工作中去吗？我说这个没有任何问题。过去这些东西我也完全是在业余时间写出来的。我用的都是别人晚上喝酒打麻将和跟领导沟通感情的时间。假如贵报能接纳我，我肯定会百分之百地敬业，利用业余时间写作。接待者说好。你先回去吧。你的条件很好，但可能还有比你条件更好的，咱们还是要通过考试。我说那是自然。您能给我这个机会，我已经很感激了。

我得留下文凭复印件放到报名材料里去。在报社旁边的一个复印点，我碰到了一个很漂亮的女孩，也在复印毕业证。我说你也是来《北京都市报》应聘的？她说是啊。我说你哪儿毕业的？她说南开大学。店主掀开复印机盖的功夫，我依稀看到硕士学位的字样，不由得心里一动。于是紧接着又问了一句应届的硕士？她点了点头。我感觉希望的降落伞一下子被刺开了一个针眼大的小口。强手如林，不能掉以轻心啊。我这样告诫自己。

两天后我来参加了考试。四十个职位引来了六百多个报名者，初选已经删除了二百多个，还有三百多人参加了初试。初试在一个学校进行，考新闻写作跟外语两门。写作还好办，我一会儿就完成了，但外语却出了麻烦。大学期间我的英语还是相当不错的，但自从二年级考过六级以后就基本撂荒，到现在已经长达十年。英译汉还好说，是关于黄河的生态保护的，我的理解没有任何问题，唯一的麻烦是单词"delta"，我以前没学过。它出现在"黄河"之后，我估计大概应该是"流域"，但回去一翻，原来是"三角洲"。我顿时气得七窍生烟。因为我在数学里学过，Δ 就念作"德尔塔"。最可气的还是汉译英，是北约轰炸我驻南斯拉夫大使馆的新华社消息，标准答案估计就是当天《中国日报》头版头条的内容。这份报纸我早就不读了。以前我读的时候，一份报纸看三天，后面两天半相当于查字典。没办法，我学的都是公共英语，"主权"、"野蛮践踏"、"强烈谴责"这些词汇大学期间根本没学过，即便在英语成绩最好的大二考，估计我也不能及格。我就不明白，我应聘的职位是《北京都市报》编辑，又不是外交部发言人，考这个干吗呀。

初试合格的再参加复试，考计算机操作。时间定在一周后举行。但我却一直没接到通知。电话打过去，人家说已经复试过了，录用名单已经公布。我顿时眼前一黑。

还有更坏的消息。老衷告诉我市场正在快速下滑，"水乡"现在只剩三一了。事情已经清楚，大盘即将向下，那一波行情已经结束，我正好又摸到了天花板价。正因为大家都对前景看好，所以才会出现这样的局面。那一瞬间我明白了许多新的道理，但道理往往只有在失效过后才会熠熠闪光地成其为道理。现在说什么都晚了，唯一明智的就是赶紧出货止损。我拨通叶海山的电话，他说锐强你还在北京？我说是啊。他说邮票涨了吗？你打电话是不是要我这就去北京卖货？叶海山还是嫩。一点也不懂我们的行话。我说："你别着急。哪有这么快的投资，你当是弯腰捡钱？你先在家等着，到时候我会通知你的！"说完我就关了手机。那一刻我真恨不得扇自己两个大嘴巴子。还好，我本来就告诉他要做中长线。这下有的是时间，回家慢慢做吧。看看多年的媳妇能不能熬成婆。

十

我事先准备了上中下三个方案，没想到这三个气球前仆后继地全部爆裂。尤其是下策，也就是我的心理保障线，消失得最为渺茫。炒邮票的前景本来就很渺茫。这个行业是三年不开张、开张管三年，即便做也只能做一阵子。这就是基本面的恶化了，谁也无力回天。我不知道老衰今后打算怎么办，也不好意思同他联系。

算来我在北京已经待了小二十天了。散布在东南西北各个单位的朋友、同学和老乡已经一一拜访完毕。酒也喝了，饭也吃了，豪言壮语也留下了，再也没理由前去叨扰。其实即便他们叫我去，我也没这个心情。就连李哥给我安排的招待所也让我如坐针毡。我受不了里边的豪华。我不是来北京享受的。我要开辟新生活。资本原始积累阶段，应该残酷而且艰苦。接风过后，我跟李哥就见了一面。他忙。办公室和宿舍离这里都很远。谁让北京这么大呢。我想离开这里，找个便宜的鸡毛小店住。除了上面的问题，还有另外一个理由。北京军区地方太偏，在大西边。我几乎每天都要做两次横穿北京城的旅行，这成本也不低。

经人指点，我终于找到了一个便宜的地下室。那地方我当然还是说不清楚。北京对于我，就是一个不折不扣的博尔赫斯式的迷宫。我站在北京跟前，就像大象跟前那些个可怜的盲人。条件很简陋，没有电视当然也没有地毯，房间里只有椅子桌子床各一张。床单的颜色很脏，这不要紧，反正我也看不清楚。价钱还好，只要三十块，我完全能够接受。

我准备在这里试住一夜，如果行就正式搬过来。晚上我百无聊赖地躺在床上，想琴儿该在干什么、在什么地方。正想得头疼呢，忽然有人敲门。一开门，进来了一位小姐，我觉得她的眉眼特别像琴儿。我说小姐什么事。小姐用屁股将门撞上，说大哥别着急，咱有话慢慢说。我说我没什么话呀。小姐说不要紧，我有话。我回到床上坐下，指着椅子说条件不好，你将就着坐吧。小姐一皱眉头说椅子这么脏我怎么坐呀，说完一下子就坐到我身上，将我的手紧紧攥了起来。毕竟已经抗战二十多天了，我心里不由得一阵激荡，下身有些紧张。这微妙的变化当然没有逃过小姐敏锐的职业感觉，她的手也开始胡乱用劲，让我荡漾不已的心旌反而清醒了许多。同模样相比，她的手有些粗糙，跟我媳妇的差不多。媳妇在家干吗呢，还有儿子？我出来这么多天，只跟儿子通过一次电话。他在电话中哭着说爸爸你快回来和我玩玩吧，我想你。弄得我也两眼潮湿，从那以后下定决心再也不跟他们通电话，一切都等回去再说。慈不掌兵。心慈面软能成什么气候？！

小姐千娇百媚地扭着身子说大哥，要裤子吗？我说冬天已经过去，春天已经来临。天都这么热了，还要什么裤子呀。小姐说咯咯一笑，说大哥你挺能整啊，跟诗人似的。你是真糊涂呢还是装糊涂。我的意思是说咱们玩玩怎么样？TMD，要玩玩我早就回家找欢欢去了，还用得着在这个鸡毛小店里干耗？我说我不想玩，要玩你自己玩吧。小姐急了，说大哥你怎么这么不懂风情呢，你是不是有病？我就是有病。我要没病还至于像今天这样内外交困进退两难嘛。我说小姐你还真说对了，我就是有病。我阳痿。都几十年了。没治。小姐哼的一声站起来，起身哐当一下摔门而去。

我很害怕。我不知道这是不是一家黑店。我有心离开，但一看表已经六点半了。等赶到北京军区门卫要能放行那才叫奇怪呢。过了一会儿，我出去找到店主，有些讨好地问他这是怎么回事。店主白了我一眼，说怎么回事还用我说吗？你不也是个男人？我说小地方来的，没见识，害怕。店主的脸色这才和缓下来，说那你孤身一人，连个行李也不带，到这里来干吗？我连说不好意思，我不懂规矩。没见过不是。店主很大度地一挥手说那行行行，你回去睡吧。没你什么事了！

我如蒙大赦一般回到房间，紧紧插上门，第二天一早就立即仓皇逃窜。

十一

买完邮票，我身上只剩了一千块钱。我要自我加压，假期结束或者一千块钱用完之前，要么找到工作，要么就老老实实地滚回去。随着日期的临近和口袋的萎缩，北京越来越像一个黑沉沉的海洋，我因为连半根救命稻草都没有而极度恐慌。我多么想上岸逃离。我像无头苍蝇那样奔忙。在人才市场和报社之间奔忙。但总是一无所获。多数地方一听我的年龄就立马免谈。端盘子刷碗干苦力的活儿我没有想过，要是干这我也用不着来北京了。其实即便我愿意干，也未必竞争得过人家。我有人家的力气和吃苦劲头吗？我多次萌生退意，但每当这时又会想起领导对我雷霆万钧挥刀霍霍的二十分钟炮火准备。面子一旦撕破，后面肯定还会有更好瞧的。这是事物发展的一般规律。

我再也没跟老袁或者徐滁和王国祥通过电话。我只悄悄去过一次邮市。一打听，整包"水乡"的最新价位是二六。这可不是京剧里的原板二六。我简直没有晕倒，以为摊主在信口开河。生意不好的时候，他们有时的确这样。反正他也不想做生意。也不是不想做，是没法做。你想想，都是套牢品种，你让他如何做。价高了走不了，价低了自己不甘心。但是转一个摊再问，也差不多。我明白这不是开玩笑。我们的投资基金已经缩水一半以上。从那以后，干脆连邮市我都不去了。我希望自己能彻底忘记这件事情，越彻底越好。就像这事根本没发生过一样。

刚开始我总是出了地铁就打的，后面很快就不敢了。现在出了地铁就乘公共汽车。口袋越来越瘪是一个原因，希望碰到琴儿也是一个原因。只要琴儿还在北京，我们从理论上讲就有碰面的可能。尤其是在地铁和公共汽车上。我知道这是个荒唐的笨办法，但这种笨办法是对自己以前感觉迟钝的一种追加惩罚。琴儿在梦中总是很憔悴。她一直孤身一人等着我。等着我给她道歉，向我们共同的青春岁月道歉。事情已经过去这么多年了，我已经在内心的最底层为她修筑了一座坟墓，我不想让凡俗的人生打扰她。这座坟墓是钢筋水泥的，足够坚固，可她有时候照样能轻盈地钻出来，用温柔或者哀怨的眼神盯着我，让我手足无措。

十二

> 我坐在圆明园的长条凳上
> 喝酒
> 喝完后把啤酒瓶放在上面
> 然后离开
> ——孙一《去圆明园喝酒》

一首能让人十多年念念不忘的诗自然是好诗。它成了我离开北京前的最后一桩心事。现在是我到达北京的第二十八天。我的假期还有两天。我身上还有一百六十四块五毛五分钱。回家的火车票卧铺一百四十六，硬座七十二。要搁以往，我会毫不犹豫地选择前者，因为我的身体已经习惯了平庸的舒适。但这会不行了。这些钱我要到圆明园喝啤酒，要到北京军区取回行李，还有明天的午饭和晚饭。再说，我多少还得给欢欢留点不是。

我买不起更多的啤酒，只带了两瓶。两块钱一瓶的燕京啤酒。本来想买罐装的，开起来方便不是。可是它贵。没办法，方便总是需要代价。这啤酒 TMD 就是比青岛啤酒好喝。可惜我没有足够的口福。我一口一口地慢慢啜着，冰凉的啤酒逐渐渗透到我内心深处的每一个角落，将它们全部湿润。如同浇到干土上面的水。我无意识地四下张望打量，心想圆明园真是一个适合诗人的地方。诗人只适合荒凉、贫穷与苦难。荣华富贵会磨灭天分最高的诗才。伊沙现在在西安混得一定挺滋润，中央台谈足球的节目都请他做嘉宾，我看他当时已经很丰满了。可是他的诗呢？我没看到。

两个啤酒瓶都空了。可是我感觉心里还有一个地方在渴望甘霖。那是我心底最柔软也是最坚硬的角落。但我已经无能为力。我慢慢站起身来。酒有些上头。我将啤酒瓶，还有两个瓶盖整齐地码在长条凳上，然后转身要走。正在这时，又一阵风沙由远及近，铺天盖地地卷了过来。我赶紧转身，将头缩进衣服里。但还是慢了半拍。风沙又一次迷了我的眼睛。这次比上次厉害，我两眼都开始流水。我是说流水。不是眼泪。它们不是同一种液体。我真的没哭。我向党和人民保证。强者不会落泪，弱者不配落泪。这个时代压根儿就不相信眼泪。

我终于擦干了眼睛，将它们的功能调试到了正常状态。我正在迈开大步向前走，忽然又停了下来。我掏出手机，拨通了周文宣的电话。喂。周文宣的声音中流露着无限的权威，彬彬有礼和平静中的权威。准将就是准将。喂。你哪里呀？请讲话。语调中渐次多了些焦急和不耐烦。我吧嗒一声关了手机。我这手机在漫游，回去又要浪费好几块钱的电话费。

十三

我无精打采地向前走着，随着地铁过道里的人流。快到出口时，我看到一个戴着墨镜的青年席地而坐弹吉他，面前摆的破帽子里散落着几张零碎的票子。旁边有个算卦的地摊。面前已经看不出底色的白布上写着六个大字：卜吉凶，知未来。

我的脚步越来越慢。走到青年跟前终于停了下来。我从兜里掏出两块钱，想想又加了两块，弯腰放到了那个破帽子里面。我等待青年的感激，但他始终无动于衷，甚至连脸都不肯向我这边转转。我想他也许是个盲人。也许根本不想看世界。

我来到卦摊跟前蹲下。摆摊的是个老头。他看了看我的手，然后又抬头将我打量一番，说你有个情人。我说胡说。他说不可能，你多少年来一直没有放下她。我一听这个立即沉默了下来。顿了顿问道我们有缘吗？老头摇摇头，说没有。也就这样了。只能维持，无法发展。我又问你看我前途如何？老头拉着我的手向他眼前凑了凑，说你人生的开头很不顺。这话我不爱听。尽管小时候在农村缺吃少穿，但那段时间其实是我最有感觉的时候，因为我是在走上坡路，大学就是我人生的一个顶点。只要有个明确的标准就好，我最没感觉的就是毕业后要在生活中学习的模糊数学。大家都说八股不好，其实我觉得八股比现在还强。最起码，人家有个明确的标准，谁都可以根据这个标准发迹。现在却不行。我说那以后怎么样？老头说你的前途不可限量，只是目前还在困境之中。前途光明道路曲折，连算命瞎子都会。TMD。我带着讥讽的笑意问是不是需要你禳解一番？老头正色道我可没这个本事。你需要贵人襄助才能走出困境。这话没错。要是准将先生肯拉兄弟一把，兄弟当然能飞黄腾达。我说贵人在哪里，会出现吗？老头说会的。你别着急。你要相信，你的将来非同寻常。我哈哈一笑，扔给老头两块钱，随即飘然离去。

街上有不少卖煎饼果子的小摊。一张煎饼里面打一个鸡蛋夹一根油条，还有咸菜、葱花和酱，只要两块钱，真是物美价廉。我买了一个，一边走一边往嘴里塞。这东西就是好吃。它简直是我这辈子吃到的最好吃的食物。不信你去尝尝看。

十四

我没有当面跟李哥告别。我甚至没有给他去一个电话，只在他的呼机上留了言。在气势宏伟的北京站广场上，我犹豫了好长时间，然后转身越过马路进了商场，买了一辆漂亮的玩具车。欢欢就是喜欢车，从小就喜欢。我知道他是喜欢远行。也许他会跟本爸爸一样，精神永远在别处生活。心在天山，身老沧州。放翁这诗最早肯定是用狂草写就的，笔墨剑拔弩张。因为这里面包含着太多太多的无奈与沉痛。

买下这辆车，我身上还剩下不到二十块钱。我买了张到廊坊的车票和一个面包一瓶矿泉水，然后上了车。五点三十分，火车缓缓启动，开出了北京站。我闭上眼睛，想象着离我越来越远的北京和琴儿。一切都结束了吗？一切都结束了。在我的开始就是我的结束。

火车将在凌晨五点到达那个让我伤心的小站。车上人很多。很挤。我没买到座位。开出北京市区之后，我看准一个地方，将行李和玩具车往下面一塞，然后抓住坐席的边缘，哧溜一下子钻到了坐席下面。我想当时我的动作肯定潇洒极了。简直可以跟奥运会上获得金牌的体操运动员相媲美。因为周围的人全都目瞪口呆。其实也没什么。我的衣服和领带都很脏了。谁都不会怀疑，我是一个在城市漂泊资历比较老的农民工。虽然夜车一般不查票，我想还是小心一些好。实际上也没什么要紧。抓住他们还不得照样把我送回去？弄不好还得管饭。除非他们也喜欢我儿子的玩具车。

所有臭味的比重大概都比较大，首先由我一人享受。不过很快我也就习以为常。久居兰室，不觉其香嘛。我紧紧抱住行李，竭力躬着腰，免得腿从下面暴露目标。旅行非常顺利，没有一丁点浪花，除了喝水的动作比较麻烦以外。在节奏永远不变的喀哒——喀哒声中，我沉沉地进入了梦乡。我希望能在梦中碰到琴儿，哪怕只是她不肯回头的背影。可是，没有。她就是不肯原谅我。我知道这是我的错。如果不是我感觉迟钝，理解错了她的一句话，我就不会对她不冷不热；如果不是我的态度长期不阴不阳，她也就不会负气出走。

如果。哪里还有什么如果。

十五

到家的时候还不到五点十分，大院里一片寂静。买完火车票的钱居然还够我打一回板的。这真是个奇迹。我蹑手蹑脚地打开门，媳妇已经叫出了我的名字。我说是我。凑过去一看，欢欢还在媳妇旁边甜蜜地睡着，呼吸均匀而且平稳。我轻轻地吻了吻他的额头，他随即来了一个躯体旋转一百八十度，脸又侧向了里边，手也露在被子外边。这孩子就这毛病，晚上睡觉胳膊总是露在外边，也不怕冻着。侧着睡的习惯也是慢慢培养起来的。我们爷俩睡觉总是脸对脸，而且他的两只小手要揪住我的两只耳朵，我的手则摸着他那滑溜溜的屁股，给他讲故事。从来都是如此。

我慢慢将儿子的手放进被窝，媳妇已经搂住了我的腰身。媳妇有洁癖，坐公共汽车回来都要换洗衣服的。我说我身上脏。媳妇没吭气，用力把我往下拉。我顺势回身也搂住她的脖子。我感觉我脸上被什么东西打湿了。是媳妇的眼泪。

十六

方金要给我接风。这让我很意外。他有两个名言。一是他单日不请客，双日吃人家的；二是他吃别人的汗流浃背，吃自己的伤心流泪。所以我得给他面子，无论如何也一定要抽出宝贵的时间参加。

方金一看见我就一阵惊呼："锐强你怎么啦？又黑又瘦，跟贼似的？"

我说:"没办法,北京的风沙太大。"说着我不由自主地抬手要擦眼睛。"现在想起来还禁不住要流眼水呢。"我说。方金狐疑地看着我说是吗。你怎么又回来了呢? 我说不是跟你说过了吗,北京的风沙太大。我不习惯。

"不过我已经把北京带回来了。"我说。方金闻听一愣。但他并不开口,紧紧盯着我的眼睛等待下文。我们都习惯于耍小聪明卖关子。半辈子过去了,我才发现这是我们唯一的特长。真是悲剧。

我从兜里掏出一样折叠起来的东西,慢慢打开摊到了桌上。我说:"喏,就在这里。"

是那张《北京最新交通旅游图》。我一直保存得很好。我打算将来把它送到革命历史博物馆去。

后记

一年多之后,方金通过成人高考考进了中央戏剧学院戏剧文学系,读大专。其时我已经退出现役,在胶州日报编副刊。过年回来时,这家伙也变得又黑又瘦,头发老长,跟囚犯似的。我的第一感是刚刚结束流放的十二月党人。他对我说锐强你说的没错,北京就是风沙大。还有沙尘暴。我笑而不答。

(原载《广州文艺》2004 年第 7 期)

乡关何处

一

　　红白绿并非三原色，但调和出来的色彩，同样令人心醉神迷。不过心醉神迷这个词用在这里不够贴切，也失于俗气。它并非阿吉奈的智慧或者学养，而是自己蹦出来的，从他手中的书本里。阿吉奈本能地意识到了这个问题，于是不自觉地眯起眼睛舔舔嘴唇，希望从脑海中翻出一个更加精确的词来填空，但却不能如愿。那种感觉无法用语言复原。他只是想起了记忆中的故乡草原。没过小腿甚至膝盖的牧草蓬松地铺展着，他仰面朝天躺在上面，毡帽盖着脸，耳边有风从草尖上缓缓流过的声音，间或还有几声羊或马的鸣叫。

　　睁开眼睛时，那个女会员的红色骑装已经和白色骏马溶为一团跳动的色块，在绿油油的草坪上渐行渐远。如同一支饱蘸颜料的画笔，在宽大的绿色画布上纵情涂抹。阿吉奈心里感慨一回，低下头，继续读他的村上春树。阳光照在书页上，那一个个铅字仿佛全都因受热而膨胀，有些虚花花的感觉。不用抬头，他也知道回来的是那个女会员。确切地说，是他负责照管的那匹白马。在俱乐部的赛马花名册上，其正式名字为十七，但阿吉奈总叫他白云。没错，它跑起来的潇洒身姿，确实如同草原上空飘荡的云彩，尤其在跑远之后。那样子根本不是跑或者飞奔，而是飘。对，就是飘。闭上眼睛，那独特的步态在他跟前反而显得越发真切，如同黑暗中的露天电影。

白云特有的脚步规则地跳动在阿吉奈的心头，然后逐渐停下。服务生，服务生！和着白云抬头喷鼻的节奏，女会员开口叫道。

阿吉奈略一愣怔，在女会员第二次开口的同时，立即冲了上去。

对不起对不起！阿吉奈一边伸手接缰绳一边道歉。又是周湄。当班的时候老乱跑。女会员是 VIP 级别，她的投诉一旦被老板证实，周湄的班长肯定得被撸去不说，弄不好还会被开掉。也就是她。换了别人，这三天两头的烂事，他才懒得管呢。好在女会员的脾气不跟级别匹配，这几回都没说什么，只有当时温和的抱怨。

牵去叫医生仔细检查检查，这马好像有点不对劲，这几天一直跑不起来。女会员交代两句，随即转身离去。

黑龙绕着阿吉奈转了两个半圈，亲热地冲他打了好几个喷鼻。它的正式名称是十八号，也归阿吉奈照管。这样的成年马，智力相当于三岁小孩儿，特别知道好歹。阿吉奈一手持水管，一手拿把大刷子，仔仔细细地冲它身上的汗。所谓汗马功劳汗马功劳，自从进入俱乐部，这个词汇便如同被水发开的干菜，有了崭新的生命力。

粗洗一遍，再打上专用香波。这玩意都是从国外进口的，价钱比人用的都贵。不这样也不行，那种气味会熏走客人的，一个 VIP 也别想发展到。

洗好澡拌好饲料，阿吉奈拍拍黑龙的脑门儿，说你慢慢吃吧，回头见！黑龙应声又打了个喷鼻。阿吉奈笑笑，说你放心，回家路上车多，我会小心的。

进了白云的马舍，周湄已经给它洗完澡，正准备清理现场然后离开。虽说她比阿吉奈小，但那种年龄差别不该在脸上形成如此明显的落差。江南跟草原，生活的烙印就是如此的截然不同。

周湄调皮地冲阿吉奈一眨眼，笑笑说阿吉奈，我谢过你么？阿吉奈说你少装糊涂，老大！周湄说那好，我这就表示感谢。晚上请你去酒吧喝酒！阿吉奈笑笑没吭气。周湄不看阿吉奈，只顾低头忙活自己的，但舌头一直不曾停歇。

老是你帮我。你真是个好同志！

你是领导，我得巴结你呀。要不你给我穿小鞋！

少胡说！再胡说我扁你！周湄挥手给了阿吉奈一记粉拳。她的舌头是世界上最勤劳的舌头。永远不知疲倦。还好，它生长那样一副娃娃脸上，反倒增添了其主人小妹妹一般的可爱。

离开俱乐部天已黑透。大街上车水马龙，如同草原上的河，一刻不停地流着。抬眼看看，散乱的灯光分割出无数个黑暗，旋涡一般令人头晕目眩。每一处灯火后面都有一种不同的生活，都是一个版本的故事吧。阿吉奈真想把身体缩小成黑暗，从光亮的边缘钻进去，悄悄融入其中的一种生活一个故事。那愿望是那么的迫切，结果反倒显得虚妄。他暗自叹口气，也不看周湄，兀自朝地铁口走去。

只有进了地铁站，你才知道自身的渺小。周湄喋喋不休的唠叨也无法消解那种感觉。不，也不是渺小，而是一种无法言说的感觉。极度缺乏安全感。仿佛他不是活生生的人，而是一只没有名字没有特征的蚂蚁。在故乡辽阔的草原里，一个牧人，一群牛羊也总是无比渺小，但那种渺小并不令人心慌，而是让人心安。

两人又去了那家熟悉的酒吧。人头攒动，喧闹声紧密地罩在头上。阿吉奈若有若无地呷一口啤酒，又习惯地眯起眼睛。

草原上的阳光，总是那么强烈。

你怎么会喜欢这种地方？阿吉奈的问题几乎是喊出来的。周围实在太吵。

周湄笑而不答，只指指自己的嘴巴。那上面是醉人的深红，像草原上的落日。女孩儿就是神奇，一眨眼的工夫，就能化出妆。阿吉奈又吼了一遍，她才说喜欢草原的女孩儿就不能喜欢酒吧？老观念！老大，你很危险啊，咱们都有代沟了！

阿吉奈笑着呷了一口啤酒。

对了，阿吉奈是什么意思？

骏马。

骏马？哇，太浪漫了吧？！周湄夸张地伸开双臂，闭上眼睛说道。一片绿色的海洋，草地如同绸缎，骏马风驰电掣。那是何等的感觉！酷哇！骏马先生，跟我说说草原吧！草原上肯定有很多有趣的故事！我就是喜欢草原！

阿吉奈不觉扑哧一笑。说草原上能有什么故事？就是那句诗，风吹草低见牛羊。说到这里，眼前不觉有大片的绿色凝聚起来。风光溜溜的脚丫踩在牧草的肩膀上，留下道道波浪。星星点点不知名的小花夹杂其间，如同彩色的泡沫。他和哥哥牵着马跟在羊群后面，草原如同积雪，踏上去松软又富有弹性，发出让人怀念的声响。

阿吉奈并没有扩展开来。那种感觉如果用语言叙述，会显得单薄甚至荒诞。除非你有切身体会。他说我还是给你讲个马的故事吧。刚毕业时，一直没找到工作，我只得回去，结果路上碰到一支考古队伍，要考证汉血宝马的来源以及后来的踪迹。他们需要一个熟悉地形和当地生活的人打杂，我跟他们跑了三个多月。这中间倒是有点意思。

二

沙漠腹地一派茫茫。高低错落的沙丘，边缘处勾勒出一条又一条美丽的曲线。那无尽的黄色始看令人震撼，但很快就一点点地积聚起来，形成沉重的视觉压力。在这个背景下，那一行黑点的意义，不亚于早春时节最先开放的头一朵梅花。

黑点越来越大。是一群人，还有几头骆驼。在此之前，他们一直依靠现代化的沙漠越野车，但是到了这里，再现代化的车也只如废铜烂铁，只有借重最原始的交通工具。

阿吉奈牵着骆驼，走在最后。沙漠上的风远比草原粗粝，因为那种难以想象的干燥。仿佛空气都被分解成单个的分子，直直地撞击每一寸裸露的皮肤。嘴唇和鼻腔内壁紧绷绷的，仿佛随时都有可能抻破。他有些后悔，不该贸然接下这个活儿。

副队长拿出全球定位系统，对照地图看看，说没错，应该就在这附近。大家分头找找吧。

傍晚时分，终于发现目标。是几堵残垣断壁。队长，就是决定收留阿吉奈的那个老头儿，哆哆嗦嗦地说没错没错，就是这里。肯定就是这里！

遗址慢慢水落石出。由于恶劣的沙漠气候，绝大部分遗址都已风化，只能大致看出当日建筑的走向，无法做进一步的判断。说是卫戍的城堡，或者城镇都行。谁也不能确定，到底是不是文献上记载的那个曾经繁育过汉血宝马的基地。

搜寻两天都没有结果。那天下午，阿吉奈忽然听到一阵惊叫。过去一看，队长倒在地上，满脸是血。还好，松软的沙漠宽厚地接纳了他，脸上流的都是鼻血。副队长埋怨道，你这个年纪，身体又不好。叫你别来，你非要来。万一出点事情，谁能负得了这个责？队长说不要紧，温度太高，一时没支撑住。出问题，能出什么问题？课题进展到现在，好不容易才争取到这点资金，如果找不到直接证据，我再平安也只是苟活，有什么意思？找，挖地三十尺也得找！

大约是第五天吧，终于发掘出来一枚竹简。上面记录着建兴十八年某月某日，基地士兵用最后一点钱买来马料和食物的经过。考古队顿时群情振奋，立即把精力集中到这个方向，又陆续出土了许多竹简。捆绑竹简的绳索早已风化成灰，只留着捆扎的印记。也就是说，顺序全部乱套，需要重新判读整理归类。

当天晚上，在宿营的帐篷里，队长手持那枚竹简翻来覆去地看，口中念念有词。建兴十八年。不对呀，建兴四年，匈奴汉国进军关中，晋愍帝开城投降，西晋灭亡。次年南渡的官僚士族集团拥戴司马睿在南京称晋王，第三年称帝，进入东晋。并没有建兴十八年嘛。这多出来的十四年，怎么解释？副队长说就是，历史上再没有建兴年号啊。难道竹简是后人伪造的？也不像。

帐篷里一时沉默，外面的风声因此更加动人。阿吉奈忍不住开口道怎么没有建兴十八年的年号，三国时蜀汉刘禅的建兴年号，用了二十多年呢！

队长赞许地看了阿吉奈一眼，道小伙子，有点见识嘛。当初收下你，还真是没错。我们当然知道蜀汉有过建兴的年号，但那时蜀汉的疆界，远不到这里。再说西晋在三国之后，从记录的事情看，时间也不对。

把发掘出来的所有遗址全部拍摄好作为资料，详细记录下方位，考古队带着竹简原路返回。到大本营之后，阿吉奈协助他们整理记录竹简的内容，也得以了解了这个繁育基地的惨烈历史。

对于这个基地而言，建兴四年的冬天是历史上最漫长的冬天。尤其是将军。按照约定，入冬之前，朝廷就该派军队带着军饷和给养前来换防，但直到现在还没有任何消息。看来回中原老家过年的希望，已经破灭。好在给养马料预备得都很充分，越冬暂时不成问题。可到建兴六年开春化冻之后还没有信使从东南方过来时，将军是真的犯了愁。他的职责是大量繁育汉血宝马、大宛马等优质战马，以便大规模装备骑兵。可军饷给养接济不上，马料军粮都已不足三月之需。派回去求援的士兵，也都石沉大海。幸亏以前有一定的物资储备，他又命令变卖部分装备，这才支撑到现在。继续下去，可如何是好。

春天的风拂过将军的面颊。不时有牵马的百姓带着农具经过，向他鞠躬行礼。周围都是绿洲，附近也有河道，因此居民逐渐在此集聚。将军刚到这里时，居民不过两百余户。现在他从百夫长提升为将军，管辖的百姓也增加了十倍。越来越多的绿洲被开垦出来，成为良田。

将军脑子里突然亮光一闪。抬脚叩叩马镫，高叫一声驾！战马随即奋蹄而起。到底是汉血宝马，很快便把主人带回府衙门前。将军把马鞭扔给卫兵，传令升帐议事。决定就近屯田。

三

下班之后，双腿把阿吉奈拖进了网吧。打开 QQ，没几个留言，更没有任何好消息。也是，好友基本上都是同学，现在大家要么没有工作，要么在最低级的岗位上打拼，谁还有心情玩这个呢。进入信箱，邮件以广告为主。不是推销软件，就是高层论坛或者交流峰会，与他毫无关系。搜狐的免费信箱，老是这个毛病。

阿吉奈素来不喜欢电玩。CS 也好三国也好仙剑也好，都不来电。可是就此起身不划算，网吧论小时收费，这才不到二十分钟呢。再说也没合适的地方可去。于是打开共享文件夹里的电影，漫无目的地浏览着。忽然，如同在茫茫人海中惊鸿一瞥地发现一张熟悉的脸，《轻骑兵》的名字顿时如同拴马桩一般将他的目光牢牢拴住。

电脑上看电影效果自然不如在电影院。显示器的分辨率终究不行。但也有比电影院好的地方。那就是距离更近，更能感受战场氛围。本来不过是随意的举动，消磨时间而已，不料想很快就忘了自己。这是澳大利亚拍摄的影片，反映一战期间，在沙漠与德国和土耳其作战的故事。那个城镇如果不能尽快拿下，大部队缺乏水源，将面临灭顶之灾。形势急迫，他们只得接受轻骑兵指挥官的建议，用轻骑兵进攻。预计伤亡会很大，结果却并非如此。因为敌军已经毫无斗志。

一个个骑兵摔下马背，一匹匹马在爆炸中倒下。阿吉奈脑袋凑到电脑跟前，两手紧紧捏住电脑桌的边缘。从小就接受汉语教育，他也读过许多古典诗歌，喜欢许多诗人，但却格外讨厌声名显赫的杜甫。因为那句诗的影响实在太大，射人先射马。看完电影，心里还隐隐作痛。正在这时，显示器打出一条英文字幕：本片拍摄期间，没有一匹马丧生。阿吉奈这才长吁一口气。

都市没有夜晚，永远都是喧闹，永远都有刺人的光线。车辆来来往往呼啸而去，个个目标明确。唯独阿吉奈，独自一人呆立在街边，不知道该去哪里。车灯照到脸上，他眼前猛地一黑，心里却亮光一闪。

马舍区今天周湄值班。一见面就告诉他，白云可能真有了麻烦，医生测了又测量了又量，不久前才面色凝重地离去。

白云安详地卧着。见到阿吉奈，给了他一个无声的眼神。阿吉奈走过去，抚摩抚摩它的脑袋，说你这个倒霉蛋，哪里不舒服？放心吧，你不会有事的。

阿吉奈靠着白云沉沉睡去，就像小时候那样。他做了一个梦，梦见自己大声哭泣，以至于惊破梦乡。醒来一瞧，自己身上热乎乎的，白云身上也热乎乎的。

四

白云是英纯血马。当然是在国内繁育的第二代。在英国，这样的种马能卖到七十万美元。拍卖会上，甚至还有一岁种马四百二十万美元成交的天价。即便在国内繁育，每匹也值二十万上下。因此俱乐部对它的问题非常谨慎。经过反复会诊，最后得出结论。蹄子与腿骨上的隐性缺陷，注定它不再适合职业生涯。换句话说，它必须退役。

黑龙也有问题。而且更加严重，心脏发育有先天缺陷，可能瞬间死机。所有赛马每年全面体检两次，发现问题随时淘汰。这一批要淘汰的，总共二十多匹。

周湄早来一年，阿吉奈悄悄找她打听，退役的马怎么办。周湄说还能怎么办，贱卖呗。阿吉奈说卖给谁呢，他们把马买去干吗用？周湄说还能干吗用，好一点的进马戏团，多数都是直接进屠宰场。即便进了马戏团，最后到了老得跑不动的时候，还是得进屠宰场。真是作孽啊。

屠宰场！这三个字如同三声闷雷，直直地砸在阿吉奈脑门上，他立即明白了何谓脑溢血。一把拉住周湄的胳膊，说不可能吧，开什么玩笑。进屠宰场干吗，马肉怎么能吃呢，现在还有人吃马肉？周湄说老大你冷静点，别冲我吼好不好，又不是我的错！马肉当然没有人吃，可牛肉驴肉有人吃，不就结了？！阿吉奈说牛肉驴肉跟马有什么关系？你快说！周湄说你可真够纯洁的。把马肉掺进牛肉驴肉里，或者做好之后干脆就说是牛肉驴肉，天能知道？这样利润还高！也是，这活儿你们蒙古人干不来。

阿吉奈胃里一阵涌动，好险没吐出来。

找到部门经理，卖马的说法得到了证实。不过他否认要卖给屠宰场。说不可能，咱们怎么能那么干呢。都是卖给中介机构，他们转手卖到马戏团、公园或者农牧民手里。阿吉奈虚弱地问不能不卖吗？即便不能比赛，训练总可以吧。经理责怪地剜了他一眼，说不卖，你说得轻巧。你知道养一匹马每年的费用是多少吗？说出来吓你一跳。十七每年花费的钱，足够雇十个像你这样的员工！训练理论上可以，实际上也行不通。咱俱乐部统共才多大？寸土寸金的地角，你真想当弼马温也不是地方啊！

大运输车开进了俱乐部。根据安排，阿吉奈应该把白云和黑龙牵出来，直接送上车。虽然马并不暴烈，但预防万一，还是必要的。别的马一个个顺利就位，唯独十七、十八迟迟不见踪影。经理在马舍外面高声叫喊阿吉奈阿吉奈，里面却没有动静。进去一看，阿吉奈正搂着黑龙的脖子，面带悲色。一见有人进来，他把黑龙搂得更紧，叫道我的马不卖，不能卖！它是马，是人的伙伴，不是人的食物！

部门经理感觉很是滑稽。你的马，怎么就成了你的马？连你都是俱乐部的雇员，我们随时可以炒你，还说什么你的马。快点把马牵出来！否则你马上卷铺盖走人！

事情惊动了老总。他来到马舍，长叹一声，试图拉开阿吉奈的手。说阿吉奈，我理解你的心情。我知道你是爱马的，我也爱马。但是没有办法，这些马不淘汰，俱乐部还怎么发展，这么多员工怎么吃饭？

阿吉奈说这两匹马别卖给他们，卖给我，行吗？他们出多少钱，我也出多少钱。我只占用马舍一天，最多两天，然后就带他们走。我要送他们去草原!

道道目光全部集中到老总脸上。老总皱紧眉头看着阿吉奈摇摇头又点点头，然后拍拍他的肩膀，一言不发地起身离去。

五

每匹马五百块钱，一听就知道是论斤卖肉的价格。买下马，又买了点马料随身带着，阿吉奈的工资只剩下不到两千。这不是一般的马料，都是专门为赛马配制的高营养饲料，平日拌和在草料中喂。这一路下去，再想享受俱乐部的待遇是不可能的，只能预备一点，临时作个调味品。

俱乐部派车把他们送出城区，到近郊停下，算是仁至义尽。余下的路程，都得用马蹄丈量。面对长长的柏油路，阿吉奈不觉想起郑智化的歌。都市里的柏油路太硬，踩不出足迹。是的，不会有人关注今天的事情。他们三个的遭遇，在这个令人眩晕的大都市里，不会留下任何记忆。有谁知道，这里是他们的伤心之地呢。回头看看，身后的城市纵不到边横不见底，如同巨大的钢铁怪兽，简直就是人间黑洞。阿吉奈正欲起步走，忽听兜里一阵鸟啼。是周湄。

阿吉奈，这么大的事，你怎么连个招呼都不打? 你眼里还有没有我这个朋友?

没什么，我知道你的态度。你不会赞成的。最后只能影响我的决断。

这么远的路，你怎么走，从哪条路走? 这段时间，你吃什么，马吃什么，你想过没有?

车到山前必有路。阿吉奈一阵犹豫。

你傻啊，你怎么能这么干呢? 现在是什么时候，你一个人能改变什么? 这事每年都会发生! 就算你把这两匹马平安送到草原，剩下那二十几匹呢，不照样得进屠宰场? 你在哪里，等着我，我今天休息，我马上过去，咱们好好商量商量再说。

阿吉奈没有答话，使劲摁下挂断键，直至关机。

要是图近便，有高速公路。但是马慢说不让上，就是让上，阿吉奈也不敢上。现在不是踩不出足迹的问题，而是如何不磨伤马蹄的问题。只能走简易公路，最好是土路。这里离城市太近，土路实在难找，就是一般的公路，保养得也太好了点。阿吉奈轮流骑着白云和黑龙，一直没敢扬鞭催马，也就是一溜小跑。即便如此，晚上检查马蹄铁，还是磨损明显。

看来现在还就是没有适合马行走的道路。

一路行走，一路打听合适的旅店。便宜的，能歇马并且能买得到草料的。问了一路，也没有结果。中午歇息时，阿吉奈没办法，从沿路农民家买了点喂牲口的干草，剁碎洒点水，拌上随身带的饲料端过去。白云和黑龙鼻子凑过来闻闻，把头扭到了一边；再递过去，他们的头又扭到另一边。阿吉奈说吃吧吃吧，求求你们吃点吧。我知道这不好吃，可是没办法，就这个条件。

两匹马只喝了点水。他们体格好，离开前又饱餐一顿，饿一天原本没问题，但阿吉奈依然于心不忍。晚上好容易找个车马大店，寻来喂牲口的草料，他们还是不吃。阿吉奈说你们怎么这么不懂事？草原还远着呢。再不吃，明天走不动路，看你们怎么回家！不知谁打了个喷鼻，似乎还是拒绝。

第二天早上，两匹马还坚持绝食。但阿吉奈也只得继续赶路。待要骑上去，心里不忍；要步行，速度又确实急断人肠。无奈之下，只好骑一段，走一段。中午时分，进了一个县城。不用问，不能在此歇息。城里不可能有那样的旅店。

正要快速通过，却被一个穿制服的人拦住。

你怎么牵马进了城？马匹阻塞交通，马粪污染环境，一匹马罚款五块！那人不容分说，已经撕下两张印制粗糙的单据。

同志，这里。阿吉奈刚要询问有没有卖马料的，那人已经将他打断，说不行不行，你什么都别说。这是县里的规定！阿吉奈见状，掏出十块钱递过去，才得以提出问题。那人接过钱，说不知道，没听说过。

继续西行。快出城时，又被一个城管拦住，吃了两张罚单。阿吉奈说怎么还要罚，那边已经罚过了的。说着话掏出罚单递过去。那人看也不看，说这我不管，我的职责就是看见驴骡马就罚。阿吉奈忽然一阵开心。这两天独自一人在路上，其实挺寂寞的。便逗他说那我不从这儿走，原路退回去行不行？那人说那也不行，除非我没看见，我看见了不罚就是失职。其实回去也一样。那边看见，照样还得再罚。

六

　　这样下去真是不行。那俩家伙已经一天半没接触过硬通货，长此以往，马将不马。出了城，阿吉奈决定抄小路，从农村走。这样才能解决马的吃饭问题。反正只要大方向朝西就行，不必经过风景名胜地或者旅游城市。

　　老乡，这条小路通吧？

　　当然通。问题是你要到哪里去？

　　我？阿吉奈眯眯眼，心里一阵迟疑。这个简单的问题确实很有难度。我向西走，去草原。

　　老乡狐疑地打量打量阿吉奈，然后才指了个方向。说在哪里哪里拐弯，然后可以接着向西走。阿吉奈顺着这个路线走了一段，似乎又到了城镇，前面有个派出所。一个年轻警察领着两个身穿老式警服的人站在路边，抬手把他挡下，请进门去。

　　说吧，我们为什么把你弄进来。警察点根烟吸一口，慢悠悠地问道。

　　我正要问你们呢。我走得好好的，你们干吗拦住我？我还得赶路呢。

　　这两匹马是怎么回事？警察依然不急不躁。

　　什么怎么回事，这是我的马，我从俱乐部买的！阿吉奈理直气壮。

　　你自己的马，你不骑反而要牵着走，还四处打听小路。老弟，我成天接触讲故事的人。说实话，你文学水平很一般啊。

　　阿吉奈接连解释两遍，便不再开口，只眯着眼睛，直直地盯着他。待问到第三句还没有答案，警察一下子火了，右手使劲朝桌上一拍：你把我当三岁孩子，弄这么个东西糊弄我？我刚毕业不假，但也是正正经经的人民警察，全日制正规警校毕业的！阿吉奈突然笑了。他一下子想起了周湄。看来人还就是有个年龄限制。

　　你不说我也知道你刚刚毕业，还跟我装老成。这么着吧，你打这个电话，问问俱乐部，是不是有这么回事。阿吉奈随口报出俱乐部的号码。

　　警察一听，精神头顿时去了大半。说长途啊。这可不好办。所长不在家，我没法打。等他回来再说吧。阿吉奈着急地说干吗还要等他回来，你不是有手机吗？警察说手机是我自己的，话费得我自己拿。我一个月能挣几个钱，都这样缴手机费都不够，将来还讨不讨老婆？你放心，我保证不会超过羁押期限，二十四小时之内，他肯定会回来的。阿吉奈赶紧掏出手机递过去，说好好好，你用我的打。我这还是漫游呢。要证明我没问题，你得给我报销。

打完电话，警察依旧不肯放行。说我怎么知道这个号码确实是俱乐部的，而不是你们事先安排好的局？现在电话都可以捆绑转移。还是等所长回来，请他亲自决断吧。这段时间，偷大牲口的实在太多。阿吉奈说那我的马怎么办？他们两天没吃东西了。你关我可以，但是得把马喂好。要不他们出了问题，我可要起诉你！警察挠挠头，说你麻烦事还不少。我这是派出所，不是养马场。人的问题都解决不好，还顾得上马！阿吉奈说那我不管。是你把我关进来的，你自找的麻烦。真要饿死了马，我看你怎么赔。你派人去买点草料，钱我可以付。警察嘟囔道钱肯定得你付，你还以为我们会请客？

晚饭是一个大碗面，五块钱阿吉奈自己付，派出所免费提供开水；送来两包剁好的草料，要四十块钱。阿吉奈说金草还是银草，要这么贵？那两个协警员骂骂咧咧地说我人都伺候不过来，还要给你伺候马。他们剁草不要人工，送来不要路费？你知足吧。

看来那四十块钱，又要白白浪费。山里的夜晚很静，阿吉奈能清清楚楚地听到自己的心跳，如同冲刺阶段的马蹄。他摸出一枚硬币，悄悄说，正面回头，反面继续。抛了一回，却是回头。眨眨眼睛再看，还是。他一犹豫，又说没有硬性规定哪是正面哪是反面吧？正反是相对概念。重来。连抛三次，菊花多回头，中国人民银行多继续。

菊花竟然连续盛开了三回。阿吉奈不觉下意识地看了看窗外来时的方向。虽然漆黑一片，但他还是清楚地看到了白云与黑龙。哪怕闭着眼睛，他们的样子，也如在眼前。奇怪的是，周湄那张带着酒意和调皮的脸庞，也逐渐浮现出来，如同电脑技术合成。阿吉奈眯眯眼，心里随即做了决定。

回去。

就在那天早上，两匹马终于开了金口。虽然都是头天晚上的草料，虽然吃得不多，不足平时食量的六成，阿吉奈还是很欣慰。只是夜里刚刚做出的决定，又犹豫起来。黑暗中种种看似合理的东西，早上起来被阳光一照，立即变得无比荒诞。

　　果然没超过羁押期限。第二天一早，所长准时到位。打了几个电话，决定放行。他看着阿吉奈的眼睛，说兄弟，你这事我干不来，也不提倡你再干。但既然已经走到这里，那我只能表示支持。祝你一路顺风，早回草原！

　　所长这句很随意的话，又重重地拨动了阿吉奈的心弦。跨上黑龙正不知朝哪个方向迈步，年轻警察忽然追出来递过一样东西。说这是我们乡的地图，上面的小路标注得都很清楚，你应该用得着。送给你，算是折你的漫游费。

　　警察朝黑龙屁股上拍了一巴掌。聪明的黑龙，立即奋蹄向西而去。那一刻，阿吉奈如释重负，眼底刹那间铺满绿色的底子，耳边也随即回荡起了那种类似在积雪上行走的声音。

七

　　自从决定带白云与黑龙出走，阿吉奈心里便燃烧着一团熊熊烈火。他几乎忘记了尘世的一切，只能像火车一般，被炉膛里的煤驱动前行。但是此刻，情势天翻地覆。一场冷雨不但将火彻底浇灭，还留下了树木过火后难闻的焦煳味。

　　总算明白了细雨骑驴入剑门的滋味。阿吉奈的感受比那更是有过之而无不及。因为他遭遇的并非细雨。还有，陆游长途旅行，必然要带雨具，不像阿吉奈，事先根本没想到，天还会下雨。在城市的屋檐下栖居经年，雨在他心目中已经少有概念。下或者不下，跟他关系不大。

　　阿吉奈浑身冰凉。俯身贴在马背上，希望效仿小时候的那次经历，彼此以身体取暖。那年遭遇雪灾，他们哥俩在风雪中失去知觉。救援者赶到时，马还卧在旁边，用身体温暖着他们。客观地说，这也许是生物的本能，互相取暖才能彼此活命么，但是他们一家，都愿意把那匹老马视为救命恩人。直到现在，阿吉奈还清晰地记得那种人马相依为命的感觉。

　　湿衣服紧贴在身上，如同尖锐的石头一般硌得慌。好在那感觉只有一瞬，很快便适应过来。可前胸还没感觉到温暖，后背已经一阵哆嗦。他本能地一直身子，但又很快趴了下去。自己前胸与后背的热量正好消解，但是马呢，它不一样。它获得了热量，还减少了过雨面积。与己无害，与人有利。那就继续吧。可想想又不对，自己遭这等罪，还不是因为他们俩的连累？不觉又直起身。只是很快，他又恨恨不平地趴了下去。

那家农舍，简直就是阿吉奈情急之下所形成的家的概念的翻版。主人生起火，让客人取暖，烘烤衣服。阿吉奈连声感谢，说回头我会付钱的。女主人说我们这样，可不是为了钱。换了你见我们淋雨，能不让我们进来躲躲？将心比心么。阿吉奈长叹一声，说我本来也是这么想的。但是现在的社会。哎。过一会儿，男主人撑起雨伞，去接放学的孩子。一见那两个小学生，阿吉奈的眼睛不由得一亮。说你们作业有问题吗？我给你们讲。问题越多越好。说出来之后，才感觉到荒唐。好在他们都没在意。

大的是女儿，小的是儿子。看来他们父母从来就没有辅导过孩子作业，阿吉奈因此如鱼得水。灯光下，四只眼睛灯笼一般盯着这个陌生的叔叔。男女主人不懂作业，但是懂得儿女的表情，当下对他越发殷勤。

吃过晚饭，宾主闲聊。听说阿吉奈的经历，男主人颇不以为然。说这怎么能行。两匹马能值多少钱，还是工作要紧。你家大人，都望着你快点起来呢。

阿吉奈心里一怔。飞快地笑笑，说你们家这两个孩子，将来肯定会有出息。

不行啊，我觉得你还是不能丢掉工作。这是大事呢。男主人还在自己思路里打滚。

不错。你希望他们俩将来做什么？阿吉奈还是笑。为了省电，没有开灯，他的一口白牙因此而凸显出来。

阿吉奈和小男孩儿同居。尽管有均匀的呼吸伴奏，阿吉奈依旧不能入眠。他还在回味男主人的话。黑暗中，那些话分解成有形的实体，一个接一个地闪耀在眼前。他在心里拿出一张白纸，用黑笔划了一个粗重的十字，分别写上走好、回好、走害、回害，然后依次填写。继续走的好处，挽救两匹马，害处是丢了工作，少赚钱；回去的好处，快点工作，多赚钱，害处是两匹马要送命。说到底，还是马的性命与自家的工作。黑暗中，工作是虚幻的，而马的性命却是实体，两者一般大。阿吉奈想想，回去还有害处，那就是会在周湄跟前掉价；但是继续走难道就没有害处么？只怕再也见不到周湄。此时他才意识到，周湄对于自己，并非可有可无。不知不觉中，听她的唠叨已经形成习惯，一种生活的惯性。

　　书上是这么说的，比较比较哪种选择利多害少，就选择哪个。但是那天夜里，两个选择的重量交替上升。直到阿吉奈在交替中沉沉睡去。

　　阳光驱走黑暗。阵雨一去，阿吉奈的精神也如同衣服一般，同步干燥清爽。黑暗中的许多疑惑不解，都在不知不觉间蒸发升腾，无影无踪。天公果然出手不凡，经过他的一番料理，白云黑龙又有了点高贵赛马的风度。阳光在光洁的马鬃上镀了无数道浑圆的圈圈，看起来真是爽心悦目。

　　进入山区。小路虽然不会磨损马掌，但也崎岖难行。骑在马上，颠簸得五脏六腑都晃悠。阿吉奈说黑龙白云，你说我是不是自讨苦吃，干了件傻事？路这么难走，咱们能到草原吗？说真的，我真是有点后悔。

　　想不到手机在这里还有信号。任是深山更深处，也应无计避征徭，那是唐朝；现在呢，不再征徭，乱发信号。哪里也别想逃脱现代化的阴影。是否有一天，这里也会成为钢筋水泥组成的巨大怪兽的一部分？

　　自然还是周湄。她说骏马先生，你现在在哪里，怎么样？你快回来吧，走不到的。阿吉奈本来心里还有点活动，听她这么一说，反而坚定了信念。说老大，你放心吧，我们一定能回去。我们这两天已经走了一百多公里。周湄说你现在到底在哪里？等等我，我马上去找你们。我跟着去草原看看也好。阿吉奈说你找不到的。这里没有机场，也没有高速公路，你们城里现代化的汉人，无法抵达。周湄说怎么叫无法抵达？喜马拉雅山都能登顶，我就不相信，今天还有人到不了的地方。说吧，你到底在哪儿？我真是搞不明白，你难道忘了当初求职时的种种尴尬曲折？阿吉奈一怔。这个问题沙粒一般迷了他的眼睛，也击中了他的心。他似乎从来都没想过，这确实是个问题。他这个历史系毕业的大学生，谋到这份马童的职位前也曾费尽周折。如果没有民族背景，这份工作也说不一定。

　　不过阿吉奈很快就来了精神。说你不是老叫我讲草原的故事吗？告诉你，在草原最惬意的事情不是骑马飞奔，而是躺在草地上，用草帽盖住脸，听风和马吃草的声音。好久没有那种感受了，我就要回去，听听他们俩在草原上吃草的声音。周湄略一停顿，叹口气说我真是服了你。我是认认真真地跟你说的，不是儿戏，你别开玩笑，不是开玩笑的时候！阿吉奈说我手机是漫游，为我的钱包考虑，请你有事发短信。一来锻炼手指健脑，二来提高语言表达能力。周湄说这没问题，我下班后去给你充值。阿吉奈说别别别，我凭什么要你缴费？你缴了早晚我还不是得还。周湄说好好好，到时候打出清单，我打的我付，总可以吧。阿吉奈，你怎么这么小气，就因为我当初不支持你，你就在我跟前撇清？无论如何，咱们总是朋友吧。阿吉奈说算了，我现在要进山，山上可能没信号。再见。

阿吉奈轻轻拍了白云一巴掌，说都是你们，害得我丢了工作。到了现在这个地步，你说怎么办吧。我将来的生活，能靠你们？白云脑袋顺势一闪，很像一个摇头的姿势。阿吉奈说我就知道你没那本事。说着话换了坐骑，说行了行了，咱们说点别的。走了这么老远，你们一定闷了吧。我给你们讲个故事。关于你们老祖宗的。

八

建兴六年是饥饿的一年。第二年，新开垦的田地收成不错，大家才吃上饱饭。但是依然没有朝廷的旨意。派出去的信使，也跟过去一样，来是空言去绝踪。将军隐隐感觉到了危险。肯定是哪里出了大事。也许朝廷有了大麻烦——他不敢想象是朝廷已经被推翻，改朝换代了。那年月，这样的事情并不少见——已经顾不上他们。

基地的冬天分外难熬。取暖除了牛粪，主要靠木材。周围有森林，河流两边，也有茂密的胡杨树，但是现在，树木已日渐稀疏。尤其是附近的河岸，几乎已经裸露出泥土。大量的树木，都已化成灰烬。没办法，居民人数还在增加之中。

有个奇怪的现象。这两年客商越来越少。本来这里是丝绸之路上的一个重要节点，每年都是商旅不绝。西边来的带着马匹香料，东边来的带着丝绸茶叶。有的在此交换，有的继续前行，以图善价。但是自去年以来，驼队的踪影几乎完全消失。客商们说，路越来越难走，沙漠越来越宽越来越长，沿途的许多路标都找不到了。

建兴八年夏天的一个深夜，将军忽然被侍卫从梦中叫醒。还没起床，就听到阵阵奇怪的响动。河流决堤！将军赶紧下令集合部队出去救援，但一上城楼，就发现这个命令实在是多余。出去救援除了徒增士兵伤亡，不会有任何意义。

那场大水给基地和周围居民的打击是毁灭性的。大量的房屋被冲毁。

更要命的是，地里的庄稼多数付诸东流，今年冬天的口粮都成问题。好容易挨过漫长的冬天，次年雨季他们发现，河流已经彻底改道，原来围绕河流开垦的农田与牧场布局被打乱，田地数量锐减。

驻军和居民都要重新开垦田地，选定牧场。都想选择离家与河流更近，方便耕作的。驻军与居民之间，居民与居民之间纠纷四起，将军的头皮好险没被挠烂。为平息事态，他派人到周围选择丈量耕地与牧场，但得到的数据是，沙漠离他们越来越近，绿洲大面积收缩。

绿洲可是他们安身立命的基础。将军闻报，立即带人亲自勘察。果不其然，沙漠还在推进之中。沙漠与绿洲交界处植被稀疏，黄色的泥土赫然入目。一阵风来，尘土弥漫。而回头一望，附近还有许多的羊群牛群与马群啃草皮。

你们怎么还在这里放牧？牧场已经这个样子，再这么啃下去，明年新草生发不出来，都会变成沙漠的！将军跃马过去，截住一个牧人。

将军，没办法啊。家里人要吃饭，牧场又不够。我并不想在这里放牧，草不好，也影响牲口上膘。

将军命令城门官，严密注意东来的客商数量。来一起报一起，他要亲自盘问。但是开春后直到夏天，没有一支驼队经过。将军终于有了最后的判断。不是因为朝局动荡，而是这条路的交通，已经彻底中断。

那是建兴十年的一天，将军召集副将与手下的校尉升帐议事。不一刻，中军报告众人都已到齐，将军却只是默默点头，迟迟不开口。

今日召集各位，要做最后的决断。将军威严地巡视一圈，捋捋胡须。朝廷给我们的命令，是在这里大量繁育战马以便装备骑兵。但是现在，我们与朝廷失去联系已有六年之久。种种迹象表明，这条路的交通已经中断。沙漠离我们越来越近，绿洲面积不断减少。再这么下去，大家都得饿死。因此我决定，全部人马分成两半，一半人带着马回去，另外一半继续留守。

将军喝口水润润嗓子，周围依旧鸦雀无声。他的胡须都是西域的风吹出来的，因此威信很高。回去与留守都有风险，哪个风险更大，谁也说不清楚。前面派出去的信使没有任何消息，很可能根本没越过沙漠。也许回去的会渴死在半道上，留下来的也可能会饿死。但是无论如何，我们都不要忘记职责。那就是繁育优质战马。只要有一点点机会一刻的时间，也要把生的希望留给马。你们可明白？

明白！一切都在将军安排！

谁回去谁留守，咱们决定抓阄吧。包括我在内。说着话招呼副手，来吧。你先抓。副将拱手道将军不必如此，去或者留，末将均听您差遣。您先选择吧。将军摇头不语，只是威严地指指中军手里的托盘。

副将首先抓阄，然后递给中军。中军展开大声念道：突围！将军说既然如此，我就不必抓了。你们抓吧。决定下来之后，回去再召集本部士兵依次行事。

九

北方农村，依稀还有一些马或者骡子的踪迹，阿吉奈尽量寻找养马的人家借宿。山村小路曲折难行，又不能一味加快速度，还得寻找合适的宿营地点，因此走得很慢。旅程不到三成，随身携带的精饲料已经吃完。这样也好，他们的负担减轻了许多。除了阿吉奈，只有他那点可怜的行李。即便阿吉奈自己，无意间也为马减轻了不少负担。

前面是个名气响亮的去处。古代一个著名的关隘，颇有令人沉吟的力量。但阿吉奈之所以印象深刻，却并非因为地名的沧桑感，而是因为白云的病。食欲大幅度降低，口内流涎，头低耳聋，唇舌松弛下垂，步调全无赛场上的潇洒。阿吉奈心疼不已，恨不得背着他走。路上碰到一户人家，丈夫以拉煤为生，妻子开了个家庭旅馆，家里养着两匹马。阿吉奈决定在此寄宿。

慢说白云，就是黑龙，也早已瘦脱形。但那男人是懂马的，看看牙口，翻翻马掌，绕马看一圈，眼里顿时金光灿灿，追着赶着要买。

阿吉奈当然不肯。但是他说的理由，对那男人来说，简直就是天方夜谭。他说你骗谁呢，三岁孩子也不会信。说到这里眼珠子一转，诈笑道不对，这马只怕来路不正吧？阿吉奈说行啊，你报警去吧。我正好想再找幅乡村地图。

阿吉奈他们住这里，吃饭单算，住宿费加上喂马每天八十块钱。阿吉奈说就你这条件，还这么贵？女人说住店二十，六十块钱喂马。阿吉奈说马料太贵了吧。女人说这里山高路陡，马料运上来很费劲的。要不你自己想办法。阿吉奈说别别别，我再给你加十块，你能不能帮我找个兽医？有一匹马病得不轻。女人说那可不行，这里离乡上远着呢，至少要三十。人家愿不愿来，还是另说。

阿吉奈一听，也确实是这个道理。想牵着马去就诊，但试试白云的状态，觉得还是静养为上。再说路也不熟，指不定是什么路况，要走多久。只得签定城下之盟。

女人叫她小孩上学时顺便请兽医。她有三个孩子，大女儿已经出外打工，以前在广东，今年去了苏州，工钱更高些，也不大拖欠；二女儿与儿子在乡里上学。所谓请兽医，只是搂草打兔子，捎带的营生。阿吉奈也不计较，只要找来兽医，怎么着都好。

晚上喂食，白云还是不怎么张口。阿吉奈借来一把旧刷子，蘸着水给他梳洗。这一路下来，他们可真算得上蓬头垢面，毛费了好大劲才梳开。拾掇利索，阿吉奈拍拍白云的脑门，说兄弟，你不吃饭，病怎么能好呢？我知道不对你胃口，但越这样，你越得坚持着吃呀。回家的路还远着呢。你放心，再忍一宿，明天医生一来，咱就有办法了。

唠叨半天才起身。一转头，正好碰见那女人。原来她早就来到附近，正用奇怪的眼神打量着他。见他转身，也赶忙转身离去，鬼魂一般，吓了阿吉奈一跳。

兽医过来看看，说是急性胃肠炎，已经接连发生了好几例。阿吉奈说怎么会得这个病呢，兽医说闹不清，估计是食物不适引起的。阿吉奈闻听恍然大悟，说没错。他在俱乐部吃的什么，这一路又吃的什么。这小子，还挺娇嫩呢。问题不严重吧。兽医说不严重，但要休息几天。

兽医给白云打了一针，然后留下点针剂口服药，以及一支注射器，要两百块钱。阿吉奈说这么贵？我拿不出那么多钱呀。兽医说我可一点都没黑你。你想想乡上离这儿多远，路费我还没算你的呢。

谁能跟医生讨价还价？即便死神都不能。掏钱吧。可这钱一付，阿吉奈兜里可就没多少货了，路程却还有那么远，白云又生了病。有钱男子汉，无钱汉子难。这可怎么办？

那男人说这还不好办，把那匹好马卖给我呗。或者两匹都留下，价钱好商量。阿吉奈当然拒绝。男人转念一想，说这样吧，要不你把马租给我几天。这几天我不收你们食宿费，另外每天再给你五十。你觉得怎么样？

活儿也不重，就是从井下朝上拉煤。我的马也挺好，不过有一匹干油滑了，不愿意出力，动不动就装死，我想把它暂时替换下来。这两天出煤多，正是好时候呢。

掂量掂量盘缠，看看经过初步治疗症状反而明显加重的白云，阿吉奈同意先去看看现场，行的话就辛苦辛苦黑龙。那个小煤窑在附近不远的山上，矿工及其家属还有来往倒煤的司机就是这个家庭旅馆兼饭店的主顾。从井口朝下看，黑洞洞的，如同怪兽的血盆大口。阿吉奈不敢下，牵着黑龙等在上边。很快，那男人的两匹马就露出脑袋，然后是他那张说不清是人还是鬼的脸，最后是满满一车煤。他们刚刚离开井口，还不到卸煤场，其中一匹马突然扑通一声栽倒在地，任你再吆喝也不动弹，确实跟死了一般；那男人暴跳如雷，拿着鞭子走上前，用鞭杆劈头盖脸地一顿猛抽。

他妈的，你真是不想活了，第一趟就敢装死偷懒。起来，滚起来！

噼里啪啦的清脆声音，如同抽打在阿吉奈身上。他赶紧过去拦住男人，蹲到马跟前。试试脉依旧跳动，呼吸也有。

什么装死，这头可怜的牲口，完全是累的。相比那劳累，主人劈头盖脸的抽打，要舒服许多，所以它宁愿如此。两害相权取其轻么。

阿吉奈的第一反应，是牵着黑龙赶紧从地狱逃离；但是看看地上那匹实在不能动弹的老马，以及它怒不可遏的主人，还是硬硬心肠，同意租借给他两天。否则那匹可怜的马，也许下一趟就要真正累死；还有白云，他迫切需要休息，需要医药费。

阿吉奈牵着那匹马回去，一路上都没抬头。他在心里对黑龙说都是你自己选择的路，只好辛苦辛苦你自己。放心吧，我不会让你多干的。白云一好，咱们就走。

回到旅店，手机正好充满电。这一路行旅没有规律，手机经常处于休眠状态。一开机，滴滴答答好一大串短信提示，几乎都是周湄的。阿吉奈不由得心里一热。一路上风尘仆仆，他已经满怀疲惫。那些过去都认识的普普通通的汉字，今天似乎都被填充进了崭新的涵义，温暖着他内心深处的每一道褶皱。

骏马先生，起初认为你的行为是疯狂的失去理智的荒唐的，现在我正在怀疑这个推论。也许你是对的。阿吉奈短暂地一笑摇头。和周湄一样，他也对自己当初观点的正确性产生了动摇。

老大，你现在在哪里，路上是否顺利？你冷吗，热吗，渴吗，饿吗？

很长时间没有回忆过青春岁月，充满希冀与幻想的岁月。但是这一阵子，却经常想起来。我总是不自觉地在童年和少年中寻找你的影子。我得承认，真正认识你，还是在你走后。不对，不是认识你。你的影子其实越来越模糊。

你知道吗？你眯着眼睛的样子，其实挺酷的。以前迷倒过不少女孩儿吧。

你一走，再没人给我替班了。唉！

看完短信，阿吉奈如同刚刚出浴一般。他赶紧简要回复了行程进展，然后打电话给俱乐部的医生，复述了白云的症状。医生问问路上的饮食，说不对，不是急性胃肠炎，而是食物中毒。现在农作物普遍使用高残留农药杀灭害虫，还用化肥促进生长速度与产量。一般草料发霉之后，牲畜食用过量也会中毒，但仅仅草料发霉还没那么厉害，关键在于高残农药与化肥的影响。这样的霉草料，害处成倍增长。事情比较凶险，得尽快采取对应措施。

十

此时已过中午。阿吉奈急得火烧火燎上蹿下跳，却也无可奈何，只能恳求女人快去乡上，再把兽医请来。女人说那哪儿行，我这一摊子还要照顾呢。店里没人照看，丢了东西怎么办。阿吉奈干脆地说你直说吧，需要多少钱跑腿费。女人脱口而出，五十！要现钱！阿吉奈不假思索地掏出钱递过去，说快去快回！

医生傍晚时分才过来。抱歉地说对不起，最近这样的病例太多，市里和县上兽医站派专家过来巡诊，先前以为是急性胃肠炎，现在都确诊是高残农药霉草料急性食物中毒。已经发生两起死亡病例。看看白云的状况，又打了一针开点药，说再观察观察看吧。明天上午要是没有好转，你就得赶紧采取措施。阿吉奈说什么措施？兽医说没别的，只有杀马。这样多少能减少点损失。阿吉奈质问道病马肉能吃能卖？兽医尴尬地笑笑，不再开口。

兽医又要一百块钱。阿吉奈好说歹说，把上回开的用不上的药全都退掉，再加上五十，这才了结。

那男人用两匹活马拉煤，回来时又用一匹马拉另外一匹。出力的自然是黑龙。不是他自私偏心疼自家的马，而是因为他那匹马已经不会动弹。走着走着突然倒地不动，怎么打也不动。原以为先前那匹开了坏头，这个也要装死攀伴，谁知道是真的一命呜呼。

翻翻眼皮，反射着死神的光芒。阿吉奈如同被通了电，浑身僵硬。

女人说这可怎么办？男人说他妈的，怪不得昨天右眼皮老跳！我以为是那匹马要死，特意把它替换下来，谁知道应验在它身上。还好，今天算是出了全勤。女人愤愤地说死也不看个火候。正是出活儿的当口！男人说你啰唆什么？快点动手啊。再迟钝，剥不下马皮，我剥你的皮！

阿吉奈脊背一凉。如同刀锋抵在上头。他颤声问道剥皮，剥马皮干吗？死都死了，还剥什么皮？男人硬邦邦地说不剥皮，怎么卖肉？你少在旁边说风凉话，有本事你在这里过两年生活试试！

那天晚上，阿吉奈牵着两匹马在外面过了大半夜。他们俩原来待的地方，现在改了用途，成了马肉加工场。物伤其类，这是他们不应该看到的。

所谓关外，就是这里往北；也就是说，此地是地理分界线，因此夜里气温偏低。阿吉奈估摸着他们贤伉俪的肢解任务已经完成，就想带他们俩回去，自己也好暖和暖和；刚欲起身，一股怪味突然强烈地刺激了嗅觉细胞。那是一种混合着动物粪便、血液、腐烂的有机物以及卤肉味道的特殊气味，香中有臭，臭中带香。无论哪种味道单独散发出来，都能接受，但是混合在一起，却只能令人作呕。阿吉奈不觉一阵反胃，随即大口大口地啊将起来，好险没把胆汁吐光。内中平息之后，他牵着马挪挪地方，说你们别怕。你们是我的，他们伤害不了。咱们别管他们，还是继续听咱们自己的故事吧。

十一

单从外表，已经很难看出谁是将军。不只他自己，基地里所有的留守士兵，都已形同乞丐。粮食能自己种，但军服不能自己缝。只能任由它磨烂，胡乱缝补一下，好歹挂在身上，算是有了遮羞布。实在不行，就换两件老百姓的衣服。

又一批居民要撤离。走之前，他们想和基地做笔交易。留下带不了的粮食马料柴草，带几匹马走。

这笔交易对双方来说，都是必须的。关键是规模或者说数量。留守的职责，依旧是繁育良马。现在不能扩大繁育，至少要保持。只能选择部分有缺陷不适合上阵作战的马，拿出来交换。

将军闭着眼睛，迟迟没有决断。老半天之后才下令，严格限制数量。好马一匹也不能换。校尉待要劝说，将军已经举起右手。尽管如此，那校尉还是不顾一切地开了口。说朝廷命令我们繁育军马不假，但人要是活不下来，马再多再好，最终不还是个死？将军说那不一定。也许明天朝廷就会派来援军！副将年轻，应该能穿过沙漠。校尉说不是卑职违抗军令，实在是事情急迫。形势发展到今天，还说什么朝廷援军？我建议多卖点马，筹集足够多的粮食，然后分路突围！将军睁开双眼，缓缓道沙海茫茫，无有尽头。咱们没有骆驼，如何走得出去？校尉说那也不尽然。前朝骠骑大将军霍去病，不就有过利用骑兵穿越沙漠，直捣匈奴王庭的成功战例吗？再说即便死于沙漠，也比坐以待毙强！将军挥挥手，道我决心已定，休得多言，否则军法无情！

校尉下去之后，悄悄安排本部士兵，将管辖的战马多数卖掉。筹集到的粮草马料留下一部分，再给将军留封信，然后星夜出城向东而去。

将军接到报告之后，老半天没有反应。直到报信的第三遍催促，这才下令派人追击。那人刚要转身出去执行命令，将军忽然又将他叫到耳边，悄悄吩咐了几句。那人听后面带惊异，待要再问，将军已经起身进入后帐。

十二

次日一早，白云果然是越发危急。眼看着只有出的气，快没进的气了。那夫妻俩都劝他当机立断。女人说只要肯卖，现在还是活马的价格，二百；过一会儿断了气，就只值死马的钱。看你在这里住了两天的面子，一百吧。男人说你看，我确实碰到了困难，一匹马拉不了车。你就算帮帮我，把那黑马卖给我吧。价钱咱们好商量。你不是五百买的吗？我给你原价。

其实我就是急用，要不然，它不值这个数的。你看他现在瘦的。

阿吉奈只是不吭气。他又找来那把旧刷子，仔仔细细地给白云梳洗。洗净理顺，再给他喂食。白云自然不吃。阿吉奈柔声道吃一口吧。不吃饱，咱如何上路？男人被晾了半天，愤愤地说你到底什么态度，给句痛快话吧。阿吉奈冲他一眯眼，说我什么态度，你难道还看不出来？我这是赛马，不是挽马。真要下井，不出三天，也得累死。你省省吧。

阿吉奈牵着白云朝后山走去。上山之后，就用黑布蒙住他的双眼，一边走一边跟他闲聊。他说白云，咱是赛马，跟战马一样，都是男人。你就从这儿上路吧。这里是古代的战场，有个叫杨业的将军，领着儿子杨延昭在这里打了一辈子仗。不知道阵亡了多少将军士兵，肯定也有许许多多的战马。你跟他们一起，有他们陪着，一点也不丢人，挺有尊严。

前面是个悬崖。还没到近前，阿吉奈已是一阵头晕。他回身搂住白云的脖子，脸贴贴他的脸。白云的眼眶想必一点一点地湿了吧，因为有水滴从空中不断落下，流经他的面颊。他当然没有哭。马是永远不会哭的。只是到了那一刻，他会变得格外温顺，无比的温顺，不管平日性情多么的暴烈。他希望这能打动主人，从而改变自己的命运。如同眼前这样。

抚摩抚摩白云的脑门儿，然后抽身站到一旁。阿吉奈像过去训练那样朝他屁股上猛抽一下，同时发出清脆的口令。

驾！

白云果真如同一片云彩，融入天空之中。老半天之后，才传来一阵迟钝的撞击。声音从下面袅袅地上来，带着山谷间的共鸣，显得那么缺乏真实性。阿吉奈想起《三国演义》里刘备马跃檀溪的故事，不由得闭上眼睛，希望再一睁开，就看到白云站在对面的山头上，得意地喷鼻刨蹄。但是没有，对面山上，甚至连树都不多，只有稀疏的绿色；再凝目细看，还是如此。

周围无声无息，似乎此前他身边从来没有过一匹名叫白云的赛马。阿吉奈以为自己会痛哭失声，但是没有，一点都没有。他早已紧紧关闭泪水的闸门。不，是他的泪水早已流干。那一刻，他脑海里只有那个留守的将军。他很想知道，在那种情形之下，他究竟是怎么想的。

阿吉奈耳边一直回荡着将军那道奇怪的命令。绝密，不许追上他们，更不可与之交战！

后来士兵们带着战马，相继零星而去，只剩下那个跟随他多年的贴身卫士，以及最后一点钱。将军命令买来同样天数的粮食与马料，卫士刚要走时，他又嘱咐道，再要一片竹简吧。不要多，只要一片。他们要是不给，就付钱买。

卫士在竹简上记录下这一切。两人吃完最后的口粮，随即躺到床上，最大限度地节约体能。他们的历史，就在他们自以为是建兴十八年的那一年中的某一天之后彻底终结。

竹简上记录的将军的倒数第二句话是，连累你跟我一起死，真是过意不去。你还年轻，也许能穿越沙漠的。卫士答道，繁育战马是您的职责，照顾您起居是我的职责。都是官身不由己。将军闻听，苍凉地一笑，说了最后一句话。好，你能这么想，那就好。

阿吉奈毕竟不是汉人，再说从小学的又都是简化字，因此竹简上的有些字句，最后还得请教队长。那是一个寂静的午后，一颗水珠突然滴到那枚竹简之上。阿吉奈不由得一声惊叫。干千年，湿万年，干干湿湿几十年。这颗水珠，可能会大幅度损耗竹简的寿命呢。

队长赶紧拿棉球擦去水滴，说我真是老了，全身到处的零件都在老化。眼睛经常见风流泪。小伙子，告诉你吧，本来我一直认为所谓的汉血宝马，只是历史上的一个传说。因为虽然许多文献上都有零星记载，但它到底是什么马，从何而来，又向何而去，没有任何可靠的资料足以证明。这跟诸葛亮的木牛流马以及诸葛连弩一样，只能是历史疑云。时间的长河，不知道淹没了多少这样的人和物。但是今天，我只能推翻原来的推论。虽然是自我否定，但我却很高兴。这算是我此生的重要收获。

那是阿吉奈在考古队工作的最后一天。这个说法不是特别确切，实际情况是那天他只是去跟队长告别，工作上没有什么可以交接的，两人只是闲聊，自然而然地谈到了工作，谈到了马。队长的办公室几乎就是一个小型的马博物馆。许多东西，尽管阿吉奈是在马背上长大的，也是头一次见到，或者注意到。队长满面慈祥地陪同阿吉奈检阅了自己的收藏，如同母亲看着熟睡的孩子。他说，怎么重视马都不算过分。严格地说，中国古代文明，就是马背驮过来的。你看，洛阳有白马寺，唐僧骑白龙马，关羽战白马坡；办事快叫马上，办事不认真叫马虎，溜须叫马屁；坐马车，走马路，打马灯，持马枪，挎马刀，套马靴，穿马甲，带马弁，呼马崽，蹲马步，领千军万马，立汗马功劳；驷马难追，快马加鞭，龙马精神，放马后炮，死马当活马医，本想马革裹尸，居然马到成功，最后又犯了一个逻辑错误，白马非马；官职叫司马，皇帝女婿叫驸马，苦力叫牛马，强盗叫响马，两小无猜叫青梅竹马，不务正业叫声色犬马，捣蛋叫害群之马，不相关叫风马牛不相及；伯乐相马，田忌赛马，秦琼卖马，燕王买马；韩愈写《马说》，李贺赋《马诗》，韩干画马图；京剧行当有刀马旦，剧目有《挡马》、《盗御马》、《红鬃烈马》；此日六军同驻马，多是横戈马上行，马上相逢无纸笔，浅草才能没马蹄，走马兰台类转篷，平明上马入宫门，铁马秋风大散关，不教胡马度阴山。在马字基础上组成的汉字更是数不胜数。现代文明虽然不是马驮来的，但也打着马的烙印。引擎叫马达，功率叫马力。这两项，不正是现代文明也就是工业文明的基础么？

阿吉奈如听纶音一般。半天后说您这段可不像考古报告，倒像单口相声。队长艰涩地一笑，没错，当初我就是用这个保留节目，才争取到的赞助。那个大款出门宝马进门劳斯莱斯，哪里知道马的意义？研究马不是显学，争取点资金简直就是虎口拔牙。你可能不知道，中国曾经是世界第一养马大国。建国初期，毛泽东下令要养能打仗的马，于是华北、东北、西北、华中等各大区都建立了完备的马政系统，分属农业部和解放军总后勤部管理，有计划地大批量从苏联引进种马。一九六四年，罗瑞卿亲批，最后一次从苏联以每匹十万卢布，约合二十五万美元的价格，进口了四匹奥尔洛夫种公马。这样到一九七七年，马匹总数达到空前的一千一百四十五万匹，跻身世界第一。可是现在呢？马用自己的身体驮来古代文明，然后在古代文明的基础上建立了现代文明，现代文明再回过头来一点一点地剥夺它的生存基础，这个悲剧真是难以言说。

队长赠送阿吉奈一本签名著作《中国农耕文化、冷兵器与马》，说《汉血宝马——消失的神话》一书的框架已经搭建完毕，但是出版需要一定的时间。他让阿吉奈留下地址，出来后给他寄一本。说这里面，还有你的功绩呢。

后来阿吉奈才听说，就在他离开考古队后的第三天，队长，那个年事已高的考古学家兼历史学家，住进了医院。医生怀疑是恶性肿瘤，也就是癌症。半年以后，阿吉奈在一家汉血宝马的专业网站上看到了他的讣告。是转移速度较慢外科手术比较有效的胃癌。阿吉奈大学期间的有位老师就得过这个病，胃切除了三分之二。到他们毕业时，那教授已经存活了十年有余。他说，胃癌不比肝癌、鼻癌与直肠癌，后面这几种比较凶险，转移很快，一般发现就是晚期。外科手术治疗胃癌还是比较有效的。

再后来，家人打电话告诉他，家里收到一封他的邮件，是一本书。

十三

那想必是个周末。因为帮他送信的女孩儿和她弟弟，都没去上学。阿吉奈回到旅馆时，他们俩正端着饭碗，蹲在门口有滋有味地吃肉。时间要掩盖什么是很容易的，此刻空气中既没有香味也没有臭味，只有干燥与冰凉。阿吉奈以为自己会恶心或者呕吐，但是也没有。他的反应很平静，眼睛盯着姐弟俩，一动不动。单从外表看，与饥饿的乞丐无异。

叔叔，你是不是饿了？饭菜都有，你快去吃吧。姐姐首先感觉到了客人的异常，随即停下手中的动作。

哦，不是，谢谢。你们吃的什么肉，好吃吗？阿吉奈胃里一咕哝，有瞬间喷发的冲动，但持续时间很短。昨晚就没吃东西，此刻确实是内心空虚，哪里还有许多内容。

马肉。好吃得很，妈妈很会卤肉。

马肉怎么能吃？你们老师没说过，马肉不能吃吗？

没有啊。他怎么会说这个呢，课本上也没有。

那我告诉你，马肉是不能吃的。

我不信，肯定能吃，要不妈妈怎么会让我们吃？你一定是想骗我们的马肉吃。我才不上当呢。

阿吉奈凄然一笑，不再跟他们废话，走进房间，开始拾掇行李。

男人得知这一切，连连摇头对女人说疯子，真是疯子。你去看看掉在哪里，有多远，能不能运回来。都是钱呢。这两天不能拉煤，去卖牛肉也好。不，驴肉。天上龙肉，地下驴肉。更好卖。呵呵。女人说那还用看？那地方慢说咱们下不去，就是能下去也上不来。你别跟他较真，我看他就是脑子不好使，整天跟牲口唠叨，不是神经病还是什么？

结账时，阿吉奈才想起囊中羞涩的事实。掏出手机，说我把手机折价给你们吧。这是最新的机型，能照相，能上网，也能玩游戏。我两千二买的，里面还有一百多块钱的话费，你不信可以查。八百块钱给你，怎么样？男人说谁知道到底是不是两千二？话费也不作数，回头你拿身份证一报停，又全回你账上了，你真当我们关外人都是傻瓜？你要成心卖，卡取走，二百块钱！就这还是照顾你。前不挨村后不着店，也就是我们做生意需要，一般农民家你白给他们都不一定会要。它吃钱呢。阿吉奈说四百。男人呼啦一下把手机掷还到阿吉奈怀里；女人在旁边，下意识地伸手欲接。

下面可都是结结实实的水泥地。

手机带着体温，摸摸，线条轮廓依旧那么熟悉。这是他跟外界联系的唯一通道。抛却它，等于关上了最后一扇门。恰如那位只有一名卫士跟随的将军。但是阿吉奈并没有犹豫很久。给周湄发了最后一个短信，说到家之后会跟她联系；如果两个月之后他还没有消息，请设法通知他家人一声，让他们不必寻找。然后取出卡，把手机给了那男人。

走几步，阿吉奈忽然又折转回来。男人下意识地把手机朝身后缩缩，说你还想怎么样？两百块钱不少了。阿吉奈没说话，抢过手机，把周湄给他的短信全部存到卡上，这才跨马而去。

十四

山少了，地平了，这让我们能一眼就看到那个孤独的骑手。似乎刚刚经过激烈的搏杀，他已经全军覆没，仅以身免。因此人和马的形象，都是陌生的，他们都被格斗厮杀你死我活所风干。像阿吉奈那样受过高等教育的人，看到这一切，很容易联想起一句话，古道西风瘦马。其实没有那么多沧桑感慨，只有极度的疲乏与麻木的坚忍。那个陌生的骑手几乎心无杂念，近乎老僧入定，只是随着马蹄的节奏，在轻微的颠簸中前行，前行。

不远了。虽然还见不到草原，但骑手似乎已经闻到了草原的气息。是那种温软的风，带着青草的甘甜。他不自觉地眯眯眼，看到前面已是城市的边缘，有稀稀落落的建筑。绝大多数阒无人迹，带着被时间抛弃的气息，只有一处，门前人来人往，似乎在搬家。

这样的场合，也许能打点零工，赚点路费。阿吉奈随即催马上前询问。

建筑门前的牌子还没拆掉，是个肉类联合加工厂。墙上用白色圆圈圈着一个白色的大字，拆。有个人抬头看看，说还真可以。你可以给我们抬抬东西。主要是你的马，可以帮我们拉拉车。他妈的，破烂还真是不少。

讲好价钱，随即开始动手。阿吉奈随口问道好端端的，干吗要拆掉？那人说还能干吗，建工业园呗。阿吉奈看看周围，说这里也建工业园？太荒凉了吧。那人说，就是要建工业园，才搞荒凉的。早先热闹着呢。地圈了几年，老是不开工，现在不知道怎么又想起这回事，还要接着搞。管他呢，要不东拆西拆，我还怎么赚钱？

那人付点钱给厂方，拆下来的旧东西都归他，然后再负责拆掉建筑。因此这里的一草一木，都指望卖个好价钱。就连里面废弃的文件档案旧报纸，也要拿去卖废品。东西不少，足足运了三架子车。这是最后一车，黑龙在前面拉，阿吉奈在后面推。手扶在捆扎好的废纸上，随意朝上面扫一眼，忽然就有了新发现。这一堆都是进场牲畜与出场肉类的品种。那些密密麻麻的数目与汉字中，突然有个字蹦出来，扎了阿吉奈的眼睛。如同饭里不期然的沙粒。或者干脆就是一支响箭。

马！

阿吉奈赶紧把那张纸抽出来。果然与马有关，是这些年来屠宰马的数量。总计有顿河马九百匹，伊犁马一千六百零二匹，三河马八百六十匹，吉林马一千五百匹，蒙古马一万二千匹，黑龙江马四百五十匹，苏维埃重挽马三千匹，阿尔登马两百匹，铁岭挽马六十匹，金州马八十匹，山丹马八百九十匹。出场时不再论种类，只有数量与价格。那些进门时还活生生的充满灵性的曾经给过人无数帮助的生灵，最终的结局完全一样，每公斤不足人民的币八块钱。时间从一九八七年到伟大的二零零零年。

那些白纸黑字的数目，突然变成一摊殷红的鲜血，弥漫在阿吉奈眼前，让他在瞬间失明；他大叫一声，拦住车便要解马而去。

你怎么回事？咱们不都讲好了吗？半路上突然抛锚，不是成心晾我们？你要这样，一分钱都别想拿！

阿吉奈一声不吭，牵过马跃上马背，一路狂奔疾驰而去。

不多久，他们就进入了草原。确切地说，是退化掉了的前草原。阿吉奈勒住缰绳，让黑龙放慢脚步，这才发觉，手中还有样东西。

是那张肮脏的纸。

阿吉奈双手用力，把那份血淋淋的账目撕得粉碎。纸末从半空中纷纷扬扬而下，都是一块块已经放掉血的惨白的马肉吗？

　　阿吉奈最后想到的是，这家肉联厂肯定是国营的。否则不会有那么公道的价钱。

十五

　　天空一点一点地放下窗帘，周围越来越暗。按照道理，此刻该停下休息的，但已经进入故乡境内，阿吉奈想快点赶到旗里去，到同学家借宿，好好休整一番。胃里如同烧着开水，不停地冒泡。想想手抓羊肉的滋味，那种感觉越发强烈。他两腿夹紧，用马镫叩叩马肚，黑龙随即撒开四蹄。

　　走了一程，天空慢慢凝结成一团浓黑的墨汁。路上很静，几乎看不到人或者车的踪影。阿吉奈不由得怀念起刚刚离开的那个都市来。黑暗中，他只能感受到身下的黑龙，却无法证明自己的存在。他那么盼望前面能出现一簇灯火，带着人声，然后来一碗热水。风雪夜归人的感觉，多好啊。

　　天遂人愿，果真有人迹出现。阿吉奈精神一振，赶紧催马迎上前去。三个男人的身影，雕刻在黑暗中。阿吉奈说声你们好，同时勒住马；刚要开口询问附近可有人家或者旅店，已经被人抢去缰绳，一把拽将下来。然后两人将他控制住，剩下一个拿刀逼在跟前，喝道钱呢？都掏出来！还有手机！

　　阿吉奈捕捉到了他们话里带出来的一些蒙古语尾音。本能地挣扎两下，说你们要干吗，我是蒙古人！刀的感觉立即尖锐起来。那人说少啰唆，知道你是蒙古人，所以不想要你的命，只想要你的钱。阿吉奈说我跑远路回来的，钱早用光了，一分也没剩下，连手机都变卖了。不信你们自己动手看看。

　　那人的爪子早已伸进阿吉奈的口袋。结果当然一无所获。他恼怒地抽了阿吉奈一巴掌，说妈的，也是穷鬼，害得我们一阵白忙活！旁边有人拍拍马背，接腔道还好，这马还值顿酒钱。阿吉奈一听又挣扎起来，说不行，你们不能抢我的马。我费了好大的工夫，才把他带回来的。你们要钱，明天我回家了给你们拿，要多少都行！

　　啪的一下，阿吉奈眼前随即亮光一闪然后又迅速熄灭。那人道妈的，我们等着，你快回家拿吧。把我们当孩子耍？

两个人牵着马要走。阿吉奈挣扎的劲头越来越大。那人说识相点，别逼我啊。旁边有人说跟他废话什么？随即挥起胳膊。阿吉奈终于清楚地证实了自己脑袋的存在。眼前一黑，便沉沉睡去。

十六

马已经累出汗，但阿吉奈还是不肯停下。他在寻找。寻找记忆中熟悉的风吹草低，寻找踩在积雪上的感觉。但是没有，一点都没有。放眼望去，周围都是这么低矮的牧草，只能没过脚踝。他似乎刚刚发现，草原已经退化到了眼前这种程度。如同粗心的儿子，偶然之间才发觉父亲已经白发苍苍。那个不期然的发现令他心痛不已，但却无法表述。他不能像女儿扑进阿妈怀里那样，忘情地痛哭失声。

阿吉奈在一处高坡下了马，全身扑倒在地，脑袋埋在严重退化的牧草中间，一动不动。

还是过去的草原，还是过去的毡房，还是过去的阿吉奈，但却不再有过去的故乡感觉。空落落地纵马回到自家的蒙古包附近，在那处高耸的土包前蹲下。那里面躺着当年救了他们哥俩的那匹马。牧草从鞋边——他穿的不是毡靴，还是那双皮鞋——触到皮肤痒丝丝的，心里却满是疼痛。那种感觉并不强烈，只如针不小心扎了手之后的隐隐作痛，但却是连绵不断的，像脚下的草原。

那天夜里，阿吉奈是被冻醒的。跌跌撞撞地摸到旗里的同学家，天已经开始放亮。同学不停地揉眼睛，仿佛要确认自己不在梦中，好半天才醒过神来。略一休整，阿吉奈不顾同学的劝阻，医院都顾不上去，执意要马上报案。听着他的陈述，警察皱着眉头，不时放下手中应该不断记录的笔，像看外星人一般盯着阿吉奈。

虽然报了案，但找回来的希望渺茫。阿吉奈去问过两次都没有消息，便不再有打听的兴趣。他甚至不能确定，如果知道黑龙的确切下落，自己究竟会不会去找。

孩子，你叫我怎么说你呢？出去读了十多年书，最后为两匹马丢了工作，空手回来。你说说看，我们如何面对那家赞助咱们的企业老板？阿爸长叹一口气。他们家的经济条件不好，虽然不到砸锅卖铁才能继续求学的程度，但大学学业，还是在一家企业的赞助下完成的。学费实在太高。他是周围第一个考出去的牧民儿子，在当地媒体曾经风光一时。那家企业老板偶然得知这一消息，决定赞助学费，并且派车送他去报到。当然，有记者陪同。

还报什么案呢，即便把马找回来，也没多少用处。你根本不该费那么大的劲朝回送。现在政府限牧，草场也不够，养马的越来越少。哥哥在一旁帮腔道。他已经买了摩托车，有条件的话，都骑摩托放牧。经济条件好的，甚至买了汽车。那样多方便，不但人能乘坐，还能带许多东西，都是马比不了的优点。

哎，你们都少说点吧。不管怎么说，儿子平安回来就好。阿妈递给阿吉奈一杯奶茶，说你在家好好休息休息，然后再回城里找份工作吧。牧业实在没什么出息。

阿吉奈毡帽遮眼，躺在草地上，旁边是自家的儿马，土包里那匹马的孙子。因为近亲繁殖，品种不断退化，他也就在外表上还有个马样而已。速度耐力都不行。草地依旧柔软，带着特有的淡淡的类似清香的气息。阿吉奈调动起全身所有的感官，在黑暗中凝神谛听，但还是听不到风声与马吃草的声音——此时他才明白，那并非风的脚步，而是牧草的舞蹈。如今舞女已经瘦骨嶙峋，自然不会再有轻盈的舞步——只有自己的心跳。那种搏动强劲而且焦急，如同万马奔腾。其实都市的柏油路不是太硬，而是太热，持续炙烤着他的心。热能转换成动能，让他不断地跑，没有目标，没有方向，没有路线，只是跑。此刻，短暂的宁静之后，他的心又开始了漫漫的旅程。

伴随着这种声音的，就是上面那几句不断闪耀常听常惊的话。他注意到，阿妈是让他再回城里，而不是再去城里。其实大的精神媒体上都有披露，但他似乎刚刚才明白这一点。政府正在鼓励牧民改变生活方式，脱离牧业，进城生活。否则这里的草原，很快也要变成沙漠。

老早就寄回来的邮件，果然是队长的那本遗著。封面是大名鼎鼎的昭陵六骏。虽然雕像上存在多处断纹，但清脆潇洒的马蹄似乎依旧在耳边回荡。阿吉奈放下书，出神地看着手中的那样东西，一样缺了角的长方形物件。一面嵌有一枚椭圆形的金属片，金黄色，带着条条黑色的横道。只有这个东西，还记录着他过去的城市生活。捏着它，如同摁在录音机的播放键上，周湄的那些短信一条条地在耳旁回荡。到家后的次日，他就用哥哥的手机，给周湄通了话。只说平安到达，未说详细情况。开不了口。当时他从疲惫至极到彻底放松，曾经意念一闪，想把卡扔掉，但略一犹豫，还是没有。也幸亏没有。

阿吉奈骑着马，在草原上兜了一个大大的圈子。马蹄踏在草地上，轻健而且柔软。他真希望自己的眼睛能变成摄像机，把所有的这一切都记录下来。下次还回来吗，回来后它们都还在吗，如同现在这样？他不知道，没有人知道。他也不知道，进城再见到周湄，如何向她解释。也许，不该再去找她，让这一切都跟白云黑龙一样，成为被时间淹没的历史？他悲哀地感觉到，自己这一生将要在怀念中生活。在城市怀念草原，或者在草原上怀念城市。他不会再有故乡。到处都是他乡。

他的故乡，已经老死。

远远看到一个人影。她越过公路，正朝草原走来，那轮廓日渐熟悉。阿吉奈催马迎上去，心跳越来越快。在广阔无边的草原，别说见到人，便是看见一只羊一条狗，或者干脆就是兔子，也有种自然而然的亲切。不过，阿吉奈此刻的心跳并非因为这个。

你好！请问你知道一个叫阿吉奈的小伙子家住哪儿吗？

阿吉奈没有回答。周湄提高音调，又问了一句。

蒙古人没有家。草原上随便哪里都是家。他们的蒙古包或者说毡房可以四处漂移。

哦。那你告诉我，他的蒙古包现在在哪里，怎么才能找到？

怎么，你当真不认识我了么？

啊？是你，老大，真的是你？你怎么变成这个样子了？天啦！

阿吉奈迟疑着下了马，却没有迎上去。太多的突然与疑问，锁住了他腿上冲过去的激情。

周湄的目光温柔地抚摩着阿吉奈那张瘦脱形的脸。她希望有阵风能把自己吹过去，或者把阿吉奈吹过来，但是没有，周围很静，没有一丝风。他们俩面对面，但是距离却比天涯还远。来之前，每天夜里想起他，都有正在身边的感觉。可是此刻，怎么会这样呢？许多滚烫的话语似乎还没出口便被风逐渐冷却，等传到耳朵里已经面目全非，连她自己都感觉陌生。

阿吉奈没有吭气。

周湄说，怎么，不欢迎我么？上马酒下马酒手抓羊肉都没有？

阿吉奈说，有。这些当然有。不过不是我不欢迎，我是怕草原容不下你。

周湄的嘴角抽搐一下，然后飞快地一笑。说哦，我明白了。

阿吉奈说不，你不明白。你看这哪是草原，都快成沙漠了。

周湄说那有什么？草原旁边不就是沙漠么？大漠沙如雪，燕山月似钩。何当金络脑，快走踏清秋！

阿吉奈说得了得了。你说到哪儿去了。我有个决定要通知你。我今天再看一眼草原，骑骑草原的马，明天就要动身，再回城市去。是回城里去，而不是去城里。

周湄大吃一惊，说啊？你回去准备干吗呢？

阿吉奈顿了一顿，说，我不知道。

十七

阿吉奈的眼睛从周湄身上抬起来，朝前方看去。那条笔直坚硬的柏油马路穿过草原，弹簧一般紧紧拽着遥远的城市。

（原载《青年文学》2007 年第 11 期）

后　记

　　编辑出版《文学鲁军新锐文丛》，是省作协按照中央和省委省政府关于促进文化大发展大繁荣的部署要求，为繁荣发展山东文学事业确定的一项战略措施，是围绕"多出精品、多出人才"的中心任务，为发现文学新人、扶持青年作家实施的一项系统工程。《文学鲁军新锐文丛》第一辑于2001年组织编选出版，入选的10位青年作家由此脱颖而出，得到文学界广泛关注，已经成为"文学鲁军"的中坚力量。十多年来，山东的文学队伍新人辈出，青年作家的优秀作品引人注目。为集中展示山东青年作家的新气象和新阵容，省作协决定编辑出版《文学鲁军新锐文丛》第二辑。

　　省委及省委宣传部领导对《文学鲁军新锐文丛》的编选工作非常重视，省委常委、宣传部长孙守刚多次听取汇报，对编选工作作出重要指示，并欣然为"文丛"第二辑作序。省委宣传部副部长刘为民亲自担任编委会主任，对编辑出版"文丛"提出指导性意见，给予了大力支持。

　　为确保《文学鲁军新锐文丛》第二辑编选工作的高质量和权威性，省作协组建了由有关领导、专家等组成的编委会。编委会对入选青年作家的人员构成、文学导向的宏观把握、题材和体裁的合理布局、风格形式的丰富多样以及总体设计的协调统一等方面，进行了认真研究，确定了编选方案。

　　在各市、大企业文联作协和有关方面广泛推荐的基础上，省作协组织专家评审委员会对申报作品进行认真审议论证，经向社会公示后，最后确定10位青年作家的作品集入选《文学鲁军新锐文丛》第二辑。这10部思想性、艺术性、可读性俱佳的优秀作品，是对我省近年来涌现的优秀青年作家及其代表作品的一次集中展示和重点推介。这里需要说明的是，我们在征集作品时确定，已入选中国作家协会和中华文学基金会编辑出版的《21世纪文学之星丛书》的作家原则上不再编入本"文丛"。《21世纪文学之星丛书》是为发现、扶植文学新人而创办的一项具有跨世纪意义的文学工程，它以年卷的形式，为文学创作方面取得显著成绩的40岁以下的青年作者出版第一本文学专集。自1994年首卷至今，已出版了157位青年作家的作品集，山东有15位青年作家忝列其中。为了展示山东青年作家整体形象，特将入选该丛书的作家作品名单作为《文学鲁军新锐文丛》第二辑的附录，同时我们将入选《21世纪文学之星丛书》之后创作成绩特别突出的作家纳入"文丛"第二辑的评选，但要求重复收录的篇目不得超过五分之一，除了过去发表的代表作外，其余全为新发表作品。经研究，已入选《文学鲁军新锐文丛》第一辑的作家，不再进入第二辑。由于第一、二辑出版的时间相隔较长，加之近年来我省文坛涌现出的创作成绩突出的文学新人比较多，遗珠之憾肯定在所难免。好在我们已将《文学鲁军新锐文丛》编选工作确定为一项制度化、常规化的文学工程，固定出版周期，持续定期地编辑出版下去。我们愿与广大青年作家一起努力，不断提高"文丛"的文学品位和艺术水平，把"文丛"打造成一个响亮的文化品牌。

　　省作协领导班子成员和有关方面专家参与了《文学鲁军新锐文丛》第二辑的编选出版工作。省作协主席张炜对"文丛"的编选工作提出了具体指导性意见；省作协党组书记、副主席杨学锋主持了"文丛"的策划、评审与编辑出版工作；省作协巡视员王兆山，党组成员、副主席刘海栖，党组成员、纪检组长李军，副巡视员杨发运参与了"文丛"的策划、评审与统筹。省作协副主席赵德发、李广鼐、苗长水、谭好哲、许晨、李掖平等对"文丛"的编选提出了许多建设性意见和建议。王延辉、朱建信、陈文东、王耕夫、杨文学、孙书文等作家、专家参与了"文丛"书稿的评审工作。省委宣传部文艺处对"文丛"的编选工作给予了指导，省作协创联部的全体同志承担了"文丛"的统稿和通联工作，省作协办公室的同志承担了编委会的会务工作。为了保证"文丛"的质量和水平，省作协还邀请刘玉栋、赵月斌、马兵、张丽军、何志钧、张艳梅等作家、评论家担任"文丛"的特约编辑，对入选书稿进行了认真审阅和编辑。山东文艺出版社对"文丛"的出版工作给予了大力支持和帮助，社长李宁、总编辑张海珊参与了编辑出版的统筹和策划工作，责任编辑李燕、林蕙、王玲玲、李玉玲、冯晖对书稿进行了精心编辑和校对。在此，对所有为《文学鲁军新锐文丛》第二辑编选出版工作给予大力支持和付出辛勤努力的单位和个人，表示诚挚的谢忱。

编　者
2012 年 10 月

附录一:

入选中国作协"21 世纪文学之星丛书"的
山东青年作家书目

张　继　《玉米地·玉米地》（1994 年卷·小说集）

路　也　《风生来就没有家》（1996 年卷·诗集）

陈　原　《祖父是一粒粮食》（1996 年卷·散文集）

凌可新　《老白的枪》（1999—2000 年卷·小说集）

江　非　《一只蚂蚁上路了》（2004 年卷·诗集）

瓦　当　《去小姨家》（2004 年卷·小说集）

蓝　野　《回音书》（2005 年卷·诗集）

邰　筐　《凌晨三点的歌谣》（2006 年卷·诗集）

张锐强　《在丰镇的大街上号啕痛哭》（2007 年卷·小说集）

徐俊国　《鹅塘村纪事》（2007 年卷·诗集）

东　紫　《天涯近》（2008 年卷·小说集）

徐　颖　《面包课》（2009 年卷·诗集）

简　默　《活在时光中的灯》（2009 年卷·散文集）

赵月斌　《迎向诗意的逆光》（2011 年卷·评论集）

方　如　《声铺地》（2012 年卷·小说集）

附录二：

《文学鲁军新锐文丛》第一辑书目

张　继卷　《村长的耳朵》（小说集）

凌可新卷　《避邪》（小说集）

王方晨卷　《王树的大叫》（小说集）

路　也卷　《我是你的芳邻》（小说集）

刘玉栋卷　《我们分到了土地》（小说集）

老　虎卷　《潘西的把戏》（小说集）

陈　原卷　《大地的语言》（散文卷）

王黎明卷　《贝壳说》（诗集）

张宏森卷　《战争笔记》（电视文学剧本集）

吴义勤卷　《目击与守望》（文学评论集）

图书在版编目（CIP）数据

十字绣：张锐强卷／张锐强著．—济南：山东文艺出版社，2012.11

（文学鲁军新锐文丛／山东省作家协会编）

ISBN 978-7-5329-3984-8

Ⅰ．①十⋯ Ⅱ．①张⋯ Ⅲ．①中篇小说 – 小说集 – 中国 – 当代②短篇小说 – 小说集 – 中国 – 当代 Ⅳ．① I247.7

中国版本图书馆 CIP 数据核字（2012）第 251979 号

十字绣

张锐强卷

山东省作家协会 编

主管部门	山东出版集团	
集团网址	www.sdpress.com.cn	
出版发行	山东文艺出版社	
社　　址	山东省济南市英雄山路 189 号	
邮　　编	250002	
网　　址	www.sdwypress.com	

读者服务	0531-82098776（总编室）	
	0531-82098775（发行部）	
电子邮箱	sdwy@sdpress.com.cn	

印　　刷	山东临沂新华印刷物流集团	
开　　本	680 毫米 × 1000 毫米 16 开	
印　　张	17.5　插页／2	
字　　数	248 千字	
版　　次	2012 年 11 月第 1 版	
印　　次	2012 年 11 月第 1 次印刷	
书　　号	ISBN 978-7-5329-3984-8	
定　　价	30.00 元